राग बिहारी
(उपन्यास)

राग बिहारी

राकेश वर्मा

हिन्द युग्म

ISBN : 978-81-948443-8-9

प्रकाशक:
हिंद युग्म
सी-31, सेक्टर-20, नोएडा (उ.प्र.)-201301
फ़ोन- +91-120-4374046

मुद्रक : श्री मैत्रे प्रिंटेक प्रा. लि., ए-84, सेक्टर-2, नोएडा
कला-निर्देशन : विजेन्द्र एस विज

पहला संस्करण : 2021
मूल्य : ₹200

Raag Bihari
A novel by *Rakesh Varma*

Published By
Hind Yugm
C-31, Sector-20, Noida (UP)-201301
Phone : +91-120-4374046
Email : sampadak@hindyugm.com
Website : www.hindyugm.com

First Edition : 2021
Price : ₹200

अस्वीकरण

सबसे पहली बात, किताब जो आप अपने हाथ में पकड़े हुए हैं वह कल्पना का काम है। नाम, वर्ण, व्यवसाय, स्थान और घटनाएँ या तो लेखक की कल्पना के उत्पाद हैं या ये सब काल्पनिक तरीके से उपयोग किए जाते हैं। वास्तविक व्यक्तियों, जीवित या मृत या वास्तविक घटनाओं से कोई समानता विशुद्ध रूप से संयोग मात्र है। सभी पात्रों का उपचार कहानी की माँग के अनुसार है। लेखक का इरादा किसी भी धर्म (जाति), किसी भी व्यक्ति (वर्ग, समुदाय या लिंग) के धर्म या धार्मिक भावनाओं, उसकी आस्थाओं को अपमानित करने या चोट पहुँचाने का नहीं है।

बस पढ़ने का आनंद लें!

यह उपन्यास एक नायक की यात्रा है जो अपने जीवन में होने वाली घटनाओं के माध्यम से अपने विश्वास को प्रकट करता है। आइए इस यात्रा पर चलते हैं।

आभार

कहा जाता है जवाब हमेशा बोल के नहीं देना चाहिए, काम बोलना चाहिए। ये उपन्यास एक प्रयास है समाज को जागृत करने का। इस उपन्यास में काफी बातें ऐसी हैं जो मैंने दिलीप मंडल जी की सोच और उनके लेख से ली हैं। मेरी समझ से आज के समय में दिलीप मंडल जी से बेहतर दलित और शोषित समाज के बारे में चिंतन और विश्लेषण किसी भी लेखक के पास नहीं है। मेरा उनको आभार एवं धन्यवाद जो उन्होंने हम सब का मार्गदर्शन किया है। आशा करता हूँ ये उपन्यास आपको पसंद आएगा।

#1#

नयी दिल्ली।

बीपीएससी (BPSC) का परिणाम आ चुका था। पिछले दो साल से की गई मेरी मेहनत थोड़ी बहुत रंग लाई थी क्योंकि यूपीएससी की तैयारी करने की वजह से मैं बीपीएससी में कामयाब हो पाया था। मैं जिस परिवार से वास्ता रखता हूँ उस परिवार के लिए बीपीएससी में चयनित होना बहुत मायने रखता था। हालाँकि मैं बनना तो आईएएस ऑफिसर चाहता था और कहीं-न-कहीं मेरे दिल में आईएएस बनने का सपना अभी भी कायम था।

माँ-बाप ने कई सपने पाल रखे थे। आज मेरी कामयाबी का दिन था इसलिए मैंने पिताजी को फोन लगाया।

"कैसे हो कुणाल बेटा?" पिताजी ने फोन उठाते ही पूछा।

"प्रणाम बाबूजी, मैं ठीक हूँ। बीपीएससी का परिणाम आया है आज।" मैंने उन्हें जवाब दिया।

"अरे हाँ मैं तो भूल ही गया था, आज बीपीएससी का परिणाम आने वाला है। तुमने अपना रिजल्ट देखा?" बाबूजी ने तुरंत मुझसे पूछा।

"हाँ।" मैंने उन्हें जवाब दिया।

"क्या हुआ?" बाबूजी ने बहुत उम्मीद से पूछा।

"मैं सेलेक्ट हो गया हूँ।" मैंने कहा।

मेरा जवाब सुनकर बाबूजी एकदम खामोश हो गए।

"क्या हुआ बाबूजी? आप खामोश क्यों हो गए?" मैंने घबराते हुए पूछा।

अब मेरी माँ फोन पर आ चुकी थी।

"प्रणाम माँ! बाबूजी को क्या हुआ?" मैंने पूछा।

"खुशी से तुम्हारे बाबूजी की आँखों में आँसू आ गए हैं, वह कुछ बोल नहीं पा रहे हैं। जुग-जुग जियो मेरा बेटा, तुमने अपने बाबूजी का नाम रौशन कर दिया है।" माँ ने भी रोते हुए कहा।

"बाबूजी से मेरी बात कराओ।" मैं भी भावुक हो गया था।

जैसे-तैसे बाबूजी ने फोन पर मुझसे बात की।

"अब सब ठीक हो जाएगा बाबूजी, हम लोग भी ठीक हो जाएँगे। मेरी वजह से जितनी जमीन बिकी है हम सब खरीद लेंगे।" मैंने उन्हें समझाते हुए कहा।

"अरे बेटा, तुम को पढ़ाने के लिए अपने शरीर का अंग बेचना पड़ता तो हम अपने शरीर का अंग भी बेच देते। मेरा सारा धन-दौलत तुम्हारा ही तो है। अब तुम घर आ जाओ, गाँव वालों ने बहुत कमेंट किया है मेरे ऊपर। मोटरसाइकिल लेकर आना और साला जिस-जिस ने तुम पर कमेंट किया है उसके दरवाजे पर जोर-जोर से होरन बजाना, ताकि लोगों को पता चले कि मेरा बेटा अब हाकिम बनने वाला है।" बाबूजी ने कहा।

"अगर ऐसी बात है तो मैं कार ले आता हूँ।" मैंने भावुकता से लेकिन हँसते हुए कहा।

बाबूजी भी हँसने लगे लेकिन हँसते हुए खुशी से जो जुबान लड़खड़ा रही थी मैं उसे बहुत अच्छी तरह से समझ पा रहा था। मैंने माँ से कहा कि वह बाबूजी का खयाल रखे। मैं आज घर के लिए निकल रहा हूँ।

"ध्यान से आना मेरा बेटा।" माँ ने कहा मुझे।

मेरे दिल में जो एक खयाल आया था कि मैं बीपीएससी छोड़ दूँ, बाबूजी से बात होने के बाद वह खयाल जाता रहा। मैंने IAS बनने का सपना देखा था। पूरे हिंदुस्तान में बिहार की एक अजीब छवि है। लोगों को लगता है कि बिहार एक बहुत गरीब राज्य है लेकिन आप पूरे भारत में देखें तो सबसे ज्यादा पढ़ने वाले बच्चे आपको बिहार से ही मिलेंगे।

बिहारियों के पास पैतृक संपत्ति हमेशा से रही है। बिहार राज्य में शिक्षा का स्तर बेहद खराब है, राजनीति की वजह से रोजगार के अवसर भी नहीं हैं। इस कारण बिहारियों को अन्य राज्यों में जाकर शिक्षा ग्रहण करनी पड़ती है। जो स्थिति मेरे साथ थी लगभग वही स्थिति हर बिहारी के साथ होती है। हमारे माँ-बाप अपनी पैतृक जमीन को बेचकर हमारे ऊपर भरोसा जताते हैं और उम्मीद

करते हैं कि हम अधिकारी बनें क्योंकि आज भी बिहार में प्राइवेट नौकरी में आप कितने भी बड़े मुकाम को पा लें, लेकिन किसी मल्टीनेशनल कंपनी का हेड एचआर और बिहार सरकार का हवलदार, ये दोनों पद बिहार में बराबर का कद रखते हैं।

नयी दिल्ली से मैं पटना आ चुका था। मोतीपुर बस अड्डे से रोहतास के लिए बस हर पाँच से दस मिनट पर चलती रहती थी। शनिवार का दिन था और शनिवार के दिन अक्सर पटना से लोग अपने करीबी शहरों में वापस जाते हैं, जिसकी वजह से काफी भीड़ थी। कहते हैं जब इंसान का कद बढ़ता है तो उसकी सोच भी बढ़ने लगती है। अगर बीपीएससी का मेरा परिणाम सकारात्मक नहीं होता तो शायद आज बस की यात्रा फिर मेरे लिए आम बात होती। लेकिन न जाने क्यों मुझे बस की वह यात्रा भी चिढ़ाने लगी थी।

"आज इस भीड़ में मेरा आखिरी दिन है, इंतजार करो जब मेरी सरकारी गाड़ी यहाँ आकर लगेगी।" मैंने वहाँ बुदबुदाते हुए अपने-आप से कहा और कुछ सोचकर वापस लौट आया।

मेरे गाँव से मेरी जान-पहचान के एक आदमी ने पटना में मोटरसाइकिल की एजेंसी खोला हुआ था। बिहार में जब आप कामयाब होते हैं तो आपकी कामयाबी की चर्चा अगर मंगल ग्रह पर आपके परिवार के लोग हों तो उनके पास भी कुछ ही मिनट में पहुँच जाती है। मैं जानता था कि मेरे बीपीएससी का परिणाम मेरी जान-पहचान के तमाम लोगों के पास पहुँच चुका होगा। मैंने सोचा क्यों ना बाबूजी की बात को सच कर दिया जाए।

मोतीपुर बस स्टैंड से मैं बोरिंग रोड के लिए निकल पड़ा। जिंदगी में पहली बार पटना में मैंने टेंपो बुक किया था वरना पटना में टेंपो बुक करना इतना महान माना जाता है कि आप उसकी उम्मीद नहीं कर सकते। आधे घंटे की भीड़-भाड़ वाली यात्रा को खत्म करने के बाद मैं पहुँचा मोटरसाइकिल के शोरूम पर।

"अरे कुणाल भैया आओ-आओ ?" शोरूम का मालिक अनिल मुझे देखते ही बाहर आया।

"कैसे हो अनिल भैया ?" मैंने उनके पैर छुए और उनसे पूछा।

"मैं तो ठीक हूँ लेकिन अपनी कहो। अब तो तुम अफसर बन गए हो। अरे भैया तुम तो इलाका में धुआँ-धुआँ कर दिए। जिधर देखो उधर तुम्हारे ही चर्चे हैं।

नाम रौशन कर दिए तुम जिला-जवार का।" अनिल भैया ने कहा।

"सब आप लोगों का आशीर्वाद है।" मैंने मुस्कुराते हुए कहा।

"अरे छोटूआ, भैया के लिए शरबत लाओ, कुछ नाश्ता लेकर आओ।" पहले उन्होंने अपने नौकर से कहा फिर मेरी तरफ देखते हुए पूछा, "घर से आ रहे हो या दिल्ली से?"

"अभी दिल्ली से आया हूँ। बाबूजी को एक तोहफा देना चाहता हूँ, आपकी याद आई तो आपसे एक मदद माँगने चला आया।" मैंने कहा।

"अरे बताओ हम क्या मदद कर सकते हैं तुम्हारी?" अनिल भैया ने मेरी तरफ देखते हुए पूछा।

"भैया, मैं बाबूजी के लिए एक मोटरसाइकिल ले जाना चाहता था। अभी ज्वॉइनिंग में थोड़ा वक्त लगेगा। आप तो जानते हो कि बाबूजी जमीन बेचकर पढ़ाए हैं हमको। पैसा आने में थोड़ा वक्त लगेगा। अगर..." मैं आगे कुछ बोल नहीं पाया।

"कर दिया ना छोटा बात? हम क्या गैर हैं तुम्हारे? अरे तुम मोटरसाइकिल की बात करते हो, हम तो कहते हैं हमारा शोरूम ही उठाकर ले जाओ। न तुम भागे जा रहे हो और ना ही गाँव भागा जा रहा है। और बैंक के चक्कर में मत रहो, शोरूम में जो गाड़ी पसंद आता है बोलो तैयार करवा दें। पैसे का क्या है, कल तो मिल ही जाएगा।" अनिल भैया ने कहा।

समय के साथ लोगों के बदलती जुबान को बहुत अच्छी तरह से पढ़ पा रहा था मैं। यह वही अनिल भैया हैं जो आम आदमी होने पर किसी को साइकिल न दें और आज मुझे शोरूम ही ले जाने का हौसला दे रहे थे। सच कहा है किसी ने कि मतलबी हैं लोग यहाँ। सच को जानते हुए भी कि... खैर, अभी मेरा काम निकल रहा था, इसलिए मैंने उनका शुक्रिया अदा किया और अपनी पसंद की एक गाड़ी ले ली।

सच बताऊँ, अभी ही मेरा रुतबा इतना हो गया था कि अनिल भैया ने मोटरसाइकिल की टंकी में पेट्रोल फुल करवा दिया था। मेरे पास उस समय उनको देने के लिए वाकई में पैसे नहीं थे। लेकिन मैं अपना आने वाला कल जान रहा था। इसलिए पहले तो मैंने नाश्ता किया और फिर कुछ देर बात करने के बाद मोटरसाइकिल लेकर मैं रोहतास के लिए निकल पड़ा।

मन में उमंग था और दिमाग में खुशी की तरंग दौड़ रही थी। दिल भी भगत सिंह बन चुका था। बिहार की मौजूदा स्थिति मुझे हमेशा परेशान करती रही है। मैं हमेशा यह सोचता कि जिस बिहार से दुनिया के तमाम बड़े-बड़े नाम गिनाए जाते हैं उसी बिहार की स्थिति आज बद से बदतर क्यों है ? अब मैं भी अधिकारी बनने वाला हूँ और मैं इस बिहार की तकदीर बदल दूँगा। मोटरसाइकिल चलाते-चलाते मेरे मन में जोश भरता जा रहा था। तीन घंटे की जबरदस्त खुशी वाली यात्रा तय करने के बाद मैं अपने घर पर पहुँच चुका था।

दरवाजे पर बाबूजी थे इसलिए उन्हें खुश करने के लिए मैंने मोटरसाइकिल की हॉर्न को जोर से बजाना शुरू कर दिया। बाबूजी के खुशी का ठिकाना नहीं था। हॉर्न की आवाज सुनकर माँ भी बाहर चली आई। कुछ आस-पड़ोस के लोग भी वहाँ जमा हो गए।

"किसका मोटरसाइकिल ले लिया तुम ?" बाबूजी ने पूछा।

"पटना में बस में भीड़ लगी हुई थी इसलिए मैंने सोचा कि अनिल भैया से एक मोटरसाइकिल खरीद लूँ।" मैंने जवाब दिया।

"अनिल से लिए गाड़ी ? यही तो तुम लोग गलती कर देते हो, गाड़ी लेना था तो हमसे पूछ लेते। अनिल से गाड़ी लेने की क्या जरूरत थी ? अब वह पूरा गाँव में प्रचार करता फिरेगा कि उसी ने तुमको मोटरसाइकिल दी।" बाबूजी ने कहा।

"ऐसा कुछ नहीं होगा, मुफ्त में गाड़ी नहीं दी है उन्होंने। ज्वॉइन करते ही मैं उन्हें पैसे दे दूँगा।" मैंने बाबूजी से कहा।

"अरे तुम गाँव का पॉलिटिक्स नहीं समझते हो!" बाबूजी ने कहा।

"बच्चा अभी-अभी दूर से आया है और आपका थीसिस शुरू हो गया। अरे हाकिम बन रहा है, अब हाकिम वाला सोच तो हो जाएगा ही। अब मोटरसाइकिल ले लिया तो ले लिया, कल कार भी लेगा। अपना पैसा है जो मन में आएगा वह करेगा।" माँ ने पहले बाबूजी से फिर मुझसे कहा, "अंदर आ जाओ बेटा, इनको तो बोलने की आदत हो गई है। तुम नहा-धो लो तब तक पंडित जी को बुलाकर मैं गाड़ी का पूजा करवा देती हूँ। बहुत अच्छा किया जो गाड़ी ले लिए। तुम्हारे बाबूजी को कहीं जाने के लिए अब किसी से गाड़ी नहीं माँगना पड़ेगा। गाँव में तो लोगों के पास एक-दो बीघा जमीन हो जाए तो अपने-आप को देश का राष्ट्रपति ही समझने लगते हैं, अब सबको पता चलेगा कि मेरा बेटा क्या चीज है।"

माँ के शब्दों में बदले का भाव साफ दिख रहा था। माँ के एक-एक शब्द पड़ोसियों पर कटाक्ष की तरह निकल रहे थे। कुछ हद तक मुझे वह खराब भी लग रहा था। लेकिन बाबूजी सच कहते हैं गाँव की पॉलिटिक्स को समझना आसान नहीं होता है। मैं घर के अंदर चला गया। कुछ देर आराम करने के बाद मैं नहाने-धोने को चला गया। पंडित जी को भी पता चल गया था कि आने वाला कल मेरा है इसलिए उन्होंने भी मेरे घर पर आने में एक पल का भी वक्त नहीं लगाया। इधर पिताजी ने लोगों से अच्छे-खासे पैसे भी ले लिए थे क्योंकि अभी दिखावे का सिलसिला शुरू ही हुआ था।

"कब से ज्वॉइनिंग होगा?" फ्रेश होने के बाद घर में बैठते ही बाबूजी ने पूछा।

"अभी तो हजारीबाग में पहले ट्रेनिंग होगा, उसके बाद ज्वॉइनिंग होगा।" मैंने जवाब दिया।

"एसपी डीएसपी से छोटा पोस्ट मिलेगा आपको।" गाँव के एक चाचा ने कहा।

"हाँ, बीडियो..." मैं अभी जवाब देना ही चाह रहा था कि बाबूजी बोल पड़े, "राजनीति वाला आदत नहीं गया है आपका, एसपी डीएसपी कौन-सा बड़ा बात है, ज्वॉइन करने के बाद तैयारी करेगा तो डीएम भी बन जाएगा। मेरिट से ना पास किया है, पढ़ने भेजे थे दिल्ली, वहाँ पढ़ाई किया है। ऐसे थोड़ी सब कोई बीपीएससी बन जाता है।"

"भैया काहे गलत मतलब निकाल रहे हो। तुमको क्या लगता है कि हम दुखी हुए हैं। अरे गाँव-जवार में सबसे ज्यादा प्रचार हम ही किए हैं। हम तो बस इतना जानना चाहते हैं कि कुणाल बाबू ज्वॉइनिंग किस पोस्ट से करेंगे। अरे अपने गाँव का बच्चा अधिकारी बना है, अब क्या चाहिए गाँव को।" चाचा ने बाबूजी को जवाब दिया।

"ठीक कह रहे हैं चाचा आप। बगल में यादव सब के यहाँ एक दरोगा है, चलती देखिए यादव लोग का उसके वजह से।" मेरे उम्र के एक लड़के ने चाचा जी का समर्थन करते हुए कहा।

"बहुत नाम रौशन किए तुम परिवार का बेटा।" दादा जी अब आशीर्वाद देने आ चुके थे, "आज तक सिर्फ ब्राह्मण, भूमिहार, राजपूत, लालाओं के घर

के बच्चे अधिकारी बना करते थे। हम लोग तो बचपन में शर्ट-पैंट पहनते थे तो ऊँची जाति वाले हम लोगों को लाठी से मारा करते थे। फिर यादवों का उदय हुआ और कुछ यादव परिवार में अधिकारी बनने लगे। अपना ही गाँव बचा हुआ था। और अपने गाँव में अपने घर का बच्चा कामयाब हुआ। हमने तो सपने में भी नहीं सोचा था कि हमारा अपना पोता ही अधिकारी बनेगा। तुम्हारी दादी भी तुम्हें अधिकारी बनते देखना चाहती थी लेकिन उसका सपना उसके जीते जी पूरा नहीं हो सका। तुम्हारी दादी होती तो बहुत खुश होती।"

दादा जी की बात से सब भावुक हो चुके थे। गाँव में एक शब्द इस्तेमाल किया जाता है जो शब्द है 'कठपिंगल', इस शब्द का मतलब होता है एक ऐसा इंसान जिसे हर बात की जानकारी होती है और वह किसी की नहीं सुनता है। माहौल जैसा भी हो वह दुनिया को अपने तरीके से ही चलाता है। और मेरे गाँव में कठपिंगलों की कमी नहीं थी।

"हो दादा, आप लोग के जमाने में जो हुआ सो हुआ। हम लोग पर अब कोई लाठी चलाया ना तो दौड़ा-दौड़ा के मारेंगे।" दूसरे लड़के ने कहा।

"और अब तो कुणाल भैया हाकिम भी बन जाएँगे, अब तो जेल भी नहीं होगा। है कि नहीं भैया?" तीसरे ने कहा।

"लड़ाई-झगड़ा किसी से नहीं करना है और गाँव के विकास के बारे में सोचना है। मुझे ज्वॉइन करने दो फिर गाँव के बारे में सोचेंगे। पहले तो यह देखना है कि पोस्टिंग कहाँ देगा।" मैंने कहा।

"लेकिन बउआ, ज्वॉइनिंग किस पोस्ट पर होगा?" चाचा ने अपना सवाल भी पूछा।

"अरे कोनो अधिकारी वाला पोस्ट पर न होगा। चार पहिया गाड़ी मिलेगा, एक दो बॉडीगार्ड मिलेगा। लाइसेंस वाला बंदूक भी मिलेगा, है ना बेटा?" बाबूजी ने जवाब दिया।

"B.D.O. से ज्वॉइनिंग होगी मेरी।" मैंने जवाब दिया और सभी लोगों से कहा, "थोड़ा थका हुआ हूँ, कल बात करते हैं। मुझे थोड़ा आराम कर लेने दीजिए।"

मैं जानता था कि अगर मैं सभा को खत्म नहीं करता तो सभा खत्म भी नहीं होती। बाबूजी किसी को नहीं छोड़ते और मैं नहीं चाहता था कि बोलते-बोलते

बाबूजी ऐसी बात बोल जाएँ जो दूसरों को खराब लग जाए। लेकिन मैं बाबूजी की स्थिति को समझ रहा था। गाँव मैं जब तक आप कामयाब नहीं होते तब तक लोग आपको और आपके परिवार को नीचा दिखाने की पूरी कोशिश करते रहते हैं। हमेशा आपके खिलाफ बयानबाजी होती रहती है जिसकी वजह से आपकी कामयाबी आपको बगावत पर उतार देती है। मैं पढ़ा-लिखा था और इस वजह से गाँव में इसी व्यवहार में बदलाव लाना चाहता था।

दिल में कहीं-न-कहीं आईएएस बनने का सपना अभी भी पल रहा था और मैं उसके बारे में सोच रहा था और साथ ही मेरे सपनों में तृषा भी आ रही थी जिसे मैं बचपन से प्यार करता था।

तृषा भूमिहार परिवार की लड़की थी। और बिहार में अंतरजातीय विवाह करना इतना भी आसान नहीं था। मुझे यह भी नहीं पता था कि तृषा मुझसे प्यार करती थी कि नहीं लेकिन मैं एक बात तो जानता था कि हमेशा ऊँच-नीच करने वाला बिहार का समाज हाकिम की हुकूमत को बहुत अच्छे तरीके से समझता है। बस यही एक उम्मीद थी जो दिल में मोहब्बत जिंदा थी।

अगले दिन घर में जबरदस्त तैयारियाँ चलने लगीं। मुझे समझ में नहीं आ रहा था कि एक ही दिन में यह किस तरह की तैयारी की जा रही है। बाबूजी से पूछने की मेरी हिम्मत नहीं थी इसलिए मैंने माँ से पूछा।

"बेटा हाकिम बना है। गाँव वाले कह रहे थे कि भोज होना चाहिए। तुमको पता नहीं है कि बाबूजी कितने खुश हैं तुम्हारे। बहुत बड़ा-बड़ा रिश्ता आ रहा है। मुँहमाँगा दहेज दे रहे हैं सब। पहले तो लोग पैसा देने से हिचकिचाते थे लेकिन अब तुमने हम लोगों का दिन-दुनिया बदल दिया है। अभी देखो तुम्हें पहली वेतन का पैसा भी नहीं मिला है और लोग खुद ही पैसा देने चले आए हैं।" माँ ने जवाब दिया।

"लेकिन इन सब की क्या जरूरत है?" मैंने पूछा।

"जरूरत है बेटा।" माँ ने जवाब देते हुए कहा, "तुमको नहीं पता है कि हम लोग क्या-क्या सुने हैं यहाँ पर। जिसको जो मन में आता था वह तुम्हारे बारे में तुम्हारे बाबूजी से कहता रहता था। डेढ़ लाख रुपया खर्चा किए हैं बाबूजी आज के भोज में, गाँव में ऐसा भोज आज तक नहीं हुआ होगा। आखिर गाँव वालों को भी तो पता चले कि हाकिम का परिवार कैसा होता है।" माँ ने मुझे जवाब दिया।

माँ की बात सुनकर मैं हैरान था और बिहार की स्थिति को एक बार फिर से समझने लगा था। मेरे पास और कोई विकल्प ही नहीं था। बाबूजी की खुशी में ही मेरी खुशी थी, और उस वक्त मैंने बाबूजी का साथ देना ही सही समझा। यही तो फर्क है IIT वाले और हमारे जैसे लड़कों में। हम बिहार में ही रहकर यहाँ के लिए लड़ते मरते रहते हैं और वो ससुरे विदेश में I know, you know, Howdy किया करते हैं। दूर से ज्ञान बाँटना बहुत आसान है लेकिन अंदर रहकर समाज को ठीक करना बहुत मुश्किल है।

#2#

"मैं कुणाल कुमार शपथ लेता हूँ/सत्य निष्ठा से प्रतिज्ञा करता हूँ कि विधि द्वारा स्थापित भारत के संविधान के प्रति सच्ची निष्ठा रखूँगा, मैं भारत की प्रभुता और अखंडता अक्षुण्ण रखूँगा तथा मैं अपने पद के कर्तव्यों का ईमानदारी और निष्पक्षता से पालन करूँगा।"

कहते हैं कि सपनों का दरवाजा जल्दी खुलता नहीं है और जब खुलता है तो आपको उस दुनिया में प्रवेश दिलाता है जिस दुनिया की कल्पना मात्र आपके अंदर जोश भर देता है। हजारीबाग में एक साल की ट्रेनिंग खत्म हो गई थी और ट्रेनिंग खत्म होने के बाद मुझे बिहार सरकार में BDO बनने का गौरव प्राप्त हुआ। हाजीपुर में मेरी पहली पोस्टिंग थी। मेरे पिताजी एक सरकारी ऑफिस में चपरासी का काम करते थे। हर माँ-बाप अपने बच्चों के लिए अपनी हैसियत से ज्यादा करते हैं, मेरे पिताजी ने मेरे भविष्य के लिए अपने सपने बेच दिए थे।

हाजीपुर से सासाराम ज्यादा दूर था नहीं और बिहार का लगभग हर युवा हिंदी फिल्मों से काफी प्रभावित होता है। सरकारी गाड़ी मुझे मिली हुई थी, एक ड्राइवर मिला हुआ था, एक PA था, और साथ में था अधिकारी बनने के बाद कोट-पैंट पहनने का रुआब।

बिहार में उन दिनों कोट-पैंट पहने हुए ऑफिसर का अलग ही रुतबा होता था। आज भी हिंदुस्तान की अस्सी प्रतिशत से ज्यादा आबादी एक आईएएस ऑफिसर को डीएम से ऊपर जानती भी नहीं है।

दो घंटे का रास्ता था, मैंने ड्राइवर से सासाराम चलने को कहा।

"गाड़ी का हॉर्न बजाना शुरू कर दो।" गाँव के चौक पर पहुँचते ही मैंने ड्राइवर से कहा।

"जी हुजूर।" ड्राइवर ने मेरी बात मानकर हॉर्न बजाना शुरू कर दिया।

गाँव में मेरे आने की दस्तक हो चुकी थी। बाबूजी को मैंने पहले ही मेरे आने की सूचना दे दी थी। फिर क्या था, बाबूजी ने मेरे स्वागत में एक बार फिर से दरवाजे को सजा दिया था। मेरी गाड़ी मेरे दरवाजे पर रुकी, दरवाजे पर खड़े थे चार पंडित जो बरसों से चली आ रही परंपराओं को निभाने चले आए थे। माँ बहुत खुश थी, उनके हाथों में आरती की थाली थी। उन्होंने मेरी आरती उतारी, लेकिन बाबूजी अभी तक दिखाई नहीं दे रहे।

"यह क्या कर रही हो माँ?" मैंने माँ से पूछा।

"भगवान की वजह से आज तुम्हारे बाबूजी का सपना पूरा हुआ है। मुझे तो मेरे बेटे में ही भगवान दिख रहा है। मैंने मन्नत माँगी थी कि जिस दिन मेरा बेटा हाकिम बनकर आएगा, उस दिन मैं खुद उसकी आरती उतारूँगी।" माँ ने कहा।

"मेरा भगवान तो तुम्हारी कदमों में है।" कहते हुए मैंने माँ को गले लगा लिया और पूछा, "बाबूजी कहाँ हैं?"

"अंदर हैं। खुशी से तुम्हारा सामना करने की उनमें हिम्मत नहीं हो पा रही है। तुम्हें नहीं पता है कि इस दिन का उन्होंने कितनी बेसब्री से इंतजार किया है। पता नहीं वो तुम्हारा सामना कर भी पाएँगे कि नहीं!" माँ ने जवाब दिया।

"आज मैं जो कुछ भी हूँ, बाबूजी के भरोसे की वजह से ही हूँ।" कहते हुए मैं उनसे मिलने अंदर चलाया।

"सलाम साहब!" बाबूजी ने मुझे देखते ही एक आम इंसान की तरह सलामी दी।

"बाबूजी!" उनकी भावनाओं को कद्र करते हुए मैं उनके कदमों में गिर गया।

बाबूजी ने मुझे उठाया, मेरे कोट-पैंट को काफी देर तक अपने हाथों से छुआ और और अपनी आँखों में आँसुओं को छुपाते हुए मुझसे कहा, "आज तक तुम्हारे बाबूजी के हाथ सिर्फ अधिकारियों को सलामी देने के लिए उठे हैं, आज भी मैंने एक अधिकारी को ही सलामी दी है। लेकिन मैं दुनिया को बता दूँगा कि मेरा बेटा भी हाकिम है। जिस बाप के हाथ आज तक सलामी के लिए उठे, आज से लोग उसके बेटे को सलामी देंगे। तुमने मेरा नाम रौशन कर दिया है बेटा।"

"बाबूजी, आपसे ही सीखा हूँ कि हर इंसान अपना कर्तव्य करता है। जो

कर्म करता है उसे परिणाम जरूर मिलता है। यह आपका भरोसा ही था कि मैं आज इस मुकाम पर पहुँच पाया हूँ। आज से मेरे बाप का हाथ किसी को सलामी देने के लिए नहीं उठेगा।" मैंने उनसे कहा।

"ऐसी सोच मत रखो बेटा।" बाबूजी ने मुझे समझाते हुए कहा, "मैं किसी इंसान को सलाम नहीं करता था, मैं उसकी योग्यता को सलाम करता था। मुझे तो खुशी इस बात की है कि मेरा बेटा भी इस योग्य बन चुका है कि उसके बाप का कद रखने वाले लोग उसकी योग्यता को सलाम करेंगे। एक बाप को इससे ज्यादा कुछ भी नहीं चाहिए।"

बचपन से ही बाबूजी मेरे प्रेरणा के स्रोत थे। उनकी बातें किसी भी धार्मिक किताब से ज्यादा महत्त्व रखती थीं मेरे लिए। उनके आदर्शों पर चलते हुए मैं इस मुकाम तक पहुँचा था।

"अब घर आए हो, कपड़े बदल लो।" गाँव के मुखिया ने मुझसे आकर कहा।

"अरे मुखिया चाचा प्रणाम!" मैंने मुखिया चाचा को प्रणाम करते हुए कहा।

"पिछली बार तुमसे नहीं मिल पाया था बेटा, अपनी बेटी के घर गया हुआ था। लेकिन जब से पता चला कि तुम हाकिम बन गए हो, मत पूछो दिल को कितनी तसल्ली मिली है। तुम्हारी चर्चा तो गाँव-गाँव तक है। आज आस-पास के सभी गाँव में तुम्हारी ही चर्चा है। ऐसा पहली बार हुआ है कि हमारे समाज का चर्चा ब्राह्मण, भूमिहार और ठाकुर कर रहे हैं।" मुखिया चाचा ने कहा।

"ग्वार सबके घर में आग लग गलवा।" भोजपुरी में मेरी उम्र के एक लड़के ने मुखिया चाचा की बात को सुनते हुए कहा, जिसका मतलब था कि यादवों के घर में आग लगा हुआ था। क्योंकि यादवों का मजाक बनाने वाले, यादवों को ग्वार ही कहते हैं।

छोटी-मोटी पार्टी रखी गई थी। लगभग चालीस से पचास लोगों का खाना बनाया गया था। सतनारायण भगवान का कथा कराया जा रहा था। गरीबों में प्रसाद बाँटा जा रहा था। बाबूजी अपनी खुशी छुपा नहीं पा रहे थे। हम सभी लोग खाने पर साथ में बैठे थे, बातों-ही-बातों में मेरी शादी की चर्चा ने जोर पकड़ लिया।

"गम्हरिया गाँव के मुखिया जी के पास कम-से-कम पचास बीघा जमीन है।

लड़का भी वह बैंक मैनेजर से कम नहीं ढूँढ़ रहे हैं। बेटी को हम खुद देखकर आए हैं उनकी, बहुत खूबसूरत है।" मुखिया चाचा ने कहा।

"और आपको लगता है कि भैया उससे शादी कर लेंगे? मुखिया चाचा के बेटे ने ही उनकी बात का विरोध करते हुए कहा, "शक्ल-सूरत के अलावा कुछ और है नहीं। और शक्ल-सूरत को चाटना है क्या? काला अक्षर भैंस बराबर है। बच्चों के पढ़ाई-लिखाई पर तो कभी खर्च किए नहीं, और दामाद पढ़ा-लिखा ही चाहिए। आजकल जमीन का क्या कीमत रह गया है?"

"तुम ज्यादा पटर-पटर मत करो। और बड़ों के बीच में बोलना बंद करो नहीं तो मारेंगे कान के नीचे खींच के।" मुखिया चाचा ने अपने बेटे को डाँटते हुए कहा।

"गुस्सा मत करिए, बात सही कह रहा है आपका लड़का।" एक और गाँव वाले ने मुखिया चाचा से कहा, "कुणाल अब आम लड़का नहीं रह गया है, कुणाल पढ़ा-लिखा है और हाकिम बन गया है। बड़े-बड़े लोग के साथ और अच्छी सोसाइटी में इसका उठना-बैठना होगा, इसलिए लड़की ऐसी तो होनी ही चाहिए जो सोसाइटी में एडजस्ट कर सके।"

"अपनी जात-बिरादरी में लड़का तो पढ़ा-लिखा मिलता नहीं है, लड़की कहाँ से पढ़ी-लिखी मिलेगी आपको?" मुखिया चाचा ने पूछा।

"रोहतास से बाहर निकले हैं कभी? रोहतास तो दूर की बात है, गाँव से कभी बाहर निकले हैं? शहर जाकर देखिए, एक पर एक लड़की है।" कहने वाले ने मुखिया चाचा को जवाब दिया।

"तुम लोग बेकार की बातों में अपना समय बर्बाद कर रहे हो।" दादाजी ने अब उनसे कहा, "कुणाल के लिए पैसा कमाना अब कोई बड़ा बात है नहीं। एक चुनाव आएगा उसी में बढ़िया हाथ लग जाएगा। रही बात लड़की की तो दान-दहेज तो देना ही पड़ेगा और खूब देना पड़ेगा, लड़की भी पढ़ी-लिखी मिल जाएगी।"

"हो दादा, मर्दे अपने जमाने से बाहर निकलिए।" मुखिया जी के लड़के ने फिर कहा, "कुणाल भैया हाकिम बन गए हैं, अब इनको किसी गरीब लड़की का हाथ थामना चाहिए। आदर्श विवाह करना चाहिए इनको। हम तो कहते हैं भैया लव मैरिज कर लीजिए। या तो मंदिर में शादी करिए या कोर्ट में। आज तक

अपने गाँव में किसी का शादी कोर्ट में नहीं हुआ।"

"तुम लोग मेरी शादी की छोड़ो, अभी मेरा शादी करने का कोई इरादा नहीं है।"

मैंने अपने ऊपर लटकने वाली तलवार को हटाया और तृषा के बारे में सोचने लगा। मेरे मन का सच कोई नहीं जानता था लेकिन कहीं-न-कहीं मेरी माँ ने मेरे मन को पढ़ा हुआ था। एक बार मैंने तृषा के बारे में माँ को बताया भी था। मैं रात होने का इंतजार करने लगा।

गाँव में अपनापन बहुत ज्यादा होता है। आपके रिश्ते चाहे कैसे भी हों, गाँव के लोग आपके मेहमान की बहुत कदर करते हैं। मैं वैसे भी ऐसे परिवार से जरूर जुड़ा था जो इंसानियत की कदर करता था। ड्राइवर और PA दोनों को गाँव में काफी सम्मान मिला। रात का समय हुआ और सभी लोग अपने-अपने घर जा चुके थे। बाबूजी गाँव के कुछ लोगों के साथ बाहर बंगले में ताश खेल रहे थे।

बंगला यानी गाँव में घर के बाहर एक छोटे आकार का बैठकी करने वाला एक घर कहें या मेरे पास शब्द नहीं है कि मैं उसे विशेष तौर पर परिभाषित कर सकूँ! एक ऐसा घर जो चारों तरफ से खुला हो जहाँ काफी लोग बैठ सकें। बंगला घर से अलग होता है और बंगले में मर्दों की ही बैठकी होती है। गाँव की बेटियाँ तो फिर भी बंगले में आ सकती हैं लेकिन बहुओं के लिए बंगले का दरवाजा अक्सर बंद ही होता है। अब गाँव की बहू की उम्र सोलह हो या साठ, कोई फर्क नहीं पड़ता है।

"क्या बात है बेटा, कुछ खोए हुए लग रहे हो?" माँ ने मेरे चेहरे का भाव पढ़ते हुए कहा।

"अपनी शादी के बारे में सोच रहा था माँ।" मैंने कहा उनसे।

"मर्दों के बीच में मैंने बोलना कुछ सही नहीं समझा था। तुम तो जानते ही हो कि गाँव की स्थिति क्या है। तृषा से बात हुई तुम्हारी?" माँ ने पूछा।

"मुझे नहीं मालूम कि तृषा मुझे पसंद भी करती है कि नहीं।" मैंने कहा।

"देखो तुम्हारी शादी के लिए लड़की का तैयार होना बहुत जरूरी है। अपने यहाँ दहेज का चलन है लेकिन तुम्हारे बाबूजी दहेज के लालची नहीं हैं। उन्हें आदर्श विवाह से कोई दिक्कत नहीं होगी। अपने परिवार की तरफ से तुम्हें कोई दिक्कत नहीं होगी, लेकिन तृषा के परिवार का खयाल तुम्हें रखना होगा। वैसे

अब तुम हाकिम बन चुके हो, जात-बिरादरी से ऊपर उठ चुके हो तुम। तुम्हें अपने दिल की बात लड़की को बता देनी चाहिए। लड़की अगर हाँ कहे तो हम उसके माँ-बाप से बात करेंगे।" माँ ने कहा।

"जानती हो माँ, एक बात का मुझे हमेशा दुख रहा।" मैंने माँ से कहा, "जब भी गाँव में आईएएस या आईपीएस बनने की बात होती तो कोई भी आदमी यह नहीं कहता कि अधिकारी बनने के बाद मैं देश की सेवा करूँगा। हर कोई एक ही बात कहता कि अधिकारी बनने के बाद घूस में ही इतना पैसा कमा लेते हैं कि उनकी कमाई उनकी पीढ़ियाँ खाती हैं। लोग चुनाव के समय का हवाला देते हैं। लेकिन सच तो यह है कि मैं सेवा के लिए अधिकारी बना हूँ।"

"अगर लोग ऐसी बातें करते हैं तो इसमें कुछ सच्चाई भी होगी।" माँ ने मुझे समझाते हुए कहा, "लोग क्या कहते हैं इसे क्या फर्क पड़ता है? तुम क्या करते हो इससे जरूर फर्क पड़ता है। लोगों की बात पर मत जाओ और कल ही जाकर तृषा को सारी बात बता दो। बिहार में अधिकारी लड़का ढूँढ़ने पर भी नहीं मिलता है। सरकारी नौकरी का तो वैसे भी बहुत महत्त्व है, लेकिन सरकारी नौकरी अधिकारी वाला हो तो उसकी बात ही अलग है। वैसे हाकिम बनने के बाद तुम्हारे पास इतना पावर तो होगा ही कि तुम उसके परिवार को देख सको।"

"मैं कोई जबरदस्ती नहीं करना चाहता माँ।" मैंने जवाब दिया।

"मैं भी जबरदस्ती की बात नहीं कर रही हूँ। लड़का-लड़की अगर राजी हों तो परिवार को समझदार नहीं बनना चाहिए। भला बताओ क्या कमी है मेरे बेटे में?" माँ ने मुझे कहा।

"भूमिहार हैं वो लोग।" मैंने जवाब दिया।

"भूमिहार हैं तो क्या हो गया? उनके भी शरीर में खून ही बहता है।" माँ ने कहा, "तुम पहले तृषा से बात करो, फिर मैं तुम्हारे बाबूजी से बात करती हूँ। अभी तुम से बहुत लोगों का मतलब निकलने वाला है, तुम्हें पूरा समर्थन मिलेगा।"

माँ की बात मुझे सही लगी और उनकी बातों से मुझे हौसला भी मिला। रात को सुकून की नींद सोने चला गया। हाँ, एक बात का खयाल जरूर था कि तृषा के दिल में मेरे लिए क्या है? दोस्ती तो हमारी अच्छी ही थी लेकिन अभी तक हमने प्यार की बातें नहीं की थीं।

अगले दिन मैं तृषा से मिलने शहर को चला। एक घंटे का वक्त लगा और मैं रोहतास जिला पहुँच चुका था। तृषा को मैंने पहले ही फोन कर दिया था। शहर के छोटे से कॉम्प्लेक्स में कॉफी-केक दुकान पर हमारी मुलाकात हुई।

"क्या बात है कुणाल, अब तो तुम अधिकारी बन गए हो। छोटी-मोटी पार्टी से काम नहीं चलेगा।" तृषा मुझसे मिलने आई थी और मुझे देखते ही उसने कहना शुरू कर दिया।

"शायद हम इस शहर की सबसे अच्छी जगह पर बैठे हैं।" मैंने कहा।

"हाँ यार दिल्ली की तो बात ही अलग है, मैं तो कभी-कभी भूल ही जाती हूँ।" तृषा ने कहा।

"और बताओ क्या चल रहा है?" मैंने पूछा।

"कुछ नहीं यार, तुम तो जानते हो बिहार का हाल। जब से यहाँ आई हूँ तबसे लोग मेरी शादी के पीछे पड़े हुए हैं। अच्छे लड़के की तलाश की जा रही है। और जो लड़का कमाने वाला है उसकी डिमांड आसमान छूती है। दहेज की अछूत बीमारी है बिहार में।" तृषा ने जवाब दिया।

"तुम पढ़ी-लिखी होके भी दहेज का समर्थन करती हो?" मैंने पूछा।

"क्या करूँ यार, बिहार में ऐसा ही होता है। तुम्हें तो मालूम ही है। मेरी एजुकेशन को देखकर कौन शादी करेगा मुझसे? तुम्हारा भी तो अच्छा-खासा रेट हो गया होगा?" तृषा ने कहा।

तृषा की बात सुनकर में हँसने लगा और हँसते हुए मैंने कहा, "मुझे लगता है कि मैं अच्छी कमाई कर लूँगा इसलिए मुझे एक अच्छी लड़की की जरूरत है। बस दिक्कत यह है कि अच्छी लड़की मिल नहीं रही।"

"लड़कियों की कौन-सी कमी है, वह भी तुम्हारे जैसे लड़कों के लिए। तुम्हें तो कोई भी लड़की हाँ कह देगी।" तृषा ने कहा।

"अच्छा, सोच लो तुम क्या बोल रही हो।" मैंने कहा।

"सोचना क्या है, मैं ज्यादा सोचती नहीं हूँ। मैं जो कहती हूँ वह सच कहती हूँ।" तृषा ने तुरंत मुझे जवाब दिया।

"अगर ऐसी बात है, तो तुम मुझसे शादी कर लो।" मैंने वक्त बर्बाद किए बिना अपने दिल की बात तृषा से कह दी।

मेरी बात को सुनकर तृषा खामोश हो गई जिसकी वजह से मेरे दिल की

धड़कन बढ़ गई।

"देखा तृषा, यही सच्चाई है। कहने और करने में बहुत फर्क होता है।" मैंने कहा।

"ऐसी बात नहीं है कुणाल। तुम्हारे जैसा लड़का मुझे सपने में भी नहीं मिल सकता। लेकिन तुम जानते हो कि हमारे और तुम्हारे बीच में जाति की एक दीवार है। मेरे हाँ कहने से कुछ नहीं होगा। समाज के लोग..." तृषा ने कुछ कहना चाहा।

"पता है तृषा, समाज की कुछ बातें मुझे बहुत अजीब लगती हैं। अगर आपके घर में किसी का एक्सीडेंट हो जाए तो इलाज में काफी खर्च होता है, समाज के लोग अगर आपकी मदद भी करते हैं तो पैसे का वह आपको कर्ज देते हैं। उस समय समाज में आपकी इज्जत खराब नहीं होती, लेकिन किसी कारणवश एक्सीडेंट से आपके परिवार के सदस्य की मौत हो जाए और इलाज के दौरान आपका सारा पैसा भी खत्म हो जाए तो भी समाज के लोग आपको मृत्युभोज के लिए विवश कर देते हैं। उस वक्त समाज की इज्जत दाँव पर लग जाती है। मैं उन बातों पर बात नहीं करना चाहता लेकिन मैं चाहता हूँ कि तुम्हारे दिल में मेरे लिए जगह है तो तुम मेरा साथ दो। तुम्हारे परिवार से मैं बात करूँगा। आज ही करूँगा। अगर हमें कानून का सहारा लेना पड़े तो हम कानून का सहारा लेंगे। जिंदगी मुझे और तुम्हें जीनी है, समाज को नहीं। मुझे सिर्फ तुम्हारी राय जाननी है, अगर तुम्हारी हाँ है तो मैं आज ही तुम्हारे परिवार से मिलने के लिए तैयार हूँ और भरोसा करो तुम्हारे आत्मसम्मान के साथ कुछ भी गलत नहीं होगा।"

"ठीक है कुणाल, अगर तुमने मेरे मम्मी-पापा को मना लिया तो मैं तुम्हारी।" तृषा ने कहा।

"ठीक है, चलो मेरे साथ।" मैंने उसका हाथ थामा और उसे अपनी गाड़ी में ले आया।

पाँच किलोमीटर की यात्रा करने के बाद मैं उसके घर पर पहुँच चुका था। एक अधिकारी की गाड़ी में अपनी बेटी को देखकर उसके मम्मी-पापा को कुछ अजीब लगा। तृषा ने अपने मम्मी-पापा से मेरा परिचय कराया। मैंने कुछ देर उनसे बात की और फिर तृषा का हाथ माँग लिया।

"हम लोग पुरानी सोच वाले लोग नहीं हैं।" आशा के विपरीत तृषा के

पिताजी ने जवाब दिया, "अरे अधिकारी लड़का ढूँढ़ने से नहीं मिलता। जात-बिरादरी में क्या रखा है। यह तो मेरी बेटी की किस्मत है कि आपके जैसा लड़का इसे पसंद करता है। नसीब लेकर आई है यह लड़की। हमें यह रिश्ता मंजूर है, लेकिन रिश्ते के लिए आपके माँ-बाप का तैयार होना जरूरी है। दहेज में जितना हम सक्षम होंगे उतना ही दे पाएँगे।"

"दहेज की चिंता मत करिए आप, मुझे बस तृषा चाहिए। समाज की भी चिंता मत करिए आप, समाज को भी मैं देख लूँगा।" मैंने कहा।

"समाज मेरी बेटी की शादी अच्छे घर में करा देगा क्या?" तृषा के पिताजी ने मुझसे कहा, "हर बाप अपनी बेटी की भलाई के लिए सोचता है। समाज के लोग तो जल के रह जाएँगे कि मेरी बेटी की शादी एक अधिकारी से हो रही है। जात-पात की बात गाँव में अच्छी लगती है, हम लोग शहर के लोग हैं। इसीलिए तो मैंने अपनी बेटी को दिल्ली में पढ़ाया था ताकि इसकी सोच विकसित हो सके।"

मैंने सपने में भी नहीं सोचा था कि मेरे होने वाले सास-ससुर कोई फिल्मी ड्रामा नहीं करेंगे। मैं बहुत खुश हो गया था।

"मैं तृषा से दो मिनट के लिए बात करना चाहता हूँ।" मैंने कहा।

"हाँ करिए ना।" होने वाली सासू माँ ने कहा।

मैं एक कमरे में तृषा से मिलने चला गया। तृषा शर्मा के अपने चेहरे को पीठ की तरफ करते हुए खड़ी थी। मौके का फायदा उठाते हुए मैंने उसे अपनी बाहों में जकड़ लिया।

"क्या कर रहे हो, कोई देख लेगा!" कहते हुए वह मेरी तरफ पलट गई।

"देखने दो, मैं अपनी होने वाली बीवी को प्यार कर रहा हूँ। मैं चाहूँ तो कुछ भी कर सकता हूँ तुम्हारे साथ।" मैंने कहा।

"होने वाली बीवी और बीवी में फर्क होता है। तुम जो कर रहे हो वह बीवी के साथ किया जाता है, होने वाली बीवी के साथ नहीं।" तृषा ने कहा।

"होने वाली बीवी के साथ जो किया जाता है वह अगर मैं करने लगूँ न तो काफी वक्त लग जाएगा, बदनाम हो जाओगी तुम।" मैंने हँसते हुए कहा।

"बिहार पुलिस के अधिकारी हो ना, घूस लिए बिना मानोगे नहीं। अभी छोड़ो, शादी के बाद जो करना हो वह करना। मैं मना नहीं करूँगी। लेकिन प्लीज

अभी छोड़ो।" तृषा ने मेरी पकड़ से निकलने की नाकाम कोशिश करते हुए कहा।

मैंने उसके होठों को चूमते हुए कहा, "सँभाल के रखना अपने पूरे बदन को, तुम अब मेरी संपत्ति हो। और हाँ, शादी के बाद कुछ ज्यादा ही होगा।"

उसके माथे को चूमकर मैं निकल गया। एक बार फिर मैं अपने घर गया अपने मम्मी-पापा को पूरी बात बता दी। बाबूजी काफी खुश हुए, उन्हें अच्छा लगा कि मैं दहेज का भूखा नहीं हूँ।

तृषा और मेरी शादी धूमधाम से हुई। दोनों पक्षों के लोगों ने रोहतास जिले में एक-दूसरे का स्वागत किया। हमारी शादी के चर्चे अखबार में छपे। मुझे तो पहले लग रहा था कि मेरी शादी में बहुत ड्रामा होगा लेकिन सरकारी और अधिकारी वाली नौकरी की कीमत को मैं समझ चुका था।

सुहागरात का वक्त आया। तृषा घूँघट में और दुल्हन के लिबास में मेरा इंतजार कर रही थी। अपनी पुरानी यादों को ताजा करते हुए, पहले तो मैंने उसके होठों को चूमा और फिर धीरे-धीरे मैंने औरत और मर्द के बीच की उन सभी मर्यादाओं को तोड़ दिया जिसकी इजाजत समाज ने ही हमें दे दी थी। हम दोनों एक-दूसरे में खो गए थे, दो जिस्म एक जान की तरह।

#3#

तृषा का व्यवहार परिवार में सबको पसंद आ रहा था। पूरे समाज में चर्चा थी कि मैंने भूमिहार की लड़की से शादी की है। समाज के लोग इस बात को बढ़ा-चढ़ाकर पेश भी कर रहे थे लेकिन जो लोग समझदार थे, उन्हें इस बदलाव को देखकर अच्छा लग रहा था।

मुँह दिखाई (दुल्हन का चेहरा दिखाना) रस्म को निभाने के लिए गाँव की औरतें आतीं और जातिवाद का कुछ-ना-कुछ जुमला ऐसा जरूर दे देतीं जो सुनने में मुझे भी खराब लगता। लेकिन तृषा एक समझदार लड़की थी, वह किसी के भी बात का बुरा नहीं मानती। माँ भी इस बात का पूरा खयाल रखती कि वह अपनी तरफ से तृषा से कुछ ऐसा ना कहे जो उसे खराब लगे।

शादी के बाद एक बार फिर हाजीपुर जाने का वक्त आ चुका था। मैं माँ को भी अपने साथ ले जाना चाहता था।

"अब तुम्हारा आराम करने का वक्त है, अब तुम मेरे साथ हाजीपुर चलो। वहाँ पर कोई मेड ढूँढ़ लेंगे। और तुम्हारी बहू तो है ही।" मैंने माँ से कहा।

"नहीं बेटा, अभी घर बिखरा हुआ है। तुम्हारे बाबूजी गाँव छोड़कर नहीं जाएँगे। और मैं चली गई तो तुम्हारे बाबूजी का तबीयत खराब हो जाएगा। अभी तुम जाओ, हम बाद में आएँगे।" माँ ने जवाब दिया।

"माँ तुम कब तक काम करती रहोगी?" मैंने कहा।

"हाँ माँ जी, कुणाल सही कह रहे हैं। आपको हमारे साथ रहना चाहिए।" तृषा ने माँ से कहा।

"बहू, मैं भी चाहती हूँ कि हम लोग साथ रहें लेकिन तुम अपने ससुर को नहीं जानती हो। शहर में उनका मन नहीं लगेगा। हम बीच-बीच में आते रहेंगे।

एकदम से गाँव भी खाली नहीं कर सकते। अगर गाँव खाली कर दिया तो यहाँ का जो जमीन-जायदाद है, सब बर्बाद हो जाएगा। आस-पड़ोस के लोग घर की एक-एक ईंट निकाल लेंगे। किसी-ना-किसी का गाँव में रहना बहुत जरूरी है।" माँ ने कहा।

"माँ जी, अब आपका बेटा अधिकारी हो गया है। कोई कुछ नहीं करेगा। आपकी उम्र भी हो गई है। हम लोग सब मिलकर साथ रहेंगे तो बहुत अच्छा लगेगा। परिवार में जब दो चूल्हा जले तो परिवार का खर्च भी दोगुना हो जाता है।" तृषा ने माँ से कहा।

"मुझे मालूम है बहू, लेकिन तुम्हारे ससुरजी नहीं मानेंगे। फिर भी मैं बात करके देखती हूँ।" माँ ने कहा।

बाबूजी से इस मुद्दे पर बात करना मेरे बस की बात नहीं थी क्योंकि मैं जानता था कि मैं देश का राष्ट्रपति भी बन गया तो बाबूजी की नजर में मैं नासमझ ही रहूँगा। उन्हें गाँव से दूर करना बेहद मुश्किल था। माँ ने बाबूजी से बात की।

"तुम लोगों का दिमाग खराब हो गया। गाँव में जितना पैतृक जमीन-जायदाद है, सब किसी और के नाम कर दें? बहुत मेहनत से सँभाला है सबको। तुमको अगर आराम ही करना है तो बहू को यहाँ रोक लो। कुछ दिन रहेगी यहाँ पर। हाजीपुर दूर ही कितना है, जब मन होगा चली जाएगी। आती-जाती रहेगी तो कुणाल को भी अच्छा लगेगा और घर में भी रौनक बनी रहेगी।" बाबूजी ने जवाब दिया।

"आपकी बेतुकी बातों का कोई जवाब नहीं है मेरे पास। बहू के रहते मेरा बेटा हाथ जलाएगा, कौन माँ चाहेगी ऐसा? और अभी दोनों की नयी-नयी शादी हुई है और आप चाहते हैं कि मैं बहू को यहाँ रोक लूँ। यह तो मुमकिन हो ही नहीं सकता, मैं होने नहीं दूँगी। मेरे नसीब में खाना बनाना लिखा है तो मुझे कोई दिक्कत नहीं है।" माँ ने कहा।

"अरे मैं तो तुम्हारे ही भले के लिए ही कह रहा था। लेकिन तुम भी ठीक कह रही हो। बहू को कुणाल के साथ ही रहना चाहिए। तुम एक काम करो, घर पर किसी एक आदमी के रहने से भी काम चल जाएगा। तुम कुणाल के साथ चली जाओ। तुम्हारा मन भी लगा रहेगा और तुम्हें घर की चिंता भी नहीं करनी पड़ेगी। मैं भी बीच-बीच में आता रहूँगा। लेकिन गाँव छोड़कर शहर में रहना मेरे

लिए मुमकिन नहीं है।" बाबूजी ने कहा।

"मैं तो रहूँगी ही अपने बेटे के साथ क्योंकि आगे चलकर बच्चा भी होगा बहू को तो उसका भी खयाल रखना होगा।" माँ ने बाबूजी पर गुस्सा करते हुए कहा।

"हाँ सही है, बहू को भी अच्छा लगेगा। तुम भी चले जाओ अपने बेटे और बहू के साथ। मैं अपना खयाल रख लूँगा।" बाबूजी ने कहा।

बाबूजी का फैसला लगभग अटल रहता था और उन्हें अपनी बात मनवा पाना लगभग असंभव था।

"बेटा अभी तुम और बहू चले जाओ, कुछ दिन साथ रहो। मैं एक या दो महीने के बाद आऊँगी। तब तक मैं यहाँ का सब बंदोबस्त कर दूँगी। तुम्हारे बाबूजी को कहने में क्या जाता है, सारा काम तो मुझे ही करना पड़ता है। जैसी तुम्हारी बाबूजी की बोली है, आजकल की नयी खयाल की लड़कियाँ ज्यादा बर्दाश्त भी नहीं कर पाएँगी। अब जो है सो है और उस पर रोने से कोई फायदा नहीं है।" माँ ने मुझे समझाते हुए कहा।

"यह धन-दौलत और जायदाद कल मेरा ही तो है, बाबूजी को इसकी क्यों पड़ी है। फायदा हो या नुकसान, जो होगा मेरा होगा।" मैंने कहा।

"मुझे सब मालूम है लेकिन तुम्हारे बाबूजी को समझाना नामुमकिन है। अब तुम बहू के पास जाओ, उससे बात करो। घर से बाहर मत निकलना। आज कुछ विधि-विधान करना है, जिसमें तुम्हारा घर से निकलना सही नहीं होगा। आज बहू को देखने भी कोई नहीं आएगा। कल तुम्हें जाना भी है।" माँ ने बताया।

"ये क्या बात हुई, मैं घर से बाहर क्यों नहीं निकल सकता ?" मैंने पूछा।

"इसलिए नहीं निकल सकता क्योंकि यह शहर नहीं गाँव है और यहाँ ऐसा ही होता है। अभी नयी-नयी शादी हुई है तो बहू को तुम्हारी जरूरत भी है। लड़की जब ब्याह कर घर आती है थोड़ी डरी-सहमी हुई होती है। उसे सबसे ज्यादा साथ अपने पति का चाहिए होता है। ज्यादा मत भुकाओ (परेशान करना) और मैं जैसा कहती हूँ वैसा करो।" माँ ने मुझे आदेश देते हुए कहा।

"अब तुम्हारी बात तो माननी पड़ेगी।" मैंने माँ से हँसते हुए कहा।

माँ मुस्कुराने लगी, मुस्कुरा तो मैं भी रहा था लेकिन माँ के सामने अपनी मुस्कुराहट को छुपा रहा था।

कमरे में तृषा बैठी हुई थी। मैं कमरे के अंदर गया और पलंग पर बैठ गया।

"क्या बात है मैडम, बहुत खामोश हैं आप?" मैंने तृषा के बालों को सहलाते हुए कहा।

"मम्मी-पापा को हमारे साथ चलना चाहिए था ना?" तृषा ने जवाब में मुझसे सवाल किया।

"चाहता तो मैं भी यही हूँ लेकिन क्या कर सकता हूँ, बाबूजी हमारी बात नहीं मानेंगे।" मैंने कहा।

"मैं बात करूँ? शायद आपकी बात ना मानें और मेरी बात मान जाएँ।" तृषा ने पूछा।

"ऐसी भूल कभी मत करना। मैं बाबूजी को बहुत अच्छे तरीके से जानता हूँ। जब जरूरत होगी मैं तुम्हें सारी बात बताता रहूँगा। पहले यह बताओ आगे का क्या प्लान है?" मैंने जवाब देते हुए पूछा।

"कौन-सा प्लान और कैसा प्लान?" तृषा ने पूछा मुझसे।

"अरे मुझे तो लगा था कि तुम समझदार लड़की हो लेकिन तुम तो बत्तख जैसी बेवकूफ हो।" मैंने हँसते हुए कहा।

"मैं बेवकूफ नहीं हूँ, आप बेवकूफ हैं। आपको तो सवाल पूछना भी नहीं आता।" तृषा ने भी मेरे सवाल का जवाब मेरे ही तरीके से दिया।

"अच्छा? अगर मैं बेवकूफ हूँ तो तुमने मुझसे शादी क्यों की?" मैंने हँसते हुए पूछा।

"इसलिए ताकि मुझे कोई ज्यादा समझा न सके। मुझे ऐसा जीवनसाथी चाहिए था जिसे मैं समझा सकूँ।" तृषा ने जवाब दिया।

"तुम्हारे कहने का मतलब यह हुआ कि मुझे अपनी जोरू की गुलामी करनी पड़ेगी?" मैंने हँसते हुए पूछा।"

"वह तो बड़े-बड़े राजा महाराजाओं को करनी पड़ी है।" तृषा ने भी हँसते हुए जवाब दिया।

"बहुत बदमाश लड़की हो तुम। डरती बिलकुल नहीं हो। ठीक है मेरी रानी, जब अपनी जोरू की गुलामी ही करनी है तो क्यों न उसकी सेवा की जाए।" मैंने कहा।

"मुझे कोई सेवा नहीं करवानी है अपनी। मैं जानती हूँ आप सेवा के नाम पर क्या करने वाले हैं।" तृषा ने कहा।

"क्या करने वाला हूँ?" मैं उसके करीब जाते हुए पूछा।

"मेरे पास आपके हर सवाल का जवाब नहीं है। लेकिन मुझे नहीं करवानी कोई भी सेवा आपसे।" वह भी मेरे करीब आते हुए बोली।

"लेकिन मुझे तो सेवा करनी है।" कहते हुए मैंने उसे अपनी बाहों में जकड़ लिया।

"और मुझे करवानी ही नहीं।" शब्दों में विरोध था और बाहों की जकड़ में समर्थन।

हम एक बार फिर एक-दूसरे में खो गए। पति-पत्नी के रिश्ते में संभोग का बहुत महत्त्वपूर्ण स्थान होता है। तृषा को पाकर मैं बहुत खुश था और जिस तरीके से वह मुझसे बात कर रही थी, यह साबित हो चुका था कि तृषा भी मुझसे बहुत प्यार करती थी।

कुछ परंपराओं के बाद दोपहर से शाम हुआ, शाम से रात हुआ। हमारी नयी-नयी शादी हुई थी तो हम एक-दूसरे की बाहों में ही ज्यादा वक्त बिताया करते।

नहा-धोकर मैं तैयार हो चुका था, तृषा भी तैयार थी। माँ की आँखों में आँसू था। दिल तो मेरा भी कर रहा था कि मैं उन्हें अपने साथ ले चलूँ लेकिन मैं क्या कर सकता था जब उनकी ही मर्जी नहीं थी। माँ और बाबूजी के पैर छूकर मैं और तृषा हाजीपुर के लिए निकल पड़े।

"हाजीपुर पहुँचते ही काफी लोग हमसे मिलने आए। विभाग के कुछ लोग, जूनियर ऑफिसर, आस-पड़ोस के कुछ लोग, तो कुछ सीनियर अधिकारी भी मुझे शादी की मुबारकबाद देने आए। महँगे-महँगे तोहफे और भेंट-मुलाकात में वह दिन बीत गया। रात का वक्त था, तृषा ने अपने ही हाथों से खाना बनाया। खाना अच्छा बनाती थी तृषा। एक-दूसरे में खोकर हमने खाना खाया। थकान थी जिसकी वजह से हम दोनों जल्दी सो गए।

अगली सुबह, मैं ड्यूटी ज्वॉइन करने अपने ब्लॉक में पहुँचा। मुझे मुबारकबाद देने काफी लोग आए थे। मुबारकबाद देने वालों की लंबी सूची थी। उसमें एक ठेकेदार भी था।

"शादी बहुत-बहुत मुबारक हो BDO साहब। अब तो आप हम लोगों के जमाई हो गए।" ठेकेदार ने कहा।

"जमाई!" मैंने उनकी तरफ देखते हुए कहा।

"जी हुजूर, मेम साहब भी तो भूमिहार ही हैं न! और हम भी भूमिहार ठहरे, इस नाते आप हमारे जमाई हुए कि नहीं हुए?" ठेकेदार ने हँसते हुए कहा।

"ठाकुर साहब, अजीब बात करते हैं आप। कहिए कैसे आना हुआ?" मैंने हँसते हुए पूछा।

"अब आपसे क्या छुपाना हुजूर। आजकल बिना लिए-दिए तो कुछ होता नहीं है। नहर का काम निकला हुआ है अगर आपकी कृपा हो तो वह काम हमें ही दे दिया जाए। जो लेनदेन दूसरे लोग देंगे वह हम भी दे देंगे। ब्लॉक में अपना नाम भी है, अगर काम किसी और को मिला तो बदनामी भी होगी। हम तो सीधे डीएम साहब से मुलाकात करने वाले थे, लेकिन जब सोचा कि अपने जमाईराजा ही BDO हैं तो डीएम साहब को क्यों परेशान करें। घर की बात घर में ही रह जाएगी।" ठेकेदार ने कहा।

"अब मुझे समझ में आया कि आप रिश्ते क्यों बना रहे हैं मेरे साथ।" मैंने ठेकेदार को घूरते हुए कहा, "देखिए मैं अन्य अधिकारियों जैसा नहीं हूँ, मेरे पास आपके साथ और भी लोगों का प्रपोजल है। मैं पैसे लेने और देने में भरोसा नहीं करता हूँ। जिसका प्रोफाइल मुझे सही लगेगा, मैं काम उसी को दूँगा। वैसे भी आपके काम की शिकायत रही है। मैंने सब का इतिहास देखा है।"

"अभी आप नये-नये आए हैं न, नयी ज्वॉइनिंग है आपकी, इसीलिए आप ऐसी बात कर रहे हैं। बिना लिए-दिए साहब यहाँ कहाँ कुछ होता है। डीएम साहब भी खुलकर लिफाफा माँगते हैं। हमने तो सोचा था कि आपके माध्यम से काम हो जाएगा, तो हमारा भी कुछ बचत होगा और आपका भी भला हो जाएगा।" ठेकेदार ने कहा।

"गलत सोचा था आपने, और मेरे बारे में ऐसा सोचिएगा भी मत।" मैंने उससे एक बार फिर घूरते हुए कहा।

"अरे आप बुरा क्यों मान रहे हैं, मैं तो आपकी ही भलाई की बात कर रहा था। आपने मेहनत की तो आप अधिकारी बने, अब आप कमाने के लिए मेहनत करिए। सब यही करते हैं। नयी-नयी शादी हुई है, हनीमून मनाने के लिए पैसों की जरूरत पड़ेगी। सरकारी पैसे से तो आप शिमला ना जा पाए, स्विट्जरलैंड तो फिर भी बहुत दूर की बात है। मैं तो चाहता हूँ कि आप पूरी दुनिया की सैर

करें।" ठेकेदार ने कहा।

"मेरा खयाल करने के लिए शुक्रिया, अब आप जा सकते हैं। जब मुझे लगेगा कि आपको काम दिया जा सकता है तो मैं आपको बुला लूँगा।" मैंने कहा।

"BDO साहब गर्जन ठाकुर नाम है मेरा। इज्जत से लोग मुझे गज्जू भैया कहते हैं। बहुत प्यार करते हैं यहाँ के लोग मुझे। और प्यार मुझे इसलिए किया जाता है कि मैं सब का खयाल रखता हूँ। देखिए यह ठेका मुझे पैसे कमाने के लिए नहीं चाहिए, यह ठेका मुझे अपना वर्चस्व बनाए रखने के लिए चाहिए। मुझे तो लगा था कि आप समझ जाएँगे, लेकिन जब भी नये बच्चे अधिकारी बन के आते हैं तो उनके अंदर ईमानदारी का कीड़ा बसा हुआ होता है। अभी भी वक्त है, हमें अपना भाई बना लीजिए, फायदे में रहेंगे।" गर्जन ठाकुर ने कहा।

"अब आप जा सकते हैं। प्लीज जाइए और मुझे काम करने दीजिए।" मैंने उसकी बातों को नजरअंदाज करते हुए कहा।

"जी प्रणाम!" गर्जन ठाकुर ने मुझसे मुस्कुराते हुए कहा।

"हाँ।" मैंने कुछ विशेष प्रतिक्रिया नहीं दी और टेबल पर रखे फाइल को देखने लगा।

अभी एक घंटे का वक्त ही बीता था कि डीएम साहब का मेरे पास फोन आ गया।

"शादी मुबारक हो कुणाल!" डीएम साहब ने कहा।

"थैंक यू सर!" मैंने कहा।

"अच्छा गर्जन ठाकुर आया था क्या?" डीएम ने पूछा मुझसे।

"जी सर।" मैंने थोड़ा आश्चर्य होकर जवाब दिया।

"बहुत दिमाग लगाता है गर्जन ठाकुर। एक काम करो, जो ठेका वह माँग रहा है उसे दे दो। मुझसे आकर मिलो मैं तुम्हें बताता हूँ कि क्या करना है। अपना पुराना आदमी हैऔर काम भी बहुत करता है। बड़े ठेकेदारों की छोटी-मोटी शिकायत होती रहती है। वैसे भी यह काम उसके इलाके का है, वह इससे बढ़िया तरीके से कर सकता है।" डीएम साहब ने कहा।

"लेकिन सर..." मैंने कुछ कहना चाहा।

"बच्चे, डीएम की हैसियत से नहीं बड़े भाई की हैसियत से समझा रहा

हूँ। सवाल मत करो, जितना कहता हूँ उतना करो। उसका इतिहास अच्छा है, इस टेंडर के लिए वह सबसे सही आदमी है। अभी बात मुझ तक आई है तो मैंने सँभाल लिया है, बात अगर विधायक तक पहुँची तो सँभालना मुश्किल हो जाएगा। जाहिल और गँवार नेताओं से उलझना ठीक नहीं है। मेरी बात मानो और मैं जैसा कहता हूँ वैसा करो। सीनियर हूँ तुम्हारा, मुझे तुम्हारी भी चिंता है।" डीएम ने मुझे बीच में ही रोकते हुए कहा।

ना चाहते हुए भी मुझे हाँ कहना पड़ा। गर्जन ठाकुर को बुलाकर मुझे टेंडर देना पड़ा।

"हमारे मन में आपके लिए कोई शिकायत नहीं है, हम तो बहुत खुश हैं कि आपके जैसा ईमानदार ऑफिसर हमारे इलाके में है। यह काम अगर मुझे नहीं मिलता तो मेरी बहुत बेइज्जती होती। आप अपने मन में कोई बात मत रखिएगा, अभी आगे बहुत काम करना है। आप हमारा खयाल रखिए, हम आपका खयाल रखेंगे। कभी मौका मिले तो मैडम के साथ आइए घर पर, हमें भी सेवा करने का मौका दीजिए।" गर्जन ठाकुर ने कहा।

"मुझे रिश्तेदारी निभाने की आदत नहीं है। डीएम साहब ने कहा है इसलिए यह कॉन्ट्रैक्ट मैं आपको दे रहा हूँ। अब उनकी बदनामी मत करवा दीजिएगा।" मैंने कहा।

"आप निश्चिंत रहिए साहब, आपका नाम होगा तभी तो हमारा काम होगा। हम इसका बहुत खयाल रखते हैं। कुछ दिन हमारे साथ बिताएँगे आप तो सब समझ जाएँगे। डीएम साहब ने तो निवास पर बुलाया ही होगा आपको। मिल आइए उनसे, फिर बात होगी।" गर्जन ने कहा।

मुझे एक बात बहुत आश्चर्यजनक लग रहा था कि गर्जन को डीएम साहब के निवास पर उनके साथ होने वाली मेरी मीटिंग के बारे में भी पता था। उस वक्त मुझे बहुत अजीब लगा था, लेकिन मैं कुछ कर नहीं पाया।

डीएम साहब का फिर कॉल आया मेरे पास और उन्होंने मुझे आज शाम की जगह अगले दिन तृषा के साथ घर पर बुलाया। मेरे लिए यह भी थोड़ा आश्चर्यजनक था।

#4#

डीएम निवास, हाजीपुर, वैशाली

"आओ कुणाल, स्वागत है तुम्हारा," डीएम साहब ने पहले मेरा स्वागत किया और फिर मैडम से कहा, "अरे सुनती हो, कुणाल और उसकी पत्नी आए हुए हैं? तुम्हारी बहू ही है। बहू को अंदर ले जाओ, और बात करो तब तक मैं कुणाल से बात करता हूँ।"

"आओ बेटा, मर्दों के बीच में हम औरत क्या करें। अंदर चल कर हम लोग बात करते हैं।" मैडम ने तृषा से कहा।

तृषा अंदर चली गई और मैं डीएम साहब से बात करने लगा।

"आजकल बहुत व्यस्त रहते हो, रहना भी चाहिए। मेरी भी जब नयी-नयी शादी हुई थी तो मैं घर से बाहर ही नहीं निकलता था। तुम्हारे साथ दिक्कत यह है कि तुमने नौकरी लेने के बाद शादी की, हमारे जमाने में तो पहले शादी होती थी फिर नौकरी की तलाश की जाती थी। किस्मत अच्छा था जो मैं डीएम बन गया।" डीएम साहब ने कहा।

"हाँ सर, जैसा सुनता हूँ अगर उसको सही मानूँ तो पहले के लोग नौकरी को लेकर ज्यादा गंभीर नहीं होते थे।" मैंने कहा।

"ऐसा कभी से नहीं रहा है। नौकरियाँ पहले कुछ लोगों तक ही सीमित थीं। जिनका राज था उनका बनाया हुआ सिस्टम था, और उस सिस्टम में हमारे और तुम्हारे जैसे लोगों को मौका ही नहीं दिया जाता था।" डीएम साहब ने कहा।

"मैं कुछ समझा नहीं सर।" मैंने कहा उनसे।

"तुम थोड़ी बहुत समझने की कोशिश करो, यह समझो अब बात को

समझने की आदत डाल लो, तुम में बहुत संभावनाएँ हैं और तुम्हें अच्छा-खासा समर्थन भी मिल सकता है। आगे बढ़ने की सोचो और थोड़ा समझदार बनो। वैसे बड़े भाई के नाते मैं तुम्हें गाइड करता रहूँगा।" डीएम साहब ने कहा।

"समझने की कोशिश तो मैं कर ही रहा हूँ सर, लेकिन यहाँ आने के बाद मेरी समझ थोड़ी नासमझ-सी हो गई है।" मैंने मुस्कुराते हुए कहा।

"गंभीर बात को बहुत आराम से कह देते हो तुम, तुम्हारा यह अंदाज मुझे पसंद आया। जब तक मैं यहाँ हूँ तब तक मुझे नहीं लगता है कि तुम्हें यहाँ से कहीं जाने की जरूरत होगी। लेकिन जो तुम आजकल काम करते हो, उससे दूर रहो।" डीएम साहब ने कहा।

"कौन-सा काम सर ?" मैंने पूछा।

"छोड़ो अभी रहने दो, तुम्हें मैंने घर पर बुलाया है तो तुम्हें लगेगा कि मैं तुम्हें डराने की कोशिश कर रहा हूँ।" डीएम साहब ने कहा।

"आप मुझे छोटा भाई भी कहते हैं और इस तरह की डिप्लोमेटिक बात भी करते हैं।" मैंने कहा।

"अगर ऐसी बात है तो तुम मेरे एक सवाल का जवाब दो।" डीएम साहब ने कहा।

"जी पूछिए।" मैंने सवाल पूछने को कहा।

"गर्जन सिंह से क्यों उलझे थे तुम ?" डीएम साहब ने सवाल किया।

"सर मैंने उसकी सारी फाइलें देखी थी, आज तक उसे अपने काम के दम पर कोई ठेका नहीं मिला है।" मैंने जवाब दिया।

"यह तो बिहार का इतिहास रहा है, इसमें नया क्या है ?" डीएम साहब ने जवाब देते हुए कहा।

"मैं कुछ समझा नहीं सर।" मैंने कहा।

"तुम समझते देर से हो लेकिन कोई बात नहीं, मैंने भी जब नयी ज्वॉइनिंग की थी तो मुझे भी बातें देर से समझ में आती थी। मैं तुम्हारी भावनाओं को समझ सकता हूँ, खुद को तुम्हारी जगह पर महसूस भी कर सकता हूँ। मैं उन रास्तों से गुजर कर आया हूँ जहाँ से तुम्हें अभी गुजरना है। रही बात गर्जन सिंह जैसे ठेकेदारों की तो अपना काम निकालो, पूरी दुनिया यही करती है। बेवजह क्यों उलझना ? ये लोग एमपी, एमएलए को अपने पॉकेट में लेकर घूमते हैं। डिपार्टमेंट

का तो ठीक है, कोई दुश्मनी नहीं निभाता। हमारा तुम्हारा नहीं बनेगा तो ज्यादा-से-ज्यादा मैं तुम्हारा ट्रांसफर करवा दूँगा, या मेरी किसी सीनियर से नहीं बनेगी तो वह मेरा ट्रांसफर करवा देगा लेकिन यह विधायक लोग, दो कौड़ी के ठेकेदार लोग, इन लोगों को यहीं रहना है। इनके पास लोकल का समर्थन भी होता है। इनसे उलझना फायदेमंद नहीं है। और अभी तुमने ज्वॉइनिंग की है, तुम्हें भी तो पैसे की जरूरत होगी।" डीएम साहब ने कहा।

"सर मैं अपनी तनख्वाह से खुश हूँ।" मैंने कहा।

"तुम्हारी खुशी से किसी को क्या फर्क पड़ता है? अब मैं तुम्हें कैसे समझाऊँ कि तुम्हारे जैसे लोगों की वजह से पूरा सिस्टम परेशानी में आ जाता है। शायद तुमने इतिहास नहीं देखा और शायद तुम्हें बिहार के भूगोल की जानकारी किताबों वाली है। किताबों से जो पाना था वह तुमने पा लिया, अब वास्तविक जीवन में आओ। वैशाली जिले में तुम एकमात्र मेरी बिरादरी के दामाद हो और तुम्हारी और मेरी जिंदगी की कहानी भी लगभग एक जैसी है। तुमने भूमिहार की लड़की से शादी किया और मैंने ब्राह्मण की लड़की से शादी किया था। मेरे जमाने में ब्राह्मण की नजरों में भूमिहार नीच थे, OBC और दलित के लिए तो ब्राह्मण जाति में विवाह की सोचना भी गुनाह था। OBC हो तुम, चाहो तो बहुत आगे जा सकते हो।"

"सर मैं आपके कहने का मतलब समझ रहा हूँ लेकिन माफ करिएगा, मैंने मेरिट से परीक्षा पास किया है।" मैंने उनसे कहा।

"कौन मानेगा? हिंदुस्तान में किसी भी जनता के सामने तुम अपनी सर्टिफिकेट लेकर भी खड़े हो जाओ और लोगों को चीख-चीखकर बताओ कि तुम मेरिट से आए हो फिर भी लोग तुम्हें आरक्षण की ही संज्ञान देंगे।" डीएम साहब ने कहा।

"मुझे कोई फर्क नहीं पड़ता है सर।" मैंने जवाब दिया।

"फर्क पड़ता है कुणाल। हाथी चले बाजार और कुत्ता भौंके हजार कहना आसान होता है लेकिन तुम्हें भी पता है कि भोंकने वाला कुत्ता नहीं होता और बाजार में चलने वाला मेरे और तुम्हारे जैसा इंसान हाथी नहीं होता। इंसान के पास दिमाग होता है। अगर लोग बार-बार हमें नीचा दिखाने की कोशिश करें तो इंसान होने के नाते हमारा मन विचलित होता है। यही सच्चाई है। इंसानों की मनोवृत्ति

होती है यह। तुमने कभी-कभी महसूस भी किया होगा। और वैसे भी इस देश में ऐसा कोई भी नहीं जो मिलने वाली सुविधाओं का फायदा नहीं उठाता है। अगर किसी कानून से हमारा निजी फायदा हो रहा है, तो फायदे को अपना बनाने में हर्ज ही क्या है?" डीएम साहब ने कहा।

"लगता है मैंने जिस सिस्टम को समझा था और जिस सिस्टम की मैंने कल्पना की थी, मैं उस सिस्टम के बिलकुल विपरीत हूँ।" मैंने कहा।

"नया-नया में ऐसा ही होता है। मैं तुमसे कोई शिकायत नहीं कर रहा हूँ बस तुम्हें समझाने की कोशिश कर रहा हूँ। बिहार में जातिवाद चरम पर है। तुम्हें क्या लगता है अपने सिस्टम में जातिवाद नहीं है? ऊपर से नीचे तक जातिवादी भरे पड़े हैं। नेता लोग खुलकर एसपी, डीएसपी, एजी, डीजी सबको अपनी जाति का बताते हैं। तुम सही भी करोगे तो लोग तुम्हें दबाने की कोशिश करेंगे। मैं तुम्हें सिर्फ अपना अनुभव बता रहा हूँ।" डीएम साहब ने कहा।

"ऐसे में मुझे क्या करना चाहिए सर?" मैंने पूछा।

"यह तुमने सही सवाल किया है।" डीएम साहब ने मेरी ओर देखते हुए मुझसे कहा और फिर बताना शुरू किया, "देखो कुणाल, आदर्श विवाह करके तुमने वैसे भी काफी लोगों का दिल जीता है। तुम मानो या ना मानो लेकिन लव मैरिज की वजह से लोग तुम्हें मेरा करीबी भी मानते हैं। हर किसी को पता होगा कि मैं तुम्हारा समर्थन करता हूँ, और यह गलत भी नहीं है। वैसे मैं हर किसी का समर्थन करता हूँ, लेकिन तुम्हारे प्रति मेरा विशेष लगाव है। तुम्हारे साथ भूमिहारों का भी समर्थन होगा। तुम इसका फायदा उठाओ और जितनी जल्दी हो तरक्की करो। आँखें तरस गई हैं तुम्हारी बिरादरी के लोगों को डीएम बनते हुए देखने को। तुम डीएम बनो मेरे लिए इससे ज्यादा गर्व की बात क्या होगी। वैसे गर्जन सिंह को मैंने यहाँ बुलाया हुआ है। जो गिला-शिकवा है वह दूर हो जाएगा।"

"सर उसे बुलाने की क्या जरूरत थी?" मैंने पूछा।

"यार तुम समझते क्यों नहीं हो? गर्जन सिंह की मंत्रियों में अच्छी पकड़ है, बड़े-बड़े मंत्रियों का दलाली करता रहता है वह। हमारी और तुम्हारे लिए बहुत काम का चीज है। अपना काम निकालो, जब जरूरत पड़े उठाकर फेंक देना। वैसे भी एक ठाकुर तुम्हारे आगे-पीछे करे इससे ज्यादा क्या चाहिए तुम्हें?" डीएम साहब ने कहा।

इससे पहले कि डीएम साहब से मैं और कोई बात कर पाता, गर्जन सिंह अपने परिवार के साथ डीएम निवास पर आ चुका था।

"आइए-आइए गर्जन सिंह, हम आपका ही इंतजार कर रहे थे।" डीएम साहब ने गर्मजोशी से गर्जन सिंह का स्वागत किया।

"डीएम साहब, अब आप छोटा मत बनाइए। आपने हमें परिवार के साथ अपने निवास पर आने का न्योता दिया, हमारा जिंदगी सफल हो गया।" गर्जन ने पहले डीएम साहब से फिर मुझसे कहा, "BDO साहब जी आए हुए हैं, वाह! शानदार। बहुत नेक आदमी हैं BDO साहब।"

"जो इंसान खुद अच्छा होता है उसे दूसरे लोग भी अच्छे लगते हैं। वैसे कुणाल को कुछ गलतफहमी हो गई थी आपके लिए।" डीएम साहब ने कहा।

"क्या डीएम साहब, हमने आपसे कोई शिकायत किया क्या? हैं तो अधिकारी लेकिन उम्र में मेरे छोटे भाई जैसे हैं।" गर्जन ने पहले डीएम साहब से फिर अपनी पत्नी से कहा, "अरे तुम लोग अंदर जाओ, पहली बार आई हो क्या यहाँ? भाभीजी के काम में जाकर हाथ बटाओ। तुम्हारी छोटी बहन भी आई होगी।" फिर उसने मेरी तरफ देखते हुए पूछा, "बहू आई है ना?"

"अरे आना ही था। आप बहू कहिए लेकिन हमारे लिए तो, बेटी है।" डीएम साहब ने कहा।

"लड़की ब्राह्मण की, पर बेटी हो गई भूमिहार की। वैसे बेटी तो वह हम सबकी है, आपकी बहू ही है।" गर्जन ने हँसते हुए कहा।

"नेताओं से जीत पाना अधिकारियों के बस की बात नहीं है। इन लोग को अंदर जाने दीजिए और आइए हम लोग मिलकर बात करें।" डीएम साहब ने कहा।

हम अंदर चले गए। अंदर लगभग एक घंटे की हमारी मीटिंग हुई। उस एक घंटे के मीटिंग में डीएम साहब ने काफी डिप्लोमेटिक तरीके से मेरे रिश्ते को गर्जन सिंह से सही कराने का कोशिश की। मैं समझ गया था कि डीएम साहब राजनीति में गर्जन के भी बाप थे।

"लगता है BDO साहब अभी भी हमसे नाराज हैं। हमने तो ऐसी कोई गलत बात नहीं की थी। फिर भी अगर कोई गलती हो गई हो तो डीएम साहब के सामने आपसे माफी माँग लेते हैं। अरे अब आप तो हमारे परिवार के सदस्य हैं, अब तो

गुस्सा थूक दीजिए।" गर्जन सिंह ने मुस्कुराते हुए कहा।

"आप काम सही से करिए, मुझे सवाल उठाने का मौका ही नहीं मिलेगा।" हालाँकि मुझे थोड़ा गुस्सा था लेकिन मैंने खुद को सँभालते हुए कहा।

"आप उसकी चिंता बिलकुल मत करिए, आप पर जो उँगली उठाएगा उसे वैशाली छोड़ना पड़ेगा।" गर्जन सिंह ने जवाब दिया।

"बहुत उदार दिल है आपका गर्जन सिंह। कुणाल मेरा छोटा भाई है। इसे कोई परेशानी नहीं होनी चाहिए।" डीएम साहब ने कहा।

"हुजूर आपने एक बार कह दिया, काफी है।" गर्जन ने पहले डीएम साहब को जवाब दिया फिर मुझसे पूछा, "अब हम अपनी छोटी बहन से मिल लें?"

"रुको मैं बोलता हूँ आने के लिए।" डीएम साहब ने पहले मुझे कहा फिर मैडम को बोले, "अरे सुनो, तृषा बेटा की भी तो मुलाकात कराओ ठेकेदार साहब से। दो बिछड़े भाई-बहन मिलने आए हैं।"

डीएम साहब ने थोड़ा मजाकिया लहजे में कहा था।

डीएम साहब की पत्नी और गर्जन सिंह की पत्नी, तृषा को लेकर आ गईं। तृषा ने अपने सर पर घूँघट रखा हुआ था।

"अरे! मेरी छोटी बहन हो तुम। कुणाल जी को BDO बनकर रहना है तो उनको रहने दो, लेकिन मैं तुम्हारा बड़ा भाई हूँ। मैडम नहीं कहा जाएगा हमसे। बड़ा भाई अपनी छोटी बहन को तुम ही बोलता है, और हम तुम ही बोलेंगे। अब BDO साहब को खराब लगे, तो लगे।" गर्जन सिंह ने तृषा से कहा, "अपने बड़े भाई के सामने घूँघट करने की जरूरत नहीं है।"

"गर्जन सिंह मैं भी बैठा हूँ यहाँ पर। तृषा तुम्हारी बहन है लेकिन हमारी तो बहू है। घूँघट बहू-बेटियों का गहना होता है। बहुत संस्कारी लड़की है।" डीएम साहब ने कहा।

"संस्कारी ही नहीं है, बहुत समझदार भी है। पत्नी नहीं लक्ष्मी मिली है आपको कुणाल भाई साहब।" गर्जन सिंह की पत्नी ने कहा।

"बहन जी, बिलकुल सही कह रही हैं, बहुत समझदार लड़की है तृषा। कुछ ही देर में इसने हम सभी का दिल जीत लिया है।" डीएम साहब की पत्नी ने पहले हम सभी से कहा फिर तृषा से कहा, "अरे तृषा, इन लोगों का पैर छुओ बेटा। अब तो तुम घर की बच्ची हो।"

"इसकी क्या जरूरत है ?" गर्जन सिंह ने कहा।

"क्यों छोटी बहन अपने बड़े भाई का पैर नहीं छू सकती भैया जी। बड़ों के आशीर्वाद में भगवान का निवास होता है।" तृषा ने गर्जन सिंह से कहते हुए पहले उसके पैर छूए फिर डीएम साहब के पैर छूए।

दोनों ने तृषा को आशीर्वाद दिया और दोनों ने मिलकर तृषा को महँगे की उपहार दिए। मुझे कुछ अजीब-सा लग रहा था, मैं समझ नहीं रहा था कि वहाँ जो हो रहा था वह अच्छा हो रहा था या खराब हो रहा था? मेरा दिल मुझसे कह रहा था कि कहीं-न-कहीं बहुत ही शानदार तरीके से मेरी ईमान को खरीदने की कोशिश की जा रही थी। और मैं इतना मजबूर था कि मैं विरोध भी नहीं कर सकता था। मैं अजीब स्थिति में था। खैर एक-दूसरे से मिलने के बाद हम वापस लौट पड़े।

रास्ते में मुझे खामोश देखकर तृषा ने पूछा मुझसे, "क्या बात है कुणाल, तुम कुछ परेशान से दिख रहे हो ?"

"तुमने डीएम और गर्जन की चालाकी देखी ?" मैंने पूछा।

"चालाकी, मैं कुछ समझी नहीं कुणाल।" तृषा ने कहा।

"तृषा इस न्योता में मुझे खरीदने की कोशिश की गई है।" मैंने उसे जवाब दिया।

"तुम्हें हो क्या गया है कुणाल? तुम हर बात का गलत मतलब निकालते हो। तुमने देखा नहीं डीएम होकर भी उन्होंने हमें कितना सम्मान दिया। आजकल कौन बड़ा अधिकारी अपने छोटे अधिकारियों को इतना सम्मान देता है ? तुम्हें सम्मान को पचाने की आदत होनी चाहिए। रही बात गर्जन भैया की, मुझे तो वह नेक इंसान लगे।" तृषा ने मुझे जवाब दिया।

"गर्जन भैया ?" मैंने तृषा की ओर देखते हुए कहा।

"हाँ, अगर उन्हें मुझे अपनी बहन मानने में कोई दिक्कत नहीं है तो मुझे उन्हें अपने भाई मानने में क्यों दिक्कत होगी ? भाभी भी बहुत अच्छी लगीं मुझे। तुम न हर बात पर शक करना छोड़ दो।" तृषा ने कहा।

"अब मैं तुम्हें कैसे समझाऊँ तृषा ?" मैंने कहा।

"मुझे कुछ समझाने की जरूरत नहीं है, समझने की जरूरत तुम्हें है। लगता है अब मुझे ही तुम्हें समझाना होगा।" तृषा ने थोड़ा गुस्से में कहा।

"सॉरी बाबा, अब तुम गुस्सा थूक दो। हम अब इस पर कोई बात नहीं करेंगे। मैं अपनी प्यारी बीवी को नाराज होते नहीं देख सकता।" मैंने तृषा को मनाते हुए कहा।

"नहीं कुणाल, मुझे तुमसे कोई शिकायत नहीं है लेकिन जो तुम्हारी आदत है न, उसे तुम्हारे रिश्ते खराब हो जाएँगे। सिस्टम को एक आदमी एक रात में नहीं बदल सकता। तुम्हारी वजह से अगर किसी को दिक्कत हुई तो लोग शांत नहीं बैठेंगे।" तृषा ने कहा।

मैं समझ गया था की गर्जन और डीएम साहब की पत्नी ने तृषा को डिप्लोमेसी का घोल पिला दिया था। अभी तृषा को समझा पाना मुमकिन नहीं था लेकिन मैं यह तय कर चुका था कि तृषा को गर्जन सिंह और डीएम की पत्नी से जितना हो सके उतना दूर रखूँगा।

खैर, दो महीने का वक्त बीत गया। मेरे हस्ताक्षर की वजह से जो ठेका गर्जन सिंह को मिला था वह ठेका नहर का था। नहर की जाँच हुई और जैसी मुझे उम्मीद थी, वही हुआ। नहर की मरम्मत में शिकायत आ चुकी थी। ठेकेदार के साथ मुझे भी जिम्मेदार ठहराया जा रहा था।

डीएम ऑफिस में एक मीटिंग की गई जिसमें कुछ अधिकारियों के साथ गर्जन सिंह को भी सफाई देने के लिए बुलाया गया। बात-बात पर मेरे बराबर के अधिकारियों की उँगलियाँ मुझ पर उठ रही थीं।

"मैं बार-बार कह चुका हूँ कि आप लोग अपना काम ढंग से करिए। किसी को बदनाम करने से कुछ होने वाला नहीं है। कुणाल अभी नया है, इसे यहाँ के बारे में ज्यादा कुछ पता नहीं। और नये लड़के पर आप लोग आरोप-प्रत्यारोप लगाना बंद करिए। मुझे अच्छी तरह मालूम है नीचे के अधिकारी लोग काम करना नहीं चाहते। सरकारी नौकरी मिलते ही कामचोर बन गए हैं सबके सब। और गर्जन सिंह, आप एक जिम्मेदार ठेकेदार हैं। इस तरह का काम शोभा नहीं देता है आपको। जो कमी हुई है उसे ठीक करिए।" डीएम ने कहा।

डीएम की बात सुनकर सब खामोश हो गए। मीटिंग खत्म की गई। मीडिया के सामने डीएम ने मुझे विलेन की जगह हीरो बना दिया। कहीं-न-कहीं मेरे मन में यह चल रहा था कि नहर में जो गुनाह किया गया था उसका जिम्मेदार मैं भी था, लेकिन जिस सिस्टम में मुझे विलेन होना चाहिए था सिस्टम का मैं बेवजह

हीरो बन गया था। समझ में नहीं आ रहा थाकि मैं गलत था या सही था। वैसे मैं एक बात अच्छी तरह समझ चुका था कि बिहार की जनता को झूठा सम्मान लेने की आदत हो चुकी थी। और कितना अजीब था कि लोग झूठ की वाहवाही भी करने लगे थे।

#5#

रात भर मुझे नींद नहीं आई। मैं न चाहते हुए भी उस दलदल में फँता जा रहा था जिसमें शायद मैं कभी फँसना नहीं चाहता था। जैसे-तैसे रात कट गई और अगली सुबह अखबार की सुर्खियों में डीएम का नाम छाया हुआ था और उनके साथ ही मेरे नाम की भी वाहवाही थी। मुझे समझ में नहीं आ रहा था कि आखिर इस देश को हो क्या गया है। निकम्मे कामचोरों की तारीफ की जा रही थी और जो वाकई में काम करना चाहते थे या तारीफ के हकदार थे उनके बारे में कोई जिक्र भी नहीं किया गया था।

सुबह मैं जल्दी कार्यालय के लिए निकल गया। कार्यालय में वो ठेकेदार आया हुआ था जिसे मैं गर्जन सिंह वाला ठेका देना चाहता था।

"अंदर आओ।" मैंने उसे अंदर बुलाया।

वह चुपचाप अंदर चला आया। अब तक मैं यह तो समझ चुका था कि मेरे साथ एक से दो ऐसे भी लोग थे जो डीएम की जासूसी किया करते थे। कुछ ही समय में मैंने उनको पहचानने की कला भी सीख ली थी। जब ठेकेदार अंदर आया, ऑफिस का बड़ा बाबू फाइल लेकर अंदर आ गया।

"रामप्रवेश सिंह, अंदर पूछ कर आया करो।" मैंने कहा।

"हुजूर, हमारा तो और रोज का..." उसने सफाई देना चाहा।

"रोज का हो या ना हो, लेकिन जो मैंने कहा है उस पर अमल करो।" मैंने उसे बीच में ही रोकते हुए कहा।

मेरा गुस्सा सातवें आसमान पर था। मुझे समझ में नहीं आ रहा था कि मैं क्या करूँ और क्या ना करूँ। मैंने रामप्रवेश सिंह को फिर रोका और कहा, "यहाँ की बातें डीएम या किसी और को बताने की जरूरत नहीं है। जब तक मैं हूँ यहाँ

पर तब तक ढंग से काम करो और किसी की चमचागीरी करने की जरूरत नहीं है। तुम लोगों को बहुत अच्छी तरह पहचानता हूँ मैं। यहाँ की कोई भी इंफॉर्मेशन सीनियर को देने की जरूरत नहीं है और जब तक मैं ना कहूँ तब तक किसी को अंदर आने नहीं देना है। अगली बार से इस बात का भी खयाल रखना कि मेरी किसी भी बात का विरोध नहीं होना चाहिए। ऑफिसर आते-जाते रहेंगे, तुम्हारा अपना काम बनता रहेगा लेकिन जब तक मैं यहाँ हूँ तब तक सिस्टम को दलाली से बाहर निकाल कर रखो। यहाँ काम करना है तो सरकार का काम करो और जब तक मैं हूँ, तब तक इसका विशेष खयाल रखो।"

"सर ऐसी कोई बात नहीं है। मेरा तो काम ही यही है कि मैं आपकी सेवा करूँ।" रामप्रवेश सिंह ने कहा।

"मुझे सेवा करवाने का कोई शौक नहीं है, लेकिन याद रहे आगे से ऐसी गलती नहीं होनी चाहिए। नहीं तो एक काम करो, अपने आका से कहो कि मेरा ट्रांसफर कहीं और करवा दे। लेकिन जब तक मैं यहाँ हूँ तब तक मैं ही यहाँ हूँ और मेरे रहते अपने आप को सुधार लो नहीं तो अगर मैंने कोई एक्शन लिया तो बहुत महँगा पड़ेगा तुम्हें।" मैंने गुस्से में आगे कहा।

"अब आपसे क्या कहूँ सर... आगे से मैं इस बात का खयाल रखूँगा।" रामप्रवेश सिंह यह कहते हुए निकल गया।

मेरा गुस्सा था जो शांत होने का नाम ही नहीं ले रहा था लेकिन किसी तरीके से मैंने अपने-आप को सँभाला और ठेकेदार से कहा, "कहिए कैसे आना हुआ ?"

"मैं यहाँ आया तो कुछ और सोचकर था, लेकिन सच्चाई कुछ और ही है। आप भी उसी सिस्टम की मार खा रहे हैं जिस सिस्टम की मार हमारे जैसे ठेकेदार खा रहे हैं।" ठेकेदार ने कहा।

"कहना क्या चाहते हैं आप ?" मैंने पूछा।

"साहब आप बुरा मान जाएँगे।" ठेकेदार ने थोड़ा डरते हुए कहा।

"आप कहिए और जो कहना है खुलकर कहिए, अगर आपको लगता है कि मैं गलत हूँ तो मुझे मेरी गलती बताइए, मैं आपको विश्वास दिलाता हूँ कि मैं आपको कुछ नहीं कहूँगा। और आपकी और मेरी बात हमारे बीच ही रहेगी। आपको मुझ पर भरोसा करना होगा।" मैंने कहा।

"साहब आप एक ईमानदार ऑफिसर और सज्जन व्यक्ति जान पड़ते हैं इसलिए आपको बता रहा हूँ।" ठेकेदार ने कहा।

"मुझे तारीफ सुनने की आदत नहीं। काम की बात बताइए।" मैंने कहा।

"बताना क्या है साहब, ऊपर से नीचे तक सब बिके हुए हैं। जातिवाद चरम पर है। आप बुरा मत मानिएगा क्योंकि आपकी मैडम भी भूमिहार हैं। लेकिन सच तो यह है यहाँ का ठेका गर्जन सिंह के अलावा किसी के पास जाता ही नहीं है। डीएम साहब भी भूमिहार हैं, एसडीएम भी भूमिहार हैं।" ठेकेदार ने कहा।

"आप भूल रहे हैं कि आप ब्यूरोक्रेट्स को बदनाम कर रहे हैं। ब्यूरोक्रेसी में जातिवाद का कोई स्थान नहीं होता है।" मैंने कहा।

"कैसे नहीं होता है साहब? ऊपर से नीचे तक तो सब भूमिहार ही भरे हैं यहाँ पर। और पूरे बिहार का यही हाल है। जहाँ यादवों का दबदबा है वहाँ आपको यादव अधिकारी मिल जाएँगे। जहाँ राजपूतों का दबदबा है वहाँ आपको राजपूत अधिकारी मिल जाएँगे। जहाँ ब्राह्मणों का दबदबा है वहाँ आपको ब्राह्मण अधिकारी मिल जाएगी। एक आध अपवाद तो हर जगह होते हैं लेकिन अपवाद का क्या हाल होता है, यह बात सभी जानते हैं।" ठेकेदार ने कहा।

"आप किस जाति के हैं?" मैंने पूछा।

"मैं कुर्मी हूँ साहब। सोचा था आप भी कुर्मी हैं तो शायद कुर्मी के ही नाते आप मुझे काम तो दे ही देंगे। लेकिन आपने भी एक भूमिहार को ही काम दिया।" ठेकेदार ने कहा।

"आपमें और डीएम में फर्क क्या है?" मैंने पूछा।

"कोई फर्क नहीं है साहब। बिहार का सिस्टम ही ऐसा है, जो फर्क करता है वह भूखा मरता है। मैं भी यहाँ पर ईमानदारी से काम करने आया था लेकिन नीचे से लेकर ऊपर तक हर किसी का एक रेट फिक्स है। जाँच करने वाले अधिकारी पैसे से यह तय करते हैं कि किसी भी सरकारी ठेके का काम सही से हो रहा है कि नहीं। हवलदार हो या जमादार सभी खुलकर बोलते हैं कि घूस वह सिर्फ अपने लिए नहीं लेते, उसमें डीएम का भी 'कट' शामिल होता है। मुझे लगा कि आप नये हैं इसलिए मैंने आपको खरीदने का कोशिश नहीं किया और मैं आपको खरीद भी नहीं सकता था क्योंकि मेरे पास गर्जन सिंह जितने पैसे तो नहीं हैं। और यहाँ आके पता चला कि आप बिकने वाले भी नहीं हैं।" ठेकेदार ने कहा।

"लगता है अगर यहाँ सारे अधिकारी कुर्मी होते तो शायद आपका काम हो जाता। आप गर्जन सिंह से बड़े ठेकेदार होते।" मैंने उसकी बात को सुनकर कहा।

"बिलकुल होता सर। जब आप खुलकर बात कर रहे हैं तो मैं आपको बताऊँ कि अगर जरूरत पड़ती तो आपको खुश करने के लिए मैं आपको लड़कियाँ भी सप्लाई करता। आपके ईमान को खरीद लेता, आपके ईमान को ही नहीं आपके जमीर को खरीद लेता। कीमत लगाने का तरीका आना चाहिए और पॉकेट में पैसा होना चाहिए, इस राज्य का भगवान भी बिक जाता है।" ठेकेदार ने कहा।

"लेकिन अफसोस कि आप खरीद नहीं सके।" मैंने कहा।

"अपने पास इतने पैसे नहीं हैं सर, और अभी भी जमीर में दम है। और आपने अभी कुर्मी अधिकारी की। कितने कुर्मी बड़े अधिकारी बनते हैं? कुर्मी ही क्यों, छोटी जाति के कितने लोगों को बड़े अधिकारियों की कुर्सी मिल पाती है? मुद्दे से मैं भटकना नहीं चाहता हूँ लेकिन जो सच है वह है।" ठेकेदार ने कहा।

"मेरे बारे में क्या खयाल है आपका?" मैंने पूछा।

"कोई खास खयाल नहीं है सर। अभी नयी ज्वॉइनिंग है तो आप में देशभक्ति का जोश भरा हुआ है। अगर यह जोश कायम रहा तो आपका बहुत बुरा हाल होने वाला है। लोग आपको नहीं खरीद पाएँगे तो लोग आपकी पत्नी को खरीदना शुरू कर देंगे। आप नहीं बिकेंगे तो आपके परिवार के लोग बिक जाएँगे। किस-किस को रोकेंगे आप? हर किसी को यहाँ अपना मतलब निकालना है। माफी चाहूँगा साहब, लेकिन आपकी पत्नी को एक महँगा गिफ्ट दिया जा चुका है।" ठेकेदार ने यह कहकर मुझे आश्चर्यचकित कर दिए।

"आपको कैसे पता?" मैंने पूछा।

"सबको सब बात की खबर रहती है सर यहाँ। लोग अपना काम निकालने के लिए हर तरह के पैंतरे अपनाते हैं। वैसे मैं आपका भविष्य बता सकता हूँ। अगर आप ऐसे ही ईमानदार रहें तो आपके डिपार्टमेंट के लोग आपसे उखड़ने लगेंगे। विधायकों से वैसे भी आप की नहीं बनेगी, क्योंकि आप चमचागीरी नहीं कर पाएँगे। बिहार में दबंगों का राज चलता है और बिहार का सबसे बड़ा गुंडा यहाँ के अधिकारी ही होते हैं। यहाँ एक हवलदार भी अपने आपको राष्ट्रपति से कम नहीं समझता है। आपकी ईमानदारी की वजह से आपके सभी अधिकारियों

को दिक्कत होगी। आपका ट्रांसफर कर दिया जाएगा। फिर भी अगर आप नहीं सुधरे तो आपके परिवार वाले भी आपको पसंद करना बंद कर देंगे। किसी को आप से प्यार नहीं है सर, और किसी को आप में इंट्रेस्ट नहीं है। आप अधिकारी बने इसलिए आपकी मैडम ने आपसे प्यार भी किया, उनके परिवार वाले आपसे शादी करने को तैयार हुए।" ठेकेदार ने कहा।

"आपको जितना कहना था आपने कह लिया। आजादी देने का मतलब यह नहीं होता है कि आप मेरी निजी जिंदगी पर भी बयानबाजी करने लगे। अपनी हैसियत में रहना सीखिए।" मैंने गंभीर होकर कहा।

"मैंने आपसे कहा था न सर, आप बुरा मान जाएँगे। खैर मुझे निजी नहीं होना चाहिए था। लेकिन एक बात बताना चाहता हूँ आपको। आज शाम में कमिश्नर साहब की भतीजी की शादी है। मुझे भी न्योता दिया गया है और आपको भी न्योता मिला है। आप आइएगा जरूर, आपको मेरी बात की सच्चाई का पता चल जाएगा।" ठेकेदार ने कहा।

"मुझे शादी की कोई जानकारी नहीं है।" मैंने कहा।

"आपको बुलाना ही कौन चाहता है साहब? आपके ही डिपार्टमेंट के लोग आपको बेवकूफ कहने लगे हैं। बुलाया तो आपकी पत्नी को गया है। भरोसा न हो तो अपनी पत्नी से फोन करके पूछ लीजिए।" ठेकेदार ने कहा।

ठेकेदार की तरफ देखते हुए मैंने तृषा को फोन लगाया। तृषा के फोन उठाते ही पूछा मैंने, "आज कमिश्नर की भतीजी की शादी का कार्ड आया है क्या?"

"हाँ, आज करुणा दीदी आई थीं। आज ही शादी है और आज ही उन्होंने आकर कार्ड दिया। मैं आपको बताने ही वाली थी। लेकिन मुझे लगा कि आपको तो पता ही होगा।" तृषा ने मुझे बताया और मुझसे पूछा, "कोई बात है क्या?"

"नहीं कोई बात नहीं है। मैं आता हूँ फिर तुमसे बात करता हूँ।" मैंने कहा।

"तुम्हें कैसे पता चला इसके बारे में।" मैंने ठेकेदार से पूछा।

"आपके अलावा सब किसी को इस बात की खबर है सर। मैंने कहा ना आपसे, लोग आपको बेवकूफ समझते हैं। जो लोग आपको नहीं खरीद सकते वो आपकी पत्नी के जरिए आपको खरीदने की कोशिश कर रहे हैं। हर इंसान का ईमान आपकी तरह नहीं होता है सर और आपका यही ईमान आपके परिवार में दरार डाल देगा और इस बात की भी भविष्यवाणी मैं करता हूँ। मैं खुद भुक्तभोगी

हूँ सर। हो सकता है कि मैं अपना दुखड़ा आपको सुना रहा हूँ, लेकिन याद रखिएगा, अगर आपके साथ कभी कुछ बुरा हुआ तो आप मुझे याद कर सकते हैं।" ठेकेदार ने कहा।

"आपसे मिलकर अच्छा लगा। आगे अगर जरूरत पड़ेगी तो मैं आपको याद करूँगा।" मैंने कहा।

ठेकेदार वहाँ से चला गया और मैं कुछ सोचता रहा। करुणा मैडम यानी डीएम साहब की पत्नी खुद तृषा से मिलने क्यों गई थीं और हमें कमिश्नर की भतीजी की शादी में बुलाने का मतलब क्या हो सकता है? मेरा टेंशन बढ़ता जा रहा था और न जाने क्या सोचकर मैंने डीएम साहब को फोन किया।

"क्या हाल है कुणाल?" डीएम साहब ने फोन उठाते ही पूछा।

"सर मैं आपसे मिलना चाहता हूँ।" मैंने कहा।

"ठीक है ऑफिस आ जाओ।" डीएम साहब ने कहा।

"ठीक है सर मैं अभी ही आ रहा हूँ, कुछ जरूरी बात करनी है।" मैंने कहा।

"हाँ आ जाओ, तुम्हारे लिए तो दरवाजा हमेशा खुला हुआ है।" डीएम साहब ने कहा।

ऑफिस में थोड़ा भी मन नहीं लग रहा था। मैं तुरंत वहाँ से डीएम ऑफिस के लिए निकल पड़ा। आधे घंटे का वक्त लगा और मैं डीएम ऑफिस पहुँच चुका था ▯"आओ कुणाल, मैं तुम्हारा ही इंतजार कर रहा था।" डीएम साहब ने मुझे देखते ही कहा।

"सर आज कमिश्नर की भतीजी की शादी में हमें क्यों बुलाया गया है?" मैंने कुछ सोचे बिना पूछा।

"यार तुम हर अच्छी बात के लिए भड़क क्यों जाते हो? अच्छा मुझे यह बताओ अगर कमिश्नर की भतीजी की शादी में तुम्हें बुलाया गया है तो उसमें गलत क्या है? अच्छे लोगों से रिश्ते बनाने में हर्ज क्या है? कमिश्नर ने ही तो बुलाया है, किसी भिखारी ने नहीं। और कमिश्नर तुमसे अपना मतलब क्या निकालेगा? तुम्हें सम्मान पसंद नहीं आता है क्या?" डीएम साहब ने सवालों की झड़ी लगा दी।

"सर मैं ब्यूरोक्रेसी की पॉलिटिक्स से बहुत दूर रहना चाहता हूँ।" मैंने कहा।

"इसमें तुम्हें ब्यूरोक्रेसी की पॉलिटिक्स कहाँ से दिख गई? तुम्हारा जो नेचर

है न कुणाल वह तुम्हें कहीं का नहीं छोड़ेगा। यहाँ लोग तुम्हें आसमान पर बैठाना चाहते हैं और तुम हो कि जमीन से उठने का नाम ही नहीं ले रहे हो। तुम्हारी शादी ऊँची जात की लड़की से हो चुकी है, कम-से-कम उसका तो लिहाज करो।" डीएम साहब ने कहा।

"बस यही सुनना बाकी रह गया था सर।" मैंने कहा।

डीएम को बहुत जल्द आभास हुआ कि उसने गलत बोल दिया है और अपनी बात को सही करते हुए उसने कहा, "मेरी बात का बुरा मत मानो कुणाल, मेरे मुँह से निकल गया। मैं जात-पात पर भरोसा नहीं करता हूँ लेकिन बोलने की आदत होती है तो जुबान फिसल गई। अरे यार तुम्हारे साथ दिक्कत क्या है ? तुम्हें पता है कि ब्यूरोक्रेसी में छोटे अधिकारियों को कोई पूछता भी नहीं है और यहाँ तुम्हें बड़े अधिकारी सम्मान दे रहे हैं तो तुम्हें सम्मान पसंद नहीं आ रहा है।"

"मुझे अच्छी तरह से पता है कि मुझे सम्मान क्यों दिया जा रहा है सर। यहाँ मुझे सम्मान नहीं दिया जा रहा, मेरे जमीर को खरीदने की कोशिश की जा रही है। लोग चाहते हैं कि मैं भी अपने ईमान को बेचकर सब की दलाली करूँ। मेरे जैसे अधिकारियों को तो यह गाली सुनने की आदत हो गई है। सब की माँ-बहन करते रहो लेकिन किसी को कोई फर्क नहीं पड़ता है। सब ने अपने ही ईमान को बेच दिया है।" मैंने कहा।

"किसने गाली दी तुम्हें, किसने भला-बुरा कहा तुम्हें ? पिछली मीटिंग में भी मैंने इस बात का पूरा खयाल रखा कि तुम्हारे ऊपर कोई इल्जाम ना आए, तुम्हें सम्मान दिया जा सके। और तुम्हें सम्मान मिला भी। अखबार में मुझसे ज्यादा तुम्हारी चर्चा हुई। हम सब तुम्हारा साथ देना चाहते हैं और तुम हो कि सम्मान लेना ही नहीं चाहते। मुश्किल से पच्चीस या छब्बीस साल की उम्र है तुम्हारी। अगर उम्र के लिहाज से भी बात करूँ तो तुम से सोलह साल ज्यादा अनुभव है मेरे पास। मैंने भी घाट-घाट का पानी पिया है। तुमसे ज्यादा इस देश को समझता हूँ। ऐसे ही नहीं डीएम बना हूँ मैं। पिछले कई सालों से यहाँ टिका हुआ क्योंकि यहाँ के वातावरण को समझता हूँ, वही करता हूँ जो यहाँ के लोगों को चाहिए। तुम्हारे जैसा बेवकूफ नहीं हूँ। मैं तुम्हें अपने जैसा बनाना चाहता हूँ और तुम हो कि बनना ही नहीं चाहते। छोटे भाई जैसा मानता हूँ मैं तुम्हें। मुझे तुम्हारी और तुम्हारे परिवार की भी चिंता है। अरे परिवार में एक आदमी अधिकारी बन जाए

तो पूरे परिवार का कायाकल्प हो जाता है। आज तुम्हारे साले और साली को भी पार्टी में बुलाया गया है। तुम्हारी वजह से तुम्हारे ससुराल वालों को भी बहुत सम्मान मिल रहा है। क्या तुम्हें यह भी अच्छा नहीं लग रहा? तुमसे ज्यादा समझदार तो तुम्हारी पत्नी है, जो हर बात को समझती है। देखो उसे लोग कितना पसंद करते हैं। कभी-कभी तो मुझे लगता है कि तुम्हारी जगह उसे अधिकारी होना चाहिए था।"

डीएम ने भी गुस्से में आकर मुझे बहुत कुछ बोल दिया। मैंने पद और उम्र दोनों का खयाल किया और उनसे कहा, "मैं इस बुलावे में कभी नहीं आता सर लेकिन मैं देखना चाहता हूँ कि अधिकारियों की पॉलिटिक्स मेरे जमीर को कहाँ तक खरीद सकती है। लेकिन एक बात का खयाल रखिएगा सर, चाहे कुछ भी हो जाए, मैं अपने आपको बिकने नहीं दूँगा।"

मैं घर चला आया। घर आने के बाद मैंने तृषा से कोई बात नहीं की और सो गया। सर दर्द से फटा जा रहा था लेकिन मैंने तृषा को कुछ नहीं बताया। मेरे साले-साली भी घर आए हुए थे, मैंने उनसे भी कोई बात नहीं की। दोपहर का वक्त बीता और शाम के वक्त पार्टी में जाने का समय भी आ गया।

"जीजू, आपके BDO होने के बाद भी मेरी दीदी के पास हीरे का जेवर नहीं है। यह तो गलत बात है।" मेरी साली ने कहा।

"मैं BDO हूँ, रतन टाटा नहीं। जितनी मुझे सैलरी मिलती है उसमें कोई हीरे का जेवर नहीं खरीद सकता।" मैंने कहा।

"सैलरी में तो वाकई हीरा नहीं खरीदा जा सकता। आप तो हिंदी फिल्म के ईमानदार ऑफिसर बन गए। खैर कोई बात नहीं, अच्छी बात है ईमानदारी। आप अपना मूड मत खराब करिए और पार्टी में चलिए। बहुत सारे लोग आएँगे, मजा आएगा।" मेरी साली अंजली ने कहा।

मैंने कोई जवाब नहीं दिया और वहाँ से चला गया। ससुराल से काफी महँगे-महँगे गिफ्ट आए हुए थे। मैं अपने ससुराल की हैसियत को अच्छी तरह से जानता था इसलिए मुझे यह समझ में नहीं आ रहा था कि इन लोगों ने इतने महँगी-महँगी साड़ियाँ, इतने महँगे-महँगे गिफ्ट के लिए पैसे कहाँ से लाए थे। उस वक्त मैंने कुछ भी पूछना सही नहीं समझा क्योंकि वो लोग पहली बार मेरे घर पर आए थे। हम लोग तैयार होकर शादी की पार्टी अटेंड करने निकल चले। रास्ते

में सबने सबसे बातें की लेकिन मैंने कोई बात नहीं की।

शादी में पहुँचते ही डीएम साहब और करुणा मैडम हमें दिख गए। करुणा मैडम ने तृषा को देखते ही पूछा, "आ गई मेरी बेटी, मैं तुम्हारा इंतजार कर रही थी। आओ मैं तुम्हें मेहमानों से मिलाती हूँ।"

मुझे डीएम साहब कमिश्नर साहब से मिलाने ले चले और परिवार के अन्य लोग करुणा मैडम के साथ चले गए। गर्जन सिंह भी आया हुआ था। मैं उससे बात नहीं करना चाह रहा था लेकिन मुझे जबरदस्ती बात करनी पड़ी।

"अरे मैं तो पहले ही जानता था कि इनसे ज्यादा समझदार कोई है ही नहीं।" गर्जन सिंह ने मेरी तारीफ करनी शुरू कर दी, "अखबार में इनका नाम छपा तो मेरा सीना चौड़ा हो गया था। विधायक साहब भी इनकी बहुत तारीफ कर रहे थे। आदमी नहीं कोहिनूर हैं ये।"

मैं चुपचाप सुनता रहा। कमिश्नर साहब भी कम नहीं थे।

"जल्दी तरक्की करेगा यह लड़का।" कमिश्नर साहब ने कहा।

"अभी छोटी-मोटी कुछ आदतें हैं जिस में सुधार लाने की जरूरत है। तरक्की तो करना ही है इसे।" डीएम साहब ने कमिश्नर की हाँ में हाँ मिलाते हुए कहा।

"इनका साला भी कम नहीं है। अभी तक मौका नहीं मिला था बेचारे को। जब इनसे मेरी मुलाकात हुई और मुझे पता चला कि यह BDO साहब के साले हैं तभी मैं समझ गया था कि यह भी कोई कोहिनूर से कम नहीं।" गर्जन सिंह ने कहा।

"आदमी की परख है आपको?" कमिश्नर साहब ने कहा।

"आदमी की परख नहीं होती तो इन्हें अपना बिजनेस पार्टनर नहीं बनाता।" गर्जन सिंह ने कहा।

गर्जन सिंह की इस बात को सुनते ही मेरे पाँव के नीचे की जमीन खिसक गई। ठेकेदार रामप्रवेश सिंह भी वहाँ आ चुके थे। उन्होंने मुझे देखा और मुस्कुराते हुए इशारों में मुझसे कहा। मैं उसके इशारे का मतलब समझ गया था और मैं यह जान गया था कि उनकी एक-एक बात में दम थी। कीमत लगाने वालों को मेरी हैसियत का अंदाजा लग चुका था।

#6#

वक्त अपनी ही रफ्तार से चलता रहा। कहते हैं कि इंसान जब अपनी जमीर को बेच देता है तो उसे अपने जख्मों पर मलहम लगाने की आदत हो जाती है। दुनिया का हर इंसान जो दूसरों का हक खाकर जीता है उसे अपनी जिंदगी में खुशियाँ बनावटी ही नसीब होती हैं। किसी ने क्या खूब कहा है कि 'मोहब्बत और दौलत एक नहीं हो सकती।' जैसे-जैसे मैं दौलत के करीब जा रहा था वैसे-वैसे मुहब्बत से मैं दूर होता जा रहा था। लेकिन अभी भी सब खत्म नहीं हुआ था। समय बीतने के बाद अविनाश की शादी का भी वक्त आया। शादी में मेरी माँ और मेरे बाबू जी को भी न्योता दिया गया था।

शादी का दिन था। सब मेहमान इकट्ठा थे।

"बहुत-बहुत मुबारक हो BDO साहब! एक साल की हमारी दोस्ती अब रिश्तेदारी में बदलने वाली है। इस खुशी में देखिए आप से मिलने कौन आए हैं?" गर्जन सिंह ने एक आदमी की तरफ इशारा करते हुए मुझसे कहा।

"विधायक शिवचरण प्रताप सिंह!" मेरे मुँह से उसका नाम निकल गया।

"जी हाँ, अब तक तो आपने अपने समाज के यहाँ की ही शादी ही देखी होगी और अपनी शादी में दूल्हा अपनी दुनिया में ही व्यस्त होता है। अब आपको वक्त मिला होगा भूमिहार की शादी देखने की। जितनी बॉर्डर पर गोलियाँ नहीं चलती हैं, उससे ज्यादा गोलियाँ तो हम बरात के स्वागत में चलवा देते हैं।" शिवचरण प्रताप सिंह ने कहा।

"विधायक साहब, शायद आप भूल गए हैं कि यह सब कानून के खिलाफ है।" मैंने कहा।

"आप हिंदी फिल्मों के हीरो की तरह बात कर रहे हैं। हिंदुस्तान को तीन

ही लोग चलाते हैं, नेता, अभिनेता और अधिकारी।" शिवचरण प्रताप अपने मूँछ पर ताव देते हुए कहा।

"सही कह रहे नेताजी आप।" डीएम साहब भी पधार चुके थे, "लेकिन मैं इसे थोड़ा आगे कहना चाहता हूँ।"

"अरे डीएम साहब! महाराज आप कहाँ गायब हो गए थे?" शिवचरण प्रताप ने डीएम साहब से कहा।

"गायब कैसे हो सकते हैं सरकार। आप जैसे नेताओं को जनता का खयाल रखना पड़ता है और हमें आप जैसे लोगों का भी खयाल रखना पड़ता है। क्योंकि यह तो आप ही जानते हैं कि इस देश को तीन ही लोग चलाते हैं पीएम, सीएम और अधिकारी में डीएम। बाकी सब प्रभु की मोह-माया है।" डीएम साहब ने कहा।

"चिंता मत करिए डीएम साहब, हम सीएम से कम नहीं हैं और आप लोगों का साथ रहा तो सीएम भी बन ही जाएँगे।" शिवचरण ने कहा।

"भूमिहार का साथ भूमिहार को नहीं होगा तो किसको होगा? अब तो कुर्मी समाज भी आपके साथ है। नेताजी कुर्सी पर बैठने की तैयारी कर लीजिए। आने वाले समय में मुझे आपकी दावेदारी बहुत मजबूत दिख रही है। इस बार कम-से-कम कोई बड़ा मंत्रालय तो हाथ लगना ही चाहिए आपके।" डीएम साहब ने कहा।

"सच बताऊँ आपको तो बिहार की जनता बेवकूफ है। कहना नहीं चाहिए, अपने ही राज्य की बदनामी होगी, लेकिन बिहार के लोग दूसरे राज्य के लोगों का अनुसरण करेंगे लेकिन अपने ही राज्य के लोगों के नेतृत्व पर उँगली उठाना शुरू कर देंगे।" शिवचरण सिंह ने कहा।

"जात-पात की राजनीति है, अब क्या किया जा सकता है?" डीएम साहब ने कहा।

"बदलाव तो हम भी लाना चाहते हैं लेकिन अगर जात-पात की राजनीति नहीं की तो लोग यहाँ जीतने ही नहीं देंगे।" शिवचरण सिंह ने कहा।

मेरे बाबूजी भी अब वहाँ आ गए थे।

"नमस्कार, नमस्कार समधी जी! खातिरदारी में कोई कमी तो नहीं रही?" डीएम साहब ने बाबू जी से कहा।

"बिलकुल नहीं रही, बहुत अच्छा व्यवस्था किया है आप लोगों ने।" बाबूजी ने जवाब दिया।

"अब आप भी भूमिहार के संबंधी हो गए हैं। भाई यह हमें बहुत अच्छा लगा कि अपने बेटे को अधिकारी बनाने के बाद आपने जात-पात नहीं देखा।" शिवचरण प्रताप ने कहा।

"जात-पात कहाँ से देखते, कोई छोटी जाति में शादी थोड़ी किया था। छोटी जात वाले का अगर बड़े जात में शादी हो जाए तो उसका नसीब ही होता है।" अब मेरे ससुर जी ने मेरे ही सामने बाबू जी से ऐसी बात की जो किसी को भी अच्छी नहीं लगती। मैं कुछ कहना चाह रहा था लेकिन बाबूजी मुझसे पहले ही बोल पड़े।

"जात-पात तो ठीक है लेकिन लड़की और लड़के के माँ-बाप भी अपना नसीब लेकर आते हैं। मुझे तो लगता है कि पचहत्तर हज़ार साल की तपस्या करनी पड़ती है तब कहीं जाकर लड़की और उसके माँ-बाप को बिना दहेज दिए एक अधिकारी लड़का नसीब होता है। वरना नौकरी न होने पर किसी भी जात के बेटी के बाप की बिहार में पगड़ी किस तरीके से उछाली जाती है यह तो सबको पता है।" बाबूजी ने कहा।

बाबूजी ने ईंट का जवाब पत्थर से दिया था जो मेरे ससुर जी के मुँह पर तमाचे की तरह लगा था।

"अरे कहाँ आप लोग आज भी जात-पात की बात में उलझ गए। लोग हम नेताओं को बेवकूफ कहते हैं लेकिन मुझे तो लगता है कि पढ़ने-लिखने के बाद भी आप लोगों का वही हाल है। इतिहास पलटकर देख लीजिए कहीं-न-कहीं कुर्मी और भूमिहार एक ही नजर आएँगे आपको।" शिवचरण प्रताप ने बहुत ही चतुराई से वहाँ के माहौल को राजनीतिक रंग देना चाहा।

"इतिहास तो कुछ और ही कहता है सर। भूमिहार खुद को ब्राह्मण कहते हैं और ब्राह्मण हैं कि भूमिहार को ब्राह्मण मानने के लिए तैयार ही नहीं।" मैंने कहा।

"बात बिलकुल सही कह रहे हो कुणाल।" कमिश्नर साहब भी आ चुके थे। सबने कमिश्नर साहब का स्वागत किया।

"अरे भाई नमस्कार और प्रणाम रहने दीजिए। अभी मैं पारिवारिक फंक्शन

में आया हूँ। और मुझे लगता है कि आप लोगों को इस तरह की बातों से बाहर निकलकर परिवार की बात करनी चाहिए। नेतागिरी और अधिकारीगिरी काम के वक्त ही सही लगती है।" कमिश्नर साहब ने कहा।

"सर अब सभी लोग मिल गए तो बात शुरू हो गई। सब तो अपने ही हैं, और किसी-ना-किसी मायने में हर किसी का रिश्ता एक-दूसरे से मजाक करने का भी है। बस हम लोग मजे ले रहे थे एक-दूसरे से।" डीएम साहब ने कहा।

"और कुणाल की फाइल तो मेरे पास आ चुकी थी। बहुत चर्चा सुना है इसका, मंत्री जी भी काफी प्रभावित थे। लगता है जल्दी एसडीएम बन जाएगा।" कमिश्नर साहब ने हँसते हुए कहा।

"हम तो कहते हैं सीधे डीएम बना दीजिए। और वह तो डीएम साहब अपने आदमी हैं नहीं तो कुणाल बाबू को रोहतास का डीएम ही बनना चाहिए था।" मेरे ससुर जी ने कहा।

"भाई जी, संविधान को आपकी ही बिरादरी के भीमराव अंबेडकर साहब ने लिखा है। हर काम की एक प्रतिक्रिया होती है। पहले एसडीएम बन जाने दीजिए, इस लड़के को डीएम तो बनना ही है।" कमिश्नर साहब ने कहा।

"मैं भी बात करूँगा मंत्री जी से। मंत्री जी आजकल दिल्ली में हैं, उनके निवास पर जाकर मुलाकात भी होगी। कुणाल बाबू के बारे में मैं जरूर बात करूँगा। अब तो यह अपने रिश्तेदार ठहरे।" शिवचरण प्रताप ने हम सभी से फिर बाबूजी से कहा, "बाबूजी, कुर्मी का वोट हमारे खाते में ही आना चाहिए।"

"हमारे बेटे के लिए ही नहीं हमारे समाज के लिए भी कुछ करिए, वोट खुद-ब-खुद आपको मिलेगा।" बाबूजी ने खुश होते हुए शिवचरण से कहा।

"हम सभी से बेहतर जानते हैं आप अपने समाज को। अब आप ही हमारा मार्गदर्शन करिए कि हम क्या करें। मेरी जीत होने से सबका फायदा होगा।" शिवचरण ने कहा।

"शादी के बाद हमारे घर पर भी पधारा जाए। अब तो साथ खाने में कोई परहेज नहीं होगा आप लोगों को?" बाबूजी ने कटाक्ष करते हुए पूछा।

"कहाँ आप आजादी से पहले की बात कर रहे हैं? अब सोच बदल गई है। आप न्योता तो दीजिए, हम जरूर आएँगे।" शिवचरण ने कहा।

"नेताजी अपना जुगाड़ हर जगह निकाल लेते हैं।" कमिश्नर ने हँसते हुए

कहा।

"गर्जन सिंह अब अपना सारा कार्यभार अविनाश को देना चाहते हैं। उन्होंने ठान लिया है कि इन्हें भी अब मंत्री बन ही जाना है।" शिवचरण सिंह ने कहा।

"अब आप की शरण में मंत्री नहीं बन पाएँगे तो कभी नहीं बन पाएँगे। और वैसे भी मंत्री बनना आईएएस, आईपीएस बनने से ज्यादा मुश्किल है। बहुत इन्वेस्टमेंट करना पड़ता है, और दाँव भी बहुत लगाना पड़ता है। दिमाग की तो माँ-बहन एक हो जाती है।" गर्जन सिंह ने कहा।

"और अधिकारी तो लोग सोते हुए बन जाते हैं।" डीएम साहब ने गर्जन सिंह से कहा।

"अरे हुजूर आप कहाँ बात का बुरा मान गए। अधिकारियों के समर्थन के बिना न नेता का गुजारा होने वाला है और न ही नेताओं के समर्थन के बिना अधिकारियों का गुजारा होने वाला है। यह तो हमारी किस्मत है कि हम सब अब एक हैं, और कुणाल बाबू के आ जाने से हम और मजबूत हो जाएँगे।" गर्जन सिंह ने कहा।

"हो जाएँगे नहीं, हो गए हैं।" शिवचरण सिंह ने कहा।

शादी की तैयारियाँ शुरू हो चुकी थीं। बारात भी द्वार पर आ चुकी था। सब बारात के स्वागत में लग गए। शादी की सभी परंपराओं को निभाया गया और बारात सजते ही हम सभी पार्टी में शामिल हो गए। बारात की व्यवस्था देखकर मैं खर्चे का अंदाजा लगा सकता था। खाने के वक्त और भी लोग हमारे साथ हो गए थे। बात-बात पर हमारे परिवार पर और हमारी जाति पर एक-आध टिप्पणी कर ही दी जाती थी। मुझे बुरा तो लगता लेकिन मैं कुछ बोल नहीं पा रहा था।

दूल्हा-दुल्हन को महँगे-महँगे गिफ्ट भी दिए गए। साथ में फोटोग्राफी हुई। बारात में आया हर आदमी अपने-आप को खास दिखाने की कोशिश कर रहा था। अपनेपन का तो दूर-दूर तक कोई नाम नहीं था। गाँव में जब शादियाँ होतीं तो किसी के मन में कोई दिखावा नहीं होता था। मैं अमीर क्या हुआ, मेरी दुनिया ही बदल गई। लेकिन मुझे बाबूजी का खयाल आ रहा था। जिस इंसान ने अपनी पूरी जिंदगी अपनेपन में निभाया था उसे इस तरह की राजनीतिक बातें कितना चोट पहुँचा रही होंगी।

शादी होने के एक दिन बाद हम सभी लोग मेरे ससुराल में ही रुके लेकिन

बाबूजी का वहाँ दम घुट रहा था और मैं इस बात को महसूस कर रहा था।

"मुझे नहीं मालूम था कि यह लोग ऐसे बर्ताव करेंगे।" मैंने बाबूजी से कहा।

"कैसा बर्ताव करेंगे?" बाबूजी के उस सवाल ने मुझे हैरानी में डाल दिया था।

"बाबूजी ऊँच-नीच वाली सोच इस परिवार में भी है।" मैंने कहा।

"तो इसमें गलत क्या कह रहे थे वो लोग? जो सच्चाई है उसको मानना पड़ेगा।" बाबूजी ने कहा।

बाबूजी के उस जवाब ने मुझे हैरान कर दिया था। मैं सपने में भी नहीं सोच सकता था कि मेरा खुद का बाप मानसिक गुलामी की ऐसी जंजीर में जकड़ा हुआ था, जहाँ उसे अपनी बेइज्जती भी अपना नसीब दिख रहा था। उनके जवाब ने मुझे खामोश कर दिया था। अब मैं समझ गया था कि बिहार में इतना पिछड़ापन क्यों है। जो राज्य दूसरे राज्य में जाकर शिक्षा का ज्ञान बाँटता फिरता है, उसके अपने ही राज्य में अज्ञानता क्यों फैली हुई है। क्यों विकास बिहार के लिए एक सपने जैसा है। सच्चाई तो यह है कि बिहार के शिक्षित लोग ही बिहार को बर्बाद करने में लगे हुए हैं। मैं भी उन्हीं बिहारियों में से एक हो चुका था।

एक बात मुझे और भी आश्चर्यजनक लगी था कि जिस परिवार की लड़की से मैंने बिना दहेज के शादी की थी उसी परिवार के लड़के ने दहेज के लिए आसमान को अपने सर पर कर लिया था। दहेज ना लेना और ना देना बिहार में तब तक ही सही है जब आप अपनी बेटी की शादी करते हैं। हाँ अब हर कोई मेरे जैसा बेवकूफ तो नहीं होता।

शादी के दो दिन बाद ही मेरे बाबूजी माताजी के साथ वापस लौट गए। मुझे रुकना पड़ा क्योंकि बाबूजी और तृषा भी यही चाहते थे।

शादी के तीन दिन बाद दुल्हन पहली बार घर आई। और घर आते ही मेरी सासू माँ अपने महान शब्दों से अपनी महानता और समाज के सामने अपनी बहू की महानता और अकेले में प्यार से ही सही लेकिन नयी-नवेली दुल्हन को ताना दिए जा रही थीं।

"तुम्हारे माँ-बाप दहेज के लिए इतने परेशान क्यों थे?" मैंने तृषा से पूछा।

"इसमें गलत क्या है, घर में अगर पैसा आ रहा है तो कौन छोड़ देगा?" तृषा ने मुझे जवाब दिया।

"यह तुम कह रही हो तृषा?" मैंने पूछा।

"मुझे मालूम था कि तुम्हारा यही सवाल होगा। अब तुम अपना उदाहरण मुझे देने लगोगे। कुणाल तुम्हें यह मानना पड़ेगा कि मैं बहुत खूबसूरत हूँ, लड़के अक्सर लड़कियों की खूबसूरती पर फिदा होते हैं। मेरी जैसी लड़की तुम्हें नसीब से मिली है। क्या कुछ नहीं मिला तुम्हें मेरी वजह से? ठीक है कि तुम्हारे पास सरकारी नौकरी थी, यह भी ठीक है कि तुम एक अधिकारी थे लेकिन जिस परिवार में तुम्हारी शादी हुई है, उस परिवार का भी तो खयाल रखना चाहिए तुम्हें। नहीं तो तुम्हें भी पता है कि एक भूमिहार और कुर्मी का रिश्ता कितना मुश्किल होता है। अगर तुम दहेज की बात करते तो हमारी और तुम्हारी शादी कभी हो ही नहीं सकती थी। चलो मैं तो फिर भी तुमसे प्यार करती थी इसलिए मुझे कोई दिक्कत नहीं है। लेकिन प्रैक्टिकल सोचकर देखो। अगर तुम्हें मेरी बात में सच्चाई नजर ना आए तो फिर मुझसे कहना। और तुम बेकार की बातों में फिर उलझने लगे हो। यह शादी अविनाश की हुई है, यह अविनाश और उसके ससुराल वालों का निजी फैसला है। जब देने वाले को कोई दिक्कत नहीं है तो लेने वाले को दिक्कत क्यों हो? तुम तो फिर पहले की तरह बनते जा रहे हो।" तृषा ने मुझे जवाब दिया और कहा, "चलो अभी बहुत काम है, तुम्हारे बच्चे को दूध भी पिलाना है और दूसरा काम भी करना है। अगर फ्री हो तो अपने बेटे को बाहर घुमा लाओ। घर में बैठे-बैठे उसे भी खराब लग रहा होगा। दो महीने के बच्चे को भी पापा की गोद में घूमना बहुत अच्छा लगता है।"

तृषा ने मेरी गोद में हमारे बच्चे को लाकर दे दिया।

तृषा की बात से मुझे सदमा तो लगा था लेकिन अपने बेटे को अपनी गोद में पाकर और उसके चेहरे पर मासूमियत को देखकर मैं खो गया। मैं अपनी बच्ची को लेकर घुमाने बाहर चला गया।

"तुम्हें मुझसे शादी करके बहुत सम्मान मिला है।" तृषा की वह बात मेरे दिलो-दिमाग में मँडरा रही थी।

मैंने अपने बेटे को देखा और उससे पूछा, "क्या तुम्हारी मम्मी सही कह रही है? क्या मैंने सिर्फ उसकी खूबसूरती की वजह से उससे शादी की? क्या उसने मुझे सिर्फ इसलिए प्यार किया कि मैं एक अधिकारी बन गया था? या क्या तुम्हारी मम्मी ने मुझसे प्यार किया ही नहीं?"

अपने बेटे के चेहरे पर एक मुस्कान को देखकर मेरी आँखों से आँसू निकल आए। न जाने क्यों मैं उसे देखता रह गया और अचानक अगले पल जो मेरे दिमाग में सवाल आया उसने मेरे पैरों तले की जमीन खिसका दी, "क्या अगर किसी वजह से कल मैं गरीब हो जाऊँ तो क्या तुम्हारी मम्मी मेरा साथ देगी ?"

#7#

कहते हैं कि जब सच्चाई चोट करती है इंसान के पास दो ही विकल्प होता है, पहला विकल्प होता है कि वह सच्चाई से समझौता कर ले और सच्चाई को अपना नसीब मानकर दुनिया को उसी तरीके से जीने लगे जिस तरीके से सभी लोग जी रहे हैं। और दूसरा विकल्प होता है सच्चाई से तंग आकर इस दुनिया को ही छोड़ दे।

मैं दुनिया को छोड़ने वाला इंसान तो नहीं था क्योंकि मैं कायर नहीं था। लेकिन एक बात का अफसोस मुझे जरूर हुआ था कि यह दुनिया और इस दुनिया के लोग सच के लायक ही नहीं हैं। मैंने अपने-आप से कहा- कौन रामप्रवेश सिंह ? उसके परिवार की मौत से मेरा क्या ? वह भी तो मेरे पास अपना काम निकालने ही आया था। यहाँ अपने जो सगे हैं उन्होंने खून के रिश्ते को दौलत का लिबास पहना दिया है और रामप्रवेश से तो फिर भी मेरा भावनात्मक रिश्ता मात्र था।

बहुत कुछ सुना था मैंने अपनी जिंदगी में, बहुत कुछ बर्दाश्त भी किया था और भावनाओं में आकर अपने भविष्य को बर्बाद कर लेना मेरे बस की बात नहीं। मैंने तृषा और अपने ससुराल के लोगों के एक-एक शब्द को अपना नसीब मान लिया। नतीजा क्या हुआ कि मुझे पैसा कमाने का नशा चढ़ चुका था। क्योंकि जाति-बिरादरी, धर्म, मान-सम्मान की कितनी भी बड़ी-बड़ी बातें कर लो इस दुनिया में कदर उसी की होती है जिसके पास दौलत होती है।

एक दिन अविनाश मुझसे मिलने आया।

"जीजाजी मैं आपसे एक आदमी को मिलना चाहता हूँ।" अविनाश ने घर पर आकर एक आदमी से मेरी मुलाकात कराई।

"हाँ बताओ।" मैंने कहा।

"इनसे मिलिए जीजाजी, इनका नाम प्रयागराज है।" अविनाश ने कहा।

"पहले अलाहाबाद था क्या?" मैंने उसका मजाक बनाते हुए पूछा।

मेरी बात सुनते ही प्रयागराज और अविनाश दोनों जोर से हँसने लगे और प्रयागराज ने हँसते हुए कहा, "आप तो अपने ही तरह के लोग हैं।"

"अपने तरह का मतलब?" मैंने उसे देखते हुए पूछा।

"अपने तरह का मतलब, आप में अपनापन बहुत है।" प्रयागराज ने जवाब दिया।

"कहिए क्या खिदमत करें आपकी?" मैंने पूछा।

"जीजाजी, आपने इन पर ध्यान नहीं दिया होगा। कमिश्नर साहब, डीएम साहब और जितने भी बड़े अधिकारी हैं, उनके काफी करीबी हैं यह।" अविनाश ने कहा।

"अच्छा, कहीं मंत्री पद की दावेदारी तो नहीं पेश कर दी है आपने?" मैंने अविनाश की बात सुनकर पूछा।

"कहाँ मंत्री पद की दावेदारी पेश करेंगे सर।" प्रयागराज ने कहते हुए बताया, "हम लोग परदे के पीछे रहने वाले लोग हैं। धंधे वाले लोग हैं हम, पब्लिक के सामने आकर अपने धंधे का नुकसान क्यों करें?"

"ऐसा कौन-सा धंधा करते हैं आप जो दुनिया के सामने नहीं आना चाहते?" मैंने पूछा।

"आप लोगों की सेवा करते हैं सर।" प्रयागराज ने जवाब दिया।

"जीजाजी मैं बताता हूँ आपको। असल में इनके बहुत सारे धंधे हैं। यह तरह-तरह के धंधे में हमारा ब्लैक मनी इन्वेस्ट करवाते हैं और दो से तीन साल में सारे ब्लैक मनी को व्हाइट में कन्वर्ट करके हमें वापस देते हैं।"

"ऐसी समाजसेवा क्यों?" मैंने पूछा।

"क्या करें सर, समाजसेवा के बिना धंधा कहाँ से चलेगा?" प्रयागराज ने कहा, "सरकार हर बात पर टैक्स माँगती है, कोई भी काम सही से करने जाओ तो अधिकारियों को बात-बात पर विश्वास दिलाना पड़ता है। हमने सोचा कि क्यों ना अधिकारियों की ही मदद की जाए। आखिर अपना पैसा कब तक छुपा कर रखेंगे लोग? और ऐसे में हमारे जैसे लोग जो इसी धंधे का खाते भी हैं, शांति से

अपना परिवार भी चलाते हैं, वो किस दिन काम आएँगे। आज जितने भी बड़े-बड़े होटल हैं..."

"ठीक है, ठीक है। करना क्या है यह बताओ, ज्ञान मेरे पास भी बहुत ज्यादा है।" मैंने कहा।

"इन्वेस्ट करिए हमारे साथ सर, और करना क्या है!" प्रयागराज ने कहा।

"कितना इन्वेस्ट करना होगा?" मैंने पूछा।

"बीस लाख रुपये से हम शुरुआत करते हैं। हमारे पास आपका पैसा भी सुरक्षित रहेगा और आपको कोई जवाब भी नहीं देना पड़ेगा।" प्रयागराज ने कहा।

"इस बात की क्या गारंटी है कि मेरा पैसा तुम्हारे पास सुरक्षित रहेगा?" मैंने पूछा।

"भरोसा।" प्रयागराज ने विश्वास से जवाब देते हुए कहा, "इतने अधिकारियों का काम कर रहा हूँ सर, बेईमानी का धंधा ईमानदारी से करता हूँ, इसी वजह से मार्केट में टिका हुआ हूँ। अधिकारी ही नहीं, मंत्री और बड़े-बड़े व्यापारी मुझ पर भरोसा करते हैं। हमारा धंधा भरोसे से ही चलता है सर, इस धंधे में जो भरोसा तोड़ता है उसे कोई माफ नहीं करता। और अपने पैर पर कुल्हाड़ी कौन मारे? आती हुई लक्ष्मी किसे प्यारी नहीं होती?"

"यार तुम लोग डायलॉग बहुत मारते हो। तुम लोग बातों को समझते नहीं हो ना। खैर चलो अविनाश आया है तो एक मौका देते हैं तुम्हें। जगह बताओ पैसा पहुँच जाएगा। लेकिन कुछ तो गारंटी दोगे?" मैंने पूछा।

"दीदी के नाम पर जमीन की रजिस्ट्री करवा देते हैं।" अविनाश ने जवाब दिया।

"बच्चों वाली बात मत किया करो। RTI वाले हाथ धोकर पीछे पड़ जाएँगे।" मैंने अविनाश से कहा।

"सर अभी रियल एस्टेट इंडस्ट्री और होटल इंडस्ट्री में बेहद पैसा है। मैं आपका पैसा होटल इंडस्ट्री में लगवा देता हूँ। अग्रवाल जी का होटल है, छवि भी बहुत अच्छी है। कमिश्नर साहब ने भी अच्छा-खासा पैसा लगाया हुआ है। बैंक तो आपको ब्याज देने से रहा, यहाँ आपको ब्याज भी मिलेगा और जबरदस्त मिलेगा।" प्रयागराज ने बताया।

"वह कैसे?" मैंने पूछा।

"दस प्रतिशत पर पैसा लगेगा आपका। इतना ब्याज तो बैंक भी नहीं देता। अपनी ख्वाहिशों को पूरी करने के लिए आपको ब्याज का पैसा मिलता रहेगा। अगर आप चाहें तो यह पैसा आपको व्हाइट में भी मिल सकता है। कोई आप पर उँगली भी नहीं उठा पाएगा। हम सोर्स ऑफ इनकम दिखा देंगे। और अगर आपको कैश चाहिए तो हर महीने मिलता रहेगा। आपका मूलधन हमारे साथ सुरक्षित रहेगा और ब्याज उम्मीद से ज्यादा। होटल में खातिरदारी अलग से।" प्रयागराज ने कहा।

"कहीं तुम यह तो नहीं कहना चाहते कि अभी होटल में मेरी खातिरदारी नहीं होगी?" मैंने पूछा।

"ऐसी कोई बात नहीं है सर, आपकी खातिरदारी जरूर होगी लेकिन जब आप होटल के मालिक होंगे तो बात ही कुछ और होगी।" प्रयागराज ने मुझे जवाब दिया।

"चलो देखते हैं तुम्हारी बातों में कितना दम है। बताओ कहाँ भेजना है बीस लाख?" मैंने पूछा।

"क्या साहब बीस लाख की बात करते हैं आप, बीस लाख में आजकल क्या होता है कम-से-कम एक करोड़ इन्वेस्ट करिए, सुनने में भी अच्छा लगता है।" प्रयागराज ने कहा।

"एक करोड़ होने भी तो चाहिए।" मैंने कहा, "अभी तो मैंने कमाना शुरू ही किया है।"

"कुछ पैसे मैं लगा देता हूँ जीजाजी।" अविनाश ने कहा।

"हाँ यार तुम तो बहुत बड़े ठेकेदार बन गए हो। चलो बढ़िया है मैं करता हूँ बंदोबस्त। एक सप्ताह का टाइम दो फिर कुछ करते हैं।" मैंने कहा।

"एक सप्ताह नहीं, एक महीना ले लीजिए सर। लेकिन आप से सकारात्मक जवाब की ही उम्मीद करूँगा।" प्रयागराज ने कहा।

"यार समझो पैसा मिल गया तुम्हें, अब भावनात्मक बातें मत करो।" मैंने कहा।

"माफी चाहूँगा सर, लेकिन दीदी की वजह से आपसे मजाक तो कर ही सकता हूँ।" प्रयागराज ने बात को बदलते हुए कहा।

मैं उसकी बात को सुनकर मुस्कुराने लगा। प्रयागराज और अविनाश चले

गए और मैं सपनों की दुनिया में खो गया था। हालात यह हो गए थे कि उनके जाते ही मैंने एक करोड़ रुपये के बंदोबस्त के बारे में दिमाग लगाना शुरू कर दिया।

मुझे अब हर ठेकेदार में मेरा अपना पैसा दिख रहा था। अब मैं डीएम क्या, कमिश्नर से उनके कट के बारे में खुलकर बात करने लगा था। नतीजा यह हुआ कि मैं BDO होकर कमिश्नर का ज्यादा प्रिय हो गया था जिसकी वजह से डीएम की सुलगने लगी थी।

तृषा बहुत ही डिप्लोमेटिक लड़की थी। वह भी जान चुकी थी कि मेरी तरक्की की वजह से डीएम और उसके परिवार की मुझसे सुलगने लगी है। नतीजा यह हुआ कि कल तक डीएम और उसके परिवार की तारीफ करने वाली मेरी पत्नी को, उन लोगों में अब बुराइयाँ ही नजर आने लगी थी। मतलब का चश्मा था, नजरिया ही बदल गया था।

"बहुत बनती हैं करुणा दीदी। भाई साहब डीएम क्या हो गए अपने-आप को प्रधानमंत्री समझने लगी हैं। उनको पता ही नहीं है कि मेरा भी पति डीएम बनेगा और तब तक उनके पति रिटायर भी होने वाले हैं। रिटायर होने के बाद पूछता कौन है ऐसे लोगों को।" तृषा ने बड़बड़ाते हुए कहा।

"अब क्या हो गया?" मैंने पूछा।

"अरे जब भी देखो बड़ी-बड़ी बातें करती रहती हैं।" तृषा ने तपाक से मुझे जवाब दिया, "कल बोल रही थीं कि उनकी बेटी ग्रेजुएशन करने के लिए अमेरिका जा रही है। अरे अच्छी बात है अमेरिका जा रही है तो जाए लेकिन यह बताने की क्या जरूरत है। वैसे कुणाल बच्चों को अमेरिका में पढ़ाने के लिए बहुत पैसा चाहिए न?"

"हाँ पैसे तो चाहिए और सही तो बोल रही थी, इसमें बुरा मानने वाली क्या बात है?" मैंने हँसते हुए कहा।

"अरे आपने देखा नहीं किस तरीके से बोल रही थीं वह। आपके साथ डीएम साहब का रिश्ता खराब ना हो जाए, नहीं तो मैं भी बोल देती कि जब मेरे बच्चे की पढ़ने की बारी आएगी तो मैं अपने बच्चे के लिए अमेरिका की यूनिवर्सिटी खरीद लूँगी।" तृषा ने कहा।

"और इतने पैसे कहाँ से आएँगे?" मैंने पूछा।

"अरे मैं करुणा दीदी की तरह सिर्फ अपने पति पर निर्भर थोड़ी हूँ।" तृषा ने जवाब दिया मुझे, "मेरा भाई भी पैसा कमाने वाला है, मेरी बहन जो अब करोड़पति है, किसी अरबपति घर में ही उसकी शादी होगी। जब मेरे बच्चे बड़े होंगे तो खुद मेरा पति डीएम होगा। चारों तरफ से पैसा ही पैसा आएगा।"

"तृषा मुझे लगता है अब तुम्हें भी कुछ काम के बारे में सोचना चाहिए।" मैंने तृषा को समझाते हुए कहा, "देखो मेरी कमाई पर तुम्हारा पूरा हक है। लेकिन मैं चाहता हूँ कि तुम आत्मनिर्भर बनो। जिंदगी का क्या भरोसा है, आज है और कल नहीं है। भगवान ना करे कल मुझे कुछ हो गया, तो मैं नहीं चाहता कि तुम्हारे ऊपर दुखों का पहाड़ टूट पड़े।"

"आप न, महात्मा गाँधी वाली बात मत किया करिए। हम अब बहुत अमीर बनने वाले हैं। आपको क्या लगता है कि मैं आत्मनिर्भर नहीं हूँ? मैं आपकी पत्नी हूँ और भूमिहार की बेटी हूँ। भूमिहार का काटा इलाज को तरस जाता है। साँप का जहर निकालना फिर भी आसान है, लेकिन भूमिहार का नहीं।"

"यार तुम बात-बात पर भूमिहार, ब्राह्मण, कुर्मी, चमार क्यों करने लगती हो? बेकार की बातें करना तुम लोगों की आदत हो चुकी है।" तृषा की बातों से चिढ़ते हुए मैंने गुस्से में कहा।

तृषा समझ गई थी कि मुझे उसकी बात बहुत बुरी लगी है इसलिए बहुत ही चतुराई से अपनी बात को सही करने के लिए वह मेरे और करीब आई, मेरे माथे को चूमा और मुझसे कहा, "मेरे पति परमेश्वर, बहुत बुद्धू हैं आप। भले ही मैं भूमिहार की बेटी हूँ लेकिन पत्नी तो आपकी हूँ। मेरी जिंदगी आपकी सेवा के लिए बनी है। लेकिन मैं आपको बता दूँ कि मैंने आत्मनिर्भर होना सीख लिया है। मैं इतना जान गई थी कि लोग आपको बहुत बेवकूफ बनाते हैं और आपको पैसे को ठिकाने लगाने की कला मालूम नहीं है। पहले तो आप पैसा कमाना भी नहीं जानते थे, लेकिन मैंने आपको पैसा कमाना सिखलाया। जब मुझे लगा कि पैसे को ठिकाने लगाने में भी अपना दिमाग लगाना पड़ेगा तब जाकर मैंने प्रयागराज का सहारा लिया। मेरे प्यारे पतिदेव, पहले तो कल कुछ होगा नहीं और अगर कुछ भी हुआ तो मुझे किसी की कोई जरूरत नहीं पड़ेगी। मैं इस दुनिया में आम औरत की तरह घर का खाना बनाने, घर का जूठा बर्तन साफ करने, परिवार के लोगों की चड्ढी तक साफ करने और सिर्फ बच्चे पैदा करके जीने वाली लड़की

नहीं हूँ। मैं अपनी जिंदगी को शानदार तरीके से जीना चाहती हूँ। और मैं चाहती हूँ कि इसमें आप मेरा साथ दें। आखिर पति-पत्नी ऐसे ही दो जिस्म और एक जान नहीं होते हैं।"

बेशर्म, जी हाँ बेशर्म बन चुका था मैं। किसी ना किसी तरीके से मुझे मेरी औकात बताई जाती थी और मैं यह भी जान चुका था कि मेरी कदर तब तक है जब तक मेरे पास पैसा है। एक अजीब पागलपन होता है मोहब्बत का। कहना आसान होता है कि मोहब्बत की जाल में मत उलझो लेकिन जो मोहब्बत की जाल में उलझ जाता है वह न जाने कौन से सम्मोहन में सम्मोहित हो जाता है। तृषा का चरित्र मेरी कल्पना की जीवनसाथी से बिलकुल विपरीत होता जा रहा था लेकिन मैं था कि प्यार के दलदल से बाहर निकलने का नाम ही नहीं ले रहा था। कभी-कभी लगता था कि मेरी हालत धोबी के कुत्ते की तरह हो गई थी, जो न घर का होता है, न ही घाट का। न तो मैं ठीक से बुरा बन पा रहा था और ना ही ठीक से अच्छा बन पा रहा था।

ब्यूरोक्रेसी में अंदरूनी राजनीति और चमचागीरी की तूती बोलती है। मैं भी एक ब्यूरोक्रेट हूँ लेकिन मैं आपको बताऊँ कि सिस्टम ने हमें इतना मजबूर कर दिया है कि कभी-कभी तो मुझे लगता है कि ब्यूरोक्रेट से बड़ा दलाल हिंदुस्तान में कोई हो ही नहीं सकता। हिंदुस्तान का हर लौंडा जब ब्यूरोक्रेट बनने का सपना देखता है तो उसके दिल में देशभक्ति, समाजसेवा, जनकल्याण की भलाई आदि-इत्यादि जैसे बहुत बड़े-बड़े उच्च विचार आते हैं लेकिन जैसे वह सिस्टम का हिस्सा बनता है, उसे इस दुनिया की काली सच्चाई का पता चलता है। जो ईमानदार बनने की कोशिश करता है उसकी लंका लगाई नहीं जाती, जला दी जाती है। यहाँ वही ईमानदार होता है जो सबसे बड़ा बेईमान होता है। अरे ठीक है ना समाज के लोग हमें बेईमान कहते हैं लेकिन उसी बेईमान इंसान से अपना काम निकलवाने के लिए अक्सर लोग आते-जाते रहते हैं। इस सच को टाला नहीं जा सकता।

कहने को तो डीएम और कमिश्नर एक-दूसरे के करीबी थे और एक-दूसरे को पसंद करते थे। लेकिन सच्चाई यह थी कि दोनों दौलत के भूखे थे। भूखे भेड़ियों जैसी स्थिति थी ब्यूरोक्रेसी की। हर कोई अधिक-से-अधिक कमीशन खाने में लगा हुआ था। यहाँ तो फिर भी ठीक था लेकिन हर किसी का अपना-

अपना चमचा था। डीएम चाहता था कि तमाम BDO उनके चमचों को ठेकेदारी दे, जबकि ऐसे ही ख्वाहिश कमिश्नर की भी थी। इनके चमचे इनकी दलाली करते थे।

ब्यूरोक्रेसी में लोग जल्दी किसी पर भरोसा नहीं करते। पता नहीं क्यों हर किसी को परखने की हमारी आदत हो जाती है। हमारे भी कुछ लोग बहुत करीबी होते हैं जिन पर हम आँख मूँदकर भरोसा करते हैं। इसलिए मैं बड़ी-बड़ी बातें कर रहा था। मुझे इस बात का आभास हो चुका था कि डीएम अब मेरे पीछे लग चुका था जब एक दिन डीएम का फोन आया मेरे पास।

"घर पर आओ कुछ बात करनी है।" मेरे फोन उठाते ही डीएम ने कहा।

"कोई खास बात सर?" मैंने पूछा।

"पहले तुम कुछ पूछा नहीं करते थे, तुम जिसके दम पर कूद रहे हो ना उसकी कोई औकात नहीं है मेरे सामने। घर पर आओ, बात करते हैं।" डीएम ने गुस्से में कहा।

मैं जान गया था कि कमिश्नर को खुलकर गाली दी जा रही है। मैंने सोचा चलो एक बार डीएम की खबर ले ली जाए। मैं डीएम निवास के लिए निकल पड़ा।

डीएम निवास पर हमारी अच्छी खातिरदारी हुई और फिर बातचीत का सिलसिला आगे बढ़ा।

"आजकल तुम कमिश्नर के चमचे को ही सारा काम देते हो। पहले की तरह तुमने गर्जन सिंह को काम देना बंद कर दिया है।" डीएम ने कहा।

"गर्जन सिंह को तो काम मिलता ही रहता है। लेकिन वह अपनी औकात भूलने लगा था सर। बारगेनिंग करने की आदत हो गई है। उसे लगता है कि उसके अलावा इस जिले में दूसरा कोई ठेकेदार ही नहीं है। उसे उसकी औकात दिखाना बहुत जरूरी था।" मैंने कहा।

"तुम भूल रहे हो कि वह तुम्हारे साले का रिश्तेदार है, ठेकेदारी में बिजनेस पार्टनर भी है।" डीएम साहब ने कहा।

"रिश्तेदारी और व्यापार एक साथ नहीं किया जाता है सर। यह बात तो आप मुझसे बेहतर समझते हैं। क्या करें सर अपना नुकसान कौन करे? तूफान अगर आए तो लोहे के खंभे का सहारा लेना चाहिए, ताकि तूफान टल जाए और अपनी

वसीयत बची रहे।" मैंने कहा।

"बातें बहुत बड़ी-बड़ी करने लगे हो तुम।" डीएम साहब ने कहा।

"करना पड़ता है, आपसे ही सीखा है।" मैंने जवाब दिया।

"मैंने ही तुम्हें छूट दिया हुआ है वरना तुम्हारे जैसे अधिकारियों की हैसियत नहीं है कि डीएम से ऐसे बात कर सके।" डीएम ने गुस्से में कहा।

"वह तो समय ही बताएगा सर। बुलाया क्यों है यह बताइए?" मैंने उनकी बात को महत्त्व न देते हुए कहा।

"रामप्रवेश सिंह वाला जो काम रह गया था उसकी ठेकेदारी गर्जन सिंह को दे दो। और सुना है तुमने गंडक वाली ठेकेदारी भी गर्जन सिंह से वापस ले ली है।" डीएम ने कहा।

"करना पड़ा सर, जिस ठेकेदार को ठेकेदारी दी गई है उसने बड़ी कीमत लगाई। इन्वेस्ट करना था सर, इन्वेस्टमेंट तो समझते हैं ना आप? कल मुझे भी अपने बच्चों को अमेरिका में पढ़ाना है। मैं अभी से खयाल नहीं करूँगा तो कब करूँगा? रही बात रिश्तेदारी और यारी की तो कल तक गर्जन सिंह अविनाश का बिजनेस पार्टनर था और अब दूसरा ठेकेदार अविनाश का बिजनेस पार्टनर बन गया है। हम लोग आज के अधिकारी हैं सर, बिजनेस करना भी जानते हैं। वैसे अब आपसे इजाजत चाहूँगा सर, आपका समय कीमती है और मेरा समय भी बहुत कीमती है।" डीएम को सब कुछ सुनाकर मैं डीएम निवास से बाहर आ गया।

बाहर आते ही मैंने कमिश्नर को सारी बातें बता दी। कमिश्नर साहब ने मेरी बातें सुनी और मुझसे कहा, "घबराने की जरूरत नहीं है। तुम पर कोई दबाव नहीं बना पाएगा डीएम। वैसे भी मंत्री जी से बात हो चुकी है। तुम्हारे काम पर सवाल भी उठने लगा है। पैसा कमाओ लेकिन एक ही जगह को मत लूटो। नालंदा भेज रहा हूँ तुम्हें एसडीएम बनवा कर। नाम मत खराब करना मेरा। और मेरा हिस्सा मुझे मिलना चाहिए, आगे भी तुम्हारी मदद होती रहेगी। वहाँ के कमिश्नर से बात हो गई है मेरी, मैं आगे तुम्हें अपडेट करता हूँ।"

इसको कहते हैं सोने पर सुहागा।

"नालंदा मैं तुम्हें लूटने आ रहा हूँ।" सच पूछो तो उस समय मेरे दिल से यही बात निकली थी।

#8#

मेरे प्रमोशन की खबर मुझसे पहले मेरे परिवार को मिल चुकी थी। मुझे यह समझ में नहीं आ रहा था कि मेरा परिवार मेरे ब्यूरोक्रेसी वाली सिस्टम को चला रहा था या ब्यूरोक्रेसी मेरे परिवार को चला रही थी। मैं तो तृषा को जाकर अपने एसडीएम बनने की खुशखबरी देना चाहता था लेकिन तृषा को तो मानो पहले से सब पता हो।

"आप आ गए?" तृषा ने चहकते हुए और अपनी खुशी का इजहार करते हुए मेरे पास आकर पूछा।

"लगता है तुम्हें खबर मिल चुकी है?" मैंने पूछा।

"आपकी पत्नी हूँ, दुनिया चलाने की हिम्मत रखती हूँ। आपने कहा था न, आत्मनिर्भर बनो, तो मैंने आत्मनिर्भर बनकर आपको दिखा दिया।" तृषा ने यह भी चहकते हुए कहा मुझे।

"मैं कुछ समझा नहीं, मेरे एसडीएम बनने से तुम्हारे आत्मनिर्भर का क्या रिश्ता है?" मैंने पूछा।

"रिश्ता है।" तृषा ने जवाब दिया।

एक डरावनी कल्पना को सोचकर मेरा मन घबरा गया था। मुझे लगा कहीं तृषा ने कोई गलत कदम तो नहीं उठा लिया है और मैंने इसी वजह से उससे पूछना चाहा, "कहीं तुमने भी..."

लेकिन तृषा ने मुझे बीच में ही रोक दिया, "ऐसा कुछ भी मत सोचना और ऐसा कुछ भी मत बोलना जिससे मुझे यह लगे कि मैंने किसी गलत इंसान से शादी की है। मुझे पता है कि कब कहाँ किसका और कैसे इस्तेमाल करना है और क्यों करना है। मुझे हर मर्यादा का खयाल है।"

मुझे भी एहसास हुआ कि मैं कुछ गलत बोल गया था और गलत सोच भी लिया था। इसलिए मैंने अपनी गलती मानी, "आई एम सॉरी। मुझे तुम्हें ऐसा नहीं कहना चाहिए था।"

"कोई बात नहीं। मैं पुराने जमाने की लड़की नहीं हूँ। आपको अपनी गलती का एहसास हो गया, मेरे लिए इतना ही काफी है।" तृषा ने कहा।

"तो आज तुमने पार्टी का आयोजन किया है। बहुत फास्ट हो गई हो तुम।" मैंने प्यार से बात को सही करने की कोशिश की।

तृषा बातों को समझती थी और आधुनिक खयाल की होने की वजह से वह किसी बात का ज्यादा वक्त तक बुरा भी नहीं मानती थी। उसका पति होने के नाते इतना तो मैं समझने ही लगा था।

खरबूजे को देखकर ही खरबूजा रंग बदलता है। मैंने भी उस महफिल में शामिल हो जाना ही सही समझा। तृषा ने सबको बुलाया हुआ था। एक तो मेरे प्रमोशन की खुशखबरी ऊपर से मेरे एक साल के बेटे का जन्मदिन। जन्मदिन का ऐसा बंदोबस्त किया गया था कि अच्छे-अच्छे बिजनेसमैन भी शर्मा जाएँ। अपने घर की तैयारी को देखकर मैं भी हैरान हो गया था कि मेरे पास इतना भी पैसा है। पार्टी में मेरी सास, ससुर, साला, साली, साले की पत्नी, साले की पत्नी के परिवार वाले और भी अन्य मेहमान आए हुए थे।

"मम्मी-पापा को तुमने जानकारी नहीं दी थी क्या?" मम्मी-पापा को वहाँ न पाकर मैंने तृषा से पूछा।

"आपको लगता है कि मैंने मम्मी-पापा को सूचना नहीं दी होगी?" तृषा ने मेरे सवाल का जवाब अपने सवाल से दिया, "मैं भी चाहती थी कि वो यहाँ आएँ। मम्मी जी तो आना भी चाहती थीं लेकिन बाबूजी ने लगभग मना ही कर दिया। मैंने तो उनसे कहा था कि गाड़ी रिजर्व करके आ जाएँ लेकिन उन्होंने फोन पर ही अपनी पोती को आशीर्वाद दे दिया। आप तो जानते हैं कि मैं बाबूजी से जबरदस्ती नहीं कर सकती।"

मैंने माँ को सच जानने के लिए फोन लगाया और सच वही था जो तृषा ने बताया था। मैंने बाबू जी से बात करनी चाही लेकिन बाबूजी कहीं बाहर गए हुए थे इसलिए उनसे मेरी बात नहीं हो पाई। बाद में मुझे लगा कि मुझे अपने बच्चे का जन्मदिन याद रखना चाहिए था और इस बात का भी खयाल करना चाहिए

था कि मेरे माँ-बाप अब बूढ़े हो चुके हैं। यह मेरी जिम्मेदारी थी कि मैं उन्हें घर से लेकर आता। लेकिन मेरे मन में इस बात का भी मलाल था कि तृषा ने अपने मम्मी-पापा को बुलाकर बेटी का धर्म तो निभा दिया था लेकिन वह बहू का धर्म ठीक से नहीं निभा सकी थी। लेकिन अब पछताने से क्या फायदा था, जो हो गया था उसे तुरंत सही तो नहीं किया जा सकता था।

पार्टी खत्म हुई। हर किसी ने मेरे बच्चे को लंबी उम्र की दुआ दी। काफी महँगे-महँगे गिफ्ट दिए और साथ ही मेरे प्रमोशन के लिए मुझे मुबारकबाद भी। मुझे भी लगा कि सब अच्छा ही हो रहा है।

वक्त तेजी से बीतता रहा। मैं अपने काम में और अंदर की राजनीति में थोड़ा उलझा हुआ था जिसकी वजह से माँ और बाबूजी से मेरी बात कम ही हो पाती थी। हाँ यह जरूर था कि मैं हर महीने खुद ही उनके अकाउंट में उनके खर्चे के लायक पैसा लगाया करता था।

नालंदा जाने का वक्त आ गया था। हम लोगों ने जाने की पूरी तैयारी कर ली थी। नालंदा जाने से पहले मैं तृषा के साथ एक बार फिर बाबूजी और माँ से मिलने रोहतास निकल पड़ा। शायद इस उम्मीद से कि पोते के आने की वजह से माँ और बाबूजी हमारे साथ रहने लगे। तृषा जब पेट से थी तो कुछ दिनों के लिए माँ हमारे साथ रही थी, लेकिन मेरे बच्चे के जन्म के कुछ दिनों के बाद माँ वापस गाँव चली गई थी। एक अजीब असमंजस में खोए हम गाँव पहुँच चुके थे। मुझे लगा था कि इस बार भी बाबूजी किसी-ना-किसी तरीके से हमारा स्वागत करेंगे।

पहले जब भी मैं घर आता तो बाबूजी मुझे डाँटते-फटकारते लेकिन इस बार उनका व्यवहार बदला हुआ था। माँ के व्यवहार में वही अपनापन था, लेकिन बाबूजी थोड़े अजीब हो गए थे।

"प्रणाम बाबूजी!" मैंने बाबूजी का पैर छूए।

"खूब खुश रहो और खूब तरक्की करो।" बाबूजी ने मुझे आशीर्वाद देते हुए कहा।

"मुझे ऐसा लग रहा है या वाकई में ऐसा है?" मैंने अपनी बात अधूरी छोड़ते हुए पूछा।

"क्या लग रहा है और क्या है?" बाबूजी ने पूछा।

"मुझे आपके व्यवहार में कुछ बदलाव नजर आ रहा है। यह मेरी गलतफहमी

है या वाकई में ऐसा है? कोई गलती हो गई है क्या मुझसे?" मैंने उन्हें जवाब देते हुए पूछा।

"ऐसा कुछ भी नहीं है बेटा।" बाबूजी ने जवाब दिया।

"ऐसा कैसे हो सकता है बाबूजी? पहले आप मुझे डाँटा करते थे, बात-बात पर टोका करते थे लेकिन अब वैसा तो कुछ भी नहीं है।" मैंने कहा।

"अब और पहले में फर्क है।" बाबू जी ने कहा मुझसे, "पहले तुम्हारे पास नौकरी नहीं थी। पहले तुम कमाते नहीं थे। अगर तुमने कोई गलत रास्ता पकड़ लिया होता तो तुम अधिकारी नहीं बन पाते। पहले तुम मेरी कमाई खाते थे इसलिए मुझे हक था तुम्हें दो-चार बात कहने का। लेकिन तुम अब अपनी कमाई खाते हो, इसलिए मुझे कोई हक नहीं है कि मैं तुम्हें बात-बात पर डाँटता रहूँ। वैसे भी बेटा जब बाप के कंधे को छू ले तो बाप को खुद लिहाज करना सीख लेना चाहिए।"

"यह आप कैसी बातें कर रहे हैं बाबूजी?" मैंने उनकी ओर देखते हुए पूछा, "बेटा चाहे कितना भी बड़ा मुकाम हासिल कर ले, वह अपने पिता के सामने उनका बच्चा ही होता है।"

"मुझे मालूम है बेटा, लेकिन अब तुम्हारी उम्र मुझसे डाँट सुनने की नहीं है। अब तुम खुद एक बच्चे के पिता हो।" बाबू जी ने कहा।

"मैं जानता हूँ। वैसे अब एसडीएम बन गए हो तुम। मैं तो ज्यादा पढ़ा-लिखा नहीं हूँ और मुझे पता नहीं है कि अधिकारी लोगों कितना ऊपर जाते हैं लेकिन मेरा सपना है कि मैं जीते जी तुम्हें डीएम बनते देख लूँ। जिंदगी का क्या भरोसा है, अब तो अपनी उम्र भी हो गई है।" बाबूजी ने कहा।

"आप ऐसा क्यों बोल रहे हैं बाबू जी?" मैंने फिर पूछा उनसे, "आपको क्या हो गया है? आप तो ऐसे ना थे?"

"कुछ नहीं हुआ है बेटा। अब तुमने दुनिया को बहुत अच्छी तरीके से देख लिया है और तुम चीजों को समझने लगे हो, इसलिए तुम्हें मेरी बात थोड़ी अलग लग रही है, नहीं तो मैं आज भी पहले की ही तरह तुमसे बात कर रहा हूँ।" बाबू जी ने कहा।

"सच में?" मैंने पूछा, "आपको वाकई मुझसे कुछ शिकायत तो नहीं है?"

"अपने बेटे से भला बाप को क्या शिकायत हो सकती है?" बाबूजी ने

मुझे जवाब दिया और कहा, "बुड्ढा हो गया हूँ। तुम तो मुझे अपने साथ रखना चाहते हो, लेकिन बेटा मेरा जीवन गाँव में ही गुजरा है। तुम्हारी माँ भी मुझे अकेले छोड़कर जाना नहीं जाती है। कितनी बार मैं इसे समझा चुका हूँ कि मैं अपना गुजर-बसर कर लूँगा लेकिन तुम्हारी माँ है कि समझने का नाम ही नहीं लेती।"

"आप भी चलिए ना बाबू जी। सब लोग एक साथ रहेंगे।" मैंने कहा।

"और यहाँ जो बाप-दादाओं की जमीन है उसका क्या होगा?" बाबूजी ने पूछा।

"हमारी जमीन का कुछ नहीं होगा। हम किसी बटाईदार को बटाईदारी दे देंगे। जमीन भी सलामत रहेगी और हम लोग सब साथ रहेंगे।" मैंने जवाब दिया।

"जिस तरीके से तुम सोच रहे हो दुनिया उस तरीके से नहीं चलती है। मुझे मालूम है कि तुम्हारे साथ रहने में मुझे और तुम्हारी माँ को कोई दिक्कत नहीं होगा, लेकिन मुझे जिस समाज में जीने की आदत है वह समाज मुझे तुम्हारे साथ नहीं मिलेगा। कहीं-न-कहीं हमारी जाति तुम्हारी ससुराल पक्ष से मेल नहीं खाती है।" अब बाबूजी ने खुलकर वह बात कह डाली जो उनके दिल में थी।

"लगता है उस दिन की बात आज तक आपने अपने दिल में रखा हुआ है?" मैंने पूछा।

"ना तो मैंने बात को दिल से लगाकर रखा है और ना ही किसी बात का मुझे बुरा लगा है। हाँ एक बात और बताना चाहूँगा कि अगर मैं तुम्हारे साथ रह गया तो तुम्हारे बहुत सारे लोगों को अच्छा नहीं लगेगा। बेटा हम गाँव के लोग जब बात करते हैं आगे-पीछे ज्यादा नहीं सोचते। हमारे मन में कोई भेदभाव होता ही नहीं। ठीक है ऊँच-नीच जातिवादी आदि सब तरह की सोच है हमारी, लेकिन हमारे अंदर अपनापन भी बहुत ज्यादा है। हम हर रिश्ते को दौलत से नहीं तौलते हैं।" बाबूजी ने कहा।

"बाबूजी, मुझे कुछ भी समझ में नहीं आ रहा है कि आप क्या कह रहे हैं।" मैंने फिर कहा।

"तुम्हें ज्यादा समझने की जरूरत भी नहीं है। अगर तुम अपनी माँ को ले जाना चाहो तो ले जाओ, मैं नालंदा आता रहूँगा। कोई अमेरिका नहीं जा रहे हो तुम। नालंदा दूर ही कितना है यहाँ से? हर 10 मिनट पर बस मिलती है।" बाबूजी ने कहा।

"आप नालंदा बस से क्यों आएँगे?" मैंने पूछा।

"बेटा तुम भूल रहे हो कि मेरा बेटा अधिकारी है, मैं अधिकारी नहीं हूँ।" बाबूजी ने कहा।

"मुझे अच्छी तरह मालूम है कि मैं अधिकारी हूँ लेकिन मुझे यह भी मालूम है मैं कुछ भी नहीं होता अगर मेरे बाबूजी मेरे साथ नहीं होते। अगर मेरी माँ ने मेरा हौसला नहीं बढ़ाया होता और कुर्बानियाँ नहीं दी होती तो मैं अधिकारी नहीं होता। मैं बेटा हूँ आपका। जिस तरीके से दुनिया के हर बेटे का अपने माँ-बाप पर पूरा हक है, उसी तरीके से दुनिया के हर माँ-बाप का अपने बेटे पर हर बात का हक है।" मैंने कहा।

"चलो अच्छी बात है। लगता है तुम दूसरे तरीके से सोचने लगे हो। अभी गाँव में दो-तीन दिन बिताओ और उसके बाद अपनी माँ के साथ नालंदा चले जाना। गाँव में अधिकारी बनकर मत रहो और लोगों से मिला करो। हमारे परिवार का यही संस्कार है। और वैसे भी अब तुम अधिकारी बन गए हो, जिसके भी घर पर जाओगे वह तुम्हारा स्वागत ही करेगा।" बाबूजी ने कहा।

अपनी बात सुना कर बाबूजी चले गए। मैंने माँ की ओर देखा तो मैं समझ गया था कि कोई बात जरूर है। मैं बात को और आगे नहीं बढ़ाना चाहता था क्योंकि मैं जानता था कि मेरे बाबूजी अगर भड़क गए तो कुछ भी बोल सकते हैं, जो किसी के लिए भी हितकर नहीं होगा। बाबूजी को मैं अकेले नहीं छोड़ना चाहता था। अपने घर में चल रही शायद मेरी गलतफहमी वाली राजनीति को मैं जानना चाहता था। मैं तय कर चुका था कि माँ को अपने साथ नालंदा लेकर जाऊँगा ताकि मेरे अंदर अगर किसी भी तरह की गलतफहमी हो तो वह दूर हो सके।

मैंने तृषा से माँ-बाबूजी के बदले हुए व्यवहार का जिक्र किया लेकिन तृषा ने भी मुझे ऐसा कुछ भी नहीं बताया जिससे मुझे यह लगे कि जो भी मैं सोच रहा था वह मेरे मन का वहम नहीं था। शायद मुझे ही कुछ हो गया था।

तीन-चार दिन का वक्त बीत गया। हम नालंदा जाने के लिए तैयार थे।

"बाबू जी अगर आप भी साथ चलते तो पूरा परिवार एक साथ रहता।" मैंने बाबूजी से फिर कहा।

"तुम तो अपनी ही जिद पर अड़े हुए हो।" बाबूजी ने कहा, "मैंने कहा तो

तुमसे कि मैं जरूर आऊँगा। अभी धान की कटाई हो रही है, सब ठीक हो जाए फिर नालंदा दूर ही कितना है। चलो अगर बस से नहीं आया तो मैं गाड़ी रिजर्व करके आ जाऊँगा ताकि तुम्हारे पोजीशन का कोई नुकसान ना हो। लोगों की बातों का भी खयाल रखना पड़ता है।

"जाते वक्त भी झगड़ा कर रहे हैं आप मुझसे।" मैंने कहा।

"यह तो मेरी पुरानी आदत है।" बाबूजी ने हँसते हुए कहा।

बाबूजी ने मुझे, अपनी बहू को और अपने पोते को बहुत आशीर्वाद दिया। हम जब जाने लगे तो बाबूजी का चेहरा उदास हो गया। लेकिन वह अभी भी अपनी जिद पर अड़े हुए थे। मैंने कुछ कहा नहीं क्योंकि बाबूजी को मना पाना आसान नहीं था।

मैं रोहतास से नालंदा के लिए एक नयी कुर्सी को सँभालने के लिए निकल चुका था। पता नहीं मैं उस समय किस दुविधा में था, खुश था या एक अनोखी दुनिया से सम्मोहित हो चुका था? लेकिन कुछ अलग जरूर हो रहा था जिसे मैं समझ नहीं पा रहा था।

#9#

नालंदा में मेरी ज्वॉइनिंग हो चुकी थी। नालंदा के डीएम चंद्रकांत सहाय को मेरे बारे में पूरी जानकारी थी और मुझे भी चंद्रकांत सहाय की पूरी जानकारी दे दी गई थी। शायद यही कारण था कि नालंदा में मेरी ज्वॉइनिंग के दो दिन बाद ही डीएम साहब ने मुझे अपने निवास पर आने का न्योता दिया।

"आओ कुणाल, आज तक तो तुम्हारे कमिश्नर साहब तुम्हारी बहुत तारीफ किया करते थे, अच्छा हुआ कि आज तुमसे मिलने का मौका भी मिल गया।" डीएम ने कहा।

"सर आपकी भी बहुत तारीफ करते थे।" मैंने कहा।

"एक-दूसरे का साथ देने से ही दोनों पक्ष का भला होता है। वैशाली का डीएम बेवकूफ है, उसे तुमसे और कमिश्नर साहब से संबंध बनाकर रखना चाहिए था लेकिन इतना पढ़ने-लिखने के बाद जात-पात का रोग कहाँ जाता है मन से।" डीएम ने कहा।

"सर जात-पात की बीमारी तो पूरे बिहार में है। मुझे तो लगा था कि ब्यूरोक्रेसी में जाति-बिरादरी का कोई स्थान नहीं होगा लेकिन जाति-बिरादरी का रोग सबसे ज्यादा ब्यूरोक्रेसी में ही है।" मैंने कहा।

"ब्यूरोक्रेसी में मंगल ग्रह से लोग नहीं आते, ब्यूरोक्रेट भी समाज के ही लोग बनते हैं। सब अपनी-अपनी बनाने में लगे हुए हैं। आखिर समाज का भी तो खयाल रखना है। जिंदगी भर नौकरी तो रहने वाली नहीं। देखो कोई जान-बूझकर जातिवाद में नहीं जीना चाहता है लेकिन करे क्या, समाज की सोच ही ऐसी है।" डीएम ने कहा।

"और यह सोच बदलने वाली भी नहीं है।" मैंने कहा।

"तुम क्यों फिक्र कर रहे हो? तुम्हें तो जातिवाद का काफी फायदा मिल सकता है, तुम उठाना ही नहीं चाहते हो। होमसिकनेस बहुत बुरी चीज होती है।" डीएम ने कहा।

"पहले होमसिकनेस था सर। जब मैंने ज्वॉइनिंग ली थी तब मैंने सिस्टम को बदलने का सोचा था..." मैंने आगे कहना चाहा लेकिन डीएम साहब ने मुझे बीच में ही रोकते हुए कहा, "सिस्टम ने तुम्हें ही बदल दिया।"

फिर कुछ रुककर डीएम साहब ने पूछा, "कहीं मैंने गलत तो नहीं कह दिया?"

"बिलकुल गलत नहीं कहा सर आपने। वैसे भी ब्यूरोक्रेसी में सच सुनना पसंद किसे है? अपनी तारीफ हर किसी को रास आती है।" मैंने कहा।

"तुम तो क्रांतिकारियों की भाषा बोलते हो, अब समझ में आया कि क्यों शुरू में लोग तुमसे परेशान थे। अभी भी तुम्हारे अंदर का क्रांतिकारी मरा नहीं है।" डीएम साहब ने हँसते हुए कहा।

"क्रांतिकारी मर गया है सर, बस कभी-कभी उसकी क्रांति बाहर निकलती रहती है। आखिर मैं भी तो इसी समाज का हिस्सा हूँ, मेरे अंदर भी मेरा अतीत बसता है, वह अतीत जो बदलाव लाना चाहता था।" मैंने कहा।

"हर आदमी की एक ही कहानी है। वैसे छोड़ो और यह बताओ नालंदा समाजसेवा करने आए हो या कमाने की हसरत अभी भी बची हुई है?" डीएम साहब ने पूछा।

"कमाने से कोई समझौता नहीं करना चाहता हूँ सर। देशभक्ति और ईमानदारी निभाकर अपनी दुनिया को बर्बाद होते देख चुका हूँ मैं।" मैंने कहा।

"सबके साथ होता है दोस्त, जिंदगी में एक बार गलतफहमी हर किसी को हो जाती है। इसमें हमारा और तुम्हारा दोष नहीं है, इसमें दोष है उस सिस्टम का जिस सिस्टम ने हमारे जैसे लोगों को... हमारे जैसे लोगों को ही क्यों तमाम ब्यूरोक्रेसी को नपुंसक बना दिया है।" डीएम ने कहा।

"सर यहाँ पर सहाय तो लाला जी होते हैं ना?" मैंने पूछा।

मेरी बात सुनकर डीएम हँसने लगे और बोले, " हाँ मैं लाला ही हूँ। लेकिन वह लाला नहीं हूँ जो दस लोग मिलकर एक मूली ना उखाड़ सके थे।"

"क्या सर आप भी?" मैं भी उनकी बात सुनकर हँस पड़ा।

"चलो यहाँ पर ढंग से काम करो, काम बहुत है यहाँ। सिस्टम में क्या होता है यह तुम्हें भी पता है। जितना कमा सकते हो कमा लो। यहाँ कोई कुछ पूछने वाला नहीं है। मेरा पूरा समर्थन रहेगा तुम्हारे साथ। लेकिन एक बात बता दूँ, जो दिखावा आज तक चलता आ रहा है वह तुम्हें भी भुगतना पड़ेगा। सीनियर के सामने मैं तुम्हें डाँट भी सकता हूँ। तुम बुरा मत मानना।" डीएम ने कहा।

"अंदर की राजनीति को समझता हूँ सर, अब तो अनुभवी हूँ।" मैंने मुस्कुराते हुए कहा।

"वैसे पैसा इन्वेस्ट कहाँ कर रहे हो?" डीएम साहब ने पूछा।

मैंने डीएम साहब को पूरी बात बता दी। डीएम साहब मेरी बात सुनकर हँसने लगे और हँसते हुए बोले, "ससुराल से जमकर रिश्तेदारी निभा रहे हो तुम?"

"और विकल्प ही क्या है सर? घर में मेरे अलावा कोई है नहीं। बाबूजी को सांसारिक मोह-माया से कुछ लेना-देना है नहीं। माताजी साथ में रहकर ही खुश हैं। ससुराल वाले ही काम करते हैं तो मुझे लगा कि उनके साथ ही इन्वेस्ट करना ज्यादा सही होगा।" मैंने जवाब दिया।

"वह सब तो ठीक है लेकिन कभी सोचा है कि अगर पैसे देने से वह मुकर गए तो तुम क्या करोगे?" डीएम साहब ने पूछा।

डीएम साहब की बात सुनकर एक पल के लिए तो मुझे गहरा झटका लगा लेकिन उनकी बात में बहुत दम था।

"सगे संबंधी हैं सर। अब अपने लोग हैं, धोखा देने लगे तो समाज में किस पर भरोसा किया जाएगा।" मैंने कहा।

"तुमने वह गाना तो सुना ही होगा? "अपने ही गिराते हैं नशेमन पे बिजलियाँ..." मेरे दोस्त, इंसान अपने ही लोगों से धोखा खाता है।" मैंने कहा।

"सर, शायद आप भूल रहे हैं कि अगर कोई किसी को बना सकता है तो उसे बर्बाद भी कर सकता है।" मैंने कहा।

"कुछ नहीं उखाड़ पाओगे तुम। क्या करोगे, पैसे वापस नहीं करने पर मरवा दोगे? उन्हें बदनाम करोगे, या उन्हें जेल में डाल दोगे? कहाँ से साबित करोगे कि तुमने उन्हें पैसा दिया है? उल्टा उन्होंने तुम्हारे ऊपर आरटीआई का केस कर दिया न, तुम्हारी नौकरी जाएगी अलग, तुम्हारा सारा पैसा भी चला जाएगा। सरकार तुम्हें पकड़कर जेल में डाल देगी।" डीएम साहब ने पहले मुझे जवाब

दिया और फिर सोचते हुए बोले, "मैं तुम्हें डरा नहीं रहा हूँ लेकिन किसी पर भी आँख मूँदकर भरोसा मत करो। मुझे तुम्हारी पारिवारिक जिंदगी में दखलअंदाजी देने का कोई हक नहीं है, लेकिन यार जो इंसान अपने साथ काम करता है उसके साथ धोखा हो तो अच्छा नहीं लगता। कम-से-कम एक बार आजमा कर तो देख लो।"

"सही कह रहे सर आप, मैंने इतना कुछ सोचा नहीं था।" मैंने कहा।

"देख भाई, बुरा मत मानना लेकिन मैं बहुत ही खुले विचार का आदमी हूँ। बहुत सारे अधिकारी इसके भुक्तभोगी बन चुके हैं। अगर साली के साथ मजे कर रहे हो तब तो कोई बात नहीं है लेकिन सिर्फ भरोसा कर रहे हो तो भाई एक बार तो मुझे लगता है कि तुम्हें उसे आजमा लेना चाहिए। नहीं तो पता चला पैसा भी गया और बदले में कुछ मिला भी नहीं।" डीएम साहब ने मुझे आगाह करते हुए कहा।

"मुझे आपकी बात का बुरा नहीं लगा सर। जो आप कह रहे हैं उसमें कुछ हद तक सच्चाई भी है लेकिन मेरा मेरे साली के साथ ऐसा कोई रिश्ता नहीं है। मैं अपनी पत्नी से बहुत प्यार करता हूँ।" मैंने जवाब दिया।

"क्या तुम्हारी पत्नी भी तुमसे उतना ही प्यार करती है, जितना तुम उससे करते हो?" डीएम साहब ने पूछा।

"शायद हाँ!" मैंने उन्हें जवाब दिया।

"शायद हाँ, हम्म्म!" डीएम साहब ने एक लंबी साँस खींचते हुए कहा, "यह 'शायद' शब्द मेरे दोस्त किसी रहस्य से कम नहीं है। तुम्हारे 'शायद' का मतलब है कि तुम्हें इस बात का भरोसा नहीं कि तुम्हारी पत्नी भी तुमसे उतना ही प्यार करती है जितना प्यार तुम उससे करते हो। अगर मैं गलत बोल रहा हूँ तो तुम मुझे सही कर सकते हो।"

"नहीं सर, पहली बार मैं मानता हूँ कि मैं जितना प्यार अपनी पत्नी से करता हूँ उतना प्यार मेरी पत्नी मुझसे नहीं करती है। शादी के बाद तृषा के व्यवहार में बहुत बदलाव आया है।" मैंने दुखी होकर बताया।

"तुम कोई नयी कहानी नहीं बता रहे हो मुझे। लगभग हर ब्यूरोक्रेट की यही कहानी है। तुम्हारे फेसबुक पर एक डायलॉग देखा था मैंने जिसमें तुमने लिखा था कि 'प्रेम और धन का कभी मिलाप नहीं हो सकता'।" डीएम साहब ने कहा।

"वह मेरा डायलॉग नहीं था सर।" मैंने कहा।

"अरे किसी का भी डायलॉग था, तुमने लिख दिया तो तुम्हारा हो गया। वैसे जिसने भी कहा है उसने पूरा सही कहा है। लगभग हर ब्यूरोक्रेट के परिवार की यही कहानी है। बाहर के लोग हमें पसंद नहीं करते हैं यार।" डीएम साहब ने कहा।

"ऐसा क्यों होता है सर?" हम तो किसी का कुछ गलत नहीं करते। और वैसे भी अगर हम बेईमानी भी करते हैं तो कौन-सा लोग हमसे ईमानदारी करने आते हैं? हर कोई हमारे पास अपना मतलब निकालने ही तो आता है?" मैंने पूछा।

"अच्छा लोग जब तुम से अपना मतलब निकालने आते हैं तो तुम्हें बुरा नहीं लगता, तुम्हें लगता है कि तुम्हारा कर्तव्य है लेकिन जब तुम्हारे ही परिवार के लोग तुमसे अपना मतलब निकालने लगते हैं तो तुम्हें लगता है कि वह गलत है। शायद तुम भूल जाते हो कि दुनिया के तमाम लोगों में एक लोग तुम्हारे परिवार के भी लोग होते हैं।" डीएम साहब ने फिर हँसते हुए कहा।

"सर मुझे इतनी बड़ी-बड़ी बातें करने की और समझने की आदत नहीं है।" मैंने गंभीरतापूर्वक कहा।

डीएम साहब फिर हँसने लगे और बोले, "यार जब पावर हाथ में आता है दुनिया का हर इंसान बावला हो जाता है और जब तक बावलेपन से बाहर निकलकर हमें दुनिया की समझ आती है तब तक हम पावर का इस्तेमाल इतना कर चुके होते हैं कि हमें चीजों को ठीक करने का मौका ही नहीं मिलता। लेकिन यह भी सही है अगर हमने अपने पावर के दौरान अपनी शक्तियों का इस्तेमाल नहीं किया तो कोई हमें भाव भी नहीं देगा। हम तो चलो फिर भी मेहनत करके अधिकारी बन जाते हैं। लेकिन सोचकर बताओ कि क्या तुमने तृषा की खूबसूरती को देखकर के उससे प्यार नहीं किया था?"

"हाँ सर यह सच है कि मैं तृषा की खूबसूरती पर सम्मोहित जरूर था लेकिन मैं उसे प्यार भी करता था और यह भी सच है कि मैं चाहता तो तृषा से भी ज्यादा खूबसूरत लड़की से शादी कर सकता था।" मैंने जवाब दिया।

"एक कहावत है- 'दिल आया गधी पर तो परी क्या चीज है?' हर इंसान की आँखों का अपना ही नूर होता है। तुम जो कह रहे हो उसे मैं समझ सकता हूँ।

खैर छोड़ो, हम बेकार की बहस में उलझे हुए हैं। सुना है, एक बेटा है तुम्हारा। अगले बच्चे की जल्दी है या कुछ समय लेना चाहते हो?" डीएम साहब ने बात को बदलते हुए कहा।

"सर अभी कुछ वक्त लेना चाहता हूँ।" मैंने उनके सवाल का मुस्कुराते हुए जवाब दिया।

"हाँ यार आजकल व्यवस्था भी बहुत ज्यादा है, सुविधाएँ भी बहुत आ गई हैं बाजार में। हमारे जमाने में तो कुदरत ही मेहरबान थी, हमारे हाथ में कुछ था नहीं।" डीएम साहब फिर हँसते हुए बोले।

मैं भी उनकी बात को सुनकर मुस्कुराने लगा।

"चलो बढ़िया है, काम के आदमी हो तुम। यहाँ के कमिश्नर से भी मेरी बनती है। हालाँकि ठाकुर है और तुम जानते हो कि ठाकुर लोग दिमाग से नहीं सोचते हैं लेकिन आदमी ठीक हैं। वैसे भी जात-बिरादरी का क्या करना, जो अपने काम में उँगली ना करे वही अपना है।" डीएम साहब ने कहा।

"सही कहा सर आपने।" मैंने कहा।

"इससे पहले नालंदा कभी आए हो कि नहीं?" डीएम साहब ने पूछा।

"नहीं सर, इससे पहले नालंदा कभी आना नहीं हुआ था। सोच रहा हूँ कल एक बार नालंदा यूनिवर्सिटी घूम लूँ।" मैंने कहा।

"हाँ घूम लो, किताबें नहीं हैं, महल तो है ही।" डीएम साहब ने कहा।

"बख्तियार खिलजी ने बर्बाद कर दिया नालंदा को।" मैंने कहा।

"कह सकते हो, क्योंकि तुमने भी वही पढ़ा है जो पूरी दुनिया को बताया गया है।" डीएम साहब ने कहा।

"दुनिया को कुछ गलत बताया गया है क्या सर?" मैंने पूछा।

"अभी तुम नालंदा आए हो, कुछ दिन समय बिताओ। सारी बातें खुद-ब-खुद जान जाओगे। इतिहास की किताब पढ़कर यूपीएससी, बीपीएससी निकाली जा सकती है, सच्चाई नहीं।" डीएम साहब ने कहा।

"लगता है नालंदा भी मेरे लिए दिलचस्प होगा!" मैंने कहा।

"हो सकता है। वैसे, पैसे के अलावा और कुछ नहीं कमा सकते तुम यहाँ से।" डीएम साहब ने कहा।

"ब्यूरोक्रेसी में और लोग कमाना ही क्या चाहते हैं?" मैंने पूछा।

"बच्चे अपने यूपी-बिहार में ब्यूरोक्रेट्स मच्छर की तरह भरे पड़े हैं। इस बात को तुम भी जानते हो। आजकल लोगों में मशहूर होने की होड़ लगी हुई है। अच्छा हाँ, मशहूर होने से याद आया कि कोई मुशायरा या गजल वगैरह करते हो कि नहीं?"

"करता हूँ सर लेकिन मेरा ईमान इतना भी नहीं गिरा हुआ है कि मैं उन लोगों का भी पैसा खा जाऊँ जिससे उनका परिवार ही चलता है।" मैंने जवाब दिया।

"चलो कम-से-कम इतनी इंसानियत तो है तुममें। वरना यहाँ लोग मौका और पैसा सब पचा जाते हैं।" डीएम साहब ने जवाब दिया।

"मुझे मालूम है।" मैंने कहा।

"वैसे सर आपके बच्चे क्या करते हैं?" मैंने पूछा।

"यार क्या बताऊँ, मेरे बच्चे बहुत प्रतिभाशाली हैं। बड़ा लड़का न्यूयॉर्क में MIT से MS कर रहा है, मेरी बेटी ऑक्सफोर्ड यूनिवर्सिटी लंदन में एमबीए कर रही है और मेरा छोटा बेटा उसके अंदर ना जाने देशभक्ति का कीड़ा कहाँ से आ गया। उसे भी मैं अमेरिका या ऑस्ट्रेलिया भेजना चाहता था लेकिन उसने जेएनयू को ही चुना।" डीएम साहब ने बताया।

"जेएनयू को तो नर्क बना दिया है आज के नेताओं ने।" मैंने कहा।

"राजनीति इसी को कहते हैं दोस्त।" डीएम साहब ने कहा।

"बुरा मत मानिएगा सर लेकिन यह राजनीति सवर्णों के लिए है।" मैंने कहा।

"कह सकते हो!" डीएम साहब का जवाब था।

"कह नहीं सकता हूँ सर, यही सच है।" मैंने कहा।

"अपनी कमाने की सोचो, तुम अब जात-पात से बाहर निकल चुके हो।" डीएम साहब ने कहा।

"देखा सर, सच आपको भी अच्छा नहीं लगा।" मैंने कहा।

"तुमने जो कहा वह आधा सच है। कुणाल, यह लड़ाई वर्चस्व की है। यह लड़ाई आने वाली पीढ़ी के भविष्य की है। ब्राह्मणों को यह लग रहा है कि अगर बदलाव आ गया तो जो मुफ्त की सेवा ब्राह्मणों को आज तक मिलती आ रही है उसका क्या होगा? ठाकुरों को लग रहा है कि अगर उन्होंने एकता नहीं दिखाया और उन्होंने भविष्य के लिए काम नहीं किया तो उनकी दबंगई खत्म हो जाएगी। बाहुबली सड़क पर आ जाएँगे। यादवों की संख्या बहुत ज्यादा है बिहार में

इसलिए कोई यादव से उलझता नहीं, लेकिन तुम्हें भी पता है कि बिहार में सबसे ज्यादा बेवकूफ अगर कोई बना तो वह यादव ही बना।" डीएम साहब ने कहा।

"बिहार में राजनीति भी तो यादव की ही थी।" मैंने कहा।

"और ब्यूरोक्रेसी स्वर्णों की थी।" डीएम साहब ने मेरी ओर देखते हुए कहा।

डीएम साहब के उस जवाब ने मुझे एक और झटका दिया। मैं उनके कहने का मतलब समझ गया था। ब्यूरोक्रेट्स नेताओं के आगे-पीछे कर सकते हैं और करते भी हैं लेकिन ब्यूरोक्रेट्स देश की तकदीर लिखते हैं। बिहार की ब्यूरोक्रेसी में सवर्णों का बोलबाला था और यह बात मुझे समझते देर नहीं लगी कि असली खेल क्या खेला गया था।

"बहुत गहराई में सोचते हैं सर आप।" मैंने कहा।

"गहराई बताने वाले अगर मिल जाए तो हर आदमी गहराई में सोचने लगता है। मुझे भी पहले आम लोगों की तरह बिहार की राजनीति वैसे ही दिखती थी जैसे तुम्हें दिखाई दे रही है लेकिन एक आदमी है जो बिहार की राजनीति को हमसे और तुमसे बेहतर समझता है। विद्याभूषण वर्मा नाम है उनका।" डीएम साहब ने बताया।

"विद्याभूषण वर्मा? नाम कुछ सुना-सुना-सा लग रहा है।" मैंने कहा।

"तुम्हारे रोहतास जिला के ही हैं। सरकारी स्कूल में मास्टर थे।" डीएम साहब ने बताया मुझे।

"अरे हाँ सर अब याद आया। तभी तो मैं कहूँ कि मुझे यह नाम सुना-सुना-सा लग रहा है। मेरे मास्टर रह चुके हैं वह। उस स्कूल में मैं भी पढ़ता था।" मैंने बताया उन्हें और कहा, "सर मैं उनसे मिलना चाहता हूँ। कृपया आप मुझे उनका पता दे दीजिए।"

"पता मैं दे दूँगा मुझे कोई दिक्कत नहीं है, लेकिन अपनी कमाई के बारे में बताना मत उनसे। हिंदुस्तान में अगर कोई ईमानदार आदमी बचा हुआ है तो वह तुम्हारे मास्टर साहब ही हैं। मैंने बहुत गाली सुनी है उनसे तब जाकर उन्होंने मुझे वह सारी बातें बताई जो मैं बता पा रहा हूँ। वरना मैं भी तुम्हारी ही तरह किताबी कीड़ा मात्र था। आजकल वह दिल्ली गए हुए हैं, 15 दिनों बाद आएँगे। तब तक तुम नालंदा को समझ लो और कुछ काम करवा लो।

आखिरकार डीएम से मेरी लंबी जान-पहचान खत्म हुई। डीएम ने मेरी जान-पहचान कमिश्नर साहब से भी करवा दी। पंद्रह दिन देखते-ही-देखते बीत गए लेकिन मुझे मेरे मास्टर साहब का याद ही नहीं आई।

पैसे कमाने की मेरी ललक बढ़ती जा रही थी। मेरे पास इतना पैसा आ चुका था कि मैं तृषा के साथ शॉपिंग करने पटना से दिल्ली फ्लाइट बुक करके जाया करता। तृषा को महँगे-महँगे जेवर के शौक थे। बाबूजी भी एक-दो बार नालंदा आए थे लेकिन एक-दो दिन से ज्यादा वह कभी रुके नहीं। मेरी माँ को भी नालंदा रास आने लगा था। मेरी पत्नी घर पर पार्टी रखने का कोई-ना-कोई बहाना ढूँढ़ती रहती। मेरा परिवार नालंदा में अच्छा-खासा नाम बना चुका था और मेरी पत्नी को भी नाम कमाने का शौक चढ़ चुका था।

नालंदा में अक्सर कोई-ना-कोई प्रोग्राम होता ही रहता, कभी डीएम की पत्नी, अभी कमिश्नर की पत्नी तो कभी एसडीएम की पत्नी को किसी-ना-किसी बहाने ऐसे प्रोग्राम के मुख्य अतिथि के तौर पर बुला ही लिया जाता। बिहार ही नहीं पूरे हिंदुस्तान में यही चल रहा था। अगर मैं विरोध करता हूँ तो यह तय था कि मुझे मेरे ही परिवार में एक बार फिर से बेवकूफ घोषित कर दिया जाता। हिंदुस्तान की ब्यूरोक्रेसी को उनके घर की औरतें चलाती हैं, और जो ब्यूरोक्रेट घर की औरतों से नहीं चलता उसकी छवि इतनी खराब बनाई जाती है कि इंसान की आत्मा भी काँप जाए।

चारों तरफ से पैसा आ रहा था। इंसानी मन है कभी-कभी बहक भी जाता है। लेकिन मैं तृषा से प्यार ही इतना करता था कि अपने-आप को किसी भी दायरे को तोड़ने से बचा लेता था। फिर कभी-कभी मेरे भी दिमाग में आता कि मैं अपने साले और साली को एक बार आजमाकर देखूँ, फिर सोचता कि अगर वो लोग मेरे साथ बेईमानी कर भी लेंगे तो मेरा नसीब तो लेकर नहीं चले जाएँगे। मैंने सोचा चलो अगर पैसा भी जा रहा है तो अपने ही परिवार में जा रहा है। इसलिए मैंने पैसे के लेन-देन को नजरअंदाज करना ही सही समझा। सब ठीक चल रहा था कि अचानक एक खबर ने मेरे होश उड़ा दिए।

#10#

जेएनयू में अखिल आतंक विद्यार्थी परिषद और लेफ्ट की जबरदस्त राजनीतिक जंग छिड़ चुकी थी। हिंदुस्तान के बेहतरीन शिक्षा संस्थान में से एक जवाहरलाल नेहरू यूनिवर्सिटी आज पूरी दुनिया में राजनीति को लेकर बदनाम हो चुकी थी। स्थिति यहाँ तक पहुँच चुकी थी कि बड़े-बड़े राजनेता छात्रों की राजनीति में कूद पड़े थे। देश की राजधानी दिल्ली जलने लगी थी। वैसे भी अभी देश का जो हाल है उसे यह बात तो साफ हो चुका है कि देश दो भागों में बँट चुका है।

राजनीति में रुचि रखने वाले लोग पूरी तरह से दो हिस्से में आ चुके हैं। एक हिस्सा मौजूदा सरकार की हर बात का समर्थन करता है तो दूसरा हिस्सा मौजूदा सरकार की हर बात का विरोध करता है। समर्थकों को भक्तों का नाम दिया जाने लगा, जबकि विरोधियों को चमचा कहा जाने लगा। लेकिन एक बात तो तय था कि मौजूदा सरकार ने पूरे देश पर अपनी तानाशाही थोपनी शुरू कर दी थी।

राजनीति में मेरा नाम भी आने लगा था और आता क्यों नहीं क्योंकि मैं भी तो एक बेहतरीन भ्रष्ट ऑफिसर बन चुका था। मेरे चर्चे तो मंत्रियों के बीच में होते थे। ऐसा नहीं था कि मैं कुछ अलग करता था लेकिन एक बात थी कि मुझे अपनी मार्केटिंग बहुत अच्छे तरीके से करना आता था। इसमें मेरा साथ देती मेरी पत्नी और मेरे ससुराल के लोग।

मेरी साली की भी शादी तय कर दी गई थी।

नालंदा में मैं सात से आठ महीने का वक्त गुजार चुका था। नालंदा में मेरी चर्चा होने लगी थी लेकिन मैं किसी भी कीमत पर पुरानी गलतियों को दोहराना नहीं चाहता था। मैं बेहद डिप्लोमेटिक बन चुका था। मेरा रिश्ता डीएम, कमिश्नर

ही नहीं, नालंदा के विधायक से भी मजबूत हो चुका था। अक्सर मुझ पर इल्जाम लगता कि मैं भ्रष्ट पैसे से अपना बिजनेस बढ़ा रहा हूँ लेकिन जिस सिस्टम में ऊपर से नीचे तक लोग कमाने में लगे हों वहाँ मेरे जैसे अधिकारी को कौन बेईमान साबित कर सकता था? सबको पता था कि अगर मेरे गले में फाँसी का फंदा आया तो झूलना सबको पड़ेगा।

स्थिति तो ऐसी हो गई थी कि जिस ईमानदारी का मैं गुणगान किया करता था अगर मुझे गलती से भी कोई मेरे जैसा ईमानदार ऑफिसर मिलता तो मैं उसकी लंका लगाता नहीं, जला देता था। हमने अपने से नीचे वाले अधिकारियों को भ्रष्ट बनाना अपना धर्म बना लिया था। और हर नये अधिकारी का हाल मेरी ही तरह होता। आता तो वह ईमानदार बनकर और बनकर रह जाता एक नंबर का भ्रष्ट। हाँ कमाई करने का सबका अपना-अपना तरीका होता। जो जितना गिर सकता था उसके नसीब में उतनी दौलत आती थी।

टीवी पर एक समाचार आया। दिल्ली में कर्फ्यू लगा हुआ था और उस कर्फ्यू में पुलिस की लाठी चार्ज में डीएम साहब के छोटे बेटे को गहरी चोट आई थी। हालाँकि दिल्ली एम्स में इलाज होने के बाद डीएम साहब अपने छोटे बेटे को अपने घर ले आए थे। मैं उनके छोटे बेटे से मिलने उनके निवास हो आया। अब इसे किस्मत कहें या महज संयोग, डीएम साहब के निवास पर हमारे मास्टर साहब विद्याभूषण सर भी आए हुए थे। उनको सामने देखते ही मैंने उनके पैर छुए। उन्होंने मुझे पहचान लिया और पैर छूने पर आशीर्वाद भी दिया।

"चलो कम-से-कम इतनी तो तमीज है तुममें बची हुई।" मास्टर साहब के कड़वे प्रवचन शुरू हो चुके थे।

डीएम साहब ने मुझे इशारों में कहा कि मैं कोई प्रतिक्रिया ना दूँ और चुपचाप उनकी बात सुनता रहूँ।

"पता नहीं यार आजकल के बच्चे पढ़ने जाते हैं या राजनीति करने जाते हैं?" मास्टर साहब आगे बोलने लगे।

"दादा, मेरा बच्चा तो पढ़ने ही गया था। वहाँ की राजनीति का शिकार हुआ है यह। लेफ्ट विंग वालों को तो मैं छोड़ूँगा नहीं।" डीएम साहब ने गुस्से में कहा।

"हाँ आप डीएम हैं तो आप बदला ले भी सकते हैं। लेकिन होगा कुछ नहीं। बुरा मत मानिएगा लेकिन आपका भी बेटा दूध का धुला नहीं है। जेएनयू को मैं

बहुत अच्छे तरीके से जानता हूँ और मेरे बहुत सारे लोग हैं जेएनयू में। आपके बेटे की कुंडली है मेरे पास।" मास्टर साहब ने कहा।

"क्या बकवास कर रहे हैं आप, मैंने कुछ गलत नहीं किया वहाँ पर। मैं वहाँ पढ़ने गया था।" डीएम साहब के बेटे ने अपनी शिकायत सुन तुरंत गुस्से में जवाब दिया।

"आकाश अपने से बड़े से बात करने की तमीज नहीं है क्या तुम्हारे पास? यही सीखा है दिल्ली जाकर तुमने?" डीएम साहब ने आकाश से गुस्से में कहा।

"पापा मैं यहाँ फालतू लोगों से मिलने नहीं आया हूँ। अगर ऐसे ही लोग मुझसे मिलने आते रहे तो मैं फिर से दिल्ली चला जाऊँगा। जो लोग अपनी जिंदगी में कुछ नहीं कर सके, मेरे पास उनके लिए वक्त नहीं है।" डीएम साहब को जवाब देते हुए आकाश वहाँ से चला गया।

डीएम साहब को कुछ समझ में नहीं आया कि वह क्या करें लेकिन उन्होंने आकाश की ओर से खुद ही माफी माँग ली।

"इसमें आपकी बेटे की कोई गलती नहीं है डीएम साहब, यह गलती आपकी है। संस्कार हर किसी की निजी संपत्ति होती है लेकिन बच्चों में उनके माँ-बाप का असर तो आता ही है।" मास्टर साहब जारी रहे।

"गुरुजी, आप तो जानते हैं कि हमारे जमाने में अगर हम ऐसे बात करते तो हमारी जमकर पिटाई की जाती। लेकिन आजकल के बच्चों को कौन समझाए? सभी घर के बच्चों का यही हाल है।" डीएम साहब ने सफाई दी और कहा, "जमाना इतना खराब हो गया है कि बच्चों से कुछ कहो तो आत्महत्या भी कर लेते हैं। अब अपने ही बच्चों की जान का दुश्मन कौन बने?"

"वक्त कितना बदल गया है। हम अपने जमाने में बच्चों को गलती करने पर उनकी पिटाई भी करते थे फिर भी उनके अंदर हमारा डर था लेकिन आज बच्चों को डाँटने मात्र से वह आत्महत्या तक कर लेते हैं।" मास्टर साहब ने जवाब दिया।

"पहले आपसे मैं बहुत मार खा चुका हूँ गुरुजी।" मैंने भी डीएम साहब का पक्ष लेते हुए कहा।

"कोई फर्क नहीं आया है।" अचानक गुरुजी गुस्से में चीख पड़े और बोले, "पहले भी अमीरों के बच्चे अपने ही परिवार को धमकी दिया करते थे और आज

भी वही होता है। फर्क बस इतना है कि साधन आने की वजह से वह फर्क समाज के सामने आने लगा है। पता है दिक्कत किस बात की है? दिक्कत है संघर्ष ना करने की। अमीर घर के बच्चे संघर्ष को समझते ही नहीं हैं। सच तो यह है कि आप उन्हें संघर्ष करने ही नहीं देते। आपका लाड़-प्यार और दुनिया की तमाम सुविधाएँ आपके बच्चों को कमजोर बना देती हैं। अगर मेरी बातों का भरोसा नहीं होता है तो सर्वे करवा कर देख लीजिए, आपको मेरी बातों में सच्चाई दिख जाएगी। अगर हिंदुस्तान में किसी घर के बच्चे सबसे ज्यादा डिप्रेशन में है तो वह घर ब्यूरोक्रेट्स का है। आप लोगों को आदत हो गई है न दुनिया को दबाकर चलने की, तो आपके बच्चों को भी आदत हो गई है दुनिया को दबाकर चलने की। आपके घर के बच्चे सामान्य बच्चों से मिलकर रहना तो चाहते हैं लेकिन जैसे ही बात वर्चस्व का आता है आपके बच्चे सामान्य बच्चों को दबाने लगते हैं। क्योंकि बचपन से ही उनके दिमाग में डाल दिया जाता है कि वो समाज के अन्य बच्चों से अलग हैं।

जन्म लेने के बाद जैसे ही वे बड़े होते हैं तो उन्हें ऐसे स्कूल में पढ़ाया जाता है जहाँ उनके ही जैसे अमीर बच्चे पढ़ते हैं। लेकिन जब वह स्कूल से बाहर आते हैं और अपने ही परिवार में आते हैं तो उन्हें दूसरी दुनिया ही दिखाई देती है। कितने लोग आईएएस, आईपीएस बन पाते हैं साहब? आईएएस, आईपीएस का अपना खुद का ही परिवार, अपने खुद के ही सगे-संबंधी, उनके बराबरी के नहीं रह जाते। आप तो समझदार बन जाते हैं लेकिन आपके बच्चों की समझदारी इतनी नहीं होती कि वो अपनी शक्ति और अपनेपन में फर्क समझ सकें। बहुत अच्छा लगता है ना आप लोगों को जब आप लोगों के बच्चों की झूठी तारीफ की जाती है? बहुत बड़ी-बड़ी बातें सीखी होंगी आप लोगों ने कि किसी की तारीफ उसके मुँह पर नहीं करनी चाहिए लेकिन जब दूसरे लोग आपके बच्चों की तारीफ उनके ही मुँह पर करते हैं तो आपको बहुत आनंद आता है। मैंने पूरी जिंदगी बच्चों पर ही काम किया मुझे मालूम है कि कोई भी बच्चा हमेशा खास बनकर नहीं जीना चाहता। लेकिन आपकी चमचागीरी करने वाले लोग उन्हें जबरदस्ती खास बनाने पर लगे रहते हैं। सच बताऊँ तो मनोवैज्ञानिक तरीके से आपके बच्चों को कमजोर बनाते हैं आपके चमचे। जिस इंसान को बचपन से ही खास बनने की आदत लग जाए, जिस इंसान को बचपन से ही झूठी तारीफ सुनने की आदत लग जाए, अगर

उसके सामने उसकी थोड़ी-सी बुराई कर दी जाए तो वह भड़क जाता है। आपके बच्चे के साथ भी ऐसा ही हुआ है। डीएम साहब, इससे पहले कि नस्लें बर्बाद हो जाएँ, इससे पहले कि अधिकारियों को बच्चों को गाली देना शुरू कर दिया जाए, सँभालिए। सँभालिए अपने परिवार को, सँभालिए अपने बच्चों को, नहीं तो आपके बच्चों को जिंदगी में नाकामयाबी के अलावा कुछ भी नहीं मिलेगी। और ये लोग मानसिक तौर से इतने कमजोर हो जाएँगे कि कल अगर इन पर थोड़ा भी दबाव बना तो आपको पता भी नहीं चलेगा और यह ऐसा कदम उठा लेंगे जिसका पछतावा आपको जिंदगी भर करना पड़ेगा।"

डीएम साहब का पता नहीं लेकिन मास्टर साहब की भाषा ने मुझे सचेत तो जरूर कर दिया था। मास्टर साहब अपनी बात कहकर वहाँ से निकल गए। हम दोनों में से किसी की भी इतनी हिम्मत नहीं हुई कि उन्हें रोक ले।

मैंने डीएम साहब की तरफ देखा और डीएम साहब ने मेरी तरफ देखा। हम दोनों एक-दूसरे की आँखों को पढ़ चुके थे और शायद बिना बोले ही एक-दूसरे से कह चुके थे कि मास्टर साहब गलत नहीं कह रहे थे।

भेंट मुलाकात करके मैं भी घर के लिए निकल चुका था। जिस समय मास्टर साहब हमसे बातें कर रहे थे उस समय हमारी औरतें भी उनकी बातों को सुन रही थीं। घर आते ही तृषा शुरू हो गई।

"कोई बड़े मंत्री थे क्या?" तृषा ने पूछा।

"नहीं, मेरे बचपन के मास्टर साहब थे।" मैंने जवाब दिया।

"वह सब तो ठीक है लेकिन लगता है उनके घर में कोई बड़ा अधिकारी या कोई बड़ा मंत्री होगा। वरना उनकी बात सुनकर मुझे बहुत गुस्सा आ रहा था।" तृषा ने कहा।

"क्यों गुस्सा आ रहा था, सच ही तो कह रहे थे वह।" मैंने तृषा से कहा।

"क्या खाक सच कह रहे थे वह, डीएम साहब का बेटा ठीक कह रहा था। जो इंसान अपनी जिंदगी में कुछ नहीं कर सका उसे दूसरे को ज्ञान देने का कोई हक नहीं है।" तृषा ने मुझे जवाब दिया।

"बेवकूफ वाली बात मत करो। मेरे जैसे हजारों कामयाब बच्चों को पढ़ाया है उन्होंने।" मैंने कहा।

"मास्टर साहब बनने के अलावा और कोई विकल्प नहीं होगा। तुम रहने दो

और बेवजह की बातों में अपना समय मत बर्बाद करो। तुम्हारे मास्टर साहब हैं तो तुम ही उनका ज्ञान रखो। भगवान के लिए मेरे बच्चों पर उनके ज्ञान को मत थोपना। मैं अपने बच्चे पर किसी भी तरीके की तकलीफ बर्दाश्त नहीं कर सकती। और संघर्ष की बात गरीब लोग करते हैं, हमारे जैसे अमीर नहीं।" तृषा ने फिर कहा, "मत भूलो कि हम लोग बेहद ही कामयाब लोग हैं, तुम्हारे मास्टर साहब की तरह नाकामयाब नहीं।"

मुझे अपना गुस्सा पीना पड़ा। मैं सपने में भी नहीं सोच सकता था कि तृषा का व्यवहार इस तरीके से बदल जाएगा। लेकिन कड़वी सच्चाई तो यह थी कि तृषा अपना अतीत भूल चुकी थी। अपना अतीत तो मैं भी भूल चुका था और इन सब का जिम्मेदार सिर्फ मैं और मैं था।

तीन-चार दिन के बाद मैं मास्टर साहब से मिलने उनके घर पर गया। मास्टर साहब ने मुझे अपने घर के अंदर भी नहीं बुलाया और दरवाजे पर ही कुर्सी लगाकर बात करने को कहा।

"एसडीएम साहब मुझे मालूम है कि आपको बुरा लग रहा होगा। लेकिन इस परंपरा की शुरुआत भी आप जैसे लोगों ने ही की है।" मास्टर साहब ने कहा।

"गुरुजी मैं कुछ समझा नहीं, किस परंपरा की बात कर रहे हैं आप? और आप मुझे एसडीएम साहब क्यों कह रहे हैं? मैं एसडीएम दुनिया के लिए हूँ। मैं कल अगर प्रधानमंत्री भी बन जाऊँ तो आपका छात्र ही रहूँगा।" मास्टर साहब की बात मुझे विचित्र लगी थी इसलिए मैंने उनसे कहा।

"भगवान ना करे कि आपके जैसा भ्रष्ट अधिकारी इस देश का प्रधानमंत्री बने। वैसे ही एक चाय वाले ने इस देश को बर्बाद कर रखा है।" मास्टर साहब अपनी धुन में जारी रहे।

"गुरुजी सिस्टम ही ऐसा है। अगर मैं कमाई करना छोड़ दूँ तो लोग मेरे ही दुश्मन बन जाएँगे। मैं शुरू से ऐसा नहीं था।" मैंने सफाई दी।

"हाँ सही कह रहे हैं आप। अब अकेला इंसान क्या करे? वैसे आप मेरे पहले छात्र हैं जिसे मैंने अपने घर के अंदर नहीं बुलाया और अपने परिवार के लोगों से नहीं मिलाया। जानना नहीं चाहेंगे क्यों?" मास्टर साहब ने पूछा।

"क्यों गुरुजी?" मैंने पूछा।

"पता है आप ब्यूरोक्रेट्स की जात क्या होती है? अभिमान, डर और शंका।

आप जब भी किसी गरीब को देखते हैं तो आपका अभिमान उसे अपने परिवार में स्थान देने के लायक नहीं समझता है। फिर आपके मन में इस बात का डर बैठ जाता है कि कहीं वह गरीब इंसान आपके परिवार के किसी सदस्य पर अपनी नजर तो नहीं लगाए बैठा है। एक आध गलत घटनाएँ घटी भी हैं लेकिन अच्छी घटनाओं को याद कौन रखता है? और आपका तीसरा डर है शंका। भले ही आपने जिंदगी में सिर्फ बेईमानी से कमाई की हो लेकिन आपके मन में हमेशा इस बात का डर लगा रहता है कि आपसे मिलने वाला कहीं चोर न हो। कहीं वह आपके घर के महँगे सामान की चोरी ना कर ले।" मास्टर साहब ने जवाब दिया।

"गुरुजी, ऐसा कुछ भी नहीं है। मुझे दुनिया का पता नहीं लेकिन मैं ऐसा नहीं सोचता हूँ।" मैंने कहा।

"आपके जैसा हर ब्यूरोक्रेट ऐसे ही महान सोच रखता है जो एक कल्पना मात्र है। आपकी तो आदत होती है लोगों को कुछ भी बोल देने की, किसी की भावनाओं को ठेस पहुँचे उसे आपको क्या फर्क पड़ता है? मैं भी थोड़ा अमीर आदमी हूँ, बहुत बड़ी हैसियत रखता हूँ। पढ़ा-लिखा हूँ और ज्ञान की कदर करता हूँ। मेरी नजर में अहंकारी अज्ञानी है और अज्ञानियों को मैं अपने घर में स्थान नहीं देता। मुझे भी डर लगा रहता है कि कहीं आपकी वजह से समाज में मेरा सम्मान अपमान में ना बदल जाए और हमेशा इस बात की शंका रहती है कि कहीं मैं वह मतलबी इंसान न बन जाऊँ जो आपसे हर बात पर अपना मतलब ही निकालता है। मैं एक आम आदमी हूँ एसडीएम साहब। और आम आदमी जिसे अपना मानता है उसे अपने परिवार का हिस्सा मानने लगता है। उसके दिल से अमीरी और गरीबी, ऊँच-नीच की भावना सब खत्म हो जाती है। उसके रिश्ते की बुनियाद होती है विश्वास, और मैं आपको बताऊँ, लोग जैसे-जैसे अमीर होते जाते हैं वैसे-वैसे विश्वास करने की उनकी आदत खत्म होती चली जाती है और उन्हें लगता है कि पूरी दुनिया ही उनके साथ विश्वासघात कर रही है। क्योंकि जो लोग गरीब होते हैं उनके साथ आपके स्टेटस का पंगा हो जाता है और जो लोग अमीर होते हैं उन्हें तो आपसे अपना मतलब ही निकालना होता है। खैर कहिए, मैं आपकी क्या सेवा कर सकता हूँ?" गुरुजी ने काफी खरी-खोटी सुनाते हुए पूछा।

मैं मास्टर साहब के कदमों में गिर गया और लगभग रोते हुए उनसे कहा, "आप सच कह रहे हैं गुरुजी। दुनिया की तमाम सुविधाएँ हैं मेरे पास, लेकिन

मैं अपना कुदरत ही खो चुका हूँ। न जाने क्यों मुझे हर इंसान मतलबी लगता है। लेकिन गुरुजी मुझे जब भी मौका मिलता है मैं जरूरतमंद इंसान की मदद जरूर करता हूँ। हाँ मैं भ्रष्ट हूँ लेकिन इतना भी नहीं हूँ कि गरीबों का हक खा जाऊँ।"

मास्टर साहब को मुझसे ऐसे व्यवहार की उम्मीद नहीं थी। उन्होंने मुझे उठाया और अपने घर के अंदर ले गए। अपने परिवार के लोगों से मिलाया। खाना खिलाया और फिर बात करने लगे।

"माफ करना बेटा। मैं बहुत कड़वा बोलता हूँ लेकिन क्या करूँ, मेरी भी जिंदगी का अनुभव कुछ अलग ही रहा है।" मास्टर साहब ने कहा।

मास्टर साहब को मैंने फिर अपने जीवन की यात्रा के बारे में और मौजूदा स्थितियों के बारे में बता दिया।

"मैं तुम्हें कोई सलाह नहीं दूँगा लेकिन इतना जरूर कहूँगा कि भविष्य में अपने विवेक का प्रयोग करना और एक बार अपने परिवार के लोगों को आजमाने की कोशिश जरूर करना। हो सकता है कि अच्छे संयोग की वजह से दुनिया के लोगों का अनुमान गलत साबित हो जाए लेकिन अगर तुमने उन्हें गलत वक्त पर आजमाया तो याद रखना तुम्हारे पास पछताने का भी मौका नहीं होगा।" मास्टर साहब ने कहा।

"मैं इस बात का खयाल जरूर रखूँगा।" मैंने कहा।

हम दोनों बचपन की याद को ताजा करने लगे। बातचीत करते-करते काफी वक्त बीत गया। अब मैं नालंदा यूनिवर्सिटी इतिहास पर बात करने लगा। साथ ही मैं जेएनयू पर भी चर्चा कर रहा था।

"नालंदा के बारे में मैं आपको बता देता हूँ, नालंदा की सच्चाई जानने के बाद जेएनयू के बारे में आपको खुद ढूँढ़ना होगा।" मास्टर साहब ने कहा।

"नालंदा के इतिहास का जेएनयू से क्या रिश्ता है ?" मैंने पूछा।

"रिश्ता है।" मास्टर साहब ने बताना शुरू किया, "बहुत कहानियाँ हैं यहाँ। सबको पता है कि हमारे देश में वही इतिहास चल रहा है जिसे चलाया गया है। लेकिन सच्चाई तो कुछ और ही थी। तर्क और वितर्क की बात करने वाला हमारा यह देश बातें तो बड़ी-बड़ी करता है लेकिन जब काम की बात आती है तो बड़ी-बड़ी बातों के अलावा परिणाम कुछ नहीं मिलता। नालंदा हिंदुओं की नहीं भग्नवानों की यूनिवर्सिटी थी।"

"शायद आप भगवान कहना चाह रहे हैं।" मैंने उन्हें ठीक करते हुए कहा।

"कृपया बीच में मत बोलिए, मुझे अच्छी तरीके से पता है कि मैं क्या बोल रहा हूँ।" गुरुजी ने गुस्से से लाल होकर मुझे चेताया और कुछ पल शांत रहने के बाद आगे बताने लगे, "भग्नवान और भगवान दोनों में आसमान और धरती का फर्क है। नालंदा की धरती गौतम बुद्ध की धरती है। अपने बदन को गेरुए वस्त्र में लपेटकर पूरी दुनिया में वास्तविक ज्ञान का प्रचार करने वाले संन्यासी थे गौतम बुद्ध। गौतम बुद्ध के अनुयायियों ने पूरी दुनिया में ज्ञान का प्रचार करने की जिम्मेदारी ली थी। लेकिन सच्चे ज्ञान का प्रचार करने की वजह से ब्राह्मण और क्षत्रियों का नुकसान होने लगा। क्योंकि ब्राह्मण झूठे ज्ञान की कमाई तो क्षत्रिय झूठी शान की कमाई खाते थे। गौतम बुद्ध का ज्ञान विज्ञान को बढ़ावा देना था और विज्ञान को बढ़ावा देने का मतलब था धर्म की सच्चाई को उजागर करना। गौतम बुद्ध का मानना था या बुद्ध समुदाय का आज भी मानना है कि आस्था अगर मन और दिल में बसे तो वह कर्मों का भगवान है, आस्था अगर मंदिर और मस्जिद में बसने लगे तो वह धंधा है।

ब्राह्मणों ने साजिश करके बुद्ध समुदाय के ज्ञानियों को मारना शुरू कर दिया। जिस तरीके से आज आवाज उठाने वाले को कम्युनिस्ट, लेफ्टिस्ट, देशद्रोही, गद्दार का नाम दे दिया जाता है ठीक उसी तरीके से ब्राह्मणों ने क्षत्रियों के साथ मिलकर बौद्ध समाज को सनातन का दुश्मन घोषित कर दिया और उसका दुष्प्रचार कर उनको बदनाम करना शुरू कर दिया। पहले की कहानियाँ ताड़ वृक्ष के पत्तों पर लिखी जाती थीं। यह भी कहा जाता है कि नालंदा यूनिवर्सिटी में रखी हुई सारी किताबें संस्कृत में थीं, जबकि सच्चाई तो कुछ और ही थी। बख्तियार खिलजी को लेकर जो कहानी आम है वह तो सभी जानते हैं। राहुल श्रीभद्र वैद्य वाली कहानी दुनिया को पता है इसलिए वह कहानी मैं आपको सुनाना नहीं चाहता। यूपीएससी की तैयारी करते वक्त तो पढ़ा ही होगा आपने?" गुरुजी ने पूछा।

"जी हाँ।" मैंने कहा।

"पूरी दुनिया के पास वही कहानी है जो उसे बताया गया है। मुझे तो कहीं से नहीं लगता कि बख्तियार खिलजी ने नालंदा यूनिवर्सिटी में आग लगवाई थी।" मास्टर साहब ने आगे बताना शुरू किया, "मैं यह नहीं कहता कि बख्तियार

खिलजी इस देश को लूटने नहीं आया था और वह इस देश में लूटमार नहीं मचाता था। वह लुटेरा था इसी वजह से उस पर इल्जाम लगाना भी आसान था। नालंदा यूनिवर्सिटी दुनिया की पहली ऐसी यूनिवर्सिटी थी जहाँ पर बच्चों का दाखिला उनके ज्ञान की जाँच-परख करने के बाद होता था।

एक दिन एक ब्राह्मण लड़का यूनिवर्सिटी में दाखिला लेने आया लेकिन उसकी अपनी शर्त थी। आज तक नालंदा यूनिवर्सिटी में किसी ने अपनी शर्त पर दाखिला नहीं पाया था। नालंदा यूनिवर्सिटी वालों के लिए यह पहला अनुभव था। यूनिवर्सिटी के गुरुओं ने जब उस बच्चे की मेरिट की जाँच करनी चाहिए तो उसने अपना मेरिट ब्राह्मण होना बताया। यूनिवर्सिटी के अध्यापकों ने कहा कि आप ब्राह्मण हैं, क्षत्रिय हैं, वैश्य हैं या शुद्र हैं, उससे हमें कोई फर्क नहीं पड़ता है। वैसे भी विदेशियों की अगर बात छोड़ दें तो देश से पढ़ने वाले अधिकांश बच्चे यहाँ ब्राह्मण ही हैं जो अपनी मेरिट से इस यूनिवर्सिटी में पढ़ने के लायक हुए।

उस ब्राह्मण लड़के को नालंदा यूनिवर्सिटी के अध्यापकों की बात चुभ गई। मेरिट के नाम पर वह काला अक्षर भैंस बराबर था। उसे यूनिवर्सिटी में दाखिला नहीं दिया गया। इस वजह से उसने यूनिवर्सिटी के चारों ओर एक जाल बनाना शुरू कर दिया। उसने नालंदा यूनिवर्सिटी में राजनीति शुरू करवा दी और उस राजनीति में यूनिवर्सिटी के भी कुछ बच्चों ने उनका साथ दिया।

पूरी-की-पूरी यूनिवर्सिटी ब्राह्मण बनाम अन्य में बँट चुकी थी। क्योंकि उस समय हिंदुस्तान में ब्राह्मण और क्षत्रिय का ही वर्चस्व था तो ब्राह्मण का अपमान करने की वजह से ब्राह्मणों ने नालंदा यूनिवर्सिटी में आग लगा दी। और पूरा-का-पूरा आरोप बख्तियार खिलजी पर लगा दिया। यही सच है। अब एक बार जेएनयू में होने वाली घटना को नालंदा यूनिवर्सिटी से जोड़कर देखो, तुम्हारे आँखों के सामने सारी सच्चाई आ जाएगी।"

मुझे तो ऐसा लगा जैसे मैं सातवें आसमान से गिरकर जमीन पर लुढ़क गया था। मैंने खुद को सँभाला और मास्टर साहब से आशीर्वाद लेकर घर वापस लौट आया।

#11#

कहते हैं दुनिया का हर इंसान अपने साथ होने वाली घटनाओं का खुद की जिम्मेदार होता है। मेरे साथ भी जो हो रहा था उसका मैं खुद ही जिम्मेदार था। शायद तृषा से शादी करने से पहले मैंने ज्यादा कुछ सोचा नहीं था। क्योंकि जिस लड़की पर मैं अपनी जान लुटाता था, न जाने क्यों आज उसी लड़की की हर बात पर मुझे शक होने लगा था।

मेरी स्थिति एक शक्की मिजाज जैसी हो गई थी, मैं खुद की ही नजर में एक रहस्यमयी इंसान बनता जा रहा था। तृषा पहले मुझसे घर की हर बात बताया करती लेकिन अबकी बार उसने अपनी बहन की शादी ठीक हो जाने का भी जिक्र मुझसे नहीं किया। यह बात मुझे थोड़ा अजीब जरूर लगा। अब तो हमारा बेटा भी तीन साल की हो चुका था और मैं अपने अगले बच्चे के बारे में भी सोच रहा था। इतना तो मैं समझ गया था कि मेरे ससुराल वाले मुझसे सिर्फ अपना मतलब निकाल रहे थे लेकिन मेरा दिल यह मानने को तैयार नहीं था कि मेरी पत्नी का भी कुछ ऐसा ही हाल था। मेरा नुकसान होने का मतलब उसका भी तो नुकसान था।

मैं अभी और भी कुछ सोच रहा था कि तृषा मेरे पास आई।

"कहाँ खोए हुए हैं?" तृषा ने पूछा।

"कहीं नहीं।" मैंने सच्चाई को छुपाते हुए कहा, "तुम तो जानती हो कि तुम जब भी मेरे सामने आती हो मैं दुनिया भूल जाता हूँ।"

"बहुत रोमांटिक हो रहे हो, क्या बात है? आज कोई सपना तो नहीं देख लिया?" तृषा ने हँसते हुए पूछा।

"अब मैं पहले की तरह सपने नहीं देखता। जिस इंसान को बिना माँगे ही सब कुछ मिल जाए भला उसे सपने देखने की क्या जरूरत है।" मैंने कहा।

"यही तो दिक्कत है तुम्हारे साथ, तुम संतुष्ट बहुत जल्दी हो जाते हो। वैसे इसमें तुम्हारी कोई गलती नहीं है। अब मैं तुम्हें बताऊँगी तो तुम्हें लगेगा कि मैं तुमसे इधर-उधर की बात कर रही हूँ। लेकिन सच तो यह है कि तुम्हें अचानक से वह दुनिया मिल गई है जिसकी तुमने उम्मीद नहीं की थी। मैं जानती हूँ कि तुम्हारी वजह से मुझे भी बहुत बड़ी दुनिया मिली है लेकिन मैंने इस दुनिया के बारे में कल्पना कर रखा था। सिर्फ इसी वजह से हमारे साथ जो भी होना है मैं उसमें एडजस्ट करती जा रही हूँ और तुम्हें बार-बार कोई-ना-कोई दिक्कत महसूस होने लगती है। लेकिन तुम चिंता मत करो, मेरा प्यार तुम्हारे साथ है, मेरा प्यार ही नहीं मैं भी तुम्हारे साथ हूँ। समय-समय पर ठीक किया है मैंने तुम्हें, आगे भी करती रहूँगी।"

मैं उसकी बात को सुनकर एक बार फिर से मुस्कुराने लगा लेकिन मेरी यह मुस्कान बनावटी थी।

"तुमने अपनी बहन की शादी के बारे में मुझे बताया भी नहीं?" मैंने पूछा।

"अरे मैं भूल जाया करती थी, तुम तो जानते हो कि मुझे घर का कितना काम देखना पड़ता है। तुम्हारे बच्चे का खयाल रखना पड़ता है। तुम्हारी माँ का खयाल रखना पड़ता है। तुमने इतने काम फैला रखे हैं उसे भी देखना पड़ता है और फिर तुम्हारा भी खयाल रखना पड़ता है। वैसे भी शादी तुम्हारी साली की हो रही है, तुम्हारी बहन या बेटी की नहीं। मैं तो बहन हूँ तो चलो मैं इंट्रेस्ट ले लिया करती हूँ लेकिन घर के दमाद को ससुराल के बातों में ज्यादा ध्यान नहीं देना चाहिए।" तृषा ने फिर से अजीब जवाब दिया।

"सच बोल रही हो तुम।" मैंने कहा, "जब पैसों की जरूरत थी, तब मुझे ससुराल की बातों में ध्यान रखना चाहिए था लेकिन जब संबंधों की बात आती है तो मुझे ससुराल में ज्यादा ध्यान नहीं देना चाहिए।"

"तुम हर बात का गलत मतलब ही क्यों निकाल लेते हो?" तृषा को मेरी बात खराब लग चुकी थी शायद इसी वजह से उसने यह कहा, "पैसों की जरूरत मेरी बहन को कभी से नहीं था, उसने तो हमारी मदद की है। अगर हमने अपनी सारी प्रॉपर्टी अपने रिश्तेदारों के नाम पर नहीं लिया होता तो हमारे हिस्से में कुछ भी नहीं आता। तुम्हारे घर में तो कोई भाई-बहन है ही नहीं, और तुम्हारे चाचा, चाची, मामा, मामी, आदि पर इतना भरोसा किया नहीं जा सकता था। तुम्हें अपने

ससुराल वालों का एहसानमंद होना चाहिए।"

"यह भी सच कह रही हो तुम।" मैंने तृषा की बातों को सुनकर कहा, "मेरे कोई रिश्तेदार भरोसे के लायक नहीं थे, यह और बात है कि मैंने अपने किसी रिश्तेदार को आजमाया ही नहीं। लेकिन भगवान न करे जो मैं सोच रहा हूँ और जिस बात की मुझे शंका है वह सच साबित हो जाए फिर भी अगर मेरी शंका सही साबित हुई तो याद रखना किसी भी तरीके का भरोसा टूटने का सबसे ज्यादा तकलीफ तुम्हें होगी। उस दिन मैं भी तुम्हारी कोई मदद नहीं कर पाऊँगा।"

"ऐसा क्या सोच रहे हो तुम?" तृषा ने पूछा।

"मैं कुछ भी नहीं सोच रहा हूँ। मुझे कुछ पैसों की जरूरत है, मुझे लगता है कि जो पैसे मैंने तुम्हारी बहन को दिए हैं, अभी वक्त पर मुझे वह पैसे माँगने का पूरा हक है।" मैंने कहा।

"अच्छा? तो अब तुम मेरी बहन को आजमाना चाहते हो? पता नहीं तुम्हें समय-समय पर क्या हो जाता है?" तृषा ने गुस्से में कहा।

"इसमें गुस्सा करने की वजह क्या है? क्या हम अपने पैसे भी अपने रिश्तेदार से नहीं माँग सकते?" मैंने पूछा।

"वैसे तुम्हें पैसे का क्या काम पड़ गया? अभी उस लड़की की शादी होने वाली है तो तुम्हें लगता है कि यह सही वक्त है, उससे पैसे माँगने का?" तृषा ने मुझे ताना देते हुए कहा।

"चलो ठीक है, तुम्हारी बहन से नहीं माँगते हैं। लेकिन तुमने अपने दूसरे भाई-बहन के नाम से जो पैसे जमा करवाए हैं वह तो हम माँग सकते हैं?" मैंने कहा।

"यार तुम्हें ऐसी क्या जरूरत पड़ गई पैसे की? तुम अचानक मेरे रिश्तेदार पर शक क्यों करने लगे हो? अभी तुम रिटायर नहीं हुए हो, अगर तुम्हें पैसे चाहिए तो मैं अविनाश से माँग कर दे दूँगी। लेकिन मुझे भी तो पता चले कि तुम्हें पैसे क्यों चाहिए? कहीं तुम अपना... ?" तृषा ने अचानक सवालों की झड़ी लगाकर एक सवाल अधूरा छोड़ दिया।

"कहीं तुम अपना...इसके आगे क्या?" मैंने पूछा।

"मेरी जुबान फिसल गई थी।" तृषा ने अपनी गलती मानते हुए कहा, "अगर तुम्हें पैसे की जरूरत है तो अविनाश से माँग कर दे दूँगी। जब हमारे पास पैसे

आएँगे हम उसे वापस कर देंगे। मुझे पता नहीं तुम्हें पैसे की क्या जरूरत पड़ गई है लेकिन मेरे रिश्तेदार तुम्हारे रिश्तेदार जैसे नहीं हैं।"

"पहली बात मैं अविनाश से कोई कर्ज नहीं ले रहा इसलिए मुझ पर एहसान जताने की कोई जरूरत नहीं है। दूसरी बात जिस तरीके से तुम्हें मेरे पुराने रिश्तेदारों पर भरोसा नहीं है ठीक उसी तरीके मुझे भी तुम्हारे पुराने रिश्तेदारों पर भरोसा नहीं हो रहा है।" मैंने तृषा से कहा।

"ठीक कहते हैं लोग, शादी-विवाह अपनी जाति-बिरादरी में ही करना चाहिए। नीच जाति के लोग ऐसी सोच ही रख सकते हैं।" तृषा ने कहा।

"बकवास बंद करो।" तृषा की बात सुनकर मेरे सब्र का बाँध टूट गया था जिसकी वजह से मैं उसपर चीख पड़ा था लेकिन अगले ही पल मैंने अपने-आप को काबू में किया और उससे कहा, "किस बात का घमंड है तुम्हें? कौन-सी जाति की बात कर रही हो तुम? मुझसे शादी करते वक्त तो तुम्हें मेरी जाति का खयाल नहीं आया था, जब तुम्हारे भाई को ठेकेदारी करनी थी तब भी तुम्हें मेरी जाति का खयाल नहीं आया, अपनी बहन के नाम से जब प्रॉपर्टी खरीदनी थी तभी भी तुम्हें मेरी जाति का खयाल नहीं रहा। लेकिन आज जैसे ही मैंने अपने कमाए हुए पैसे वापस माँगे तो तुम्हें मेरी जाति का खयाल आने लगा। मैं सपने में भी नहीं सोच सकता कि जिस लड़की के लिए मैंने अपने जमीर को बेच दिया, उस लड़की के दिल में मेरे लिए ऐसी सोच है।"

"मुझे तुमसे यही उम्मीद थी कुणाल।" तृषा ने मुझे गुस्से में देखते हुए कहा, "तुम लोगों के अंदर जो नफरत भरी हुई है न आज तुमने वह दिखा ही दिया। तुम्हारा क्या है, तुम्हारा नसीब अच्छा था, तुम्हें एक भूमिहार की लड़की सोने के लिए मिल गई, इससे ज्यादा क्या चाहिए था तुम्हें?"

तृषा के जवाब ने मेरे अंतरात्मा को रुला दिया था। मैं सपने में भी नहीं सोच सकता था कि तृषा कभी मेरे सामने ऐसे शब्दों का भी प्रयोग करेगी वो भी मेरे लिए। मैं आगे कुछ भी नहीं बोल पाया और वहाँ से निकल गया। लेकिन जाने से पहले मैंने तृषा से एक बात जरूर कहा, "सच कहते हैं लोग, जिस इंसान को कामयाबी भीख में मिल जाती है उसे मेहनत की कोई कदर ही नहीं होती।"

मैं एक पार्क में आकर बैठ गया था। दिल-ही-दिल में मैं अंदर तक टूट गया था। मुझे समझ में नहीं आ रहा था कि मैं जो कर रहा था वह सही था या गलत

था। मेरी आँखों के सामने अँधेरा छाया हुआ था और आँखों से आँसू निकल रहे थे। एक छोटे बच्चे की तरह बिलख-बिलखकर रोने लगा था मैं। तभी किसी ने मेरे कंधे पर हाथ रखा। मैंने पलट कर देखा तो मास्टर साहब मेरे पीछे खड़े थे।

"मास्टर साहब आप?" मैंने चौंका।

"प्रायश्चित, एकमात्र विकल्प है अपनी हर दुविधा से बाहर आने का। तुम्हारे जैसा इंसान इस तरीके से अगर रोए तो उसका दो ही कारण हो सकता है, पहला कारण हो सकता है कि उसने अपने किसी को खो दिया है और दूसरा कारण यह हो सकता है कि वह कहीं-न-कहीं अपने-आप को बहुत बड़ा गुनहगार मान रहा हो और अपने किसी पाप का प्रायश्चित करना चाहता हो। तुम्हारे साथ क्या हुआ, मुझे सिर्फ इतना बताओ।"मास्टर साहब ने पूछा।

मैंने मास्टर साहब को सारी सच्चाई बता दी। और उनसे यह पूछा कि मैं किस मायने में गुनहगार था। मास्टर साहब ने मेरी पूरी बात को सुना और मुझसे कहा, "गुनाह तो किया है तुमने। और सबसे बड़ा गुनाह था किसी को मुफ्त में कामयाबी बाँट देना।"

"गुरुजी दुनिया में ऐसा कौन इंसान है जो अपनी पत्नी को खुश नहीं रखना चाहता?" मैंने पूछा।

"दुनिया में ऐसा कोई इंसान नहीं है जो अपनी पत्नी को खुश नहीं रखना चाहता और वह भी तब जब दुनिया की किसी भी पत्नी को आपकी तरह बेइंतहा मोहब्बत करने वाला पति मिल जाए। लेकिन तुमने ही अपनी पत्नी को इस बात का एहसास दिलाया कि तुम्हारी पत्नी तुमसे हर मायने में बेहतर है।" मास्टर साहब ने कहा।

"वह कैसे गुरुजी?" मैंने पूछा।

"अपने मन में बैठा वहम इंसान को ताकतवर और कमजोर भी बनाता है। तुम्हारी पूरी बात को सुनने के बाद मैं इस निष्कर्ष पर पहुँचा हूँ कि अपने साथ होने वाली घटना के खुद ही जिम्मेदार हैं। याद करो कि अधिकारी बनने से पहले तुमने अपने दिमाग में बिठाया हुआ था कि अगर तुम अधिकारी नहीं बने तो शायद तुम्हारी पत्नी तुमसे शादी नहीं करेगी। अधिकारी बनने के बाद तुमको एक ऊर्जा मिली, उसी ऊर्जा की वजह से तुमने अपनी मोहब्बत का इजहार एक खूबसूरत लड़की से किया। शादी करने के बाद तुमने बार-बार अपनी पत्नी को इस बात

का एहसास दिलाया कि वह बेहद खूबसूरत है। यद्यपि तुम्हारी ऐसी सोच नहीं थी लेकिन तुम्हारी पत्नी को तो ऐसा ही लगा। तुम्हारी पत्नी को लगा कि उसकी खूबसूरती दुनिया में किसी को सम्मोहित कर सकती है। तुम्हारी कुर्सी और उसकी खूबसूरती दोनों एक जैसी ही है। तुमने अपनी पत्नी को अपनी कुर्सी का फायदा उठाने का भरपूर मौका दिया लेकिन तुम उसकी खूबसूरती का फायदा नहीं उठा सके।" मास्टर साहब ने बताया।

"मैं कुछ समझा नहीं गुरुजी।" मैंने उनकी ओर देखते हुए कहा।

"यही तो दिक्कत है कि तुमको बात देर से समझ में आती है क्योंकि तुम्हारे अंदर छल और कपट नहीं है। तुम्हारे जैसे लोग अपनी जिंदगी में बहुत गलतियाँ करते हैं लेकिन जो लोग तुमको समझते हैं वह तुमको अक्सर माफ कर देते हैं क्योंकि वह जानते हैं कि तुम्हारे द्वारा की जाने वाली गलतियाँ तुम्हारी आदत है, तुम्हारी फितरत नहीं। तुम जैसे लोग समझाए जाने पर भी नहीं समझते। क्योंकि तुम लोग भावनात्मक होते हो। जो इंसान भावनात्मक होता है वह दिमाग की जगह दिल से सोचता है। खैर, तुमने अपनी पत्नी के रिश्तेदारों पर अपनी पत्नी को खुश करने के लिए भरोसा तो कर लिया लेकिन अपने-आप को खुश करने के लिए तुम अपने ही रिश्तेदारों पर भरोसा नहीं कर सके। इतना ही नहीं, तुमने खुद ही या साबित किया कि तुम्हारे रिश्तेदार भरोसे के लायक नहीं हैं जबकि तुम्हारी पत्नी ने तुमको विश्वास दिला दिया कि तुम्हारी पत्नी के सारे रिश्तेदार भरोसे के लायक हैं।"

"मेरे सगे-संबंधी वाकयी में भरोसे के लायक नहीं हैं। जब मैं बुरे वक्त में था तो शायद ही किसी ने मेरी मदद की थी।" मैंने जवाब दिया।

"बिलकुल सही बात कही तुमने, यही तो मैं तुमसे सुनना चाहता था।" मास्टर साहब ने खुश होते हुए मुझसे कहा, "तुमने नाकामयाबी से कामयाबी के सफर को देखा है। इसलिए तुमको पता है कि कामयाबी और नाकामयाबी में क्या फर्क होता है। तुमको अपने और पराये का फर्क भी होता है। कुणाल बाबू, यह सच है कि तुम्हारे रिश्तेदारों ने बुरे वक्त में तुम्हारा साथ नहीं दिया होगा लेकिन यह भी सच है कि बुरे वक्त में तुम्हारी जो हैसियत थी, तुम्हारे रिश्तेदारों की भी वही हैसियत थी। वह खुद का ही परिवार चलाने में सक्षम नहीं थे। इंसानों की फितरत होती है कि वह अपने से ज्यादा ऊपर उठने वाले से जलने लगता है।

तुम ने अपनी मेहनत के दम पर बड़ी कामयाबी हासिल की। लेकिन तुमने एक बार भी नहीं सोचा कि तुम्हारा मजाक उड़ाने वाले लोग तुम्हारे हर सुख-दुख में शामिल होने जरूर आते थे। अगर तुमको छोटे-मोटे कर्ज की भी जरूरत होती तो जो लोग तुम्हारा मजाक उड़ाते थे वही तुमको कर्ज भी देते थे। तुम्हारे अमीर बनते ही तुम्हारा वह रिश्ता भी खत्म हो गया। क्योंकि अब तुम्हारे रिश्तेदारों को तुमसे मदद मिल सकती थी। और तुमको पता था कि इसमें नुकसान तुम्हारा ही होने वाला था। शायद इसी वजह से तुमने उन लोगों पर विश्वास किया जिसे तुम बेहतर तरीके से जानते भी नहीं थे, लेकिन सच तो यह था कि किसी को तुम में दिलचस्पी नहीं थी। हर किसी को तुम्हारी कुर्सी से प्यार था।"

तुम्हारी पत्नी को तुम्हारी वजह से संघर्ष नहीं करना पड़ा। उस बेचारी को सही और गलत का क्या ज्ञान? वैसे भी समाज में जो सोच बचपन से ही उसके दिमाग में डाला गया है, उसे तुम एक दिन में बाहर कैसे निकाल सकते हैं?"

"गुरुजी मुझे आपकी बात बिलकुल ही समझ में नहीं आ रही है लेकिन मैं अभी बहुत परेशान हूँ, कृपया मेरा मार्गदर्शन कीजिए।" मैंने कहा।

"चलो तुम मेरे घर चलो, वहीं बात करेंगे बैठकर। वैसे तुमको, बच्चू यादव और तबरेज आलम जैसे गुंडे मिले कि नहीं?" गुरुजी ने पूछा।

"बच्चू यादव और तबरेज आलम? ये कौन हैं?" मैंने उनकी ओर देखते हुए पूछा।

"तुम बच्चू यादव और तबरेज आलम को नहीं जानते हैं? लगता है प्रकाश झा की फिल्में नहीं देखते तुम?" मास्टर साहब ने हँसते हुए पूछा।

"अच्छा वह बच्चू यादव और तबरेज आलम?" मैंने उन्हें देखते हुए जवाब दिया, "क्या गुरुजी, अभी मैं परेशान हूँ और आपको मजाक सूझ रहा है।"

"मुझे मजाक करने की आदत नहीं है कुणाल।" मास्टर साहब गंभीर होकर बोले, "मैं जो कहता हूँ उसका एक मतलब निकलता है। चलो तुम मेरे साथ घर, मैं तुम्हारी पत्नी की सोच, तुम्हारी सोच, इस देश की सोच और प्रकाश झा के बच्चू यादव तथा तबरेज आलम की तार एक साथ जोड़कर दिखाता हूँ। मुझे लगता है कि तुमको अभी अपनी बहुत सारी गलतियों का एहसास होगा।"

मेरे पास मास्टर साहब की बात मानने के अलावा कोई विकल्प नहीं था।

#12#

"नफरत, फरेब और मक्कारी इन्हीं तीन शब्दों से किसी भी देश की खोखली बुनियाद लिखी जाती है।" घर पर आते ही मास्टर साहब ने बताना शुरू किया, "बुनियाद चाहे कितनी भी मजबूत हो लेकिन जब अपने ही लोग उसमें दीमक की तरह लग जाते हैं तो घर की बुनियाद डगमगा जाती है। नस्लें बर्बाद हो जाती हैं, अंत में झूठ के अलावा कुछ भी नहीं बचता।"

मास्टर साहब कुछ पल के लिए खामोश हुए, अपनी कुर्सी से खड़े हो गए, कुछ सोचने लगे और सोचते-सोचते अचानक बोलने लगे।

"11 जुलाई, 1996... आतंकी सेना, रणवीर सेना ने बथानी टोला में इंसान की आत्मा तक को रुला देने वाला नरसंहार किया था। उस नरसंहार में कुल इक्कीस दलितों को मार दिया गया था। उस आतंकी संगठन का मुखिया ब्रह्मेश्वर मुखिया ने कानून को अपना रखैल बना लिया था। इस देश में जब भी ओबीसी, दलित और गरीबों ने अपने हक के लिए आवाज उठाया है तो उन आवाजों को दबाने के लिए दरिंदों ने उनकी जान को भी नहीं बख्शा। लेकिन बदनसीबी देखो इस देश का कि दो सौ सतहत्तर मासूमों का हत्यारा आज मरने के बाद देश के कुछ समुदाय का हीरो बना हुआ है। तुम लोग यह कहते हो न कि बिहार में गुंडाराज था, लेकिन तुम लोगों को यह नहीं पता है कि इस गुंडाराज की शुरुआत कहाँ से हुई थी। इस गुंडाराज की शुरुआत तो आजादी से पहले से हो चुकी थी। ब्राह्मणवाद, क्षत्रियवाद, जमींदारी आदि अत्याचार के चरम पर थे। मजबूर और मजदूरों का जानवरों से भी ज्यादा बुरा हाल था। मानसिक अधीनता को स्वीकार करने वालों ने जब अपनी स्वतंत्रता के लिए आवाज उठाई तो इंसानियत को निचोड़कर खाने वालों के सीने में आग लग गई।"

"लेकिन गुरुजी..." मैंने कुछ पूछना चाहा लेकिन गुरुजी के परिवार वालों ने मुझे इशारों में खामोश रहने को कहा।

"स्वतंत्रता की लड़ाई के लिए इस देश के कई क्रांतिकारियों ने भी मजबूरन हथियार उठाया था और यह बात पूरी दुनिया जानती है कि हिंदुस्तान में जातिवाद के नाम पर नीच घोषित की गई जातियों को किस तरीके से प्रताड़ित किया गया है। कटिहार में साईं सेना, मुजफ्फरपुर में कृज बिहारी, फूटकुन शुक्ला, मोटन शुक्ला जैसे खूँखार अपराधी, इसी तरीके से पूर्णिया, कटिहार में साईं सेना के नाम से लूटमार मचाने वाले दरिंदे पूरे बिहार में आतंक फैला चुके थे, लेकिन बदनाम किसे किया गया? बदनाम किया गया लोहरदगा, गुमला, जमुई, कोडरमा, राँची जैसे शहरों को क्योंकि यहाँ से जो आतंक की शुरुआत हुई थी वह आतंकी या दूसरे शब्दों में कहें तो वह नक्सली गरीब आदिवासी थे। किसी ने आज तक यह नहीं बताया कि बिरसा मुंडा की राह पर चलने वाला और मेहनत करके कमाने वाला आदिवासी समुदाय अचानक से खूँखार कैसे बन गया? राँची के सुरेंद्र बंगाली जैसे दुर्दांत अपराधियों को भी पूरा हिंदुस्तान नहीं जानता है लेकिन एक बार किसी के नाम के आगे मुंडा, केरकेटा, मरांडी जैसे शब्द लगा दो, ऐसा लगता है मानो इंसान नहीं हमारे सामने नक्सली खड़ा हो।

बाबा भीमराव अंबेडकर ने कहा था कि अब तक सारी विद्वता ब्राह्मणों के पास ही रही है, लेकिन दुर्भाग्य है कि आज तक एक भी ब्राह्मण वोल्टेयर जैसी भूमिका निभाने के लिए सामने नहीं आया। और इनका इतिहास जिस तरीके का रहा है और इनकी रगों में जो खून बह रहा है उससे ऐसा लगता है कि शायद भविष्य में भी ऐसा कुछ होने वाला नहीं है। वोल्टेयर खुद कैथलिक चर्च की परंपरा में पले-बढ़े, लेकिन उनमें बौद्धिक ईमानदारी थी और वे चर्च के सिद्धांतों के खिलाफ खड़े हो गए। ये ब्राह्मणों की विद्वता और मेधा पर बहुत बड़ा सवाल है कि उन्होंने एक भी वोल्टेयर क्यों पैदा नहीं किया। आखिर वोल्टेयर कौन थे और बाबा साहेब ये क्यों चाहते थे कि भारत का बुद्धिजीवी ब्राह्मण वर्ग अपने अंदर कोई वोल्टेयर जैसा व्यक्ति पैदा करे, जो वर्तमान व्यवस्था को चुनौती दे।

मैं जानता हूँ कि तुम यह सोच रहे होगे कि मैं उनके बारे में आपको क्यों बता रहा हूँ। मुझे भी लगता है मुझे शायद तुमको यह नहीं बताना चाहिए लेकिन अगर मैंने तुमको आज सारी बात बता दी और अगर तुमने मेरी बात पर गौर किया तो

मुझे पूर्ण विश्वास है कि आने वाले समय में तुमको अपनी कठिनाइयों से लड़ने का हौसला मिलेगा।" गुरुजी ने अचानक मेरी तरफ देखते हुए कहा।

"मैं तो इस असमंजस में हूँ कि आप मुझे यह सब बात क्यों बता रहे हैं लेकिन आपकी बातों से लग रहा है कि कहीं-न-कहीं मेरी जिंदगी में इसका योगदान होगा और वैसे भी आप मुझे कुछ गलत तो बताएँगे नहीं, इतना भरोसा है मुझे आप पर।" मैंने कहा।

"भरोसे के लिए शुक्रिया!" गुरुजी ने मुस्कुराते हुए कहा और पूछा, "हाँ तो कहाँ था मैं?"

"गुरुजी आप वोल्टेयर के बारे में बता रहे थे।" मैंने उन्हें तुरंत जवाब दिया।

"याद दिलाने के लिए शुक्रिया, मुझे लगा कहीं तुम जबरदस्ती मेरी कहानी तो नहीं सुन रहे।" गुरुजी ने फिर हँसते हुए कहा।

"ऐसी कोई बात नहीं है गुरुजी। अगर मैं गंभीर नहीं होता तो आपकी बात सुनता ही नहीं।" मैंने उन्हें जवाब दिया।

"शुक्रिया! मुझे यह जानकर बहुत प्रसन्नता हुई कि तुम मुझ पर भरोसा करते हो।" गुरुजी ने खुश होकर मुझसे कहा और आगे बताना शुरू किया, "वोल्टेयर की गिनती यूरोप ही नहीं, बल्कि दुनिया के प्रसिद्ध विचारकों और सामाजिक क्रांतिकारियों में की जाती है। रूढ़ीवाद, कट्टरपंथ, धार्मिक कर्मकांड तथा पाखंड फैलाने वालों की पैंट से मूत निकलवा दी थी उन्होंने। फ्रांसीसी समाज के पाखंडी वोल्टेयर के नाम से थरथर काँपते थे। उनके जन्म काल के समय फ्रांसीसी समाज में पाखंड भरा हुआ था जैसे आज हिंदुस्तान में पाखंड भरा हुआ है। कैथोलिक समाज में जन्मे वोल्टेयर को कैथोलिक की ही पाखंडता समझ में नहीं आती थी। उन्होंने फ्रांसीसी समाज से पाखंड को खत्म करने का संकल्प-सा ले लिया था। उनके शब्दों में इतनी ताकत थी कि खुद फ्रांसीसी समाज का राजा उनसे डरने लगा था। राजा ने तो उनके किताब पर प्रतिबंध भी लगा दिया था। लेकिन जो इंसान बदलाव की ठान लेता है उसे रोक पाना इतना आसान कहाँ होता है और वह भी तब जब बदलाव की ठान लेने वाला इंसान खुद ही ज्ञानी हो।

उन दिनों फ्रांसीसी समाज तीन वर्गों में बँटा हुआ था– पादरी वर्ग, सामंत वर्ग और साधारण वर्ग। पादरी वर्ग भ्रष्ट और चापलूस था, लेकिन वह समाज के हर अंग पर हावी था। जैसे आज हमारे देश में टीकाधारी पंडित हावी हैं। पादरी और

सामंत वर्ग को विशेषाधिकार मिले हुए थे। जैसे आज सवर्णों को मिला हुआ है। जबकि साधारण वर्ग जिसमें मजदूर, कारोबारी, शिल्पकार आदि सभी आते थे, यह पादरी वर्ग की कुटिलता और सामंत वर्ग की निष्ठुरता से पीड़ित था। जैसे आज हमारे देश में ओबीसी और ST/SC का हाल है। फ्रांसीसी समाज की सबसे बड़ी समस्या कुछ समूहों को प्राप्त विशेषाधिकार था। यह समाज की बीमारी बन गया था। कैथोलिकों का विश्वास था कि मनुष्य पापी ही पैदा होता है और ईश्वर की कृपा से ही उसे पाप से मुक्ति मिल सकती है। पाप मुक्ति का रास्ता चर्च बताता था। इस प्रकार धर्म के नाम पर चर्च अंधविश्वासों के द्वारा जनता को गुमराह करते थे और उनका शोषण करते थे। अगर आज मंदिरों को देखो तो वहाँ पर क्या हो रहा है, किस समुदाय को फायदा हो रहा है मंदिर से। पाखंड की पाठशाला चलाई जा रही है मंदिर से। लोगों के मन में इतनी गंदी सोच भरी जा रही है जिसका अंदाजा लगा पाना भी मुश्किल है। लेकिन धर्म के खिलाफ आवाज उठाओ, लोगों को सच बताने की कोशिश करो, तो लोग तुम्हें ही मारने चले आएँगे। जिनके परिवार का खर्च चलता है मंदिरों से, वही आग लगाते हैं और जो उनके परिवारों का चलाते हैं, घर उन्हीं का जलाया जाता है। लेकिन पाखंड तो देखो कि जलने वाले को खूब मजा आता है।

वोल्टेयर ने इस सर्वशक्तिशाली पादरी वर्ग की बौद्धिक सत्ता को अपने लेखन से चुनौती दी और तर्क के जरिये उनके विचारों का खंडन किया। उनका हर तर्क ताकतवर होता नतीजा फ्रांसीसी क्रांति ने पादरी वर्ग के आधिपत्य को समाप्त कर दिया और धर्म-सत्ता की नींव हिला दी। फ्रांसीसी क्रांति ने सामंतवाद को कमजोर कर दिया और जनता के गणतंत्र जैसी धारणा की शुरुआत की। इस क्रांति ने आस्था के ऊपर तर्क को वरीयता दी और यही आगे चलकर आधुनिक युग की विशेषता बन गया। यह क्रांति लोकतंत्र के आधार स्तंभ–स्वतंत्रता, समानता और बंधुत्व जैसी संकल्पनाओं पर आधारित थी। इस क्रांति ने विश्व को सेकुलरिज्म, रिपब्लिक और लोकतंत्र का रास्ता दिखाया।

बाबा साहब ने भी पाखंड के नाम पर इस देश को दीमक की तरह चाटने वाले ब्राह्मणों से कहा कि 'ब्राह्मण विद्वान पढ़ा-लिखा यानी Learned Man तो हो सकता है लेकिन वह मनीषी यानी Intellectual नहीं होता है।' पढ़े-लिखे होने और मनीषी होने में फर्क है। इनमें से पहला व्यक्ति अपने वर्गीय और

तबकाई हितों को लेकर सचेत होता है और उस स्वार्थ से बँधा होता है। वहीं मनीषी या इंटेलेक्चुअल एक सजग व्यक्ति होता है और वर्गीय हितों से ऊपर उठकर विचार कर सकता है। चूँकि ब्राह्मण विद्वता का अर्थ सिर्फ पढ़ा-लिखा होना है, इसलिए वे वोल्टेयर पैदा नहीं कर पाए।

जैसे- तुर्की के सुल्तान ने दुनिया से इस्लाम की सत्ता को खत्म क्यों नहीं किया? या पोप ने कैथोलिक मत का खंडन क्यों नहीं किया या ब्रिटिश संसद ने नीली आँखों वाले सभी बच्चों को मारने का हुक्म क्यों नहीं दिया? सुल्तान या पोप या ब्रिटिश संसद ने जिन वजहों से ये काम नहीं किए, उन्हीं वजहों से ब्राह्मणों ने अपने बीच में से वोल्टेयर पैदा नहीं होने दिया। ये स्वीकार किया जाना चाहिए कि किसी व्यक्ति का समूह का स्वार्थ उसकी बुद्धि और विचारों को संचालित करता है और उसकी सीमाएँ भी तय करता है। ब्राह्मणों को सत्ता और समाज में जो स्थान प्राप्त है, उसका स्रोत हिंदू सभ्यता है, जो उन्हें बाकी लोगों से श्रेष्ठ बताती है और नीचे के समूहों को इतना पंगु बना देती है कि वे ब्राह्मणों की श्रेष्ठता को कभी चुनौती न दे सकें। इसलिए ब्राह्मण चाहे वह परंपरावादी हो या प्रगतिशील, चाहे वह पुजारी हो या गृहस्थ, चाहे वह विद्वान हो या नहीं, वह ब्राह्मणों की श्रेष्ठता को बनाए रखना चाहेगा। ऐसे में ब्राह्मण क्यों चाहेंगे कि उनके बीच से कोई वोल्टेयर पैदा हो? ब्राह्मणों के बीच वोल्टेयर पैदा होने का अर्थ है ब्राह्मण श्रेष्ठता को स्थापित करने वाली सभ्यता को खतरे में डालना। इसके बावजूद बाबा साहेब की हमेशा कामना रही है कि ब्राह्मणों में समाज सुधारक पैदा हों, क्योंकि 'एनिहिलेशन ऑफ कास्ट' किताब में वे मानते हैं कि वही समाज को दिशा दिखाने का काम करते हैं और जब तक वे समाज को बदलने के लिए आगे नहीं आएँगे, तब तक हिंदुओं में बदलाव मुमकिन नहीं है।"

"कुछ समझा तुमने?" गुरुजी ने बताते हुए अचानक पूछा।

"बहुत ज्यादा नहीं।" मैंने उन्हें जवाब दिया।

"अब तुम समझ जाओ।" गुरुजी ने हँसते हुए कहा मुझसे, "बिहार में यादवों की सत्ता आई। पादरियों की तरह बिहार में भी पाखंड चरम पर था और उस पाखंड की वजह से नुकसान बिहार ही नहीं हिंदुस्तान के सबसे बड़े समुदाय ओबीसी का हो रहा था।

सवर्ण समुदाय ने जान-बूझकर ओबीसी और दलितों को शिक्षा से वंचित

रखा क्योंकि उन्हें इस बात का डर था कि अगर यह समुदाय शिक्षित हो गया तो वह अपने हक के लिए आवाज उठाना शुरू कर देगा। हुआ भी यही। यादवों की सत्ता आते ही ओबीसी समाज में शिक्षा का प्रचार किया जाने लगा। जैसे-जैसे ओबीसी समाज शिक्षित होता गया वैसे-वैसे उन्हें पाखंड की सारी सच्चाई दिखने लगी। जिस पाखंड का वह कभी गुणगान किया करते थे, वह उसी पाखंड के विरोधी हो गए। विरोध का मतलब साफ था और वह मतलब था मानसिक गुलामी से आजादी की लड़ाई। परिणामस्वरूप पाखंड के कारोबारियों का धंधा बर्बाद होने लगा। पहले उन्होंने पाखंड से लोगों को समझाने की कोशिश की, लेकिन नयी नस्लें बराबर का हक चाहती थीं। पाखंडियों को लगा कि कल तक हमारे तलवे चाटने वाले आज हमारे साथ कैसे बैठ सकते हैं? उनके स्वाभिमान को गहरा सदमा लगने लगा। यह तो सभी बताते हैं कि बिहार में राजनीति ओबीसी के हाथ में आ चुकी थी लेकिन यह कोई नहीं बताएगा कि बिहार की ब्यूरोक्रेसी, बिहार का व्यापार यहाँ तक कि बिहार की पूरी व्यवस्था सवर्णों के ही पास थी।

जनसंख्या ज्यादा थी और जनता का दबाव भी बढ़ता जा रहा था। देशभक्ति का चोला पहने पाखंडी बहरुपियों को उसी समाज में जीना भी था और उसी समाज में गंदी राजनीति की करनी थी। उन्होंने वही करना शुरू किया जो उनका इतिहास रहा है। उन्होंने ओबीसी और दलित में ही फूट डालना शुरू कर दिया। बिहार हिंदुस्तान का एक हिस्सा मात्र था, उन दिनों बिहार की स्थिति आज से भी ज्यादा बदतर थी। बिहार के लोग उन दिनों भी हिंदुस्तान के कोने-कोने में फैले हुए थे। सबको अपना वर्चस्व बना के रखना था। जिस तरीके से देश का पूरा पैसा कुछ लोगों तक ही सीमित है, ठीक उसी तरीके से बिहार राज्य का भी पूरा पैसा कुछ सीमित लोगों तक ही सीमित था। और वह सीमित लोग सिर्फ और सिर्फ सवर्ण थे। पहले तो उन्होंने अपने बच्चों के दिल और दिमाग में यह डालना शुरू किया कि ओबीसी और दलित समाज के लोग उनसे उनका हक छीन रहे हैं लेकिन उन्हें इस बात की जानकारी कभी नहीं दी कि बरसों तक उन्होंने उस समाज का हक छीना है।

खास करके उत्तर प्रदेश और बिहार में फिल्में बहुत प्रभाव डालती हैं और मुंबई फिल्म इंडस्ट्री का इतिहास और वर्तमान पलटकर देख लो, वहाँ पर राज करने वाला हर बिहारी सवर्ण है। मैंने तुमसे प्रकाश झा का नाम लिया था ना।

प्रकाश झा को ब्रह्मेश्वर मुखिया जैसा अपराधी कभी अपराधी नहीं लगा, उसे तो बिहार के ओबीसी और दलित समाज को बदनाम करना था इसलिए उसने अपनी फिल्मों के गुंडे का नाम बच्चू यादव और तबरेज आलम रखना शुरू कर दिया। ताकि दुनिया के हर कोने में एक संदेश जा सके कि बिहार में सवर्णों पर अत्याचार किया जा रहा है और जो हक इन्हें दिया गया है वो इसके लायक ही नहीं थे।

हमारे यहाँ जब बच्चों का जन्म होता है उनके दिमाग में पहले से ही डाल दिया जाता है कि लोग जन्म से ही उच्च और निम्न जाति के होते हैं और उच्च जाति के लोगों को निम्न जाति के लोगों से नफरत करनी चाहिए। उन्हें अपने पैर की जूती समझना चाहिए और उन पर भरोसा नहीं करना चाहिए। हाँ अगर उनका इस्तेमाल मुफ्त में किया जा सके तो जमकर करो। और अब मैं तुम्हें जो भी सच्चाई बताने जा रहा हूँ, अगर पास सुनने की हिम्मत है तुममें तो बताओ वरना हम इस बात को यहीं खत्म करते हैं।" मास्टर साहब ने पूरी बात बताते हुए मुझसे पूछा।

"आप यही कहना चाहते हैं कि मेरे ससुराल वाले ने मेरा इस्तेमाल किया है ?" मैंने सवालिया तरीके से कहा।

"तुम्हारे ससुराल वाले ने तो तुम्हारा इस्तेमाल किया ही है और मुझे मालूम है कि तुम्हें इस बात का कोई दुख नहीं होगा लेकिन तुम्हारा सबसे बड़ा इस्तेमाल तुम्हारी पत्नी ने किया है। और अगर विश्वास नहीं होता तो कभी अपनी पत्नी को आजमा कर देख लेना। तुम्हें सारे सवालों का जवाब मिल जाएगा।"

मास्टर साहब ने वही कहा जिसकी मुझे उम्मीद था।

"पता है गुरुजी, अगर यह बात आपने मुझे एक साल पहले कहा होता तो शायद मैं आपसे रिश्ता ही तोड़ लेता। लेकिन मैं अब और बर्बाद नहीं होना चाहता हूँ। मैं लड़ूँगा, अपने हक के लिए। अगर मैं किसी को बना सकता हूँ तो मैं बर्बाद भी कर सकता हूँ।" मैंने आक्रोशित होकर कहा।

"अमेरिका जैसे देश में भी नस्ल भेदी लड़ाइयाँ होती हैं तो अश्वेत का साथ श्वेत देते हैं लेकिन हिंदुस्तान में कैंसर से भी ज्यादा खतरनाक बीमारी है जातिवाद। मनुवाद सोच शूद्रों का सगा न कभी हुआ था, न कभी हुआ हैऔर न कभी होगा। और यह एक ऐसा असंभव है जो कभी संभव नहीं हो सकता। अब

या तो तुम्हें अपनी जिंदगी से समझौता करना होगा और अगर तुम बगावत करना चाहते हो तो तुम्हें दुनिया के सामने एक इंसान की सच्चाई लानी होगी।" मास्टर साहब ने कहा।

"किस इंसान की सच्चाई?" मैंने पूछा।

"पहले तो मैं तुम्हें यह बता दूँ कि तुम अपनी पत्नी से नफरत करना छोड़ दो और हो सके तो उसके दिमाग को बदलने की कोशिश करो। रिश्ता तो तुमसे उसका वैसे भी टूट जाएगा लेकिन जो इंसान सच्ची मोहब्बत करता है न, वह अपनी मोहब्बत को भुला नहीं पाता। बहुत मेहनत करना होगा मेरे दोस्त। संघर्ष क्या होता है, तुम्हें अपनी पत्नी को भी इस बात का एहसास दिलाना होगा और जिस दिन तुम्हारी पत्नी को संघर्ष का एहसास हो जाएगा, वह तुम्हारे पास वापस चली आएगी। लेकिन खयाल रखना, ऐसा करने से वो रास्ता भी भटक सकती है। मैं कुछ लोगों को जानता हूँ, जिनका तुम इस्तेमाल करके अपना काम निकाल सकते हो। लेकिन इसके लिए मेरी एक शर्त है।" मास्टर साहब ने कहा।

"कैसी शर्त?" मैंने पूछा।

"वही शर्त जो मैंने तुमसे कहा है। तुम्हें दुनिया के सामने एक इंसान की सच्चाई को लाना पड़ेगा। मैं तुमसे वादा करता हूँ कि अगर तुमने दुनिया के सामने उसकी सच्चाई को ला दिया तो तुम्हारी जिंदगी में वह सारी खुशियाँ लौट आएँगी जिसके तुम हकदार हो।" मास्टर साहब ने कहा।

"उस इंसान का नाम क्या है?" मैंने पूछा।

"चाणक्य।" गुरुजी ने एक शब्द में जवाब दिया।

"चाणक्य?" मैंने आश्चर्यचकित होकर पूछा।

"हाँ चाणक्य।" गुरुजी ने फिर जवाब दिया और कहा, "घर जाओ और पहले चाणक्य को जानने की कोशिश करो। जिस इंसान के बारे में मैं तुम्हें बता रहा हूँ तुम्हें उसके पास तक पहुँचाने की जिम्मेदारी मेरी है लेकिन तुम्हें आज के बाद वही करना होगा जो मैं कहूँगा।"

"मुझे कुछ अजीब-सा लग रहा है गुरुजी, लेकिन ज्ञान गुरु दक्षिणा माँगता है। अगर मेरी गुरु दक्षिणा यही है और यही मेरा नसीब है तो यही सही। आज तक मैंने सिर्फ अपनी किस्मत की सुनी है, आज पहली बार आपकी सुन रहा हूँ। देखता हूँ इसमें मेरी किस्मत साथ देती है कि नहीं।" मैंने कहा।

"किस्मत साथ देगी लेकिन याद रखना किस्मत तो बदकिस्मत का ही साथ देती है।" गुरुजी ने कहा।

"मैं समझ गया गुरुजी। मैं इस बात का खयाल रखूँगा।" मैंने कहा।

गुरुजी मुस्कुराने लगे, मेरे मन का बोझ भी हल्का हो गया था।

चाणक्य शब्द ने मुझे उलझा जरूर दिया था लेकिन मैं समझ गया था इस नाम के पीछे कोई-न-कोई उद्देश्य जरूर छुपा हुआ था। पता नहीं मुझे मेरी किस्मत कहाँ ले जाने वाली थी लेकिन किस्मत ने मेरे साथ जब भी इंसाफ किया तो उसमें नाइंसाफी छुपी थी। अब तो वैसे भी मेरे साथ नाइंसाफी हो रही थी। मैंने सोचा चलो शायद कहीं इसमें मेरा इंसाफ छुपा होगा।

#13#

देखते-ही-देखते काफी वक्त बीत गया। तृषा की एक और बात को मानते हुए मैंने अपने साली से पैसे माँगना बंद कर दिया क्योंकि मैं उसकी शादी का इंतजार कर रहा था। लेकिन ससुराल के अन्य रिश्तेदारों से मैंने पैसे माँगने जरूर शुरू कर दिए थे।

जैसा मैंने इन दिनों सोचना शुरू किया था और जिस बात की मुझे सलाह दी जा रही थी बिलकुल वैसा हो रहा था। हर रिश्तेदार पैसा देने में आनाकानी कर रहा था। कुछ ने अगर पैसे दिए भी तो इस तरीके से दिए जैसे हमने उनकी जान माँग ली हो और कुछ ने हमें हमारा पैसा है, यह एहसान जताते हुए दिया। ऐसा एक भी रिश्तेदार नहीं था जिसने मेरा पूरा पैसा वापस लौटा दिया।

मैंने तृषा को कभी नीचा दिखाने की कोशिश नहीं की लेकिन जब भी उसके घर वालों की बात आती, किसी-ना-किसी कारण से खुद तृषा मुझसे नजरें चुराने की कोशिश करती। मैं अंदर-ही-अंदर अब घुटने लगा था। बाबूजी के साथ-साथ माँ का भी व्यवहार मेरे लिए बदलने लगा था। माँ भी अक्सर अब बाबूजी के साथ ही रहने लगी थीं और जब भी मैं उन्हें बुलाने की कोशिश करता, तो वह कोई-ना-कोई बहाना बनाकर मना कर देती थी।

"मम्मी-पापा काफी दिन गाँव रह चुके हैं, शादी में हम उन्हें भी बुला लेते हैं।" तृषा ने कहा।

"तृषा, तुम अपने सास-ससुर को बुलाने की बात कर रही हो।" मैंने उसकी ओर देखते हुए कहा, "बुला लेते हैं? क्या मतलब है तुम्हारा?"

"अरे मैं तो यह सोचकर कह रही थी कि मम्मीजी और पापाजी हम लोगों के बीच में कंफर्ट महसूस नहीं करते हैं। वैसे भी उन्हें गाँव की ही पार्टियों में

जाना अच्छा लगता है। एकमात्र मम्मीजी और पापाजी के लिए हम पूरे फंक्शन का तरीका तो नहीं बदल सकते।" तृषा ने जवाब दिया।

मेरे पास उसके कहे हुए शब्दों का कोई जवाब नहीं था। और मैं उससे बहस भी नहीं करना चाहता था।

"आजकल के लोग बहुत बदतमीज हो गए हैं। किस पर भरोसा करें और किस पर नहीं करें, समझ में नहीं आता है। पैसे लेने वक्त सभी ने पैसे ले लिए और अब जो पैसे देने की बारी आ रही है तो हर कोई बहाना बना रहा है।" तृषा ने कहा।

"यह बात तो मैंने तुम्हें पहले ही कहा था। तब तुम्हें मेरी बात बुरी लगी थी और अब जब तुम्हारे सामने सच्चाई आ रही है तो तुम्हें खराब लग रहा है।" मैंने कहा।

"ऐसी कोई बात नहीं है। लोग पैसे दे देंगे। लेते वक्त किसी को बुरा नहीं लगता लेकिन देने के वक्त हर किसी को बुरा लगता है। हमारा पैसा है और हम अपना पैसा छोड़ेंगे नहीं।" तृषा ने कहा।

"चलो अच्छी बात है, वह भी देखते हैं। अभी तो तुम्हारे भाई और बहन को भी आजमाना है। फिलहाल मैं आज गाँव जा रहा हूँ। कल आऊँगा लौट के। आज तुम्हें अविनाश के साथ ही वक्त बिताना पड़ेगा। काफी दिनों के बाद तुम भाई और बहन मेरे बिना वक्त गुजारोगे। हो सके तो अपने पैसों की भी बात कर लेना, कम-से-कम पता तो चले कि उनके मन में क्या चल रहा है।" मैंने कहा।

"मेरे भाई मेरे रिश्तेदार जैसे नहीं हैं।" तृषा ने तुरंत पलटकर जवाब दिया।

"ऐसा ही खयाल कभी अपने रिश्तेदारों के बारे में था तुम्हारा।" मैंने उसकी बात सुनकर कहा और बताया, "अभी मैं बहस करने के मूड में नहीं हूँ। शादी का कार्ड मुझे दे दो, हो सका तो माँ-बाबूजी को मैं साथ ही ले आऊँगा। शादी में हम साथ चलेंगे।"

तृषा ने मेरी बात का कोई जवाब नहीं दिया और चुपचाप मुझे शादी का कार्ड थमा दिया। शादी का कार्ड हाथ में लेते ही मैं गाँव के लिए निकल गया। रास्ते भर में परेशान था क्योंकि मन-ही-मन मैं एक कठोर निर्णय कर चुका था। कुछ सोचते हुए पाँच से छह घंटे की यात्रा समाप्त हुई और मैं घर पहुँचा। गाड़ी में मुझे अकेले देख माँ थोड़ी परेशान हुई।

"अकेले आए हो बेटा ?" माँ ने पूछा।

"हाँ, तृषा अपनी बहन की शादी की तैयारी में लगी हुई है। इसलिए मुझे अकेले ही आना पड़ा।" मैंने माँ को जवाब दिया।

"सब कुशल-मंगल तो है ?" माँ ने पूछा।

"सब सड़क पर ही पूछ लोगी कि घर के अंदर भी आने को कहोगी ?" माँ के सवालों से परेशान होते हुए मैंने कहा।

"यह तुम्हारा ही घर है, इसमें मैं तुम्हें अंदर आने या जाने के लिए क्यों कहूँ ? अच्छा छोड़ो, दूर से आए हो, इसलिए मुझे तुमसे कुछ पूछना नहीं चाहिए था। आओ घर में बैठो, थोड़ा आराम कर लो फिर बात करते हैं।" माँ ने मुस्कुराते हुए कहा।

मैं घर में आकर बैठ गया और इधर-उधर देखने के बाद मैंने माँ से पूछा, "बाबूजी कहाँ हैं ?"

"यहीं आस-पास कहीं घूमने गए होंगे।" माँ ने जवाब दिया और कहा, "तुम तो हमेशा फोन करके आया करते थे, आने से पहले कम-से-कम एक बार फोन कर देते। बाबूजी को पता चल गया होगा किसी न किसी से, वह भी आ ही रहे होंगे।"

माँ ने सही कहा था। मेरे आने की खबर सुनते ही बाबूजी घर दौड़े चले आए। मुझे अकेले घर आए देख उन्हें भी अजीब लगा।

"बहू और बच्चे कहाँ हैं ?" बाबूजी ने भी वही सवाल किया जो माँ ने किया था।

"बहू और बच्चे, वो शादी की तैयारियों में लगे हुए हैं।" मैंने बताया।

बाबूजी ने हँसते हुए और ताना देने के लहजे में कहा, "हाँ बड़े-बड़े लोगों की शादियों में बातें भी बड़ी-बड़ी होती हैं। समय तो लग ही जाता है। अब हम लोग वाली बात कहाँ रही। लेकिन जब यहाँ आए थे तो बहू और मेरे पोते को भी ले आते। कम-से-कम इसी बहाने अपने पोते को गोद में तो खिला लेता।"

"कहते-कहते मैं थक गया आपसे कि आप हमारे साथ रहिए। वह तो आपको रास नहीं आया, लेकिन... खैर छोड़िए।" मैंने अपनी बात अधूरी ही छोड़ दी।

बाबूजी ने भी कुछ नहीं कहा। हम कुछ देर यूँ ही शांत बैठे रहे। फिर बाबूजी

ने ही पूछा, "रहने आए हो या आज ही चले जाना है?"

"वैसे आपके विचार से मुझे क्या करना चाहिए?" मैंने पूछा।

"तुम ऐसी बहकी-बहकी बातें क्यों कर रहे हो? तुमने मेरे विचार से आज तक किया ही क्या है? जब भी तुम्हारी मर्जी में जो आया तुम वह करते चले गए। अगर आज मेरी बात मानी होती तो तुम आईएएस अधिकारी होते।" बाबूजी ने कहा।

"बेकार की बातों पर मैं बहस नहीं करना चाहता हूँ।" मैंने कहा।

"बेकार की बातें? आज हर कोई हर तरीके से मिलने वाली सुविधाओं का फायदा उठा रहा है लेकिन तुम्हारे अंदर तो स्वाभिमान अभिमान की तरह भरा हुआ था।" बाबूजी ने कहा।

"मुझे अपनी काबिलियत पर पूरा भरोसा था। अगर मैंने एक बार और कोशिश की होती तो मैं अपनी मेरिट से आईएएस बन जाता।" मैंने कहा, "मुझे सरकार की और किसी विशेष फायदे की जरूरत नहीं थी।"

"यही तो तुम्हें अभी तक समझ में नहीं आया। तुम अगर मौके का फायदा नहीं उठाओगे तो कोई दूसरा फायदा उठाकर लेकर चला जाएगा। तुम्हें क्या लगता है कि मैं तुम्हारे स्वाभिमान को नहीं जानता हूँ। तुम कितनी भी मेहनत कर लो लेकिन जिस सिस्टम में तुम जी रहे हो, वह सिस्टम तुम्हें बराबरी का हक कभी नहीं देगा।" बाबूजी ने अचानक ही बात बदल दी।

"बाबूजी आप फिर से शुरू हो गए।" मैंने कहा।

"तुम्हारे मास्टर साहब विद्याभूषणजी, गाँव आए हुए थे। उनसे मुलाकात हुई थी मेरी।" कुछ देर खामोश रहने के बाद बाबूजी बोले, "उन्होंने एक नयी बात बताई मुझे।"

"विद्याभूषणजी, वो यहाँ क्या करने आए थे?" मैंने पूछा।

"सवाल यह जरूरी नहीं है कि विद्याभूषणजी यहाँ क्या करने आए थे, सवाल यह जरूरी है कि विद्याभूषणजी के पास तुम क्या करने गए थे? और मैंने सुना है कि विद्याभूषणजी तुम्हारे मार्गदर्शक बन रहे हैं। तुम्हें विद्याभूषणजी के बारे में कुछ पता भी है?" बाबूजी ने पूछा।

"हाँ, एक पढ़ा-लिखा आदमी जब सिस्टम से परेशान हो जाए तो उसकी हालत विद्याभूषणजी जैसी हो जाती है। बाबूजी आप भूल रहे हैं कि विद्याभूषणजी

ने बचपन में पढ़ाया था मुझे।" मैंने कहा।

"हाँ सही कह रहे हो, विद्याभूषणजी के चर्चे तो पूरे जिले में हैं लेकिन उनसे दूर रहना बेटा।" बाबूजी ने कहा।

"वह क्यों?" मैंने पूछा।

"क्योंकि जैसे वह दिखते हैं वैसे हैं नहीं।" बाबू जी ने कहा।

"वह कैसे दिखते हैं और कैसे नहीं है?" मैंने पूछा।

"देखो बेटा, क्रांतिकारी विचारधारा सही है लेकिन क्रांतिकारी विचारधारा वहाँ सही है जहाँ गुलामी खुद को करनी पड़ती हो। विद्याभूषणजी जिस सिस्टम पर विश्वास करते हैं वह सिस्टम तुम्हारे खिलाफ है। चलो इतिहास में जो हुआ सो हुआ। तुमने जो गलती की उसको बहुत हद तक सुधारा भी, लेकिन विद्याभूषणजी के बहकावे में आकर, अपने अंदर एक और क्रांतिकारी को जन्म मत दे देना।" बाबू जी ने कहा।

"बाबूजी आप कहना क्या चाहते हैं मुझे साफ-साफ बताइए।" मैंने कहा।

"तुम्हें अपना दोस्त अरुण वाजपेई याद है?" बाबूजी ने पूछा।

"बहुत अच्छी तरह याद है।" मैंने जवाब दिया।

"उसका बड़ा भाई तो मुंबई में बहुत बड़ा फिल्म स्टार बन गया है। वैसे भी फिल्म इंडस्ट्री में मुसलमान और ब्राह्मण के अलावा किसे मौका मिलता है।" बाबूजी ने कहा, "लेकिन तुम्हें क्या, सबसे छोटे ब्राह्मण की ही सही अब तुम ब्राह्मणों के दामाद तो बन ही गए हो।"

"बाबूजी मुझे आपकी बात बिलकुल समझ में नहीं आ रही है और मैं काफी थका हुआ हूँ। जो भी कहना है खुलकर कहिए।" मैंने कहा।

"हाँ तुम थके होगे। थोड़ी देर आराम कर लो। अब गाँव आ गए हो तो समय मिले तो कुछ लोगों से मिल लेना। रात में बात करते हैं।" बाबूजी ने कहा लेकिन अभी उनका कुछ और सुनना बाकी था।

"अजीब विडंबना रही है न? हमारे देश का फिल्म जगत काम करने वाले एक काल्पनिक पात्र, एक आईपीएस की जाति का जश्न तो मना लेता है लेकिन देश के असली हीरो की जाति बताने में जाने क्यों सबको बेहद शर्म आती है?" बाबूजी ने आगे कहा।

"माफ करिएगा बाबूजी लेकिन इस संदर्भ को किस घटना से जोड़ना चाहते

हैं आप?" मैंने पूछा।

"एक लेख पढ़ा था मैंने बेटा, लेख में आर्टिकल-15 के हीरो, जो आईपीएस ऑफिसर है, की जाति ब्राह्मण बता दी जाती है और काफी बड़ी-बड़ी बात कही जाती है कि एक सवर्ण को पिछड़े के लिए आवाज उठाते देख समाज को एक सकारात्मक संदेश जाता। लेकिन उसी समय पूरी दुनिया में अपने कारनामे से बिहार का नाम रौशन करने वाले 'सुपर-30' के रचयिता आनंद कुमार की जाति के बारे में कोई चर्चा नहीं करता। दिलीप मंडल द्वारा लिखे गए उस लेख में बिलकुल सही सवाल पूछा गया था। लेखक ने लिखा है सुपर-30 फिल्म बिहार की पृष्ठभूमि पर बनी है। और बिहार में कोई घटना या दुर्घटना जाति के आधार पर घटित ना हो, यह तो दुनिया का आठवाँ अजूबा होगा। वैसे जातिवाद की बीमारी पूरे हिंदुस्तान में है लेकिन उत्तर प्रदेश और बिहार जातिवाद की चरम सीमा पर हैं।

बिहार की पृष्ठभूमि पर बनने वाली फिल्मों में जाति बताने की परंपरा रही है। मिसाल के तौर पर, उत्तर-बिहार की पृष्ठभूमि पर आधारित रामगोपाल वर्मा की फिल्म शूल में हीरो का नाम समर प्रताप सिंह और विलेन का नाम बच्चू यादव है। इस फिल्म के आखिरी सीन में समर प्रताप सिंह असेंबली के अंदर बच्चू यादव को गोली मार देता है और पब्लिक तालियाँ बजाती है। प्रकाश झा की बिहार की पृष्ठभूमि पर बनी फिल्म मृत्युदंड में विलेन का नाम तिरपत सिंह है। प्रकाश झा की ही फिल्म गंगाजल में विलेन के नाम साधु यादव, बच्चा यादव और सुंदर यादव हैं। उनकी अगली फिल्म अपहरण में विलेन बने हैं तबरेज आलम और हीरो हैं अजय शास्त्री। हाफ-गर्लफ्रेंड में बिहारी हीरो का नाम माधव झा है। इनमें से कोई भी फिल्म जाति या जातिवाद पर नहीं बनी है, लेकिन हीरो और विलेन के नाम अक्सर इस प्रकार रखे गए हैं कि उनकी जाति जाहिर हो जाती है।

फिर सुपर-30 के हीरो की जाति क्यों नहीं पता चलती? ऐसा भी नहीं है कि आनंद कुमार की जाति जानना मुश्किल है। बिहार में ही क्यों, देश में किसकी जाति छिपी है? शहर में न पता चले, तो गाँव तक पहुँचकर और किसी के नाम से पता न चले तो बाप का नाम पूछकर पता कर लेते हैं लोग। मतलब यही है कि सुपर-30 के हीरो की जाति हम इसलिए नहीं जानते क्योंकि फिल्म बनाने और लिखने वाले नहीं चाहते कि यह बात पता चले।"

"बाबूजी, यह महज इत्तेफाक भी तो हो सकता है?" मैंने पूछा।

"हाँ हो सकता तो है, लेकिन एक दफा, एक या दो दफा हो सकता है। अगर इत्तेफाक बार-बार होने लगे तो इत्तेफाक नहीं, बल्कि वह एक सोची-समझी घटना मानी जाती है, और यही सत्य है।" बाबूजी ने साफ शब्दों में जवाब दिया।

"हाँ आपकी इस बात को मैं मानता हूँ।" मैंने उनसे सहमत होते हुए कहा।

"आखिर आर्टिकल-15 भी तो एक क्राइम थ्रिलर हो सकती थी। लेकिन डायरेक्टर ने चाहा तो इसमें जाति का पुट डाल दिया और एक ब्राह्मण रक्षक खड़ा कर दिया। फिर सुपर-30 में ऐसा क्यों नहीं? यह सवाल लेखक के भी हैं और मेरे भी हैं।" बाबूजी ने आगे कहा।

"आपके खयाल से क्या कारण हो सकता है?" मैंने पूछा।

"बिहार के बाहर के लोगों को बता दिया जाए कि आनंद कुमार बिहार की एक अति पिछड़ी जाति- कहार से आते हैं। इस जाति का शास्त्र निर्धारित जातिगत पेशा पालकी उठाना था। आनंद कुमार के जीवन में बहुत सारी तकलीफें और समस्याएँ अपनी जाति की वजह से भी आई हैं। उन्हें पग-पग पर जो अपमान झेलना पड़ा है, उसकी एक वजह उनकी जाति भी है। उनके टैलेंट को देर से स्वीकृति मिलने की यह भी एक वजह थी। उन्हें भूमिहार जाति की एक लड़की से प्यार हुआ और उन्हें शादी में काफी समस्याएँ आईं। इसकी वजह भी उनकी जाति ही है।

उन्हें कोचिंग के काम से उखाड़ने की कम कोशिशें नहीं हुई हैं। बिहार के उच्चवर्णीय सामंती विचारों के लोग ये आसानी से स्वीकार नहीं कर पाए कि कहार जाति का एक युवक पूरे देश और दुनिया में सुपरस्टार बन गया है। उनके चरित्र हनन और उन्हें फ्रॉड बताने की पटना मीडिया ने बेशुमार कोशिशें की हैं। देश के सबसे बड़े अखबार समूहों में से एक के पटना संस्करण ने आनंद कुमार को फ्रॉड बताते हुए कई दिन पूरे पन्ने का कवरेज किया। सुपर-30 के खिलाफ अभियान चलाने वाले भी सवर्ण जाति से ही। इस तरह के हमलों से बचने के लिए आनंद कुमार कभी नीतीश कुमार, तो कभी तेजस्वी यादव के साथ दिखते रहे।" बाबूजी ने बताया।

"मानता हूँ बाबूजी और आपकी बातों से मैं भी सहमत हूँ। मैंने तो खुद इस प्रकरण को अपनी जिंदगी में महसूस भी किया है।" मैंने कहा।

"तभी तो मैंने तुम्हें यह बताया है। जब इंसान किसी भी घटना को खुद महसूस करता है तो उसे सच्चाई कुबूल करने से कोई दिक्कत नहीं होती।" बाबूजी ने कहा।

"जातिवाद ने बहुत गंदा खेल खेला है। वैसे एक और लेख पर गौर करना जरूरी है।" बाबूजी ने मेरे सामने एक और लेख रख दिया।

वह लेख है-

"बिरसा मुंडा पर एक लंबी-चौड़ी राजनीति होती है। वह आदिवासी विद्रोह के महानायक हैं। भारत के ब्राह्मणवादी समाज में आदिवासी, दलित, पिछड़े वर्ग के नायकों के बारे में हमें जानकारी नहीं मिल पाती, क्योंकि उनके बारे में कुछ लिखा ही नहीं गया। फिर मैं बता रहा हूँ, बिरसा मुंडा की खोज की कहानी ही अपने-आप में अद्‌भुत कहानी है। कुमार सुरेश सिंह एक ईमानदार आईएएस थे और इस समय जैसे ईमानदारी के पुरस्कार में अधिकारियों को कालापानी की सजा दी जाती थी, उस दौर में भी बिहार में वही होता था। 22 साल की उम्र में आईएएस बने कुमार को झारखंड के अत्यंत जंगली इलाके में जिलाधिकारी बनाकर भेज दिया गया। उस समय वहाँ काम करने वाली, लकड़ियाँ बीनने वाली महिलाएँ गीत गाया करती थीं, जिसमें कोई एक शब्द आता था, जो कॉमन था। वह गीत गाने में और वह शब्द आने पर मेहनत मुसीबतों से घिरी महिलाओं की आँखे चमक जाती थीं। वह शब्द समझने के लिए कुमार ने आदिवासी बोली सीखी और वह जान पाए कि इनका कोई नायक है, जिसे ये लोग अपने गीतों में याद करते हैं। और इस तरह से बिरसा मुंडा नाम का आदिवासियों का नायक सामने आया।

क्या उनके कार्यों को हिंदी में नहीं लाया जाना चाहिए? भारत की जातीय व्यवस्था को उन्होंने वैज्ञानिक रूप में डिकोड किया है, जिस पर चर्चा नहीं हुई, जबकि वह कई वॉल्यूम में लिखी गई पुस्तक है। क्या इस पर चर्चा नहीं होनी चाहिए? अगर जरूरी हो तो इस पर काम किया जा सकता है। यह सबाल्टर्न हिस्ट्री है इसलिए इसको फंडिंग नहीं होती। इन विषयों पर काम करने वाले को जातिवादी घोषित कर समाज से बहिष्कृत कर दिया जाता है, उसकी रोजी-रोटी तक छीन ली जाती है और सबाल्टर्न समाज के लोगों से ही इन विषयों पर लिखने और काम करने वालों को गरियवाया जाता है। बताएँ कि कैसे इस

विषय पर काम किया जा सकता है? उदय प्रकाश जी मेरे संरक्षक, शुभचिंतक, अभिभावक, मित्र हैं इसलिए मुझे थोड़ा बहुत ज्ञान है इस विषय पर। इस ज्ञान को दफन होने से कैसे बचाया जा सकता है? दिवंगत कुमार सुरेश सिंह उदय जी के फुफेरे भाई थे। उनके बारे में उदय जी ने थोड़ा-सा लिखा है, कुमार सुरेश सिंह, जिन्होंने पहली बार आदिवासी विद्रोह के महानायक बिरसा मुंडा और ब्रिटिश औपनिवेशिक शासन के विरुद्ध आदिवासियों के संघर्षों को दर्ज किया। उन्हें झारखंड की संकल्पना का पितामह कहा जाता है। 'उलगुलान'को वैश्विक लोकप्रियता दिलाने में और संसद के सेंट्रल हाल में बिरसा मुंडा की मूर्ति की स्थापना की वास्तविक जमीन तैयार करने के प्रयत्न और श्रेय में उनसे पूर्व कोई और नहीं है। 'The dust-storm and the hanging mist: A study of Birsa Munda and his movement in Chhotanagpur, 1874-1901' वह पहली सबाल्टर्न ऐतिहासिक किताब थी, जिसने औपनिवेशिक शासन के विरुद्ध आदिवासी प्रतिरोध और संग्राम के महत्त्व को स्थापित किया। क्या कुमार सुरेश सिंह को अब कोई जानता है?

उदय प्रकाश के उपन्यास 'पीली छतरी वाली लड़की' के नृतत्व-वैज्ञानिक पात्र 'किन्नूदा' वही हैं।

यह चित्र पलामू और पूरे छोटा नागपुर क्षेत्र में 1965 के भयावह अकाल और उससे निपटने के जरूरी प्रशासनिक उपायों के बारे में लिखी गई उनकी किताब 'फेमिन इन इंडिया', जो आज भी किसी भी प्रशासनिक अधिकारी के लिए एक जरूरी किताब है, के बाद तत्कालीन प्रधानमंत्री श्रीमती गाँधी ने आकस्मिक यात्रा की। यह यात्रा सिर्फ उनसे मिलने के लिए थी।"

लेख पढ़ने के बाद मैं बाबूजी की तरफ देखने लगा।

"क्या समझे?" बाबूजी ने पूछा।

"बहुत कुछ।" मैंने जवाब दिया।

"अभी आगे बात करते हैं, आप समझ गए होंगे इतना भरोसा है मुझे।" बाबूजी ने कहा।

मैं जानता था कि बाबूजी से कुछ भी पूछना सही नहीं था। वैसे भी मुझे कुछ ठीक नहीं लग रहा था। मैंने एक घंटा आराम किया और शाम होते ही गाँव घूमने निकल गया।

इस बार न जाने क्यों मुझे गाँव वालों की भी विचारधारा थोड़ी बदली-बदली लग रही थी। लोग मुझसे बात तो करते लेकिन उनकी बातों में अपनेपन का भाव नहीं आता। हर कोई मुझे इस बात का एहसास जरूर दिलाता कि मैं अमीर होने के बाद बदल-सा गया हूँ। न जाने क्यों मुझे हर किसी की बातों में एक राजनीति ही दिखाई देती थी। खैर, जैसे-तैसे शाम भी बीती और लोगों से काफी मुलाकात करने के बाद मैं वापस घर लौट आया। रात को एक बार फिर बाबू जी से मेरी बात शुरू हुई।

"बाबूजी, वह आप मेरे दोस्त के बारे में बता रहे थे।" मैंने ही बात शुरू की।

"हाँ बेटा, शुरुआत में तुमने तो अपने सिस्टम का फायदा उठाया नहीं लेकिन तुम्हारा दोस्त जिंदगी भर मौज-मस्ती करने के बाद भी न जाने किस तरीके से तुम से भी बड़ा अधिकारी बन गया है। कुछ दिन पहले ही आया था मुझसे मिलने के लिए। बहुत बड़ी-बड़ी बातें कर रहा था। अब ब्राह्मण है और ब्राह्मणों में तो सर्वेसर्वा वाली सोच कूट-कूटकर भरी रहती है। बोल रहा था कि उसके जैसे काबिल लोगों को किसी भी तरीके की परीक्षा देने की जरूरत नहीं पड़ती है। वह लोग जन्म से ही इतने काबिल होते हैं कि वक्त आने पर कामयाबी खुद उनके कदमों में चली आती है। तुम्हारी तरह उसकी भी बड़ी गाड़ी थी। उसके जाने के बाद कुछ पुलिस वाले बता रहे थे कि बहुत बड़ा अधिकारी बन गया है वह। अब पता नहीं बिना परीक्षा दिए लोग कैसे अधिकारी बन जाते हैं। यह बात तो तुम ही बता सकते हो।" बाबूजी ने कहा।

"हाँ लैटरल इंट्री के माध्यम से होता है। लेकिन वाजपेई में ऐसी कोई बात नहीं थी। पता नहीं बाद में काफी मेहनत की होगी उसने।" मैंने कहा।

"मैं तो आज तक सोचता था कि ब्यूरोक्रेसी में कोई जुगाड़ नहीं चलती है लेकिन कुछ लोग बोल रहे थे कि उसके भाई का ब्यूरोक्रेसी में भी जुगाड़ है।" बाबूजी ने कहा।

"इतना भी आसान नहीं है।" मैंने जवाब दिया।

"यानी कि असंभव भी नहीं है?" बाबूजी ने तुरंत पूछा।

"मुझे भी ढंग से पता नहीं है कि कैसे क्या होता है। अब जब उससे मुलाकात होगी तो पता चलेगा कि क्या सिस्टम है। वैसे कहाँ है आजकल?" मैंने पूछा।

"बड़ा अधिकारी है तो पटना में ही होगा।" बाबूजी ने जवाब दिया।

"हो सकता है मुझे भी अब पटना ही आना पड़े।" मैंने कहा।

"तबादला हो रहा है या प्रमोशन हो रहा है?" बाबूजी ने पूछा।

"नहीं तबादला हो रहा है और ना ही प्रमोशन हो रहा है। मैं खुद ही इस कोशिश में लगा हुआ हूँ कि मैं पटना आ जाऊँ। पटना बड़ा शहर है और विकसित भी है। यहाँ से भी ज्यादा दूर नहीं है। अच्छा रहेगा।" मैंने कहा।

"हाँ पटना आने के लिए तो वैसे भी अच्छे-खासे माँगे होंगे?" बाबूजी ने पूछा।

"आप उन सब बातों में मत ध्यान दीजिए। वैसे विद्याभूषणजी के बारे में और नहीं बताया आपने।" मैंने बात बदलते हुए कहा।

"विद्याभूषणजी के बारे में कहना क्या है, उनके पेट में तो कोई बात पचती नहीं है। उन्होंने तुम्हारे बारे में सारी बातें बता दी मुझे। सुना है तुमने अपने ससुराल वालों से अपना पैसा माँगना शुरू कर दिया है?" बाबूजी ने पूछा।

"हाँ, वह मेरा पैसा है तो मुझे माँगने का पूरा हक है।" मैंने जवाब दिया।

"इतना तो मैं पढ़ा-लिखा हूँ नहीं बेटा और मुझे इतनी ज्यादा समझ भी नहीं है लेकिन विद्याभूषणजी कह रहे थे कि तुम्हारे पास इस बात का सबूत नहीं है कि वह तुम्हारा पैसा नहीं है और तुम्हें अपने सारे पैसे को भूल जाना चाहिए। शायद ही तुम्हें कोई तुम्हारा पैसा वापस करे।" बाबूजी ने कहा।

"शायद वह सच ही बोल रहे थे। वैसे भी कोई फर्क नहीं पड़ता है, कोई मेरा नसीब लेकर नहीं चला जाएगा।" मैंने कहा।

"हाँ सही कह रहे हो तुम, जिंदगी भर कमाई की अपने लिए और ऐशो-आराम उस पर कोई और करे। क्योंकि अपने परिवार के लोगों पर तो तुम्हें भरोसा था नहीं।" बाबूजी ने कहा।

"बाबूजी, मैं दिन-रात होने वाली राजनीतिक बातों से परेशान हो गया हूँ। अब आप घर में भी राजनीतिक बातें मत करिए। मैं सीधा-साधा आदमी हूँ और सीधी-सादी बात करना पसंद करता हूँ। मैं कोई अधिकारी नहीं हूँ, मैं आपका बेटा हूँ। हो सकता है कि मैंने कुछ गलती की हो, लेकिन इसका मतलब यह नहीं कि आप मुझसे रूखा व्यवहार करें। वैसे भी मैं जरूरत से ज्यादा परेशान हो चुका हूँ अपनी इस नौकरी से। सब-के-सब चोर हैं यहाँ पर। पूरा-का-पूरा सिस्टम बिगड़ा हुआ है।" मैंने कहा।

"कब तक दूर भागोगे इस सिस्टम से, इसी सिस्टम में सबको जीना है। जिस सिस्टम से तुम दूर भागने की बात कर रहे हो उसी सिस्टम का इस्तेमाल कर कितने लोग बहुत आगे निकल गए।" बाबूजी ने कहा।

"हाँ मैं बेवकूफ हूँ, दुनिया का सबसे बड़ा जाहिल हूँ। क्योंकि ब्यूरोक्रेसी मेरी कभी पसंद थी ही नहीं। सिर्फ आपकी वजह से मुझे ब्यूरोक्रेसी में आना पड़ा। आपको भी पता है कि मैं भी फिल्मों में जाना चाहता था। लेकिन परिवार की स्थिति और आपका मान रखने के लिए मैंने अपने सपनों को कत्ल कर दिया।" मैंने कहा।

"अच्छा किया, आज कम-से-कम समाज में इज्जत से जीने के लायक हो तुम। तुम्हारे जैसे लाखों लोग मुंबई जाकर हीरो बनने का ख्वाहिश रखते हैं और बर्बादी के अलावा उनके हिस्से में कुछ नहीं आता। कम-से-कम ब्यूरोक्रेसी को प्रतिभा की इज्जत तो है। फिल्मों में प्रतिभा से आज तक किसको मौका मिला है बेटा? और हम जिस समाज से आते हैं उस समाज के लोगों को फिल्म इंडस्ट्री हाथ में कटोरा के अलावा कुछ भी नहीं थमाता है। अगर मैंने जबरदस्ती नहीं की होती तो आज जो यह तुम्हें इतना मान और सम्मान मिल रहा है, और जो बड़ी जाति में तुम्हारी शादी हो पाई है वह कभी नहीं हो पाती। अब तुम इस बात को मानो या ना मानो। चाहे कितने भी बड़े अधिकारी बन जाओ, इस बात को कभी मत भूलना कि मैं तुम्हारा बाप हूँ और मेरी वजह से ही तुम बर्बाद होने से बचे हो। कहा था मैंने अपनी बिरादरी के लोगों से रिश्ता बनाओ, अपने लोगों से व्यवहार बनाओ..." बाबूजी अभी बोल ही रहे थे कि मैं चीख पड़ा।

"ओह प्लीज! भगवान के लिए अपना लेक्चर बंद करिए। अपनी जाति अपने लोग सुन-सुनकर परेशान हो गया हूँ मैं।" मैंने चीखते हुए कहा।

"इसकी शुरुआत किसने की?" बाबूजी शांत रहे लेकिन तीखा सवाल किया, "आज भी तुम्हारे ससुराल के लोग जब भी मिलते हैं तो हमें किसी-ना-किसी वजह से छोटी जाति का ताना दे ही देते हैं। तुम्हें अपने ससुराल के लोगों पर बहुत भरोसा हुआ, लेकिन अपने घर के रिश्तेदारों पर कोई भरोसा नहीं था। तुमने तो आज तक यह भी नहीं सोचा कि तुम्हारी माँ, तुम्हारे ससुराल की सोच में किस तरीके से पिस रही थी। तुम्हें जरूरत क्या थी? तुम तो अपनी ही दुनिया में व्यस्त थे। अपनी जिंदगी की पूरी कमाई लगाकर पढ़ाया हमने तुम्हें और जब

हमारी सेवा का समय आया तो तुम्हारे ससुराल वाले तुम्हारे अपने हो गए।

जिंदगी में कोई भी फैसला लेने से पहले तुमने हमसे पूछना भी सही नहीं समझा। हम तो तुम्हारे माँ-बाप हैं बेटा, हमें तुम्हारी कमाई से किसी भी तरह की एशो-आराम करने की उम्मीद नहीं थी। हम तो बस इतना चाहते थे कि तुम्हारा भविष्य बन जाए और हो सके तो तुम हमारे बुढ़ापे का सहारा बनो। लेकिन तुम्हें तो कभी इस बात की फिक्र ही नहीं हुई कि मैं तुम्हारे साथ क्यों नहीं रहना चाहता। तुमने मेरे बदले हुए स्वरूप को भी समझने की कोशिश नहीं की। खैर मुझे तुमसे कोई शिकायत नहीं है। और मैं तुमसे कोई राजनीतिक बात नहीं कर रहा हूँ। लेकिन यह जो तुम्हारे अंदर नौकरी छोड़ने का खयाल आ रहा है ना, इसे त्याग दो। क्योंकि जैसे ही तुम नौकरी छोड़ोगे, जो लोग तुम्हें सलामी देते हैं वही लोग तुम्हें गाली देना शुरू कर देंगे। चुपचाप चतुराई से आगे बढ़ो और दबाव बनाकर अपना सारा पैसा वापस ले लो। मैं तो अभी तुम्हें इतना ही सलाह दे सकता हूँ। आगे तुम्हारी मर्जी। रही बात तुम्हारी साली की शादी में आने की तो माफ करना बेटा, तुम्हारे रिश्तेदारों से बात करने की हैसियत नहीं है हमारी।"

बाबूजी ने अपने मन की बात साफ-साफ मेरे सामने रख दी थी। मैं समझ गया था कि मेरे बाबूजी और माँ के साथ कुछ ऐसा हुआ था जिसकी मुझे जानकारी नहीं थी।

बाबूजी जैसे भी थे किसी भी कीमत पर मेरा बुरा नहीं सोच सकते थे। अगर दुनिया में भगवान का कोई वजूद है तो मेरे लिए उसका वजूद मेरे माँ-बाप में था। बाबूजी से फिर मैंने कुछ नहीं कहा। हाँ कुछ दिन मैंने माँ से जरूर बात की और जो बात माँ ने मुझे बताई, मैं उसके बारे में सपने में भी नहीं सोच सकता था। मेरा खून खौल गया था। लेकिन मैंने अपने-आप को शांत किया क्योंकि अभी मुझे बहुत चतुराई से काम लेना था।

#14#

इस संसार में अगर किसी ने रुकना नहीं सीखा है तो वह है समय। इंसान की स्थितियाँ कैसी भी हों, ब्रह्मांड की परिस्थितियाँ कैसी भी हों, यह समय अपनी रफ्तार से चलता ही रहता है, चलता ही रहता है।

बड़ा अजीब रिश्ता होता है इंसानों का समय से। इंसान जब तक जिंदगी की अच्छी दौड़ में होता है तो ऐसा लगता है कि मानो समय बिजली की रफ्तार की तरह चल रहा हो। और जब इंसान अपनी जिंदगी के बुरे दौर में होता है तो ऐसा लगता है कि समय ठहर गया है। इन दोनों के बाद आते हैं तीसरे किस्म के लोग यानी मेरे जैसे लोग पर, जिन्हें पता ही नहीं चलता है कि समय की रफ्तार क्या है। फिलहाल वक्त तेजी से बीत रहा था और बीते हर पल के साथ मेरा तृषा और उसके परिवार से रिश्ता खराब ही होता जा रहा था। देखते-ही-देखते, मेरी साली की शादी का भी वक्त आ गया।

जिस बात का मुझे अनुमान था बिलकुल वैसा ही हुआ। उसकी शादी में न तो मेरी माँ आई और न ही मेरे बाबूजी। सच तो यह भी था कि किसी ने उन्हें बुलाने में ध्यान ही नहीं दिया। कहते हैं कि इंसान जब जज्बात के आगे हार जाता है तो उसे अच्छाई और बुराई में कोई फर्क नजर नहीं आता है। मुझे तो समझ में नहीं आ रहा था कि मैं किस तरीके का इंसान हूँ।

मेरी साली की शादी के एक महीने बीत चुके थे। मैं जानता था कि अगर मैंने अपनी पत्नी से पैसे की बात की तो फिर कोई-ना-कोई बहाना बना देगी इसलिए मैंने इस बार तृषा को कुछ बताया ही नहीं। मैंने अपने साली को फोन लगाया।

"हेलो जीजू, कैसे हैं आप?" अंजली ने फोन उठाते ही पूछा।

"मैं तो ठीक हूँ, तुम कैसी हो?" मैंने जवाब दिया।

"मैं अच्छी हूँ, आपका पता नहीं कब मूड खराब हो जाए। अगर सब बढ़िया है तो अच्छी बात है।" अंजली ने कहा।

"हाँ, बात तो तुम सही कह रही हो। कभी-कभी तो मुझे भी ऐसा ही लगता है। वैसे एक बात करनी थी तुमसे।" मैंने कहा।

"हाँ कहिए।" अंजली ने कहा।

"अंजली, मुझे अपना प्रमोशन करवाना है और तुम तो जानती हो कि प्रमोशन करवाने के लिए ऊपर काफी पैसे खिलाने होते हैं। ऐसे में सोच रहा था कि शहर में जो मकान मैंने तुम्हारे नाम लिया था उसे अब मैं बेच दूँ, ताकि कुछ पैसे आ जाएँ मेरे पास और कुछ पैसे का इंतजाम करके मैं अपना काम करवा लूँ।" मैंने कहा।

"ल... ल... लेकिन जीजू अचानक मकान खरीदेगा कौन?" अंजली ने हकलाते हुए पूछा।

"उसकी चिंता तुम मत करो। मैंने ग्राहक ढूँढ़ लिया है, मैं तो बस चाहता हूँ कि अब तुम भी मकान के कागज मुझे दे दो। अब तो तुम्हारी शादी भी हो गई है, वैसे भी तुम्हें उस मकान की जरूरत पड़ेगी नहीं।" मैंने कहा।

"दीदी से बात हुई है आपकी?" अंजली ने सवाल किया।

"अंजली मैं जिंदगी में कुछ फैसले खुद लेता हूँ। जो पैसे मैंने तुम्हारे ऊपर इन्वेस्ट किए थे वह मेरा कमाया हुआ था। जब भी तुम लोगों को जरूरत पड़ी मैंने तुम लोगों को जितना बन सका उतना पैसा दिया। आज मुझे जरूरत है तो मुझे लगता है कि तुम लोगों को भी मेरा साथ देना चाहिए।" मैंने कहा।

"मेरी तरफ से कोई दिक्कत नहीं है। आपका मकान मेरे पास सलामत है। मुझे शाम तक का वक्त दीजिए, पता नहीं मैंने कागज कहाँ रख दिए हैं। मैं ढूँढ़कर बताती हूँ आपको।" अंजली ने मुझसे कहा।

"हाँ अपना समय लो, मुझे कोई जल्दी नहीं है। मैं कल तुम्हें फोन करूँगा।" मैंने कहा।

"ठीक है जीजू।" आज पहली बार अंजली ने बात करते हुए मेरा फोन काटा था।

कहते हैं कि चोर की दाढ़ी में तिनका होता है। मैं जान गया था कि तीर सही निशाने पर लगा है। मैं आने वाले कल का इंतजार कर रहा था लेकिन मुझे नहीं

पता था कि आने वाला कल आज ही आ गया था। मेरे फोन करने के एक घंटे बाद ही तृषा मेरे पास आई।

"आपने अंजली से क्या कहा है?" तृषा ने गुस्से में पूछा।

"क्या कहा है मतलब? मैंने ऐसा कुछ भी नहीं कहा है उसे जिससे तुम्हें गुस्सा आना चाहिए।" मैंने कहा।

"नाटक करने की कोशिश मत करिए मेरे सामने। बहुत बर्दाश्त कर रही हूँ मैं। आपको अभी उससे मकान के कागज माँगने की क्या जरूरत थी?" तृषा ने गुस्से में पूछा, "पता है बेचारी कितना रो रही थी?"

"पहली बात कि नाटक मैं नहीं, नाटक तुम और तुम्हारा परिवार मेरे साथ कर रहा है।" मैंने गुस्से में कहा।

अभी मैं इससे आगे कुछ कह पाता कि तृषा गुस्से में बोली, "क्या बकवास... ?" लेकिन मैंने भी उसे बोलने नहीं दिया और खुद बोल पड़ा, "चुप, एकदम चुप। आज तक मैं सिर्फ तुम्हारी सुनता आया हूँ, आज तुम वह सुनोगी जो मैं कहूँगा।"

मैंने एक बार उसकी तरफ देखा और कहना शुरू किया, "रही बात बर्दाश्त करने की तो तुम लोगों ने इतना परेशान कर दिया है मुझे कि मैं बर्दाश्त की सीमा से बाहर आ चुका हूँ। मकान के कागज मैंने इसलिए माँगे क्योंकि वह मकान मेरा है। अब तुम्हारी बहन रो रही है या हँस रही है, उससे मुझे कोई फर्क नहीं पड़ता है।"

तृषा ने फिर कुछ कहना चाहा लेकिन एक बार फिर मैंने उसे मना करते हुए कहा, "तृषा, न तो मैं एक कमजोर मर्द हूँ, न ही मैं एक कमजोर पति हूँ और ना ही मैं एक कमजोर पिता हूँ। लेकिन तुम लोगों की वजह से मैं एक कमजोर बेटा जरूर हो चुका हूँ। तुम्हारे परिवार की वजह से मैं एक कमजोर इंसान बन गया हूँ। और तुम लोगों की जरूरत की वजह से मैं जरूरत से ज्यादा कमजोर अधिकारी हो चुका हूँ। मुझे और मेरे जमीर को बर्दाश्त के दायरे में रहने दो, इसी में तुम सब की भलाई है। वैसे भी आज तक तुम लोगों के सपने के लिए ही जीता आया हूँ मैं, तुम्हारे सपने पूरे करते-करते तो मैं भूल ही गया कि मेरे माँ-बाप के भी कुछ सपने थे। मेरे बाबूजी मुझे डीएम बनते देखना चाहते हैं। तुम जाति-बिरादरी की बात करती हो ना, ऊपर से नीचे तक तुम्हारी बिरादरी के लोग ब्यूरोक्रेसी में भरे

पड़े हैं। हर बात की कीमत लगाई जाती है तो मैंने सोचा कि चलो एक बार मैं अपनी भी कीमत लगा लूँ। डीएम बनने के लिए मंत्री को पैसा खिलाना है। और तुम तो जानती हो कि तुम्हारे परिवार का खर्चा उठाते-उठाते मैं कंगाल हो गया हूँ। मुझे पैसों की जरूरत हैऔर मुझे मेरे पैसे तो किसी भी कीमत पर चाहिए। यह मेरी विनती नहीं, मेरा फैसला है।"

"अगर तुम्हारा यही फैसला है तो तुम्हें मुझे भूलना होगा। मैं ऐसे इंसान के साथ नहीं रह सकती जिसे मेरे माँ-बाप की कोई कदर नहीं है।" तृषा ने कहा।

"सही कहा तुमने। पति-पत्नी का रिश्ता दो जिस्म एक जान का होता है। औरत जब अपना मायका छोड़ती है तो वो कसम खाती है कि वह अपने ससुराल के लोगों को अपने मायके के लोगों की तरह ही मानेगी लेकिन तुमने मेरे माँ-बाप को तो कभी महत्त्व नहीं दिया। मुझे बोलने पर मजबूर मत करो और दुनिया के सामने यह साबित करनें की कोशिश मत करो कि मैं एक कमजोर आदमी हूँ। मुझे मेरा हक चाहिए और वह मैं लेके रहूँगा। अब तुम्हें इस बात का फैसला करना है कि तुम मेरे साथ रहना चाहती हो या नहीं।" मैंने उसे कहा और तुरंत अंजली को उसके सामने ही फोन लगाया।

अंजली ने फोन उठाया और बनावटी बात करने लगी। मैंने उसे दो टूक में सिर्फ इतना कहा, "अंजली, कल मैं तुम्हारे घर आ रहा हूँ। कागज कहाँ है इस बात का पता रात भर में लगा लो। मुझे कल कागज चाहिए, तो चाहिए।"

मेरे उस व्यवहार को देखकर तृषा और भड़क गई। परिणामस्वरूप वह अपना पैर पटककर कमरे से बाहर चली गई। मैं बहुत दुखी हो चुका था लेकिन यह तो महज शुरुआत थी।

फिर डीएम को सूचना दिए बिना मैं उससे भी मिलने चला गया। डीएम को अचानक से मेरे आने की उम्मीद नहीं थी।

"अरे तुम्हें मिलना था तो फोन कर दिए होते कम-से-कम।" डीएम ने कहा।

"मैंने जरूरी नहीं समझा सर।" मैंने जवाब दिया।

"जरूरी नहीं समझा मतलब ?" डीएम ने पूछा।

"जरूरी नहीं समझा का मतलब जरूरी नहीं समझा ही होता। अब आप समझें या नहीं समझें, मुझे इस बात से कोई फर्क नहीं पड़ता लेकिन आपको मेरे एक सवाल का जवाब देना है और सवाल यह है कि मुझे नालंदा क्यों भेजा

गया था ?" मैंने पूछा।

डीएम को मेरा व्यवहार थोड़ा अजीब-सा लगा था लेकिन फिर भी उन्होंने मेरे उस व्यवहार को नजरअंदाज करते हुए कहा, "सरकारी नौकरी है और तुम्हें पता है कि इसमें तबादला होता रहता है।"

"आप झूठ बोल रहे हैं।" मैंने कहा।

"झूठ बोल रहा हूँ मतलब ? तुम्हारा दिमाग़ तो ठीक है ? और अपने सीनियर से कैसे बात की जाती है इस बात की तमीज है कि नहीं तुम्हें ?" डीएम भी अब गुस्से में आ गए, "मैं चाहूँ तो तुम पर कड़ा एक्शन ले सकता हूँ।"

"और अगर मैं चाहूँ तो आपके साथ आपके पूरे डिपार्टमेंट को नंगा कर सकता हूँ। सर, मान-मर्यादा और इज्जत उसे ढूँढ़ना चाहिए जो इसके लायक होता है। हम और आप जैसे लोग नंगे हैं सर और नंगों की कोई इज्जत नहीं होती। आपका आदर करते हुए मैं आपसे पूछ रहा हूँ कि मुझे बताइए कि मुझे नालंदा क्यों भेजा गया था।"

डीएम अब समझ चुके थे कि मेरा दिमाग खराब हो चुका था और मेरा एक भी गलत कदम उन्हें बहुत बड़ी परेशानी में डाल सकता था इसलिए वो एक बार फिर डिप्लोमेटिक हो गए, "कुणाल, तुम मेरे छोटे भाई की तरह हो। मैंने तुम्हारी मदद ही की है।"

"सर, मुझे मेरे सवाल का जवाब दीजिए।" मैंने कहा।

"हम्म्म!" एक छोटी-सी साँस लेने के बाद डीएम ने कहा, "उड़ने लगे थे तुम, पागलपन का दौरा आता रहता है तुम्हें जैसे जो अभी भी आ रहा है। पता है कुणाल दिक्कत क्या है ? दिक्कत है देश की सोच। शिक्षा का स्तर चाहे कितना भी बड़ा हो जाए, लेकिन जो मन में राजा बैठा हुआ है, राज वही करेगा। तुमने शतरंज का खेल तो देखा होगा। बेचारे प्यादों को बड़े-बड़े मोहरों के सामने डाल दिया जाता है ताकि वह बलि का बकरा बन सकें। तुम्हें पता है खेल का सबसे निकम्मा खिलाड़ी कौन होता है ? इस खेल का सबसे निकम्मा खिलाड़ी होता है राजा। उस राजा को बचाने के लिए खेल के सबसे अच्छे खिलाड़ी, मंत्री को भी, मरना पड़ता है। शायद ही कोई प्यादा किस्मत वाला होता है जो विपक्षी राजा के दरबार में डंका बाजा आता है। लेकिन प्यादे की किस्मत इतनी अच्छी नहीं होती कि वह राजा बन जाए। कुणाल राजा लोग अपने नसीब से बनते हैं, राजा लोग

पैदा होते हैं। तुम हिंदुस्तान के शतरंज के वो प्यादे हो जिसे ताकत थोड़ी ज्यादा मिल गई लेकिन तुम राजा बनने चल पड़े। तुम्हें यह पता ही नहीं चला कि प्यादा कभी राजा तो दूर, वह राजा का वजीर भी बहुत नसीब से बन पाता है। क्या कुछ नहीं दिया तुम्हें ? पैसे दिए, दौलत दिए, यहाँ तक कि तुम्हें अपने साथ बैठने का हक भी दिया, लेकिन तुम अपनी हैसियत भूल गए। तुम्हें पता है जिस दिन से तुमने तृषा से शादी की उस दिन से ही हमारे समाज में हमारा नाक कट गया। दिल में तो आया था कि तुम्हें और उस लड़की को गोली मार दें लेकिन क्या करते, इस देश का संविधान ऐसा बन चुका है कि फाँसी का फंदा हमारे गले में आ जाता। हमने तुम्हें अपने समाज का अभिशाप मान लिया इसलिए हमने सोचा कि चलो तुम्हें ही शुद्ध कर दिया जाए। गलती हो गई थी हमारे अपनों से, उस गलती को सुधारना था। नहीं तो तुम्हारी औकात नहीं थी हम लोगों से बात करने की।"

"छी! इतनी घटिया सोच, इतनी घटिया मानसिकता! साला तुम लोग मानव जाति पर अभिशाप हो। अरे मैंने तो अपनी जिंदगी भर की कमाई तुम सभी को अपना मानकर उस पर लुटा दिया और तुम लोग मेरे और मेरे परिवार के बारे में ऐसी सोच रखते हो? मुझे नीच कहते हो तुम, साला नीचता तो तुम लोगों के खून में भरा हुआ है। किस औकात की बात की है तुमने? जिन परिस्थितियों से उठकर मैं इस मुकाम तक पहुँचा हूँ, अरे उस परिस्थितियों की तुम कल्पना करो तो तुम्हारे पैंट से मूत निकल जाए। मेरे बाबूजी जैसा शरीफ इंसान जो जानवर में भी इंसान ढूँढ़ता है उसे भी तुम लोगों ने मुझसे दूर कर दिया। आदमी नहीं जानवर हो तुम लोग। तुम लोगों ने मुझे नीच कहा है ना, अब मैं तुम्हें दिखाता हूँ कि यह नीच कितनी नीचता दिखा सकता है। डीएम साहब अपनी कुर्सी सँभाल लो, मुझे तो बर्बाद होना ही है लेकिन मैं तुम लोगों को भी नहीं छोड़ूँगा।" यह सब कहते हुए मैं वहाँ से निकल गया।

शाम के वक्त मैं घर में अकेले बैठा था विद्याभूषणजी एक बार फिर मेरे घर आए। तृषा कहीं बाहर गई हुई थी।

"डीएम साहब आए थे घर पर मेरे।" मास्टर साहब ने कहा।

"आप उनकी सिफारिश लेकर मेरे पास तो नहीं आए हैं?" मैंने उन्हें देखते हुए पूछा।

"मैं किसी की सिफारिश लेकर नहीं आता, लेकिन जो बेवकूफी तुम करने

जा रहे हैं उसके लिए तुमको सचेत करने आया हूँ।" मास्टर साहब ने कहा।

"मैं जान रहा था कि आप मुझे डीएम और कमिश्नर की सच्चाई जनता के सामने लाने से रोकने आए हैं। मास्टर साहब, आप बातें तो बहुत बड़ी-बड़ी करते हैं लेकिन सच तो यह है कि आप भी मिले हुए हैं।" मैंने कहा।

"दुनिया में एक ही इंसान है जिसकी मैं कदर करता हूँ और वह इंसान है कबीरदास। कबीरदास के अलावा दुनिया में ऐसा कोई इंसान नहीं है जिसने दुनिया को अपने मतलब के लिए नहीं जिया है। कुणाल कुमार, तुम भूल रहे हो कि एकता में बल होता है, अब वह एकता सच की हो या झूठ की हो। क्या उखाड़ लेंगे आप? आपका पूरा सिस्टम आपसे ज्यादा भ्रष्ट है। कोई भी आपके पक्ष में नहीं बोलेगा। डीएम-कमिश्नर को बेईमान साबित करना तो दूर की बात है, आप खुद को बेईमान साबित नहीं कर पाएँगे। अगर इतना आसान होता तो इस देश में बच्चा पैदा बाद में होता क्रांतिकारी पहले बन जाता। अरे देश के सच्चे क्रांतिकारियों को तो सूली पर लटका दिया गया। भगत सिंह, चंद्रशेखर आजाद, खुदीराम बोस, बिरसा मुंडा इन सब ने आपकी ही जैसी बेवकूफी की थी। लेकिन एक आदमी था जिसने हिंदुस्तान की जनता का तबियत से इस्तेमाल किया और वह आदमी था एक कपड़े में सिमटा देश का सबसे सीधा इंसान, सबसे शातिर बनिया मोहनदास करमचंद गाँधी। उस इंसान ने बहुत चतुराई से अपने-आप को दुनिया के सामने पेश किया। उसने अपनी लाठी को इतने शानदार तरीके से चलाया कि विष और अमृत दोनों उसके गुलाम हो गए। हम बिहार के लोग भावनात्मक होते हैं और हमें झूठा अभिमान करने की आदत होती है। मुझमें भी था और तुम में भी है। अगर बदलाव लाना है तो बदलाव लाने वाले सिस्टम की जड़ में जाओ। मैं तो अभी भी कह रहा हूँ कि हार जाओगे लेकिन जिस लड़ाई की मैं बात कर रहा हूँ उस लड़ाई को लड़ने में तुम्हें कोई अफसोस नहीं होगा।

गलती तो तुमने कर दी है और उस गलती की तुम्हें सजा भी मिलेगी। डीएम और कमिश्नर अपनी पूरी ताकत लगाकर तुम्हारा तबादला ऐसे डिपार्टमेंट में करेंगे जहाँ तुम कभी नहीं जाना चाहोगे लेकिन मैं तुमसे हाथ जोड़कर विनती करता हूँ कि सिर्फ एक बार मेरी बात मानो। अभी इस बात को यहीं दबा दो। यहाँ से तबादला लेकर पटना चले जाओ। तुम्हारी राजनीति वहीं से शुरू होगी। जैसे ही तुम्हारा तबादला होगा, तुम दुनिया के सामने सच्चाई को लाना शुरू कर देना।

लोगों को विश्वास हो जाएगा कि सच बताने की वजह से ही तुम्हारा तबादला हुआ है। और फिर तुम अपनी नौकरी छोड़ देना। लोगों की भावनाओं के साथ खेलो। भावनात्मक होकर लोग तुम्हारा समर्थन करने लगेंगे, तुम्हारी पहचान बढ़ने लगेगी और जैसे ही तुम्हारी पहचान बढ़ेगी वैसे ही लोग तुम्हारी बात को सुनने लगेंगे। जितनी बड़ी तुम्हारी पहचान होगी उतना ही बड़ा बदलाव होगा। गाँधी की राजनीति को समझो। आग मूतने से अपनी ही जमीन जलती है, अपने ही फसल का नुकसान होता है। मुझे तुम्हें जो समझाना था वह मैंने तुम्हें समझा दिया है। अब तुम्हें अपने विवेक से यह तय करना है कि तुम्हें करना क्या है।"

मास्टर साहब भी गुस्से में मुझे रामकथा सुनाकर निकल लिए। मैंने उन्हें रोका नहीं और वो रुके भी नहीं।

रात बीती। रातभर तृषा से मेरी बात नहीं हुई। मैंने अपना फोन बंद कर दिया था ताकि कोई मुझे परेशान न कर सके। अगले दिन सुबह होते ही मैं अंजली के घर को निकल पड़ा। लगभग दोपहर के एक बजे मैं अंजली के घर पर पहुँच चुका था।

"जीजू आप?" अंजली ने मुझे देखते ही पूछा और कहा, "अंदर आइए ना।"

"अरे आप ऊँचे लोगों का घर हम नीच की वजह से खराब ना हो जाए।" मैंने व्यंग भरे लहजे में कहा।

"अरे ऐसी क्या बात कर रहे हैं आप? भला अधिकारियों में भी ऊँच-नीच होता है क्या?" अंजली के पति ने मुझसे आकर कहा।

"हाँ अधिकारियों में तो नहीं होता है लेकिन इंसानों में जरूर होता है। फिलहाल मैं जल्दी में हूँ, मुझे इस मकान के पेपर चाहिए थे।" मैंने कहा।

"कौन से पेपर?" अंजली ने अचानक पूछा।

"कौन से पेपर मतलब? इस मकान का पेपर।" मैंने उसकी ओर देखते हुए जवाब दिया।

मैंने अपने मोबाइल का कैमरा ऑन किया हुआ था और इस बात की मैंने अंजली और उसके पति को भनक भी नहीं लगने दी थी।

"अच्छा तो अब तुम यह भी नहीं जानती कि मैं कौन-सा पेपर चाहता हूँ?" मैंने पूछा।

“पता नहीं कौन-से मकान की और कौन-से पेपर की बात कर रहे हैं? मुझे तो कुछ याद नहीं आ रहा।” अंजली ने कहा।

“तब तो तुम्हें यह भी याद नहीं आ रहा होगा कि मैंने तुम्हें कब-कब पैसे दिए हैं?” मैंने पूछा।

“अरे बहनोई साहब, क्या पैसों की वजह से रिश्ते खराब कर रहे हैं। हमें थोड़ा वक्त दीजिए, अभी थोड़ा बुरा समय चल रहा है। आपको आपका पैसा मिल जाएगा। आप अंदर तो आइए, बाहर लोग देखेंगे तो क्या सोचेंगे?” अंजली के पति ने कहा।

“मुर्दों से साँसों की भीख नहीं माँगी जाती है और बस्ती जलाने वालों से श्मशान का पता नहीं पूछा जाता है। मैं यहाँ तुम लोगों से अपना पैसा और अपना मकान लेने नहीं आया था। मैं यहाँ तुम्हें तुम्हारे लोगों को तुम लोगों की औकात दिखाने आया था। साला तुम लोगों की औकात नहीं है हमारे जैसे लोगों को नीच कह सको। तुम लोग तो इतने नीच हो कि पूरी जिंदगी जाति का रोना रोते रहते हो, इंसान होकर इंसान से नफरत करते हो, पूरी जिंदगी हम जैसे लोगों को नीचा दिखाते रहते हो और जैसे ही अपना मतलब दिखता है हमारे साथ सोने में भी ऐतराज नहीं करते हो।” मैंने गुस्से में कहा।

“पहले तो सोचा भी था कि पैसा आया तो कुछ दे देंगे आपको। लेकिन तुम्हारे जैसे दो कौड़ी के आदमी को मैं फूटी कौड़ी भी नहीं देने वाली। कौन-सा पैसा और कौन-सी जमीन? सबूत क्या है तुम्हारे पास? केस करोगे मुझ पर? जेल में डाल दोगे मुझे? तुम्हें जो करना है जाकर करो। मैंने तुम्हें खुली छूट दी हुई है। लेकिन मेरे मकान और मेरी संपत्ति तो तुम भूल ही जाओ।” अंजली ने कहा।

मैं हँसने लगा और हँसते हुए मैंने कहा, “शुक्र करो कि मैंने अभी भी इंसानियत को नहीं भूला है। भीख में मिली कामयाबी इंसान को पागल बना देती है। तुम्हें पता नहीं कि मैं कौन हूँ और मेरी हैसियत क्या है। तुम्हें यह भी नहीं पता है कि मेरे पावर क्या हैं। मिस अंजली, अगर मैं अपनी औकात पर आ जाऊँ न तो तुम्हें, तुम्हारे पति, तुम्हारे खानदान के एक-एक इंसान को घर से खींच के मारूँ, लेकिन मेरे अंदर का इंसान मरा नहीं है। मैंने तुम्हारी बहन से प्यार किया था और उसकी वजह से तुम सबको अपने सगे से बढ़कर माना था। अरे मुस्कुराकर कह देती कि यह जमीन हमें दे दीजिए, साला मैं यह शहर तुम्हारे

नाम कर देता। लेकिन तुम्हें यह मकान तो मुझे देना ही पड़ेगा। और अब यह मेरी इज्जत बन चुकी है। तुम लोगों ने आज तक मेरा वो चेहरा देखा है जो मैंने दिखाया है, जिस चेहरे को मैं दिखाना नहीं चाहता था वह तो तुमने देखा ही नहीं है। मिलते हैं जल्द ही।" कहकर मैं वापस अपने बाबूजी के कदमों में गिरने के लिए रोहतास लौट चला।

#15#

इंसान जब अपने अतीत में जाता है और अपनी गलतियों को याद करता है तो उसकी आँखों से आँसू निकलते हैं, जिसे वह खुद भी नहीं देख पाता है।

मैं अतीत की जितनी गहराइयों में जा रहा था उतना ही टूटता जा रहा था। लोग कहते हैं कि मर्द कमजोर नहीं होते, लोग कहते हैं कि मर्द को रोना नहीं चाहिए, लेकिन लोगों को कौन समझाए कि जब मर्द रोता है तो उसकी आत्मा भी रो पड़ती है।

अतीत में यात्रा करते हुए शाम होने से पहले मैं रोहतास पहुँच चुका था। आज दरवाजे पर कोई नहीं था, मेरी गाड़ी रुकी और इससे पहले कि घर के अंदर से कोई दरवाजे पर आता मैं दरवाजे पर खड़ा हो गया। दरवाजे पर माँ थी।

इत्तेफाकन गाँव में आज एक शादी थी और बाबूजी उसी शादी में शामिल होने के लिए गए थे। माँ को एक बार फिर मेरा अकेले आना अजीब लगा था। लेकिन मेरे हावभाव को देखकर वह समझ गई थी कि कुछ सही नहीं है। मैं कुर्सी पर जाकर बैठ गया। माँ दौड़ी हुई गई और मेरे लिए पानी लेकर आई। मैंने माँ की ओर देखे बिना उनके हाथ से पानी का ग्लास लिया और कुछ सोचते हुए पानी पी गया।

"सब ठीक तो है बेटा?" माँ ने पूछा।

मैंने कोई जवाब नहीं दिया। बस एक बच्चे की तरह माँ की गोद में सर रखकर कुछ सोचने लगा। माँ भी मेरे सर पर अपना हाथ फेरने लगी। कुछ देर तक हम दोनों खामोश रहे। फिर मैं उनकी गोद से सर हटाकर बगल में रखी चारपाई पर जाकर बैठ गया। एक अजीब-सा सन्नाटा छाया हुआ था हम दोनों के बीच में। थोड़ी देर तक असमंजस में रहने के बाद मैंने बोलना शुरू किया।

"मुझे ब्यूरोक्रेसी में नहीं जाना चाहिए था। मुझे अधिकारी नहीं बनना चाहिए था।" मैं अपनी आँखों के आँसू को रोक नहीं पाया था।

"कोई बात हुआ है क्या बेटा ? मैंने तुम्हें इतना निराश कभी नहीं देखा। और तुम्हारे आँखों में आँसू ?" माँ बेहद दुखी होकर पूछी।

"बाबूजी को मेरी बात मान लेनी चाहिए थी माँ।" मैंने माँ की ओर देखते हुए कहा, "इंसान को वही करना चाहिए जो करने की उसकी चाहत होती है।"

"अचानक से हुआ क्या है ? अभी तक तो सब ठीक चल रहा था।" माँ ने घबराते हुए पूछा।

मैंने माँ को सारी बातें बता दी। मेरी बातों को गंभीरता से सुनने के बाद माँ ने कहा, "यह निराशा तुम्हें तुम्हारे अधिकारी बनने से नहीं है। यह निराशा है उस व्यवस्था से जिस व्यवस्था में तुम संघर्ष कर रहे हो। तुम्हें क्या लगता है, इतना आसान था हमारे लिए ? तुम तो अधिकारी हो बेटा, जिस व्यवस्था में तुम हो उसमें तो सभी लोग पढ़े-लिखे हैं। तुम्हारे बाबूजी चपरासी की नौकरी लेने से पहले जमींदार साहब के यहाँ काम किया करते थे। तुम्हारी किस्मत में तो मजदूरी लिखी हुई थी क्योंकि तुम्हारे बाबूजी तुम्हें पढ़ाना ही नहीं चाहते थे। हिम्मत ही नहीं था। हमारे समाज में जब भी कोई आगे बढ़ने की कोशिश करता है, समाज के बड़े लोग हमें परेशान करने चले आते हैं।

जमींदार साहब अपने बेटे को अधिकारी बनाना चाहते थे और तुम्हारे बाबूजी ने सपने में भी नहीं सोचा था कि तुम अधिकारी बन पाओगे। भला हो उस बचपन मन का जो इंसानों में किसी भी तरह के फर्क को नहीं समझता। तुम्हारी दोस्ती जमींदार साहब के छोटे बेटे से हुई। जमींदार साहब तुम्हें और तुम्हारे बाबूजी को अपने जूते की धूल समझते थे लेकिन तुम्हें पढ़ने में बहुत मजा आता था। जमींदार साहब के छोटे लड़के को पढ़ने में बिलकुल ही मन नहीं लगता था लेकिन तुम्हारी वजह से वह पढ़ता भी था क्योंकि उसे तुम्हारी दोस्ती पसंद थी। जमींदार साहब को लगा कि तुम्हारी दोस्ती की वजह से उनका छोटा बेटा पढ़ लेगा इसलिए उन्होंने तुम पर कोई पाबंदी नहीं लगाई और तुम्हें पढ़ने का मौका दिया।

उन दिनों तो हमारे बच्चों से सरकारी स्कूलों में भी गंदगी साफ करवाई जाती थी और हमारे बच्चों को सवर्णों के बच्चों से अलग बिठाया जाता था। जमींदार साहब की वजह से तुमसे गंदगी मात्र साफ नहीं करवाई गई लेकिन सवर्णों के

साथ बैठकर पढ़ने का तुम्हें हक नहीं दिया गया। तुम प्रतिभा के धनी थे और जमींदार साहब को इस बात का भी डर था कि कहीं तुम ज्यादा पढ़-लिखकर सचमुच में अधिकारी न बन जाओ क्योंकि उन दिनों हमारे समाज को आगे बढ़ाने के लिए हमारे समाज के लोगों ने आंदोलन कर दिया था।

सरकारी नौकरी में हमें कुछ विशेष सुविधाएँ मिलती थीं लेकिन सच तो यह था कि उन विशेष सुविधाओं के बारे में हमें बताया ही नहीं गया था। तुम्हारे बाबूजी तुमसे बहुत प्यार करते थे। एक दिन जमींदार साहब ने तुम्हें उनके छोटे बेटे के साथ खाते हुए देख लिया। जमींदार साहब को यह बात रास नहीं आई और उन्होंने तुम्हें थप्पड़ मार दिया। अगर वह थप्पड़ तुम्हारे बाबूजी को मारा जाता तो शायद कुछ फर्क नहीं पड़ता लेकिन वह थप्पड़ तुम्हें मारा गया था और इसी बात ने फर्क पैदा कर दिया। तुम्हारे बाबूजी दुनिया के हर दर्द को बर्दाश्त कर सकते थे लेकिन तुम्हारे दर्द को नहीं। जमींदार साहब का तो कुछ कर नहीं सकते थे तो तुम्हारे बाबूजी ने तुम्हें ही अधिकारी बनाने का ठान लिया।

हमारी किस्मत अच्छी थी कि तुम्हारे बाबूजी को सरकारी नौकरी मिल गई। तुम्हारे बाबूजी चपरासी थे और चपरासी होने की वजह से उन्हें उनके विभाग में कभी इज्जत नहीं मिली। क्योंकि विभाग में ऊपर से नीचे तक एक-एक आदमी सवर्ण थे। उन दिनों सिफारिश से ही नौकरी मिलती थी और सिफारिश सिर्फ बड़ी जाति के लोगों की होती थी। हो सकता है कि तुम्हारे बाबूजी ने तुम्हें वह सपना पूरा नहीं करने दिया जो तुम करना चाहते थे लेकिन तुम्हारे बाबूजी जिंदगी में एक बार, सिर्फ एक बार तुम्हें वह सम्मान दिलाना चाहते थे जो सम्मान बड़ी जाति के बच्चों को मिलता है। बेटा, जो जिल्लत हमने झेली है उससे हमें कोई शिकायत तो नहीं है लेकिन हम सपने में भी नहीं सोच सकते कि हमारा बच्चा भी उसी जलन को झेले। स्थितियों से समझौता करना पड़ता है और तुम्हारे बाबूजी ने भी वही किया।"

"लेकिन मेरे अधिकारी बनने के बाद भी तो मुझे वह सम्मान नहीं मिल सका जिसका मैं हकदार हूँ।" मैंने कहा।

"बेटा ट्यूमर शरीर का ही हिस्सा होता है लेकिन वह पूरे शरीर को परेशान कर देता है। इसलिए लोग उसे अपने शरीर से निकालकर फेंक देते हैं। जिस खोखली व्यवस्था में तुम गए थे वहाँ तुम ट्यूमर बन गए। लोग तुम्हें अपने शरीर

से अलग तो नहीं कर सकते थे तो लोगों को लगा कि तुम्हारे साथ जीना ही सीख लें। क्योंकि तुम्हारी वजह से किसी की जान नहीं जाने वाली थी। हाँ यह और बात थी कि तुम्हारा वजूद उन्हें बार-बार चोट पहुँचाता था, इसी वजह से लोगों ने तुम्हें दबाना शुरू कर दिया ताकि उन्हें दर्द से आराम मिल सके।" माँ ने मेरी बात को सुनकर कहा।

बाबूजी को भी किसी ने मेरे आने की खबर दे दी थी और वह दरवाजे पर खड़े होकर चुपचाप हमारी बातें सुन रहे थे। शायद हमारी बात सुनकर उनका गुस्सा भी शांत हो गया था। वह मेरे पास आए और मुझे समझाने लगे।

"तुम्हारी माँ जो कह रही है वही सच है बेटा। सच बताऊँ तो मैं कभी नहीं चाहता था कि बहू से तुम्हारी शादी हो क्योंकि मैं जानता था कि आज नहीं कल बहू के अंदर जो नफरत बचपन से डाली गई है वह जहर बनकर तुम्हारे सामने आएगा। हमें तो जन्म से लेकर आज तक ताने सुनने की आदत है, लेकिन हम दोनों ने मिलकर तुम्हें ऐसा जरूर बनाया कि तुम्हें कोई ताना ना दे। आज मेरा बेटा अधिकारी है, मेरे बेटे को लोग सलाम करते हैं। मुझे इस बात का कोई घमंड नहीं है लेकिन मुझे इस बात की खुशी जरूर है कि मेरा बेटा वह कर गया जो मेरे समाज से किसी ने उम्मीद नहीं की थी। रही बात तुम्हारे ऑफिस की राजनीति की तो वह तो तुम्हें सहना ही पड़ेगा। इस देश में हमसे बड़ा क्रांतिकारी कोई नहीं था, लेकिन हमने हथियार तो उठाया लेकिन कभी नेतृत्व नहीं किया और यही हमारी सबसे बड़ी गलती थी। हम लोग सीधे-साधे लोग थे बेटा और हमारा इतिहास भी सीधा-सादा रहा है। किसान के हाथ में तलवार शोभा नहीं देता और किसान तलवार उठाता भी है तो वह राजा बनने की नहीं सोचता। हम तो इंसानियत के लिए जी रहे थे लेकिन हमें क्या पता था कि हमारी इंसानियत ही हमें गुलामी के अँधेरे में डालती चली गई है। आज देश में बड़े-बड़े क्रांतिकारियों की बात की जा रही है लेकिन क्या कभी तुमने सोचा है कि इन क्रांतिकारियों का साथ किसने दिया? इस देश के लिए सबसे बड़ी आहुति किसने दी? एक छोटा-सा उदाहरण देना चाहता हूँ। देश में दिन-रात कई सैनिक मरते रहते हैं लेकिन उन्हें जानता कौन है और जैसे ही कोई बड़ा अधिकारी मरता है उसका जमकर प्रचार किया जाता है। और जैसा कि तुमने मुझे बताया था कि हमारे समाज के लोगों के लिए बड़ा अधिकारी बन पाना लगभग असंभव जैसा है। क्या करें बेटा आजादी के

इतने सालों के बाद भी कुछ नहीं बदला। कैंसर से ज्यादा खतरनाक बीमारी है यह जातिवाद। इतिहास गवाह है कि मेहनत हमने की और भूखे भी हम ही रहे।" बाबूजी कहते हुए रो पड़े।

"मुझे माफ कर दीजिए बाबूजी।" मैं भी कहते हुए रो पड़ा।

"कोई बात नहीं बेटा, मैं तुम्हारी स्थिति को समझ सकता हूँ। अभी सही वक्त नहीं है पूछने का लेकिन विद्याभूषणजी बता रहे थे कि तुम इस नौकरी को छोड़ने की बात कर रहे हो?"

"हाँ बाबू जी, परेशान हो चुका हूँ मैं इस नौकरी से।" मैंने जवाब दिया।

"मैं तो गुस्से में आया था लेकिन तुम्हारी स्थिति को समझकर मेरा गुस्सा खत्म हो चुका है। तुम बड़े हो चुके हो और मैं तुम्हें यह बात ताना देकर नहीं कह रहा हूँ। दुनिया का कोई भी युद्ध म्यान से नहीं लड़ा जाता, युद्ध जीतने के लिए तलवार की धार और तलवार चलाने की कला दोनों में महारत हासिल होनी चाहिए। पता है बेटा, हममें और राजाओं में क्या फर्क रहा है?" बाबूजी ने पहले कहा और पूछा।

मैंने उनकी ओर देखा शायद अपने चेहरे के भाव से मैंने उनसे पूछा, "क्या?"

"तलवार हम हमेशा उनसे बेहतर चलाते थे लेकिन हमें तलवार चलाने की कला से वंचित रखा गया। शिक्षा का योगदान हर जगह होता है। आज तक तुमने बहुत महान राजाओं का नाम सुना होगा, ये सारे राजा बड़ी जाति के थे। इतिहास में जब भी हमारे यहाँ के लोगों ने अपनी शिक्षा के स्तर को आगे बढ़ाने की कोशिश की उसे राजनीति का शिकार बनना पड़ा।

एकलव्य, घटोत्कच महाभारत के युग में तो असुर कही जानी वाली प्रजाति रामायण के युग में। राजा हरिश्चंद्र को महान तो बता दिया गया लेकिन जिस राजा हरिश्चंद्र की वजह से श्मशान घाट में लाशों को जलाने वाले मलाह को श्मशान से निकाल दिया गया उसके बारे में इतिहास में किसी ने कोई चर्चा नहीं की। मैं ज्यादा पढ़ा-लिखा नहीं हूँ बेटा लेकिन अनुभवी हूँ। अब तो मैं अपनी जिंदगी के आखिरी लम्हों में हूँ, मैंने जिस दुनिया को देखा है वह तुम्हारी दुनिया से ज्यादा डरावनी थी। गलती हो गई इस दुनिया के राजाओं से। यहाँ के राजाओं ने तुम्हें कुशल होने का हक दे दिया। और यह हक तुम्हें दिया नहीं गया यह तुमने छीना

है। किसान के हाथ में तलवार आए और किसान के पास शिक्षा भी आ जाए तो राजाओं के बेटे का क्या होगा? अगर तुमने अभी अपनी नौकरी को छोड़ दिया तो सब खत्म हो जाएगा। किसान आज तक हारते आए थे, हारते आए हैं और तुम्हारी वजह से उन्हें एक और बड़ी हार का सामना करना पड़ेगा। विद्याभूषण साहब तो मुझे बता रहे थे कि आजकल में तुम्हारा तबादला भी हो जाएगा और मैं यह भी जानता हूँ कि तुमने अपने ससुराल के लोगों से पैसा माँगना भी शुरू कर दिया है और पैसे की वजह से तुम्हारे सबसे रिश्ते खराब हो चुके हैं। तुम्हारा तो खुद बहू से भी रिश्ता खराब हो गया है।" बाबूजी ने कहा।

मैंने कोई जवाब नहीं दिया बस खामोशी से उनकी बात को सुनता रहा।

बाबूजी ने आगे कहा, "यह तो होना ही था। आज पहली बार अफसोस हो रहा है कि मैंने तुम्हारे किसी फैसले का विरोध क्यों नहीं किया। लेकिन कोई बात नहीं जो हुआ अच्छा हुआ, जो हो रहा है अच्छा हो रहा है और जो होगा वह भी अच्छा ही होगा। गीता में अगर भगवान श्री कृष्ण ने कहा है कि परिवर्तन ही संसार का नियम है तो तुम्हें परिवर्तन लाना होगा। तुम्हें दुनिया को एहसास दिलाना होगा कि हमारे समाज का हर इंसान खरा सोना है। अब अगर हमें दबाया गया तो हम ज्वालामुखी की तरह भड़क जाएँगे। जिस सिस्टम का आज तक इन लोगों ने फायदा उठाया है उसी सिस्टम का अब तुम फायदा उठाओ। अब हमारा राजा बनने का वक्त आ गया है और इस बार राजा तुम्हें बनना है। नौकरी मत छोड़ो, जो होता है होने दो।

विद्याभूषणजी भी बदलाव के लिए लड़ाई कर रहे हैं। तुमसे उन्हें बहुत उम्मीद है। अब अपने-आप को समाज के सामने इस तरीके से पेश करो कि तुम लाचार हो और मजबूर हो। हमारे समाज के लोगों ने हमेशा दिल से सोचा और दिमाग से सोचने वालों ने हमारी इसी सोच का भरपूर फायदा उठाया। अब तुम दिमाग से सोचो क्योंकि तुम्हारी हरकतों की वजह से तुम्हारे बड़े पदाधिकारियों के दिल पर ठेस पहुँची है। चलो कम-से-कम तुम इस लायक तो हुए कि तुमने इन लोगों को दिल से सोचने पर मजबूर कर दिया। अब उनके दिल की सोच पर तुम दिमाग का इस्तेमाल करो। खुद को राजनीति में लाने का समय आ गया है। सत्ता में आओ, अपने समाज की सरकार बनाओ। अगर इस देश की सेवा करनी है तो पहले अपने लिए जीना और अपने समाज के लिए जीना जरूरी है।

देश को बाद में देखा जाएगा। सब के सब मतलबी हैं यहाँ, जिस किसी का भी तुमसे मतलब निकलेगा वह तुम्हें सलामी देंगे। हमारे लिए भी यही काफी है।"

बाबूजी की बात को मैंने बहुत गौर से सुना और जब बाबूजी शांत हुए तो मैंने पूछा, "तृषा का क्या करूँ ?"

"तुम्हें कुछ नहीं करना है, जो करना है उसे करने दो। तुम चुपचाप सब देखते जाओ। मेरा भरोसा करो और मैं तुमसे वादा करता हूँ कि मैं तुम्हें तुम्हारी वही तृषा वापस लाकर दूँगा जिसे तुमने प्यार किया था। अपने बाबूजी पर एक बार और भरोसा करके देख लो।" बाबूजी ने कहा।

"मैं भटक गया था बाबूजी। मैं भूल गया था कि माँ-बाप किसी भी कीमत पर अपने बच्चों का बुरा नहीं चाहते। मैं आपसे वादा करता हूँ मैं ऐसा कुछ भी नहीं करूँगा जिससे आपको बुरा लगे। लेकिन मैं अपनी पत्नी से बहुत प्यार करता हूँ। उसके पेट में मेरा बच्चा भी है। मैं अपने बच्चे से बहुत प्यार करता हूँ।" मैंने रोते हुए कहा।

उस दिन मुझे बाबू जी से बात करके बहुत सुकून मिला था। मैं बहुत खुश था और काफी दिनों के बाद मुझे रात में बहुत अच्छी नींद आई। दो-चार दिन मैंने गाँव में ही बिताया। दिल में कई बार आया कि मैं तृषा से बात करूँ लेकिन माँ ने बताया था कि उसकी बात माँ से हुई थी। शायद वह जानना चाहती थी कि मैं जिंदा हूँ या मर गया।

अगले दिन मैंने वापस आने का फैसला किया। रात में सोने के बाद जब सुबह मेरी नींद खुली तो मेरे व्हॉट्सएप पर दो मैसेज था। एक मैसेज पटना में सर्विस एडमिनिस्ट्रेटिव डिपार्टमेंट में प्रमोटेड होकर तबादला और दूसरा तृषा का डिवोर्स पेपर था। तृषा मुझे तलाक देना चाहती थी।

मैंने बाबूजी को जाकर दोनों बातों की जानकारी दी। बाबूजी ने मुझे उन पर भरोसा करते हुए कहा कि मैं दोनों बातें मान लूँ। अपने बाप पर आँख मूँदकर भरोसा करने लगा था और मैंने वही किया जो बाबूजी ने मुझे कहा। मैंने तृषा को व्हॉट्सएप पर एक बहुत बड़ा प्रेम पत्र लिखा।

"प्यारी तृषा,

तुमने बादलों को तो देखा होगा, रोता ही रहता है। क्या करे बेचारा उसकी

भी जिंदगी तो एक भटकने वाले इंसान की तरह है जिसके नसीब में आँसुओं के अलावा कुछ भी नहीं होता। तुम जब मुझे पहली बार मिली तो बहुत अच्छा लगा था। ऐसा नहीं था कि मैंने जिंदगी में तुमसे ज्यादा खूबसूरत लड़की नहीं देखी थी और ऐसा भी नहीं था कि मेरी जिंदगी में तुमसे ज्यादा खूबसूरत लड़की का विकल्प नहीं था। लेकिन तुमसे मैंने प्यार किया था जो मैं आज भी करता हूँ। पति-पत्नी का रिश्ता सुख और दुख में साथ देने का होता है और यह रीति-रिवाज तुम्हारे ही समाज के लोगों ने बनाया था। क्योंकि हमने भी जब सात फेरे लेने वक्त एक-दूसरे का साथ जन्म-जन्म तक देने की कसम खाई थी तो वह कसम हमें एक ब्राह्मण ने ही दिलवाया था। अगर हम उन कसमों का मतलब निकालें तो एक औरत को अपने पति के हर जुल्म को बर्दाशत करना चाहिए, उसे अपने पति में भगवान ढूँढ़ना चाहिए और पति की हर बात को माननी चाहिए। लेकिन अफसोस हमेशा जातिवाद की बात करने वाली तुम और तुम्हारा समाज आज उन कसमों को भी भूल गए। पता है तुम्हारे साथ दिक्कत क्या है, दिक्कत यह है इस दुनिया में राज करने वालों ने इस दुनिया को और यहाँ की व्यवस्था को अपने मतलब के लिए बनाया था। ऐसे में जब हमारे जैसे लोगों का इस व्यवस्था से भरोसा उठने लगा और हमने भी इस व्यवस्था में सेंध मारनी शुरू कर दी, तो तुम्हारे समाज के लोगों का तन, मन और जीवन सब जल गया। आज मैं तुम्हें कुछ सफाई देने नहीं जा रहा हूँ और मैं तुमसे कोई बात भी नहीं करना चाहता और मैं तुमसे यह भी नहीं कहूँगा कि कल तुम्हें मेरे पास आना पड़ेगा क्योंकि शायद कल तुम मेरे पास लौट के आओ और मुझे तुम्हारी जरूरत ही ना रहे। लेकिन मैं तुमसे एक बात जरूर कहूँगा, जिस सिस्टम में तुम रह रही हो वह तुम्हारा भी सगा नहीं है। कानूनन मेरी आधी संपत्ति पर तुम्हारा हक होना चाहिए लेकिन मेरी तरह तुमने भी एक गलती कर दी। तुमने अपनी सारी संपत्ति को अपने परिवार वालों के नाम से खरीदा और मैंने कुछ संपत्तियों को अपने माँ-बाप के नाम से खरीदा। अफसोस इस बात का है कि मेरे नाम से कोई भी संपत्ति नहीं है और बहुत जल्द मैं अपनी नौकरी से इस्तीफा भी देने वाला हूँ। हाँ मुझे जो पेंशन मिलेगा उसमें से जो हक तुम्हें मिलना चाहिए मैं तुम्हें दे सकता हूँ लेकिन मेरे माँ-बाप ने मुझे मेरी संपत्ति से बेदखल कर दिया है। माफ करना तृषा अब मेरे पास तुम्हें देने के लिए कुछ भी नहीं है। पता नहीं मैं सरकारी नौकरी का शुक्रिया

अदा करूँ या इसे बद्दुआ दूँ लेकिन इसकी वजह से मैं तुम्हारे नाम से भी ज्यादा संपत्ति नहीं खरीद सका। लेकिन मैं तुम्हें एक बात भरोसे के साथ कह सकता हूँ कि तुम्हारे बुरे वक्त में न तो तुम्हारा भाई तुम्हारा साथ देगा और ना ही तुम्हारी बहन। तुम्हारे परिवार की जात को मैं पहचान चुका हूँ। आज तुम्हारे होठों को चूमने का दिल कर रहा था लेकिन अगर मैंने ऐसा किया तो शायद वह बलात्कार करने की कोशिश होगी क्योंकि जिस समाज की व्यवस्था पर तुम भरोसा करके आगे बढ़ रही हो उस समाज में हमारे जैसे लोगों के लिए इसी तरीके का कानून बनाया गया है। मैं इस व्यवस्था में आग लगाने आ रहा हूँ, अपने लोगों से कहना कि अगर हैसियत हो तो मुझे रोक के दिखा दें।

अंधभक्तों की इस दुनिया में तुम्हारा एक अंधा आशिक!"

नहा-धोकर, तैयार होकर, खुशी मन से मैं पटना के लिए रवाना हो गया। विद्याभूषणजी ने प्रकाश किशोर उर्फ 'PK' यानी आज की बिहार की जनता के नये मसीहा का नंबर दिया था मुझे। आज तक मैंने 'PK' का बहुत नाम सुना था। दुखी मन से खुश होकर मैं उसी के बारे में सोच रहा था और मेरी गाड़ी एनएच-17 पर रफ्तार पकड़ चुकी थी।

#16#

10 दिन बाद। सर्विस एडमिनिस्ट्रेशन डिपार्टमेंट, पटना।

"अपने सिस्टम का यही हाल है दोस्त। कल तक जब तुम उनकी गुलामी कर रहे थे तब तक तुम बहुत सही थे और जैसे ही तुमने उनकी गुलामी छोड़ दी, सब खत्म हो गया। हम जहाँ पर हैं वहाँ पर हमारे जैसे अधिकारी ही आ सकते हैं। तुमने तो फिर भी जिंदगी में बेईमानी से रिश्ता जोड़ा है लेकिन मैंने पूरी जिंदगी ईमानदारी को ही अपना धर्म समझा। और इस सिस्टम को ईमानदार लोगों की कोई जरूरत नहीं है। तुम्हारे साथ तो ऊँची जाति और नीची जाति का भी जोड़ था लेकिन मैं तो ऊँची जाति से था। जिस तरीके से तुम्हें जातिवाद में कोई भरोसा नहीं, ठीक उसी तरीके से मुझे जातिवाद में कोई भरोसा नहीं।" मेरे साथी अधिकारी अरुण चौधरी ने कहा।

"कहीं तुम भी मेरी तरह नास्तिक तो नहीं हो?" मैंने हँसते हुए पूछा।

"नहीं ऐसी कोई बात नहीं है। मैं आस्तिक हूँ और भगवान पर भरोसा करता हूँ। मैं राम को भी मानता हूँ, कृष्ण को भी मानता हूँ।" अरुण चौधरी ने जवाब दिया।

"बस बाबा साहब अंबेडकर के विचारों पर भरोसा नहीं होगा तुम्हें।" मैंने उसकी ओर देखते हुए कहा।

"यह भी कह सकते हो कि मैं बाबा साहब से पूरी तरह से सहमत नहीं हूँ या यह कहा जा सकता है कि बाबा साहब अकेले उस सिस्टम से लड़ रहे थे जहाँ की नींव और छत दोनों उनके खिलाफ थी। सारी दुनिया के सामने वह अपनी पूरी बात रख नहीं पाए या मुमकिन है कि लोगों ने पूरी दुनिया के सामने उनकी बात को पहुँचने ही नहीं दिया। मुझसे बेहतर तुम समझ सकते हो कि बाबा साहब ने

किन कठिनाइयों का सामना किया होगा।" अरुण चौधरी ने जवाब दिया।

"जब तुम उनका इतना आदर करते हो तो उनकी सोच पर आधी-अधूरी भरोसा क्यों?" मैंने पूछा।

"मेरे दोस्त, उस वक्त की परिस्थितियाँ शायद ऐसी थी कि बाबा साहब ने गुलामी की मार झेल रहे समुदाय को बराबरी का हक दिलाकर अमीर बनने का रास्ता तो दिखा दिया लेकिन अमीर बनने के बाद अपने ही समुदाय के लोगों को अपने से बेहतर या अपने जैसा बनाने का तरीका नहीं सिखाया। लेकिन इसमें उनका कोई गुनाह नहीं है, हम इंसानों की फितरत ही अपना मतलब निकालने वाली होती है। हमारा सिस्टम ही ऐसा है कि जो यहाँ ईमानदार होता है वही दुनिया के सामने बेईमान होता है।" अरुण चौधरी ने जवाब दिया।

"मेरा तो ठीक है लेकिन तुमने ऐसा क्या किया जो तुम्हें यहाँ आना पड़ा?" मैंने पूछा।

"यार नेताओं की चापलूसी नहीं कर सका और ना ही अधिकारियों के इशारे पर नाच सका। बईमानी की नहीं तो परिवार से भी नहीं बना। तुम्हें तो पता ही है दोस्त कि अपने बिहार में अधिकारी बनने का मतलब क्या होता है। आज तक मुझे एक भी ऐसा समाज नहीं मिला, जिसके माता-पिता अपने बच्चे से कहते हों कि मेरा बेटा अधिकारी बनकर देश की सेवा करेगा। लोग यहाँ अधिकारी सिर्फ पैसा कमाने के लिए बनना चाहते हैं, लोगों की सोच झूठ की बुनियाद से शुरू होती है और वहीं पर खत्म हो जाती है।" अरुण चौधरी ने गंभीरता से जवाब दिया।

"ऊपर से नीचे तक हमारे डिपार्टमेंट में करप्शन कूट-कूटकर भरा हुआ है। समझ में नहीं आता क्या होगा इस देश का।" मैंने भी चिंता व्यक्त करते हुए कहा।

"होना क्या है, हम गुलामी की राह पर फिर से चल पड़े हैं। शायद गृह युद्ध की तैयारी चल रही है।" अरुण चौधरी ने कहा।

"वह तो होना ही है। पता नहीं सिस्टम किस तरह से बनाया गया है। अधिकारी होने के बाद जब हमें सिस्टम समझ में नहीं आता, तो आम लोगों को कैसे समझ में आएगा? कभी-कभी तो लगता है कि इस देश में अगर कोई समुदाय सबसे घटिया समुदाय है तो वह समुदाय ब्यूरोक्रेसी का है।" मैंने कहा।

"क्योंकि तुम एक ब्यूरोक्रेट हो, इसलिए ऐसा कह रहे हो। और क्योंकि तुम

एक ईमानदार ब्यूरोक्रेट बन गए हो, शायद इसलिए इस बात को और भरोसे से कह रहे हो। लेकिन कहीं-न-कहीं तुम्हारे मन में किसी जाति विशेष के लिए नफरत को मैं देख पा रहा हूँ।" अरुण चौधरी ने कहा।

"मुझे तुमसे कोई नफरत नहीं है लेकिन हाँ जिन परिस्थितियों से मैं गुजरा हूँ और जिस तरीके के नफरत को मैंने झेला है, ऐसा कहा जा सकता है। हम यहाँ दिन-रात मेहनत करते हैं और अगर ईमानदारी से मेहनत करें तो हमें कोई पूछने वाला भी नहीं और बेईमानी से भी मेहनत करें तो हमारी ऊँचाई वहाँ जाकर खत्म हो जाती है जहाँ से तुम लोगों की ऊँचाई शुरू होती है।" काफी कुछ कहते हुए मैंने अरुण चौधरी को अपने दोस्त अरुण वाजपेई के बारे में सब कुछ बता दिया।

"लैटरल एंट्री।" अरुण चौधरी हँसने लगा।

"इसमें हँसने की क्या बात है ? कहीं तुम भी मेरा मजाक तो नहीं बना रहे हो या इसका फायदा उठाने वाले हो ?" मैंने पूछा।

"ऐसी कोई बात नहीं है लेकिन लैटरल इंट्री को मैं बहुत अच्छे तरीके से समझता हूँ। मैं जानता हूँ कि तुम यह कहोगे कि लैटरल एंट्री सवर्ण समुदाय के लिए है लेकिन मैं तुम्हें यह बता दूँ कि तुम्हें यह मालूम नहीं है कि यह लैटरल एंट्री आम सवर्ण के लिए भी नहीं है। यह लैटरल एंट्री अपने परिवार के नालायक बच्चों का भविष बनाने के लिए देश के भ्रष्ट अधिकारी और नेताओं की मिलीभगत है।" अरुण चौधरी ने बताया।

"मतलब ?" मैंने पूछा।

"लैटरल एंट्री पहले बड़ी-बड़ी शिक्षा संस्थानों में होता था जहाँ पर मंत्री और अधिकारियों का कोटा चला करता था। इस कोटा के तहत अमीर बाप के बच्चे बिना मेहनत किए शिक्षा संस्थानों में एडमिशन पा लेते थे। नेताओं को एडमिशन के बदले में मोटी रकम मिल जाया करती थी और बिना मेहनत के एडमिशन पाने वाले बच्चों को दिखावा करने का मौका मिल जाता था।

अमीरों के ये शहजादे जिन्होंने जिंदगी में मेहनत का 'म' भी नहीं समझा होगा वे कॉलेज में आकर राजनीति करने लगते थे। खास करके गरीब और प्रतिभाशाली बच्चों का मजाक बनाया करते थे। मैंने उस स्थिति को झेला है इसलिए अपना अनुभव बता रहा हूँ। लेकिन एक बात मैं दावे के साथ कह सकता हूँ कि दुनिया के तमाम कॉलेज में अगर गंदी राजनीति की शुरुआत हुई है तो उसे

जन्म देने वाले यही विशेष कोटा वाले लोग होते हैं।" अरुण चौधरी ने बताया।

"विशेष कोटा तो आरक्षण से भी आता है?" मैंने कहा।

"और तुम्हें लगता है कि आरक्षण से आने वाले लोगों की ऐसी स्थिति होती है कि वे कॉलेज में आकर के गुंडागर्दी कर सकें? दोस्त, आरक्षण को तुम मुझसे बेहतर समझ सकते हो और उस पर बहस करना बेकार है। लेकिन जहाँ तक मैंने आरक्षण से आने वाले बच्चों की स्थिति देखी है, मेरा तो मानना है कि उनका कॉलेज में आना ही बहुत बड़ी बात है। कॉलेज में जिस तरीके की मेहनत वो करते हैं उसकी मिसाल कोई नहीं देता। और मेरे दोस्त तुम्हें क्या सच्चाई नहीं पता? पढ़ाई करने के बाद नौकरी देने वाले कौन होते हैं? और सरकारी नौकरी कितने लोगों को मिलती है? मेरे दोस्त, बायोडाटा पर लिखा हुआ सरनेम इस देश में मेरिट तय करता है। काबिलियत, कुछ अजीब-सा लगता है जब लोग काबिलियत की बात करते हैं तो। तुम्हें नहीं लगता है क्या?" अरुण चौधरी ने पूछा।

"तुमने तो मुझे मेरी इंजीनियरिंग के दिन याद दिला दिए। अपने साथ कोई भेदभाव को मैंने कभी महत्त्व नहीं दिया और दुनिया को बताया नहीं लेकिन जब आज तुमने इस बात को छेड़ा है तो मैं तुमसे बताता हूँ। कॉलेज में अक्सर किसी-ना-किसी बहाने प्राइवेट नौकरी वाले मुझे नौकरी नहीं दिया करते। हाँ ठीक है कि मैं आरक्षण के दायरे में आता था लेकिन मैंने आरक्षण का सहारा नहीं लिया था। अगर मुझे लेना पड़ता तो इसमें कोई परहेज नहीं था मुझे। सच तो यह है आरक्षण से क्या हो जाता? और सही कहा तुमने, कॉलेज में आने वाली सारी कंपनियाँ प्राइवेट थीं जहाँ आरक्षण का बोलबाला था। बस फर्क इतना था कि आरक्षण संवैधानिक नहीं था। क्या आरक्षण एक गंदी सोच थी? सवर्ण को नौकरी मिल जाती और हमें किसी-ना-किसी बहाने नौकरी से वंचित कर दिया जाता। आरक्षण की सबसे बड़ी मिसाल मेरा दोस्त है जिसके बारे में मैं तुम्हें बता ही चुका हूँ।" मैंने कहा।

"लैटरल एंट्री हमेशा से अनुसूचित जाति, अनुसूचित जनजाति के लिए संवैधानिक रूप से अनिवार्य आरक्षण की व्यवस्था में बाधा पहुँचाने और वंचित समुदायों के उत्थान को सुनिश्चित करने के लिए तैयार किए गए उपायों की अनदेखी करने की साफ कोशिश रही है। और आज इस सरकार के राज में पहले

से ही दुश्वारियाँ झेल रहे दलितों और आदिवासियों के लिए मौके लगभग खत्म कर दिए गए हैं, क्योंकि चयन प्रक्रिया खास जाति और विचारधारा के पूर्वाग्रह से युक्त है। देखो ना, केंद्र सरकार की तुलना में भारत के राज्यों में भ्रष्टाचार अधिक है और यदि किसी को उत्तरदायी ठहराए बिना किसी पद पर नियुक्त कर दिया जाता है तो उस पर अनुशासनात्मक नियंत्रण रखना कठिन हो जाएगा। और सरकार यही तो चाहती है कि केंद्र सरकार की तुलना में भारत के राज्यों में भ्रष्टाचार अधिक रहे और यदि किसी को उत्तरदायी ठहराए बिना किसी पद पर नियुक्त कर दिया जाता है तो उस पर अनुशासनात्मक नियंत्रण रखना कठिन हो जाएगा। उन्हें देश की क्या पड़ी है, उनका अपना मतलब निकल रहा है। उनके अपने नालायक बच्चे, इस बहाने लायक बन रहे हैं। तुम्हारा दोस्त भी ज्वॉइंट सेक्रेट्री बन गया, तुमने ही बताया मुझे।" अरुण चौधरी ने कहा।

"वैसे ज्वॉइंट सेक्रेटरी बनने में मुझे कितना वक्त लग सकता है?" मैंने पूछा।

"शायद पूरी जिंदगी या कम-से-कम पंद्रह साल। हमारे और तुम्हारे लिए दिल्ली बहुत दूर है मेरे दोस्त, और अब तो ऐसा लगता है कि हमारी आगे की पूरी जिंदगी पटना में ही बीतने वाली है।" अरुण चौधरी ने कहा।

"लेकिन जहाँ तक मैं जानता हूँ, इस प्रकार की नियुक्तियाँ उन्हीं हालात में की जानी चाहिए, जब किसी उच्च सेवा के तहत किसी कार्य विशेष को करने के लिए विशेषज्ञ उपलब्ध न हों?" मैंने पूछा।

"दुनिया के किसी भी देश में कमी की भरपाई कर पाना मुश्किल है।" अरुण ने जवाब दिया।

"क्या तुम्हें नहीं लगता कि इस प्रकार की सीधी नियुक्तियों की प्रक्रिया पारदर्शी होनी चाहिए तथा उसमें किसी प्रकार के भाई-भतीजावाद के स्थान पर कार्यकाल निश्चित होना चाहिए। क्योंकि ऐसी नीतियाँ बनाने से लेकर उन्हें लागू करने की प्रक्रिया में लंबे समय तक काम करना होता है?" मैंने पूछा।

"होना तो बहुत कुछ चाहिए, होता है क्या?" अरुण चौधरी के उस सवाल ने मेरे मुँह पर ताला लगा दिया।

"वैसे केंद्र सरकार ने लैटरल एंट्री के तहत निजी क्षेत्र के नौ विशेषज्ञों को केंद्र सरकार के विभिन्न विभागों में संयुक्त सचिव के पदों पर नियुक्त किया है। ब्यूरोक्रेसी में सुधार लाने के उद्देश्य से UPSC ने इस तरह की पहली

भर्तियाँ की हैं। UPSC द्वारा चुने गए नौ विशेषज्ञों में भौकंदर पांडेय (नागरिक उड्डयन), नयन गोयल (वाणिज्य), सचिन दुबे (आर्थिक मामले), अरुण बाजपेयी (पर्यावरण, वन और जलवायु परिवर्तन), कोमल तिवारी (वित्तीय सेवाएँ), दिनेश सिंह (नवीन और नवीकरणीय ऊर्जा), कुमोद ठाकुर (सड़क परिवहन और राजमार्ग), कुलभूषण शर्मा (शिपिंग) और ममता शर्मा (कृषि, सहयोग और किसान कल्याण) शामिल हैं। कार्मिक, लोक शिकायत और पेंशन मंत्रालय को इन पदों के लिए 6077 आवेदन मिले थे। कुल 6077 आवेदनों में से चुनकर नौ सवर्णों को इस देश को लूटने के लिए दे दिया गया। मुबारक हो, तुम्हारे दोस्त अरुण वाजपेई के पास पर्यावरण, वन और जलवायु परिवर्तन विभाग आ चुका है। प्रदूषण भी सबसे ज्यादा यहीं फैलता है। कहीं इस बात से परेशान तो नहीं हो तुम?" अरुण ने कहते हुए हँसकर पूछा।

"तुम्हें लगता है कि मैं परेशान हूँ। मैं उसे बचपन से जानता हूँ और भाई मैं दावे के साथ कह सकता हूँ कि वह अपनी मेहनत से इस मुकाम को तो नहीं पा सकता।" मैंने कहा।

"पहले तो वह एक जमींदार का बेटा है और ऊपर से उसका बड़ा भाई एक फिल्मी हस्ती है। अब इसके अलावा क्या चाहिए तुम्हें? हमसे और तुमसे ज्यादा काबिलियत है उसमें।" अरुण चौधरी ने हँसते हुए कहा।

"अरुण वाजपेई और अरुण चौधरी, बस सरनेम का फर्क है।" मैंने भी हँसते हुए कहा।

"सोच में बहुत फर्क है मेरे दोस्त।" मेरी बात सुनकर अरुण चौधरी फिर हँसने लगा।

"PK के बारे में तो सुना होगा तुमने?" मैंने पूछा।

"प्रकाश किशोर, उसे कौन नहीं जानता। आज की राजनीति का सबसे बड़ा चाणक्य है वह।" अरुण चौधरी ने जवाब दिया।

"आज मैं उसी से मिलने जा रहा हूँ।" मैंने कहा।

"क्यों? राजनीति में आने का इरादा बना लिया है क्या?" अरुण चौधरी ने पूछा।

"शायद हाँ।" मैंने जवाब दिया।

"चलो अच्छी बात है। मुझे तो कुछ ज्यादा राजनीति की समझ है नहीं और

मैं राजनीति की तरफ जाना भी नहीं चाहता लेकिन तुम्हारे इस अभियान के लिए मैं तुम्हें मुबारकबाद जरूर देना चाहूँगा।" अरुण चौधरी ने कहा।

"अरुण, तुम एक अच्छे इंसान हो। मैं तुम्हें सलाम करता हूँ।" मैंने मुस्कुराते हुए कहा।

"एक अच्छे इंसान को अच्छा इंसान ही मिलता है। इत्तेफाक से दो अच्छे इंसान इस खराब सिस्टम में आ चुके हैं।" उसने कहा।

"इस सिस्टम के खिलाफ बगावत करने में तुम मेरा साथ क्यों नहीं दे रहे ?" मैंने पूछा।

"नहीं यार, मैं बगावत करने में भरोसा नहीं करता हूँ। मैं एक आम आदमी हूँ और सीधी-सादी जिंदगी जीना पसंद करता हूँ। मैं अपनी जिंदगी से संतुष्ट हूँ, कम-से-कम रात को मुझे सुकून की नींद आती है। लोगों को लगता है कि मैं दुखी हूँ लेकिन मैं अपनी जिंदगी से बहुत खुश हूँ। तुम सही इंसान लगे इसलिए तुमसे बात भी कर लिया वरना मैं लोगों से ज्यादा बात करना पसंद नहीं करता। चलो तुम्हें आगे की जिंदगी मुबारक हो, मैं तुमसे वैसे कोई खास रिश्ता नहीं रखने वाला। तुम मुझे भी अपनी जिंदगी का एक अजीब हिस्सा मान सकते हो।" अरुण चौधरी ने अजीब तरीके से बोला।

मैं समझ गया था कि अरुण चौधरी जिंदगी से समझौता कर चुका वह इंसान था जो अपने सिद्धांतों से कभी समझौता नहीं कर सकता था। जिंदगी और सिद्धांत के बीच में अरुण चौधरी एक बेबस इंसान बन चुका था और उसने अपनी बेबसी को ही अपनी किस्मत मान ली थी। मैं यह भी जान गया था कि मेरे कोशिश करने के बाद भी वह किसी भी मोमेंट में मेरा साथ नहीं देने वाला था। मैंने उसे कुछ नहीं कहा क्योंकि मुझे अब प्रकाश किशोर से मिलने जाना था।

"ठीक है दोस्त, जैसी तुम्हारी मर्जी। चलो मुझे चलना होगा। तुमसे बात करके अच्छा लगा।" मैंने कहा।

"हाँ चलो, यहाँ कोई काम तो है नहीं। अगर कोई जरूरत पड़ी तो बात होती रहेगी।" अरुण चौधरी ने मुस्कुराते हुए कहा।

मैं भी मुस्कुराने लगा, जाने से पहले उससे हाथ मिलाया और निकल पड़ा प्रकाश किशोर से मिलने।

वैसे मुझे अब सिस्टम पर हँसी आ रही थी और मैं खुशनसीब था कि बिहार

में मौजूदा सरकार पूर्णतः अपनी ताकत के साथ नहीं थी लेकिन मुझे यह समझ में नहीं आ रहा था कि बिहार अभी भी इतना पिछड़ा हुआ क्यों था? मेरी गाड़ी प्रकाश किशोर के घर की तरफ निकली और मेरी किस्मत की गाड़ी ने राजनीति में पहला कदम रख दिया था। समय और स्थितियाँ इसी बात की ओर इशारा कर रही थीं। मैं मुस्कुराए बिना रह नहीं सका। हाँ उस मुस्कुराहट में कहीं-न-कहीं अपनी मोहब्बत से बिछड़ने का दर्द छुपा हुआ था।

#17#

"जो हुआ अच्छा हुआ और जो हो रहा है ठीक हो रहा है लेकिन जो होगा वह बहुत ही अच्छा होगा।" प्रकाश किशोर ने मुस्कुराते हुए कहा।

प्रकाश किशोर से मुलाकात के बाद मैंने उसे अपने साथ घटी सभी घटनाओं के बारे में बता दिया। मेरी सभी बातों को सुनने के बाद प्रकाश किशोर मुस्कुराने लगा और मुस्कुराते हुए मुझसे बात करने लगा।

"ब्यूरोक्रेसी में रहने के बाद भी आप यह नहीं समझ पाए कि इस देश की राजनीति को हमारे और आपके जैसे लोग तय नहीं करते हैं, इस देश की राजनीति को तय करती है ब्यूरोक्रेसी और यहाँ के ब्यूरोक्रेट्स।" प्रकाश किशोर ने कहा।

"थोड़ा बहुत तो मैं इस बात को समझने लगा हूँ।" मैंने कहा।

"राजगद्दी की दुनिया थोड़ी-बहुत की सोच से बहुत आगे की दुनिया होती है। कम-से-कम आपकी कल्पना की दुनिया से तो बहुत आगे होती ही है।" प्रकाश किशोर ने फिर कहा और बताया, "पता है कुणाल, हिंदुस्तान एकमात्र ऐसा देश है जहाँ एक भी हिंदुस्तानी नहीं रहता है। इस देश में राज्य बदलते ही इंसान की अलग-अलग पहचान बन जाती है। जो लोग हमें अपने राज्य में गाली देते हैं उन्हीं को हम पर हुकूमत करने के लिए भेज दिया जाता है और उनसे यह उम्मीद की जाती है कि वे हमारे भाग्य को बदलेंगे और हमारे साथ इंसाफ करेंगे।"

"मैं आपकी बात को समझ नहीं पा रहा हूँ।" मैंने कहा।

"कुणालजी, इसी बात की तो समस्या है और इसी बात को तो समझना है। अगर आपने इस बात को समझ लिया होता तो आपको इतनी दिक्कत ही नहीं आती। खैर, अब जब आप हमारे साथ जुड़े हैं तो बहुत जल्द समझ भी जाएँगे

कि आखिर असली राजनीति कौन कर रहा है यहाँ पर।" प्रकाश किशोर ने कहा।

"इस देश में जो सरकार है वह आपकी वजह से आई थी। आपको तो इस देश की राजनीति का चाणक्य भी कहा जाता है।" मैंने कहा।

"लगता है चाणक्य से बहुत प्रभावित हैं आप?" प्रकाश किशोर ने हँसते हुए पूछा।

"पूरी दुनिया प्रभावित है उससे।" मैंने गंभीरतापूर्वक जवाब दिया।

"हाँ बात तो सही कह रहे हैं आप। लेकिन आपने मुझ पर भरोसा क्यों किया? आपको तो पता है कि मैं एक ब्राह्मण हूँ। और जिस तरीके का व्यवहार आपके साथ किया गया है मुझे तो ऐसा प्रतीत होता है कि आप ऊँची जाति से कहीं नफरत ना करते हों।" प्रकाश किशोर ने कहा।

"नफरत हमारे खून में ही नहीं है। कभी-कभी गलत देखकर गलत इंसान को मारने का दिल करता है, लेकिन ना जाने क्या विशेष है हमारी जमीन की मिट्टी में, हमसे अपने दुश्मन का भी बुरा नहीं सोचा जाता।" मैंने कहा।

"बातें तो बहुत अच्छी करते हैं आप और बोलते भी अच्छा हैं। लगता है राजनीति में आने का पूरा इरादा बना लिया है आपने। वरना इस शताब्दी में नब्बे के हिंदी फिल्मों के डायलॉग का क्या मतलब?" प्रकाश किशोर ने मेरा मजाक बनाते हुए कहा।

"इतना आसान नहीं होता है राजनीति में आना।" मैंने उसके व्यवहार पर विशेष ध्यान न देते हुए कहा।

"गलत सोचते हैं आप। राजनीति में आना बहुत आसान है लेकिन राजनीति में कामयाबी पाना बहुत मुश्किल। हर जगह अपनी ही तरह की प्रतियोगिता है। आपने खुद मुझे अभी राजनीति का चाणक्य कहा है और आप जानते हैं कि चाणक्य क्या कर सकता है। अगर मौजूदा सरकार ने मुझे धोखा नहीं दिया होता और जिस बराबरी के लिए मैंने लड़ाई लड़ी थी, उसने मेरा साथ दिया होता तो शायद आप जिस स्थिति से गुजरे हैं या आपके जैसे अन्य अधिकारी गुजरते हैं उन्हें ऐसी स्थितियों का सामना नहीं करना पड़ता।" प्रकाश किशोर ने कहा।

"वह सब तो ठीक है लेकिन सरकार ने आपको भी कम नहीं दिया। मुझे लगता है कि आपने जिंदगी में ऐसा कुछ किया है जहाँ से आपको..." मैं अपनी बात पूरी भी नहीं कर पाया था कि प्रकाश किशोर हँसने लगा और हँसते हुए

बोला, "आप जिस सम्मान को छीनने की कोशिश कर रहे हैं, अपने लिए मैंने उस सम्मान को सरकार से छीना है और इसमें मेरा साथ सरकार ने नहीं ब्यूरोक्रेसी ने दिया है।"

"ब्यूरोक्रेसी ने?" मैंने आश्चर्य से उसकी ओर देखते हुए पूछा।

"जनाब अभी आप कुछ नहीं जानते।" प्रकाश किशोर ने मेरी और देखते हुए कहा, "किसी भी राज के ब्यूरोक्रेट्स को राजनीतिक पार्टियाँ अपने फायदे के लिए इस्तेमाल करती हैं लेकिन किसी भी राजनीतिक पार्टी को यह नहीं पता होता कि ब्यूरोक्रेसी में आने के बाद इस देश का हर ब्यूरोक्रेट राजनीतिक पार्टी को अपने फायदे के लिए इस्तेमाल करता है। इस देश के ब्यूरोक्रेट्स इस देश में ऐसा ही माहौल बनाते हैं जिससे उनका निजी फायदा हो। पचपन सालों तक कांग्रेस की सरकार से ब्यूरोक्रेट्स का फायदा होता रहा तो इस देश में कांग्रेस की सरकार बनी। अब पार्टी से हो रहा है तो इस देश में पार्टी की सरकार है। मैं भी पहले इन बातों को नहीं समझता था लेकिन जब से समझा हूँ तब से मुझे आज तक एहसास होता है कि मैंने गलत कर दिया। अपनी गलती को सुधारने के लिए ही मैं बिहार की राजनीति में अपना योगदान कर रहा हूँ। क्योंकि अगर मैंने बिहार को बदल दिया तो आपको अच्छे तरीके से पता है कि यूपी और बिहार वाले हिंदुस्तान को बदल सकते हैं।"

"आपकी नजर उत्तरप्रदेश पर भी है?" मैंने पूछा।

"दोनों अपने ही हैं और इतिहास गवाह है कि इस देश में कोई भी बड़ी राजनीतिक क्रांति यूपी और बिहार से आई। आखिरकार हमें इतिहास का भी तो खयाल रखना है।" प्रकाश किशोर ने कहा।

"वह सब तो ठीक है लेकिन मुझे अब करना क्या है?" मैंने पूछा।

"नौकरी खोने का डर तो नहीं है?" प्रकाश किशोर ने पूछा।

"मैं तो नौकरी छोड़ना चाहता था लेकिन मास्टर साहब ने कहा कि आपसे मिले बिना नौकरी को नहीं छोड़ूँ।" मैंने जवाब दिया।

"आपने सही किया, अगर आपने नौकरी छोड़ दी होती तो शायद मैं आपकी मदद नहीं कर सकता।" प्रकाश किशोर ने कहा।

"अब मुझे यह पता नहीं।" मैंने कहा।

"कुणालजी, सरकार ऐसे ही बदलती रहती है, इस देश में सत्ता हमेशा

आईएएस, आईपीएस का था, आईएएस, आईपीएस का है और आईएएस, आईपीएस का ही रहेगा। यह जो आप फिल्मों में बार-बार देखते हैं ना कि नेता भ्रष्ट है, नेता गुंडे बदमाश हैं, सच्चाई इसके विपरीत होती है। और यह भी कहा जाता है कि आईएएस, आईपीएस नेताओं से डरते हैं, यह सिर्फ जनता को बेवकूफ बनाने के लिए फैलाया जाता है। असली सच तो यह है कि इस देश का हर नेता आईएएस, आईपीएस से डरता है। इस देश के हर नेता को आईएएस, आईपीएस के प्रति हीन भावना होती है। गलती से कभी कोई ऐसा पैदा हो जाता है जो ऐसे ब्यूरोक्रेट्स से नहीं डरता है तो सारे ब्यूरोक्रेट्स मिलकर उसे फँसा देते हैं। और इसका सबसे बड़ा उदाहरण प्रसाद यादव है।" प्रकाश किशोर ने बताया।

"कहीं आप यह तो नहीं कह रहे हैं कि प्रसाद यादव ने बिहार में गुंडागर्दी को बढ़ावा नहीं दिया?" मैंने आश्चर्य से उनकी तरफ देखते हुए पूछा।

"यही तो आप नहीं समझ पा रहे हैं कुणाल साहब और यही देश भी नहीं समझ पा रहा है। प्रसाद यादव ने आप लोगों को जीना सिखाया, उस इंसान में बिहार के नीचे तबकों को आगे आकर अपने हक के लिए लड़ना सिखलाया। आप घोटाले की बात करते हैं, क्या आपको यह नहीं पता कि बिना अधिकारियों के घोटाला किया ही नहीं जा सकता? न जाने कितने इल्जाम लगाए गए यादव पर लेकिन आज तक किसी ने भी यादव के चरित्र पर कोई उँगली नहीं उठाई। आज तक कोई यह साबित नहीं कर पाया कि यादव ने खुद किसी का कत्ल या अपरहण किया हो। हाँ यह सच है कि गुलामी की जंजीर से बाहर निकलने के बाद नीची जाति के कहे जाने वाले कुछ लोगों ने अपने अत्याचार का गलत तरीके से बदला लिया। जो जुल्म आप पर सदियों से ऊँची जाति के लोग करते आए हैं वही जुल्म आपको खुद भुगतने को भी मिला, लेकिन ऐसी घटनाएँ एकआध ही थीं। अभी आपको मेरी बातें समझ में नहीं आएँगी। बस मैं आपको एक उदाहरण जरूर देना चाहूँगा कि उत्तर प्रदेश में अगर कोई आदमी मुसलमान से हिंदू बनना चाहता है तो उसे घर वापसी का नाम दिया जाता है। जरा कल्पना करके देखिए अगर बिहार का सबसे बड़ा तबका घर वापसी करे तो उनकी स्थिति किस हद तक डरावनी हो सकती है। इस देश के मुट्ठी भर लोग आप जैसे लोगों को आगे बढ़ने देना ही नहीं चाहते। और कुछ गलत लोगों की वजह से आप लोगों को बदनाम करने का अच्छा मौका भी मिल जाता है।" प्रकाश किशोर ने मुस्कुराते

हुए कहा।

"कुछ हद तक तो आपकी बातें मुझे सही लगती हैं लेकिन मैं पूरी तरह से सहमत नहीं हूँ आपसे। वैसे भी आपका क्या भरोसा, कल आपने पार्टी का समर्थन किया है, फिर बिहार आकर आपने मौजूदा सरकार का समर्थन किया और अब आपके शब्दों से ऐसा लग रहा है कि आप किसी और राजनीतिक पार्टी का समर्थन करने जा रहे हैं। मुझे तो ऐसा लग रहा है कि कहीं आप यह साबित तो नहीं करना चाहते कि राजनीति में आप जो करना चाहें वह मुमकिन है और आपकी वजह से ही इस देश की राजनीति को नयी दिशा मिलने वाली है?" मैंने पूछा।

"काश ऐसा हो पाए क्योंकि जिस तरीके से आज तक आप बेवकूफ बनते आए हैं उसी तरीके से मैं भी बेवकूफ बनता आया हूँ। आप भी प्रायश्चित करना चाहते हैं और मैं भी प्रायश्चित करना चाहता हूँ। दुनिया का न सही लेकिन आप तो मुझे समझ ही सकते हैं।" मेरी बात का प्रकाश किशोर ने जवाब दिया।

"लेकिन मौजूदा सरकार भी तो ओबीसी की ही है और अगर आप ओबीसी को वाकई में उसका हक दिलाना चाहते हैं तो इस सरकार से बैर क्यों?" मैंने पूछा।

"आपने राम और रामायण की कहानी तो सुनी होगी?" अचानक प्रकाश किशोर ने पूछा।

"हाँ टीवी में देखा है थोड़ा-बहुत।" मैंने जवाब दिया।

"विभीषण का नाम तो सुना होगा?" प्रकाश किशोर ने फिर पूछा।

"सर इतना भी अनाड़ी नहीं हूँ मैं, लेकिन मेरी समझ में यह नहीं आ रहा कि आप साबित क्या करना चाहते हैं?" मैंने कहा।

"कुणाल जी, घर का भेदी ही लंका की बर्बादी का कारण बनता है। और आपके समाज को पीछे करने वाले आपके ही समाज के लोग थे। जिस तरीके से अंग्रेजों ने यहाँ के राजाओं को गुलाम बनाकर आप पर राज किया ठीक उसी तरीके से यहाँ की ब्यूरोक्रेसी ओबीसी के राजा को गुलाम बनाकर रखती है। सत्ता में उन्हें तो एक गुलाम चाहिए जो उनके लिए उनके इशारे पर नाचने वाला मुख्यमंत्री बन सके। दूसरे शब्दों में कहें तो एक ऐसा आदमी चाहिए जिससे मुख्यमंत्री का काम करवाया जाए। और ऐसे में कुर्मी समाज एक अच्छा हिंदू

भी है और सबसे बेहतरीन गुलाम। कुणाल जी, एक गुलाम को इसी वजह से राजा बनाया गया है ताकि उस पर राज बादशाह कर सके। अब जब आपकी ही सरकार हमारी गुलाम है तो इसमें हमारा क्या दोष है? अब आपकी ही कौम गद्दार है इसमें हमारा क्या दोष है? देखिए हमने तो आपके राज्य में मुख्यमंत्री भी आपकी जाति का ही बनाया है।" प्रकाश किशोर ने फिर कहा।

"राजनीति, सुना था मैंने कि बहुत कमीनी चीज है लेकिन ब्यूरोक्रेसी से कमीनी कुछ भी नहीं होती।" मैंने कहा।

"ब्यूरोक्रेसी में नीचे के सारे अधिकारी कामचोर होते हैं।" प्रकाश किशोर ने कहा।

"लगता है आपको भी ब्यूरोक्रेसी की यह सच्चाई पता नहीं है। अगर कामचोर की बात करें तो ब्यूरोक्रेसी में सबसे बड़े कामचोर आईएएस और आईपीएस होते हैं।" मैंने उसकी बात का विरोध करते हुए कहा।

"इस बात को आप जानते हैं, जनता नहीं। क्योंकि जनता के बीच में नीचे के ही तो अधिकारी जाते हैं। बड़े अधिकारी तो जाते ही नहीं और क्योंकि बड़े अधिकारी जनता के बीच में नहीं जाते तो जनता को यह संदेश दिया जाता है कि बड़े अधिकारी काम में व्यस्त रहते हैं। कुछ समझ में आया?" प्रकाश किशोर ने मेरी बात को सुनते हुए कहा और पूछा।

"समझ पा रहा हूँ मैं और यह भी समझ पा रहा हूँ कि क्यों आपको आज का चाणक्य कहा जाता है।" अब मैंने हँसते हुए कहा उनसे।

"कल्पना! बहुत अजीब चीज है यह कल्पना। लगता है आपको चाणक्य की सच्चाई को बताना ही पड़ेगा। फिलहाल मुझे लगता है कि आप चाणक्य की सच्चाई को खुद ही जानें तो ज्यादा बेहतर होगा। चलिए आप की राजनीति की शुरुआत करते हैं और इस राजनीति की शुरुआत के लिए आपके अंदर राजनीति के कुछ गुण डालने पड़ेंगे। आपको पहले यह समझना होगा कि आपके राजनीतिक भविष्य के लिए इतिहास कैसे हितकर होगा। क्योंकि बिहार के इतिहास में राजनीति कूट-कूटकर भरी हुई है। देश और दुनिया से तो चमत्कार पैदा होता है लेकिन बिहार से तो भगवान का जन्म हुआ है। कहीं गलत तो नहीं बोल रहा मैं?" प्रकाश किशोर ने पूछा।

"लगता है गौतम बुद्ध की सच्चाई आप भी जानते हैं?" मैंने उसकी बात

को सुनकर कहा।

"अभी आपको बहुत कुछ जानना है। अच्छी बात है कि गौतम बुद्ध के बारे में पता है आपको। अभी तो आपको हमारे देश के राष्ट्रपिता महात्मा गाँधी के बारे में जानना है। अभी तक आपने ब्यूरोक्रेसी वाले महात्मा गाँधी को जाना है लेकिन अभी तक आपने उस महात्मा गाँधी को नहीं जाना है जो बिहार की जनता को सबसे बड़ा बेवकूफ और जाहिल समझते थे।" प्रकाश किशोर ने मुझे एक बार फिर रहष्य में ढकेलते हुए कहा।

"मतलब ?" मैंने फिर पूछा।

"मतलब यह कि कल आप प्रेस द्वारा खुद को कला, संस्कृति और युवा विभाग में जबरदस्ती तबादला करने की शिकायत करेंगे और लोगों को बताएँगे कि अगर आप ऊँची जाति के होते तो आपके साथ ऐसा नहीं होता।" प्रकाश किशोर ने कहा, "साथ ही साथ आप एक-एक करके अपने अतीत का खुलासा इस तरीके से करेंगे कि जनता को लगेगा कि आप बड़े अधिकारियों के बहकावे में आ गए थे और अब जनता के बीच में आकर प्रायश्चित करना चाहते हैं।" प्रकाश किशोर ने आगे बताया।

"मैं समझ गया आप करना क्या चाहते हैं, आप जैसा चाहते हैं कल सुबह की अखबारों में वही दिखाई देगा।" मैंने उसे देखते हुए और मुस्कुराते हुए जवाब दिया।

"चलिए मेरी एक बात तो आपको तुरंत समझ में आई।" प्रकाश किशोर ने कहा।

"मैदान वही है सर, बस हथियार बदला है और अब आधुनिक होने के लिए थोड़ा वक्त तो हर किसी को चाहिए।" मैंने कहा।

"वैसे आपकी बातों को सुनकर लगता है कि आप एक अच्छे लेखक या एक मोटिवेशनल स्पीकर तो जरूर बन सकते हैं।" प्रकाश किशोर ने कहा।

"अगर राजनीति में किसी वजह से भविष्य नहीं बना तो अपना भविष्य यहाँ भी बनाया जा सकता है।" मैंने हँसते हुए कहा।

"अरे साहब, मैं तो मजाक कर रहा था, आपने गंभीरता से ले लिया।" प्रकाश किशोर ने मेरा हाथ पकड़ते हुए कहा।

"कुछ भी मुमकिन है साहब, कल किसने देखा है!" मैंने कहा।

"हाँ कह सकते हैं।" प्रकाश किशोर ने मेरी बात से सहमत होते हुए कहा।

फिर इधर-उधर की बात करने के बाद आने वाले कल की प्लानिंग की गई। वक्त बहुत कम था हमारे पास और थोड़े ही समय में बहुत काम करना था। मैंने वही किया जो प्रकाश किशोर ने मुझसे करने को कहा।

अगली सुबह पटना में मानो आग लग गई थी। अखबार, न्यूज चैनल और इंटरनेट उन खबरों से भरा हुआ था जिसकी खबर मुझे भी नहीं थी। पार्टी के आईटी सेल ने मुझे रातों-रात बिहार का सुपरस्टार बना दिया था। मैं इस बात को एकदम ही नहीं समझ पा रहा था कि जिस सरकार का मैं विरोध कर रहा था उसी सरकार के लोग मेरी क्यों मदद कर रहे हैं?

मैंने जब यह बात प्रकाश किशोर से पूछा तो प्रकाश किशोर ने मुझे यह बताया कि यह काम वह खुद कर रहा है क्योंकि इस देश की आईटी सेल उसकी गुलाम है, किसी पार्टी की नहीं। रही बात पार्टी की तो उसको भी मुझमें बिहार के लिए एक बहुत बड़ी उम्मीद दिखाई दे रही थी।

कहते हैं कि मानव मन थोड़ा मतलबी होता है और एक बार फिर मेरा अपना मतलब निकल रहा था। मेरी कामयाबी रातों-रात मेरे सभी सीनियर्स की नींद उड़ा चुकी थी। बगावत का वक्त आ चुका था क्योंकि अगले ही दिन मुझे देश के सबसे बड़े समाचार चैनल पर इंटरव्यू के लिए आमंत्रित किया गया था। प्रकाश किशोर ने इस इंटरव्यू की स्क्रिप्ट मुझे पहले ही थमा दी थी। अब मैं समझ गया था कि प्रकाश किशोर को इस देश की राजनीति का चाणक्य क्यों कहा जाता है या दूसरे शब्दों में कहें तो अभी भी मैं चाणक्य नीति को समझ नहीं पाया था।

#18#

अखबार में छपी उस खबर ने मानो पूरे बिहार में भूचाल ला दिया था। मेरे सभी पुराने मित्र अचानक से सुलग उठे। अचानक ही सबको मेरी याद आने लगी। देखते-ही-देखते मुझ पर इनक्वायरी कमीशन बैठ गया। हर तरीके से मुझे मेरे गुनाहों की सजा मिलनी चाहिए थी लेकिन प्रकाश किशोर का दबदबा कुछ इस तरह का था कि मैं बिहार ही नहीं हिंदुस्तान में बिहार का नेशनल हीरो बन चुका था।

अखबारों की मानें तो मुझे जान-बूझकर प्रताड़ित किया जा रहा था। मैं समझ गया था कि जनता झूठ ही देखना पसंद करती है। जिस तरीके से मुझे जनता का समर्थन मिल रहा था, उससे बिहार की ब्यूरोक्रेसी मुझसे जल-भून गई थी।

देखते-ही-देखते दस दिन का समय बीत चुका था और इन दस दिनों में ही मुझे पूरे बिहार का समर्थन मिलने लगा था। ऐसा कोई दिन नहीं था जिस दिन मेरी खबर अखबार में नहीं छप रही थी। अपनी साख बचाने के लिए सारे ब्यूरोक्रेट्स एक हो चुके थे। वह मेरी सच्चाई भी जनता के सामने लाते तो जनता को यही लगता कि सारे भ्रष्ट अधिकारी मिलकर मुझे खत्म करना चाहते हैं क्योंकि मैं इस देश में सुधार लाना चाहता था। मुझे खेल समझ में आ चुका था कि इस देश के साथ कितनी गंदी राजनीति हुई है।

फिर एक दिन मैं एक बार फिर प्रकश किशोर से मिलने उसके घर गया।

"क्यों कुणाल बाबू क्या कहा था मैंने आपसे?" प्रकाश किशोर ने मुझे देखते ही पूछा।

"मानना पड़ेगा आपके दिमाग को। आपकी इस राजनीति ने इतना तो साबित कर दिया है कि पार्टी को सत्ता दिलाने के लिए आपने पूरे हिंदुस्तान को कैसे

बेवकूफ बनाया है।" मैंने कहा।

"इतनी आसानी से हिंदुस्तान को बेवकूफ नहीं बनाया जा सकता है। हाँ लेकिन यह बात जरूर है कि बिहारियों को बिहार में बेवकूफ बनाना दुनिया का सबसे आसान काम है।" प्रकाश किशोर ने कहा।

"यह बिहार का नहीं पूरे हिंदुस्तान का हाल है।" मैंने कहा।

"अगर ऐसा होता तो मोहनदास करमचंद गाँधी अपनी क्रांति की शुरुआत बिहार से नहीं करते। सत्याग्रह का जो नाटक हुआ था उसके पीछे की राजनीति लगता है आपको समझाना ही पड़ेगा।" प्रकाश किशोर ने कहा।

"मैं आपकी बातों को हल्के में तो नहीं ले सकता क्योंकि मैंने आपके दिमाग को देख लिया है।" मैंने कहा।

"साहब इस देश में मुझसे भी बड़े दिमाग वाले बैठे हुए हैं।" प्रकाश किशोर ने कहा।

"मुमकिन नहीं है।" मैंने कहा।

"सब मुमकिन है मेरे दोस्त। आप समझ ही नहीं पाते हैं। दिक्कत यह है कि बिहार को और आप लोगों को तबियत से लूटा जाता है। मैं आपको एक उदाहरण देता हूँ। हाल में ही पार्टी ने जान-बूझकर आपके बिहार के जोकर को अपने जुमला पार्टी का अध्यक्ष बनाया। पार्टी को पता था कि दिल्ली का मुख्यमंत्री केंद्र में वैसे भी पार्टी की मदद कर रहा है।" प्रकाश किशोर ने जैस ही कहा मैंने अचानक उससे पूछा, "दिल्ली की सरकार और पार्टी के साथ?"

"सुन लीजिए सरकार, अभी बहुत खुलासे होने हैं। दिल्ली का मुख्यमंत्री बनिया है साहब और बनिया सबकी कन्नी काटता है। पार्टी के साथ सबसे बड़ी दिक्कत यह है कि उसे अपना वर्चस्व हर जगह बनाकर रखना है लेकिन उन्हें यह भी पता है कि अगर केंद्र में उन्हें उनकी सत्ता चाहिए तो राज्य स्तर पर अपनी बादशाहत को बरकरार रख पाना नामुमकिन होगा।

अभी बिहार में चुनाव का समय है इसलिए चुनाव से पहले पार्टी आपके बिहार से जो दिल्ली के अध्यक्ष बने हुए थे उनको अध्यक्षता के पद से हटा दिया। संदेश साफ जाता है कि पार्टी ने बिहारियों को आगे बढ़ने का मौका तो दिया लेकिन बिहारियों ने खुद इसका फायदा नहीं उठाया। एक बिहारी की वजह से पार्टी की छवि खराब हो रही थी। क्या करे बेचारा एक चाय वाला सफल

क्या हो गया, गवैया और नाचने वालों को भी लगने लगा के हिंदुस्तान को वही चला सकते हैं।

बड़ी चतुराई से बिहारियों के लिए दिल्ली का रास्ता बंद हो चुका है और हो भी क्यों नहीं, करोना महामारी की वजह से सारे बिहारी बिहार वापस लौट चुके हैं। पार्टी के दिल्ली अध्यक्ष से हर कोई नाराज है। अब वह गवैया पार्टी के किसी काम का नहीं रहा। कुछ समझ में आया या विस्तार में और बताऊँ?" प्रकाश किशोर ने कहते-कहते अचानक पूछा।

"इतना भी बेवकूफ नहीं हूँ साहब और ऊपर से जब आपने इतना कुछ बता दिया है तो बहुत कुछ मैं भी समझने लगा हूँ। दिल्ली का तार बिहार में अवतार बन चुका है। इसका मतलब यह हुआ कि बिहार की जनता को यह संदेश दिया जाएगा कि बिहार में रहने वाले बिहारी ही उनके अपने हैं और उनसे ही उनका भला हो सकता है। और यह भला तब होगा जब केंद्र की सरकार और राज्य की सरकार एक होगी।" मैंने जवाब दिया।

"ऐसा कहा जा सकता है, कुणाल बाबू।" प्रकाश किशोर ने कहा।

"लेकिन आप तो कह रहे थे कि इस देश की राजनीति ब्यूरोक्रेसी के हाथ में है?" मैंने पूछा।

"जी हाँ, बिलकुल सही कह रहा था मैं आपसे। इस देश की राजनीति ब्यूरोक्रेसी के हाथ में है और ब्यूरोक्रेसी ही आपकी मदद भी करेगी।" प्रकाश किशोर ने कहा।

"वह क्यों और कैसे?" मैंने पूछा।

"इतने उतावले होने की जरूरत नहीं है, वक्त आने पर सब पता चल जाएगा आपको। फिलहाल मैं आपको कल का एक समाचार दिखाता हूँ।" प्रकाश किशोर ने कहा। मुझे अपने मोबाइल में वीडियो फुटेज दिखाया और दिखाने से पहले मुझसे कहा, "आपको लगता है न कि एमपी-एमएलए अधिकारियों से ऊपर होते हैं लेकिन मैं आपको आपके बड़े आईएएस, आईपीएस के दिमाग और ताकत को दिखाता हूँ।"

वीडियो में एमएलए किसी डीएम के पास जाकर बदतमीजी से बात कर रहा था। डीएम उसे बड़ी शालीनता से स्थितियों का हवाला देकर समझाने की कोशिश कर रहा था। वीडियो में ऐसा लग रहा था कि एमएलए ने आईएएस का

स्टिंग ऑपरेशन किया है लेकिन एमएलए को बिलकुल नहीं पता था कि वह खुद एक स्टिंग ऑपरेशन का शिकार हो चुका है।

वीडियो के अंत में डीएम एमएलए से कहता है, "मैं अपनी ताकत का इस्तेमाल नहीं करना चाहता हूँ और मैं नहीं चाहता कि जनता के बीच में आप नेताओं की वजह से कोई गलत छवि जाए। मैं अपने दायरे को जानता हूँ और आप अपने दायरे को समझिए। एक शरीफ जनता के नौकर की तरह यहाँ से बाहर निकल जाइए वरना धक्के मार के बाहर निकाला जाएगा आपको और जरूरत पड़ी तो आप के खिलाफ कार्रवाई भी की जाएगी।"

वीडियो खत्म होने के बाद प्रकाश किशोर ने पूछा मुझसे, "क्या समझे?"

"यही कि इस वीडियो की वजह से डीएम कल इस देश का हीरो बन जाएगा।" मैंने तुरंत जवाब दिया।

"क्या आप एक आम आदमी की तरह सोचते हैं? दर्शकों की दुनिया से बाहर निकलिए और निर्माता की दुनिया में आइए। हम आपके निर्देशक हैं, कम-से-कम इस बात का तो खयाल रखिए।" प्रकाश किशोर ने कहा।

"मैं समझा नहीं।" मैंने कहा।

"समझने की कोशिश करिए कुणाल बाबू, नहीं तो पीछे छूट जाएँगे। वीडियो में जो एमएलए है वह जाति का यादव है। बिहार में पिछले पंद्रह साल से सुशासन बाबू और पार्टी की सरकार है। दोनों मिलकर यादवों और मुसलमानों को सत्ता से बाहर रखना चाहते हैं। मुसलमान को सत्ता से बाहर क्यों रखना चाहते हैं यह तो आपको अच्छे तरीके से पता है लेकिन यादव को बाहर रखने का एक ही मतलब है कि यादव एक अच्छे गुलाम नहीं होते। और पार्टी को गुलाम चाहिए।" प्रकाश किशोर ने बताया।

"कहीं आपका ऐसा तो नहीं सोचना है कि मैं भी पार्टी का गुलाम बनूँगा?" मैंने प्रकाश किशोर की ओर देखते हुए पूछा।

"पार्टी की नजरों में तो आपको ऐसा ही करना है। चाणक्य नीति बहुत कहते हैं आप लेकिन शायद आपको पता नहीं कि चाणक्य का निर्माण क्यों हुआ था। इतिहासकारों ने चाणक्य से आने वाले भविष्य को धोखा तो दे दिया, आप चाहे तो एक चाणक्य की वजह से इतिहासकारों को धोखा दे सकते हैं। और वह चाणक्य आपके सामने बैठा हुआ है।" प्रकाश किशोर ने कहा और बताया, "अभी पार्टी

का मीडिया और बॉलीवुड जमकर समर्थन कर रहा है और उसके तीन कारण हैं; पहला कारण मुसलमानों को टाइट रखना है, दूसरा कारण रिजर्वेशन को खत्म करना है और तीसरा कारण इंडस्ट्री की मदद करना है।"

"मुसलमानों को टाइट करना समझ में आता है क्योंकि मुसलमान कभी इन्हें वोट देंगे नहीं, अगर रिजर्वेशन को खत्म कर दिया गया तो ओबीसी और दलित की स्थिति एक बार फिर से दयनीय हो जाएगी क्योंकि आजादी के इतने दिनों बाद भी इस देश के सबसे बड़े समुदाय की आर्थिक स्थिति बेहद खराब है और नियंत्रण एक बार फिर मुट्ठी भर लोगों के हाथों में आ जाएगा, और रही बात इंडस्ट्री की मदद करना तो यह मदद इंडस्ट्री की नहीं है, यह मदद मुट्ठी भर लोगों में से चुने गए लोगों की है जिनसे इन नेताओं का और नेताओं के परिवार का भविष्य चलता है।" मैंने कहा।

"खरबूजे को देखकर ही खरबूजा रंग बदलता है कुणालजी। जबरदस्त बात कही है आपने। लेकिन खरबूजे के बीज को तरबूज बनाकर बेचना होगा।" प्रकाश किशोर ने खुश होते हुए कहा।

"अब आगे क्या करना है?" मैंने पूछा।

"आगे बढ़ने से पहले मैं आपको बता दूँ कि आपको चंपारण जाना होगा। जिस डीएम का वीडियो मैंने आपको दिखाया है वह कल तक वायरल हो चुका होगा और वह डीएम चंपारण के ही हैं।" प्रकाश किशोर ने बताया।

"इसका मतलब यह हुआ कि यह वीडियो भी आपने ही बनवाया है?" मैंने प्रकाश किशोर की ओर देखते हुए पूछा।

"मैंने कंचे की गोलियों से बारूद के गोले तक का सफर तय किया है। मुझे पता है कि कब कहाँ और कितना दबाव बनाना है।" प्रकाश किशोर ने जवाब दिया और बताया, "पार्टी ने बिहार के गाँव-गाँव में अपना नेटवर्क बनाया हुआ है। बिहार के अलावा अगर अन्य राज्यों की बात करें तो वहाँ के धर्मगुरु एक बड़ी संस्था को चलाते हैं लेकिन बिहार में एक बड़ी संस्था कई छोटी संस्था में बँटी हुई है।

पार्टी ने बिहार के हर गाँव के छोटे-से-छोटे ओझा, पंडित, मौलवी, ज्योतिषी आदि जैसे तमाम धर्म के व्यापारियों को खरीद लिया है। बिहार में धर्म के व्यापारी भी कई भागों में विभाजित हैं। देश के लगभग हर धर्म के कारोबारियों ने अपने

मैनेजर्स को बिहार में बिठाया हुआ है। नतीजा बिहार में यह आरोप लगा पाना कि बिहार में धर्म की राजनीति हो रही है बिलकुल मुश्किल है।

आजकल जो गाँव में सरकार की योजना चलाई जा रही है वह योजना लोगों की भलाई के लिए नहीं है। वह योजना है धर्मगुरुओं पर नजर रखने के लिए। हर किसी की एक कीमत होती है और इनकी सबसे बड़ी खासियत तो यह है कि इनकी कीमत बहुत कम होती है और परिणाम उम्मीद से कहीं ज्यादा। अंधभक्ति में बहुत ताकत होती है कुणाल बाबू।"

"अंधभक्ति में ताकत होती है, यह जगजाहिर है।" मैंने प्रकाश किशोर से सहमति जताते हुए कहा।

"जी हाँ, बिहार में भगवान ही खरीद लिए जाते हैं जिसकी वजह से भक्तों की कीमत लगाने की जरूरत ही नहीं पड़ती है।" प्रकाश किशोर ने कहा।

"समझ गया। लेकिन ऐसे में हम क्या कर पाएँगे?" मैंने चिंता व्यक्त करते हुए कहा।

"अभी एक भगवान आप भी हैं, अपने भक्तों का मजा लीजिए और चंपारण जाने की तैयारी करिए। अनुभव के साथ आपको सारी जानकारी प्राप्त हो जाएगी।" प्रकाश किशोर ने कहा।

"पता नहीं, मेरी जिंदगी में बुरा होने से पहले हर बार बहुत अच्छा हुआ है। इस बार तो कुछ ज्यादा ही अच्छा हो रहा है।" मैंने हँसते हुए कहा।

"अभी आपने बुरा देखा ही कहाँ है, हाँ यह बात आप पर निर्भर करता है कि खुद के ऊपर अत्याचार को आप जनता को दिखाना चाहते हैं या खुद देखना चाहते हैं।" प्रकाश किशोर ने कहा।

प्रकाश किशोर ने एक और खुलासा किया था जिसने मेरे होश उड़ा दिए थे। लेकिन राजनीति है और यहाँ सब चलता है।

एक और मीटिंग खत्म हुई अब मैं चंपारण जाने की तैयारी करने लगा था। चंपारण में क्या होगा यह तो बाद की बात है लेकिन वर्तमान में चाणक्य मेरे लिए बहुत बड़ा रहस्य बन चुका था। सबसे बड़ी विडंबना तो यह थी कि इतिहास का चाणक्य और आज का चाणक्य दोनों एक साथ मेरे सामने आ चुके थे। मैं युद्ध के उस मैदान में था जहाँ मुझे अपनी म्यान से तलवार भी नहीं निकालना था और अपने दुश्मनों का वध भी करना था।

#19#

पूर्वी चंपारण, डीएम कार्यालय

"आइए कुणाल कुमार, आने वाले चुनाव के बाद अगर बिहार में किसी बात की चर्चा है तो वह तुम्हारा ही चर्चा है।" डीएम ने पहली ही मुलाकात में कहा।

"फिलहाल सुर्खियों में तो आप हैं।" मैंने उन्हीं के तरीके से जवाब दिया।

"अच्छा, तो आप वायरल हो चुके वीडियो की बात कर रहे हैं?" डीएम ने हँसते हुए पूछा।

"जी हाँ, आप ही चर्चा में हैं।" मैंने कहा।

"तुम्हें तो मालूम ही होगा कुणाल कि इस देश को तीन ही लोग चलाते हैं पीएम, सीएम और डीएम। और मैं उस तीन में से एक हूँ। तुम थोड़ा दिन और सब्र कर लेते तो तुम्हें भी इस बात का अंदाजा हो जाता। जब तक कामचोर कहे जाते थे तब तक देशभक्ति दिल से गायब थी और जब लोगों को कामचोर कहने का वक्त आया तो तुमने मिलने वाली गद्दी ही छोड़ दी। कम-से-कम राजा तो बन जाते।" डीएम ने कहा।

"ब्यूरोक्रेसी में डीएम की कुर्सी पाने वाला हर इंसान ऐसे ही गलतफहमी में जीता है। अच्छी बात है सर कि आप राजा बनकर खुश हैं। वैसे भी इतिहास रहा है राजाओं ने बादशाहों की गुलामी की है।" मैंने कहा।

"सफेद कुर्सी छोड़ते ही नेताओं वाली भाषा सीख ली है तुमने।" डीएम ने कहा।

"सफेद कुर्सी छोड़ते ही हर इंसान को अपनी हैसियत का पता चल जाता है। फर्क बस इतना है कि कुछ लोग अपनी हैसियत बनाने के लिए इस हैसियत

को छोड़ते हैं और कुछ लोगों को जबरदस्ती छोड़ना पड़ जाता है।" मैंने कहा।

"अच्छा बोल लेते हो तुम। बस सोचते दिल से हो। वैसे इसमें गलती तुम्हारी नहीं है, तुम्हारे समाज का हर इंसान ऐसा ही सोचता है। दूसरे शब्दों में कहें तो तुम्हारी जाति की यही सबसे बड़ी कमी है।" डीएम ने कहा।

"जाति!" मैं थोड़ा जोर से हँस पड़ा और कहा, "बिहार से जाति कैसे दूर की जा सकती है? यहाँ तो इंसानों के शरीर में खून भी जाति का ही बहता है। वैसे आपको पता है इस जाति का रंग क्या होता है?"

मेरे सवाल से डीएम घबराया नहीं बल्कि उसने हँसते हुए जवाब दिया, "बेरंग होता है जाति का रंग, इसलिए इसमें रंग लगा पाना बेहद आसान हो जाता है।"

"हो भी क्यों नहीं, आखिर गाँधी की सत्याग्रह की धरती है यह।" मैंने कहा।

"गाँधी की राजनीति समझ पाना इतना आसान नहीं है दोस्त। वैसे ही नहीं राष्ट्रपिता कहा जाता है, बैरिस्टर मोहनदास करमचंद गाँधी को।" डीएम ने कहा।

"वैसे आपकी नजर में गाँधी क्या हैं?" मैंने पूछा।

"गाँधी एक आंदोलन हैं और गाँधीगीरी एक राजनीति जो बिहार में ही मुमकिन थी।" डीएम ने कहा।

"गाँधीगीरी राजनीति तो हो सकती है लेकिन गाँधी आंदोलन नहीं हो सकता। कुछ खास था गाँधीजी में, दुनिया सलाम करती थी उन्हें।" मैंने कहा।

"किस दुनिया की बात कर रहे हैं आप?" डीएम ने पूछा।

"उसी दुनिया की जिसने हम पर राज किया।" मैंने जवाब दिया।

मेरी बात सुनकर डीएम फिर मुस्कुराने लगे और एक बार फिर मुझसे मुस्कुराते हुए बोले, "राज करते-करते मन भर गया था, इसलिए अंग्रेजों ने छोड़ा हमें और आपको। हिंदुस्तान उनके लिए घाटे का सौदा हो गया था।"

"आपकी बातों से लगता है कि आप खाते तो सरकार की हैं लेकिन सोचते..." मैंने कहना चाहा।

डीएम ने मुझे बीच में ही रोकते हुए कहा, "यही तो मैं आपको बताने की कोशिश कर रहा था कि इस देश को चलाने वाले में से एक इंसान मैं भी हूँ। लेकिन आप इतनी आसानी से समझते कहाँ हैं।" डीएम ने कहा।

"आसानी से समझने वाली बात और आसान लोग मुझे रास नहीं आते हैं।

इंसान थोड़ा जटिल हो गया हूँ मैं।" मैंने कहा।

"लगता है इस पत्थर के अंदर भी एक दिल धड़कता है।" डीएम ने कहा।

"हाँ धड़कता तो है और कभी-कभी इसकी आवाज भी सुनाई देती है। लेकिन आप सुनने की कोशिश मत करिए, विस्फोट भी हो सकता है। आप जानते हैं कि जब पत्थर टूटता है तो तबाही कुछ ज्यादा ही डरावनी होती है।" मैंने कहा।

"कहीं आप मुझे चेतावनी तो नहीं दे रहे ?" डीएम ने कहा।

"मैं डरे हुए को नहीं डराता। अगर आपकी जगह मैं होता तो वीडियो रिकॉर्डिंग का सहारा नहीं लेता, उस एमएलए की कुटाई कर देता।" मैंने कहा।

"वही तो वह चाहता था।" डीएम ने मेरी ओर गंभीरता से देखते हुए कहा।

"कहीं जो मैं सोच रहा हूँ वही वाली बात तो नहीं है ?" मैंने पूछा।

"बिलकुल वही बात है, कुणाल कुमार।" डीएम ने कहा और बताया, "बस इतना ही फर्क होता है एक डीएम और एमपी-एमएलए में। राजनीति चाहे जैसी भी हो, ब्यूरोक्रेट्स पर दबाव किसी का नहीं चलता। और जैसे ही नेता लात जूते खाते हैं उनकी राजनीति का स्तर बढ़ जाता है। अगर उस दिन मैंने उसे मार दिया होता तो उसका राजनीतिक ग्राफ अचानक ही बहुत ऊपर चला जाता।" डीएम ने कहा।

"उसे क्या फर्क पड़ने वाला था ? वैसे भी बिहार में आप जैसे अधिकारियों के खिलाफ एक्शन ही कब लिया जाता है। जनता को दिखावे के लिए छोटी-मोटी कार्रवाई की जाती है, ट्रांसफर के नाम पर उच्च अधिकारी बना दिया जाता।" मैंने कहा।

"हाँ, आज तक बिहार में यही होता आया है और स्थितियाँ जैसी हैं उन्हें देखकर तो यही लग रहा है कि हमारे और आपके जीवन काल तक ऐसा ही चलता रहेगा।" डीएम ने कहा।

"कल किसने देखा है ?" मैंने कहा।

"आज वालों ने ना तो बीता हुआ कल देखा है और ना ही आने वाला कल देखा है। हाँ एक बात है कि दिखाने वाले ने आज में जीने वालों को बीता हुआ कल अपने तरीके से जरूर दिखलाया है।" डीएम ने कहा।

"चलिए बातें बहुत हो गईं। ना तो मैं यहाँ आपके उच्च विचार सुनने आया हूँ और ना ही आप मेरे उच्च विचार यहाँ सुनने आए हैं। मुझे अच्छा लगेगा अगर

मुझे स्पष्ट शब्दों में यह बता दिया जाए कि मुझे चंपारण क्यों भेजा गया है? न तो आपका समय बर्बाद होगा और ना ही मेरा। चुनाव में ज्यादा वक्त नहीं बचा है।" मैंने कहा।

"वैसे किस सरकार का समर्थन कर रहे हैं आप?" डीएम ने पूछा।

"वक्त आने पर इसका पता चल जाएगा।" मैंने जवाब दिया।

"बिहार की राजनीति का चस्का लग गया है आपको। अजीब बात है ना, यहाँ की राजनीति में जनता को पता ही नहीं होता है कि वह खेती सेब की करते हैं और फसल उन्हें बबूल का मिलता है। बीज को पहचानने की शायद बिहारियों को अकल ही नहीं है। हाँ, यहाँ बबूल है इस बात की खबर पूरे हिंदुस्तान को है।" डीएम ने कहा।

"बिहार के डीएम होकर के आप ऐसी बात कर रहे हैं, आपको शोभा नहीं देता।" मैंने कहा।

"सच्चाई बहुत कड़वी होती है। वैसे मैं बिहार का डीएम हूँ बिहारी नहीं हूँ। मुझे तो आप पर राज करने के लिए भेजा ही गया था। और देश ने मुझे जो जिम्मेदारी दी है उसे मैं धर्म और निष्ठा के साथ निभा रहा हूँ।" डीएम ने कहा।

"दुनिया तो मैंने भी बहुत देखी है डीएम साहब, खैर चलिए अभी उस दुनिया में कदम डालने का वक्त नहीं आया है। कृपया बताने का कष्ट करिए कि चंपारण आने का मेरा उद्‌देश्य क्या है?" मैंने फिर पूछा।

"गाँधी की राजनीति की समझ नहीं है आपको। मुझे तो इतना ही पता है। वैसे आप पूर्वी-चंपारण और पश्चिमी-चंपारण घूम आइए। सरकारी गाड़ी चाहिए तो सरकारी गाड़ी या प्राइवेट गाड़ी चाहिए तो प्राइवेट गाड़ी, आपका पूरा इंतजाम किया गया है। मीडिया भी लगातार संपर्क में रहेगा आपके। अभी आपको सिर्फ अपना प्रचार करना है। फिलहाल मैं पूरी तरह से आपके साथ हूँ। आप इतना समझ लीजिए की पूरी बहुमत आपकी ही होगी।" डीएम ने कहा।

डीएम की बात मुझे कुछ अजीब लगी लेकिन मैं समझ गया था अब मुझे ही चंपारण आने का उद्‌देश्य ढूँढ़ना होगा। मैंने डीएम की तरफ एक बार देखा और फिर मुस्कुराते हुए उससे कहा, "चलिए देखते हैं।"

हमारी मीटिंग खत्म हुई और मैं चंपारण का दौरा करने निकल पड़ा।

चंपारण भी मेरे पीछे पड़ा हुआ था। कल तक शायद मुझे चंपारण में कोई

नहीं पहचानता था लेकिन जब से मैंने राजनीति में कदम रखने का सोचा था, मेरा रुतबा बढ़ गया था। मेरा यह स्पष्ट करना जरूरी है कि मैं अभी राजनीति में सक्रिय नहीं था। मैं अभी सिर्फ बिहार को जानना चाह रहा था। लेकिन मुझे बिहार वालों के सामने इस तरीके से पेश किया गया था कि मानो मैं बिहार का कोई भावी चुनावी उम्मीदवार हूँ।

गाँधी की राजनीति मुझे बार-बार परेशान कर रही थी। जितना मैंने पढ़ा था, जितनी मुझे जानकारी थी, मैं यह तो जानता था कि सत्याग्रह आंदोलन की शुरुआत बिहार से ही हुई थी। इस आंदोलन से मेरा क्या रिश्ता था मैं समझ नहीं पा रहा था। जानकारी इकट्ठा करते-करते लगभग एक महीना बीत गया लेकिन मेरे हाथ वही लगा जो किताबों में लिखा था। फिर एक दिन मुझे लगा कि लोगों के बीच में जाना चाहिए और लोगों से सत्याग्रह आंदोलन के बारे में पूछना चाहिए।

मेरी वह सोच कारगर साबित हुई। लगभग पंद्रह से बीस दिन का और वक्त बीत चुका था। मैंने पूर्वी-चंपारण और पश्चिमी-चंपारण की अलग-अलग जगह का दौरा कर बहुत सारी जानकारी इकट्ठी की। वैसे मुझे कुछ अलग-अलग तरह की जानकारियाँ मिली थीं लेकिन अभी तक ऐसी कोई जानकारी नहीं मिली थी जिससे मुझे यह लगे कि मुझे चंपारण किसी खास उद्देश के लिए भेजा गया था।

एक दिन मेरी मुलाकात एक बुजुर्ग अध्यापक से हुई। बुजुर्ग अध्यापक को थोड़ा अजीब लगा कि आज के जमाने में कोई महात्मा गाँधी के बारे में लोगों से इधर-उधर क्यों पूछता फिर रहा है। मैंने उन्हें अपनी पूरी बात बताई, मेरी बात सुनकर वह मुस्कुराने लगे और फिर बताने लगे।

"उन दिनों पूर्वी-चंपारण और पश्चिमी-चंपारण दोनों का हेड क्वॉर्टर मुजफ्फरपुर में हुआ करता था। पीर मोहम्मद मुनीर उन दिनों मुजफ्फरपुर के सबसे प्रभावशाली नेता थे।" अध्यापक ने बताया।

"मैंने तो इससे पहले उनका नाम भी नहीं सुना था?" मैंने कहा।

"मुझे आश्चर्य नहीं हुआ यह जानकर।" अध्यापकजी ने मेरी तरफ देखते हुए कहा, "चंपारण में किसान संघर्ष का पहला चरण 1867-77 के दौरान हुआ था।"

"अध्यापक जी, मैं शायद गाँधीजी के बारे में आपसे पूछ रहा हूँ।" मैंने पीर

मुनीर का नाम फिर से सुनने के बाद कहा।

"मुझे पता है कि आप गाँधीजी के बारे में मुझसे जानना चाहते हैं। मैं आपको गाँधीजी के बारे में ही बता रहा हूँ और जो मैं आपको बता रहा हूँ वह शायद ही कोई इतिहासकार आपको बताएगा।" अध्यापकजी ने जवाब दिया।

"अगर ऐसी बात है तो मैं अब आगे कुछ नहीं कहूँगा, आप बताइए।" मैंने उन्हें भरोसा दिलाया।

"किसान आंदोलन की शुरुआत हुई थी। विरोध करने का मुद्दा जायज था लेकिन था गरीब किसानों के हक के लिए। हालाँकि उस विरोध की शुरुआत तो काफी अच्छी हुई थी और लोगों को समर्थन भी मिला था। लेकिन मुट्ठी भर लोग जिन्होंने ताकत को अपना गुलाम बनाया हुआ था उन्होंने बड़ी ही चतुराई से विरोधियों को डराना और धमकाना शुरू कर दिया था, परिणामस्वरूप वह विरोध अधिक समय तक चल नहीं सका।

हालाँकि इस विद्रोह के दूसरे चरण में काफी हिंसा भी हुई थी। चंदबरवाह गाँव के शेख गुलाब और शेख राजाब अली इस चरण के नेता थे। ये दोनों किसानों पर नील की खेती करने का दबाव डाला करते। दुनिया जानती है कि नील की खेती जमीन को बंजर कर देती है। किसान नील की उपज नहीं करना चाहते लेकिन उन पर जबरदस्ती दबाव बनाया जाता। गुलाब पर कई मुकदमा भी चलाया गया था। हालाँकि आंदोलन लगातार बढ़ता जा रहा था जिसकी वजह से हिंदू और मुसलमान एकता की मिसाल देते हुए यूरोपीय बागानों के खिलाफ एकजुट होकर बगावत करने लगे। अब यह बगावत अंतर्राष्ट्रीय रूप लेने लगी थी और राष्ट्रीय स्तर के नेता ऐसी ही भीड़ का हमेशा से इंतजार करते थे।

मोहनदास करमचंद गाँधी को तो हमेशा ऐसे ही मौके की तलाश रहती थी। गाँधी अपनी ही तरह की राजनीति करना चाहते थे और शुक्ला जिन्होंने पीर मुनीर के साथ इस आंदोलन को जन्म दिया था अपनी जमीन को बचाते हुए किसानों के लिए लड़ना चाहते थे। गाँधी के लाख दबाव बनाने के बाद भी शुक्ला अपने मुद्दे से नहीं हटे। नतीजा यह हुआ कि गाँधी ने शुक्ला को 'अज्ञानी, अपरिष्कृत लेकिन निराधार कृषक' कहकर देश के सामने उनकी छवि खराब करनी शुरू कर दी। गाँधी हमेशा हिंदू, मुस्लिम, सिख, ईसाई आपस में भाई-भाई का नारा देते लेकिन पटना आकर एक मुसलमान वकील के घर में रहना गाँधीजी को पसंद

नहीं आया था।

उन दिनों गणेश शंकर विद्यार्थी अपना अखबार चलाते थे जिसके सबसे बड़े संपादक थे पीर मुनीर। पीर मुनीर के शब्दों में जादू था। वह अपनी संपादकीय से हजारों बिहारी जनता के दिल में अपनी अलग जगह बना बैठे थे। उन्होंने अंग्रेजी सरकार और भारतीय नेताओं के सामने बिहार की समस्या को हरसंभव उजागर किया। लेकिन ना तो अंग्रेजों को बिहार से कुछ लेना था और ना ही भारत के अन्य राज्य के नेताओं को।

हालाँकि आंदोलन ने जब बड़ा रूप लेना शुरू किया और आंदोलन में लोगों की भीड़ बढ़ने लगी तो महात्मा गाँधी ने अचानक ही बिहार आकर बिहार के किसानों के हक के लिए लड़ने का ऐलान कर दिया। बिहार की जनता इतनी बेवकूफ थी कि महात्मा गाँधी के सामने वह अपने बिहार के और आंदोलन के जन्मदाता पीर मुनीर और शुक्ला को ही भूल गई। गुलाब लाल और उसका साथी शीतल राय पीर मुनीर को अखबार के माध्यम से जानने लगा था। दोनों को पीर मुनीर से खतरा भी महसूस होने लगा था। फिर एक दिन इलाहाबाद के एक पंडित से मिलकर दोनों गणेश शंकर विद्यार्थी से मिले और पीर मुनीर के खिलाफ शिकायत दर्ज की।

अंग्रेज पहले ही पीर मुनीर को बदमाश घोषित कर चुके थे और उन्हें एक ऐसा आदमी चाहिए था जो बिहार की जनता के दिमाग से पीर मुनीर का नामोनिशान मिटा सके। अंग्रेजों के साथ मिलकर ही बिहार के देशद्रोहियों ने चंपारण में यह फैलाना शुरू कर दिया कि कोई क्रांतिकारी बिहार में जबरदस्ती की जाने वाली खेती का विरोध कर रहा है और उसने पहले ही साउथ अफ्रीका में इसकी आवाज उठा दी है।

हिंदुस्तान में जब भी विदेश का नाम होता है तो हिंदुस्तानी जनता की आँखों की चमक कुछ ज्यादा ही बढ़ जाती है और अंग्रेज इस बात को बहुत अच्छी तरीके से जानते थे। महात्मा गाँधी का समर्थन करके अंग्रेजों ने बिहार की जनता के दिमाग से पीर मुनीर का नाम मिटा दिया। महात्मा गाँधी की वजह से अंग्रेजों को हिंसक घटनाओं का भी सामना नहीं करना पड़ा। फिर महात्मा गाँधी ने पीर मुनीर की बनाई हुई भीड़ को दिखावटी देशभक्ति का माला पहनाया और देखते ही देखते बिहार की अंधभक्त जनता उस आंदोलन के असली मुद्दे को ही भूल

गई।

गाँधी के आंदोलन में शामिल होने वाले सभी किसानों को जब गाँधी के आंदोलन की सच्चाई का पता चला तब तक बहुत देर हो चुकी थी। अंग्रेज अपनी साजिश में सफल हो चुके थे और महात्मा गाँधी हिंदुस्तान में अपना कद और बढ़ा चुके थे।

कोई भी राज्य अपनी इतनी बड़ी बेवकूफी को दुनिया के सामने नहीं परोसना चाहेगा और बिहार ने भी वैसा ही किया। एक सकारात्मक विद्रोह को राजनीतिक रंग देकर महात्मा गाँधी ने बिहार के विकास को उसी दिन खत्म कर दिया था। क्योंकि पीर मुनीर का हश्र देखने के बाद बिहार के किसी अन्य क्रांतिकारी को अंग्रेजों के खिलाफ बगावत करने का हौसला नहीं मिला। और जो एक-दो आवाज उठी भी उन्हें भी गुलाब लाल जैसे जमींदारों ने हमेशा के लिए दबा दिया।

आप बहुत अच्छे तरीके से जानते होंगे कि उन दिनों किसान कौन थे और जमींदारी किसकी थी। अंग्रेजों के साथ मिले अमीर सवर्ण अपने फायदे के लिए किसानों को तबीयत से बेवकूफ बनाते थे। गाँधी की उस यात्रा को सफल भी इन्हीं ब्राह्मण और ठाकुरों ने किया था। यही इतिहास है जिसे हमेशा छुपाया गया।"

"इसका मतलब तो यह निकला कि गाँधी ने..." मैं आगे कुछ बोल नहीं पाया लेकिन अध्यापकजी मेरे कहने का मतलब समझ गए थे और शायद इसी वजह से उन्होंने मुझसे कहा, "आखिर कब खत्म होगा ब्राह्मण-बनिया का दिखावा? ब्राह्मण ने ज्ञान पर अपने एकाधिकार का इस्तेमाल किया और बनिया ने व्यापार की अपनी उच्च-भरोसेमंद संस्कृति का इस्तेमाल किया। उनके कौशल विश्वस्तरीय हैं। पूँजी निर्माण की वास्तविकताओं को देखते हुए, अन्य जातियों का विकास बहुत मुश्किल है। भारत में सबसे बड़ी जाति शूद्र है। हमें लगता है कि शूद्र का अर्थ अछूत है, लेकिन इसका अर्थ वास्तव में किसान है। किसान जातियाँ, जैसे कि पटेल, भारत की 50% से अधिक जनसंख्या का गठन करती हैं।"

"और हिंदुस्तान में आज तक सबसे ज्यादा शोषण भी इन्हीं का होता आया है। कारण साफ है कि हम गंदी राजनीति करना ही नहीं जानते।" यह कहते हुए मैं रोया नहीं था बस इतना ही काफी था।

"हिंदुस्तान की सबसे बड़ी आबादी कहाँ दिखती है आपको?" अध्यापकजी ने फिर पूछा और कहा, "हिंदुस्तान की मीडिया, ब्यूरोक्रेसी, उद्योग, राष्ट्रपति, प्रधानमंत्री आदि इत्यादि इन सब पर तो आज तक ब्राह्मण और बनिया का ही राज रहा है और है, और इन्होंने शूद्रों को अपने इशारे पर नचाया। सत्याग्रह आंदोलन की सच्चाई तो आप जान ही गए होंगे?"

"समझ गया अध्यापकजी, सत्याग्रह आंदोलन का असली मुद्दा क्या था। सत्याग्रह आंदोलन का असली मुद्दा तो था यहाँ के मासूम किसानों को बेवकूफ बनाकर उनके जमीन पर सवर्णों की हुकूमत करवाना। अब तो ऐसा लग रहा है कि ये लोग अंग्रेज की मदद कर रहे थे और इसी वजह से अंग्रेज भी नाक टेढ़ी उँगली से पकड़कर इनकी मदद कर रहे थे। क्योंकि अगर इस देश का सबसे बड़ा समुदाय जाग जाता, क्योंकि अगर इस देश की सबसे बड़ी जाति को सच्चाई का पता चल जाता तो देश को गुलाम बना पाना मुश्किल ही नहीं असंभव रह जाता। थे कुछ लोग जो शायद देश को आजाद ही नहीं होने देना चाहते थे।" मैंने कहा।

"और कुछ जानना चाहते हैं क्या गाँधी के बारे में आप?" अध्यापकजी ने पूछा।

"नहीं अध्यापकजी, आपका बहुत-बहुत शुक्रिया।" मैंने कहा।

अध्यापकजी से सच को जानने के बाद मैंने वहाँ के और भी स्थानीय लोगों से गाँधी के बारे में जानने की कोशिश की। सच कहा है किसी ने कि इतिहास तो राजाओं का ही लिखा जाता है और प्रजा को वही पढ़ाया जाता है जो राजा के बच्चों को राज करने का मूलमंत्र सिखा सके।

खुद को चंपारण भेजे जाने का मैं उद्देश्य समझ चुका था और मैं जान गया था कि राजनीति कैसे की जाती है। लेकिन मेरा यह जानना जरूरी था कि प्रकाश किशोर क्यों चाहता था कि मैं इस राजनीति को समझूँ। आखिर इसका मेरे जीवन से क्या नाता था?

अगले दिन फिर मेरी मुलाकात डीएम से हुई। मैंने डीएम को सारी बातें बता दी। डीएम मुस्कुराने लगा और मुस्कुराते हुए बोला, "मुझे अभी भी लगता है कि कुछ दिन आपको राज कर लेना चाहिए था।"

"अब जो हो गया उसे सुधारा तो नहीं जा सकता।" मैंने डीएम की ओर

देखते हुए कहा।

"हाँ वह भी है। जाने का इरादा बना लिया है आपने ?" डीएम ने पूछा।

"जी हाँ, वैसे आपका तरीका मुझे सही लगा। सही कहते हैं लोग इस देश को..." मैंने अपनी बात अधूरी छोड़ दी। डीएम मेरी बात सुनकर हँसने लगे, उनकी हँसी ने मुझे भी हँसने पर मजबूर कर दिया।

"मिलकर काम करते हैं, बहुत मजा आएगा।" डीएम ने कहा।

"धोखा देने की मेरी आदत नहीं है। अगर आप हमारे अपने बनकर रहे तो हमारा इतिहास है हम बेवकूफ बने लेकिन हमने कभी किसी अपने को धोखा नहीं दिया।" मैंने कहा।

डीएम फिर मेरी बात सुनकर मुस्कुराने लगा। एक-दूसरे से हाथ मिलाने के बाद मैं एक बार फिर वापस पटना लौट चुका था क्योंकि अरुण वाजपेई मुझसे मिलने पटना पहुँचने वाला था।

#20#

मैं वापस पटना आ चुका था और मेरी उम्मीद के अनुरूप पटना लौटने के ठीक एक दिन बाद मेरे पास अरुण वाजपेई का फोन आया, वह मुझसे मिलना चाह रहा था। मिलना तो मैं भी उससे चाह रहा था, क्योंकि मैं सपने में भी नहीं सोच सकता था कि अरुण वाजपेई जैसा लड़का ब्यूरोक्रेसी में आज जिस मुकाम पर है उस मुकाम को पा भी सकता है। किस्मत का रोना अलग बात है लेकिन किसी की किस्मत इस तरीके से करवट ले सकती है यह मेरे लिए पचाने योग्य बात नहीं थी। जब भी कोई मेहनती इंसान किसी आलसी को नसीब की मेहरबानियों से ऊपर उठते देखता है तो उसके दिल को तकलीफ जरूर होती है।

"पटना चिड़ियाघर में मिलते हैं आज, बचपन की कुछ यादों को ताजा करते हैं।" अरुण वाजपेई का मैसेज था।

एक पल के लिए तो खयाल आया था कि मैं मिलने को ना कह दूँ लेकिन अगले पल यह भी खयाल आया कि सच्चाई से इंसान कब तक दूर भाग सकता है और वह भी तब जब मेरे जैसा इंसान हर तरह की सच्चाई की गहराई में जाना चाहता है। वैसे भी रिश्तों की अब अहमियत ही कहाँ रह गई थी?

जान-बूझकर पूरे एक से सवा घंटे के बाद मैंने उसके मैसेज का जवाब दिया। और मेरा जवाब साधारण-सा था, "गेट नंबर 3, 5 O'clock"

"ठीक है, I will be on the time." अरुण वाजपेई का जवाब तुरंत आया।

पता नहीं क्यों मुझे एक बार भी ऐसा नहीं लग रहा था कि मैं अपने दोस्त से मिलने जा रहा हूँ और वैसे भी बचपन में उसके बाबूजी के द्वारा मेरी बेइज्जती के बाद उसे भी मेरी याद कहाँ आई थी। उसने तो मुझे मेरी कामयाबी पर मुबारकबाद

भी नहीं दिया था और जब भी मैंने उससे मिलने की कोशिश की तो उसके परिवार वालों ने कोई-ना-कोई बहाना बना दिया था। मुझे नहीं मालूम वह अपने परिवार के किए में शामिल था या नहीं, लेकिन सम्मान तो हर इंसान का होता है।

टीवी पर एक बहुत अच्छी फिल्म आ रही थी- अपरहण। प्रकाश झा की फिल्म थी और जाहिर-सी बात है कि फिल्म का गुंडा बच्चू यादव और तबरेज आलम ही थे। इतना ही नहीं, देखने के बाद यह भी तय हो गया था कि बिहार में हमारे समाज के लोग गुंडागर्दी के अलावा किसी और चीज पर भरोसा ही नहीं करते। जबकि इतिहास गवाह है कि हमारे समाज ने गुंडागर्दी के अलावा किसी और तकलीफ की शिकायत भी नहीं की है। दिलचस्प होने वाली थी हमारी मुलाकात।

कहते हैं कि इंसान का दिल हो या दिमाग जरूरत से ज्यादा काम करने लगे तो इंसान बीमार होने लगता है। मेरा दिल और दिमाग दोनों एक साथ अपनी जरूरत से ज्यादा काम कर रहे थे लेकिन मुझे बीमार बना पाना नामुमकिन था।

चार बजे के आस-पास मेरी नींद टूटी। वाजपेई का एक और मैसेज था जिसका मतलब था कि मैं आना ना भूलूँ। मुझे लगा कि शायद अरुण वाजपेई मेरे बचपन का वही दोस्त बनकर आया था जिससे उसके परिवार ने मुझसे दोस्ती करने का हक छीन लिया था। वैसे भी उस बात को बीते काफी वक्त हो चुका था और मैं जिस तरह की परिस्थितियों का सामना कर रहा था, मुझे बहुत सारी सकारात्मक बातें भी नकारात्मक ही लग रही थीं। कहीं-न-कहीं यह उसका भी प्रभाव था।

मैंने देर करना सही नहीं समझा और तय वक्त पर संजय गाँधी बायोलॉजिकल पार्क पहुँच गया। मैंने उम्मीद किया था कि अरुण वाजपेई भी मेरी ही तरह समय पर संजय गाँधी पार्क पहुँच गया होगा लेकिन हमारे बिहार में अधिकारी कहीं से भी आए और किसी से भी मिलने जाए तो देर करना अपना संवैधानिक अधिकार समझते हैं। मुझे इंतजार करवाने की आदत तो थी लेकिन इंतजार करने की आदत नहीं थी इसलिए मैंने अरुण वाजपेई को फोन किया।

"यार 15 मिनट का वक्त और लगेगा, थोड़ा काम में लग गया हूँ।" अरुण वाजपेई ने बिना हाई हेलो कहते हुए सफाई दी।

"चलो फिर बाद में कभी मिलते हैं।" मैंने कहा।

“अरे बुरा क्यों मान रहे हो यार? मुझे 2 मिनट का वक्त दो। काम छोड़कर मैं आ रहा हूँ तुम्हारे पास। काम तो कभी भी हो सकता है।” अरुण वाजपेई मेरे जवाब से सुधर भी चुका था।

“ठीक है लेकिन मैं ज्यादा देर तक इंतजार नहीं करूँगा।” मैंने कहा और फोन काट दिया।

पंद्रह मिनट वाकई में दो मिनट में बदल गया और अरुण वाजपेई दो मिनट में ही संजय गाँधी पार्क गेट नंबर 3 पर पधार चुका था। उसने मुझे एक नजर में ही पहचान लिया, पहचान तो मैंने भी उसे लिया था। वह गेट पर ही उतर गया। हम दोनों एक-दूसरे से गले मिले और ड्राइवर गाड़ी को लेकर पार्किंग की ओर चला गया।

“कैसा है कुणाल? अब तो तू मस्त हीरो गया है।” अरुण ने मुझसे गले मिलते हुए कहा।

“तू भी कुछ कम नहीं है, रौनक आ रहा है तुम्हारे चेहरे पर।” मैंने दिल से स्वागत करते हुए और उसे गले लगाते हुए कहा।

“हाँ यार, तू तो जानता है कि अपनी ब्यूरोक्रेसी में सब कुछ बनाकर चलना पड़ता है।” अरुण वाजपेई ने कहा।

“हाँ यह भी सही है।” मैंने मुस्कुराते हुए कहा।

“देख भाई ऐसा है कि पहले हम अंदर चलते हैं। अगर हमने बचपन की तरह बातें शुरू कर दीं तो पता चला कि शाम से रात, रात से सुबह और सुबह से फिर रात हो जाएगी लेकिन हमारी बातें खत्म नहीं होंगी।” अरुण ने कहा।

“तेरी हरकतों को मैं बचपन से जानता हूँ इसलिए मैंने अंदर जाने के टिकट पहले ही ले लिए थे।” मैंने कहा।

“टिकट ले लिए थे मतलब?” अरुण ने आश्चर्य से मेरी तरफ देखते हुए पूछा।

“मतलब यह कि हमें यहाँ किसी को बताने की जरूरत नहीं है कि हम ब्यूरोक्रेट्स हैं। आम जिंदगी जीते हैं यार, आजादी से जीने का मौका तो कभी-कभी मिलता है, और उस कभी-कभी वाले वक्त को क्यों बर्बाद करें?” मैंने कहा।

“आदत नहीं रह गई ना आम जिंदगी जीने की।” अरुण वाजपेई ने जवाब

देते हुए कहा, "लेकिन मेरे दोस्त ने कह दिया तो कह दिया। चल आज पटना में आईएएस ऑफिसर भी चिड़ियाघर में टिकट लेकर घूमेंगे। वाकई में देश बदल रहा है।"

"अगर लोग खुद को बदलें तो देश बदल सकता है।" मैंने कहा।

"चल अब, अंदर चलकर बात करते हैं। यहाँ से कुछ ले लें खाने-पीने के लिए या अंदर व्यवस्था है?" अरुण वाजपेई ने पूछा।

"यार तू तो ऐसे बात कर रहा है जैसे लंदन से आया है। अंदर खाने-पीने की व्यवस्था है।" मैंने कहा।

"तुम्हारी भिगा-भिगाकर मारने की आदत नहीं गई।" अरुण ने हँसते हुए कहा।

हम लोग अंदर चले गए। हालाँकि हमारी गाड़ियों को गेट नंबर तीन पर खड़े गाड्‌र्स ने देख लिया था और उसने हमारी बात भी सुन ली थी। मैंने उसे टिकट दिखाना चाहा।

"नमस्कार साहब! क्या साहब आप टिकट दिखा रहे हैं। हुजूर कोई गलती हो गई हो तो माफ कर दीजिए।" गार्ड ने मुझसे कहा।

मैंने अरुण की तरफ देखा और अरुण ने मेरी तरफ। एक-दूसरे को देखकर हम मुस्कुराने लगे और पार्क के अंदर चले गए। गार्ड ने हमें एक बार फिर सलाम किया। मैंने तो सर हिलाते हुए उस गार्ड का अभिवादन भी किया लेकिन अरुण ने उसकी तरफ देखना भी सही नहीं समझा। अंदर जाकर हमने खाने के लिए कुछ सामान, पानी की बोतल और आइसक्रीम खरीदी। दिन थोड़ा गर्म था और इतनी गर्मी में ही अरुण के चेहरे से पसीना टपकने लगा था।

"बहुत गर्मी है यार।" अरुण ने रुमाल से अपना पसीना पोछते हुए कहा।

"हाँ गर्मी तो है लेकिन इतनी भी नहीं कि लोग तुम्हारी तरह परेशान हो जाएँ। एसी में रह-रहकर आदत खराब कर लिया तुम लोगों ने अपनी।" मैंने कहा।

"ऐसा नहीं है यार। कोई आदत खराब नहीं होती है। इंसान कमाने लगे तो उसे सुविधाओं का फायदा उठाने का पूरा हक है। खैर वह सब छोड़, तू देसी आदमी है और तुझे यह बात समझाना गधे के सर पर सिंग उगाने जैसा है। वह सब छोड़ो और यह बता भाभी जी कैसी हैं?" अरुण ने अचानक पूछा।

"भाभी जी की याद कैसे आ गई तुझे?" मैंने सच्चाई को छुपाते हुए जवाब

दिया।

"मुझे मालूम है कि तेरी शादी में ना आ पाने की वजह से तू मुझसे नाराज है और उसी नाराजगी की वजह से तुम मेरी भी शादी में नहीं आए। चल हिसाब बराबर और गुस्सा थूक दे। बचपन की दोस्ती है अपनी।" अरुण ने मुझे सफाई देते हुए कहा।

"ऐसी दोस्ती कि कभी दोस्त की याद भी नहीं आई।" मैंने थोड़ा व्यंग करते हुए कहा।

"याद बहुत आई लेकिन स्थितियाँ कुछ ऐसी थीं कि तुझे फोन नहीं कर पाया। चल अब कहीं बैठकर बात करते हैं।" अरुण ने हँसते हुए कहा।

"हाँ सही है, वैसे भी मैं किसान का बेटा हूँ तो कहीं भी खड़ा हो सकता हूँ लेकिन तेरे साथ वह बात तो है नहीं।" मैंने कहा।

"कह सकते हो।" अरुण ने पहले मेरी ओर देखा और थोड़ा गंभीर होकर जवाब दिया।

एक पेड़ के नीचे बैठकर हम लोगों ने मिक्सचर पैकेट फाड़ा और फिर से बात करने लगे।

"भाभी जी के बारे में नहीं बताया तुमने?" अरुण ने सवाल दोहराया।

"यार अभी कुछ ठीक नहीं चल रहा है मेरे साथ।" मैंने सच को छुपाने की कोशिश करते हुए कहा।

"क्यों कोई बात हो गई क्या?" अरुण ने पूछा।

"नहीं मैं उस पर कोई बात नहीं करना चाहता।" मैंने कहा, "और तुम अपने परिवार के बारे में बताओ, तुम्हारा तो सब सही चल रहा होगा?" मैंने बात को बदलते हुए पूछा।

"यार अब तुमसे क्या छुपाना! तुम्हें तो मालूम है कि मेरा पढ़ाई में दिल लगता नहीं था। दसवीं पास करने के बाद बाबूजी ने इंजीनियरिंग की तैयारी करने कोटा भेज दिया। कोटा में पूरे 3 साल गुजारने के बाद मुझे लगा कि मैं इंजीनियरिंग करने के लायक ही नहीं था लेकिन बाबूजी को फिर भी मुझे इंजीनियर ही बनाना था। अब तुम्हारी तरह मेरे पास आरक्षण तो था नहीं तो पैसे देकर प्राइवेट यूनिवर्सिटी में एडमिशन ले लिया।" इससे पहले कि अरुण कुछ और बोल पाता मैंने उसे रोकते हुए कहा, "एक मिनट, इसमें मेरी तरह आरक्षण

ना होने की बात कहाँ से आ गई? शायद तुझे मालूम नहीं मैं मेरिट से हूँ यहाँ पर।"

"यार तुम लोगों की आरक्षण के नाम पर..." अरुण के दिल में जो बात थी वह जुबान पर आई तो अधूरी, लेकिन बहुत जल्द उसने अपनी बात में सुधार करते हुए कहा, "छोड़ हम फालतू की बातों पर बेवकूफ की तरह बहस ना करें। जो सुविधा तुम्हें मिली तुमने उसका फायदा नहीं लिया वह तुम्हारी गलती थी, अगर वह सुविधा मुझे मिलती तो भोलेनाथ की कसम मैं मौका हाथ से जाने नहीं देता।" अरुण ने कहा।

"भगवान पर बहुत भरोसा करता है न तू।" मैंने गंभीरतापूर्वक कहा।

"करना पड़ता है यार, मजबूरी है। अब मैं तुझे इसकी ताकत को नहीं समझा सकता लेकिन तू ब्राह्मण होता तो जरूर समझाता। हर मौका हर किसी के पास नहीं होता है।" अरुण ने थोड़ा अकड़कर कहा।

"फिर भगवान और ब्राह्मण में क्या रिश्ता है?" मैंने हँसते हुए लेकिन गंभीरता से पूछा।

"बहुत रिश्ता है मेरे दोस्त। देख मैं जानता हूँ कि तुझे कोई फर्क नहीं पड़ेगा लेकिन सच बताऊँ तो अगर मैं ब्राह्मण नहीं होता और मैंने भगवान का सहारा नहीं लिया होता तो कसम से मैं ज्वॉइंट सेक्रेटरी बनने के लायक ही नहीं था।" अरुण ने भी मुझे मुस्कुराते हुए ही सही लेकिन गंभीरता से जवाब दिया।

"वह कैसे?" मैंने फिर पूछा।

"भाई मेरा, भैया को तो जानता ही है तू। उनके कैरियर का ग्राफ जैसे ही नीचे जाने लगा उन्होंने तुरंत धर्म की माला अपने गले लगा ली। एक बाबा की शिष्या को अपनी फिल्म का हीरोइन बना दिया, फिर तो बेटा उसके बाद अपनी किस्मत ही चमक गई।" अरुण ने कहा।

"चल अब मैं तेरा खेल समझ गया और तेरे जुगाड़ को भी समझ गया। कोई और होता तो तकलीफ होती लेकिन तू ज्वॉइंट सेक्रेटरी है तो अच्छा लग रहा है।" मैंने कहा।

"अच्छा तो नहीं लग रहा होगा बेटा, मैं जानता हूँ तुम्हें। जल तो तू रहा ही होगा। लेकिन क्या करें जो सच्चाई है वो सामने है।" अरुण ने अब थोड़ा घमंड में कहा।

"और सच्चाई क्या है ?" मैंने गंभीर होकर उसे देखते हुए पूछा।

"यार मैं तो तुझे बचपन से ही कह रहा था कि पढ़ाई-लिखाई में कुछ नहीं रखा। मेहनत करके लोग छोटी-मोटी नौकरी पा सकते हैं लेकिन जुगाड़ लगाकर इंसान अपनी दुनिया राजाओं की तरह बना सकता है। और तुम तो जानते हो नियम और कानून आम इंसानों के लिए बनाए जाते हैं, हमारे और तुम्हारे जैसे भगवान के लिए नहीं।" अरुण ने घमंड में कहा।

"गलतफहमी में जी रहे हो तुम, भगवान का कद बहुत बड़ा है। एक ब्राह्मण होकर कम-से-कम इतना तो समझना चाहिए था तुम्हें।" मैंने कहा।

"ब्राह्मण हूँ तभी तो इस बात को समझता हूँ। तुम भी तो इस बात को समझते होगे ? मानो ना मानो, आदरणीय और पूजनीय तो हम जन्म से ही हो जाते हैं। तुमसे बेहतर इस बात को कौन जानता है।" अरुण अब अपने परिवार की भाषा बोलने लगा था।

"हाँ, इंसानियत का नाजायज फायदा उठाया है तुम लोगों ने।" मैंने फिर भी सामने होकर ही कहा।

"काहे का इंसानियत मेरे दोस्त ? सब के सब लुटेरे हैं यहाँ। अगर तुम नहीं लूटोगे तो कोई और लूटने चला आएगा। समझदार तो यहाँ वही है जो मौका मिलते ही चौका नहीं सिक्सर मारे। दुनिया की रफ्तार बहुत तेज हो गई है मेरे दोस्त, जिसने इस रफ्तार को पकड़ लिया वह बहुत आगे निकल जाता है। रफ्तार को पकड़ने की कला आनी चाहिए। बुरा मत मानना लेकिन देख इतनी मेहनत करने के बाद भी तू उस रफ्तार को नहीं पकड़ सका जिस रफ्तार को मैंने पकड़ा।" अरुण ने मुझे अब नीचा दिखाना चाहा।

"हाँ, ब्राह्मणवाद का पूरा फायदा उठा रहे हो तुम। मुझे तो लगा था कि तुम्हारी सोच बदली होगी लेकिन तुम भी अपने परिवार की ही राह पर चल पड़े हो।" मैंने हँसते हुए कहा।

"मैंने तुमसे कहा ना कि मैं तुम्हारी तरह नहीं हूँ। मुझे तो भाई फायदा उठाना आता है और मैं ब्राह्मणवाद को बहुत अच्छे तरीके से जानता हूँ।" अरुण ने जवाब दिया।

"आरक्षण की तिजोरी और चाबी दोनों है ब्राह्मणवाद।" मैंने कहा।

"वह कैसे ?" अरुण ने पूछा।

“तेरे पास गुरु ज्ञान लेने के लिए समय तो है ना?” मैंने पूछा।

“मेरे पास पूरा समय है, तू अपनी बता।” अरुण ने गंभीर होकर मुझे जवाब दिया।

“यार अब समय अपना है और अपना समय अब अपने तरीके से चलता है। राजा चाहे जब दिन हो और राजा जब चाहे रात हो।” मैंने भी रुआब में आकर कहा।

“बहुत अच्छी बात है, चल बता। मेरे पास भी पूरा समय है।” अरुण ने थोड़ा स्थिर होकर कहा।

“कहाँ से शुरू करूँ और कहाँ से नहीं?” मैंने कुछ सोचते हुए कहा, “देख यह बात तो तुझे माननी पड़ेगी कि अगर तू ब्राह्मण है तो तुझे समाज में इज्जत मिलेगी और तेरे नाम के साथ पंडित जी जोड़ा जाएगा।”

“तो?” अरुण ने पूछा।

“अगर तू ब्राह्मण है तो तुझे देश की किसी भी हाउसिंग सोसायटी में घर मिलने में दिक्कत नहीं होगी।” मैंने जवाब दिया।

“यह सब क्या कह रहा है तू, मैं कुछ समझ नहीं पा रहा हूँ।” अरुण ने थोड़ा आश्चर्यचकित होकर कहा।

“यार या तो तू सब कुछ समझ कर ना समझने का नाटक कर रहा है या वाकई में तू चीजों को समझना ही नहीं चाहता है। पहले मेरी बात तो सुन ले फिर तर्क-वितर्क करते रहना।” मैंने उसके सवाल का जवाब देते हुए कहा।

“ह्म्म्म!” अरुण ने कुछ कहा नहीं और मेरी बात सुनने लगा।

“सारे पब्लिक स्पेस तेरे लिए खुले होंगे।” मैंने आगे कहा।

“वह तो तेरे लिए भी खुले रहते हैं।” अरुण ने कहा।

“यार तू मेरी बात क्यों करता है? मैं तुझे थोड़ी कुछ कह रहा हूँ, मैं तो जो सिस्टम है वह बताने की कोशिश कर रहा हूँ तुम्हें। अब मैं तो अधिकारी हो गया हूँ वो भी मेरिट से, मेरा रास्ता कौन बंद कर सकता है?” मैंने कहा।

“बहुत रास्ते अभी भी बंद हैं और यह बात तू भी जानता है।” अरुण ने कहा।

“चल माना कि तू मुझसे बेहतर है लेकिन पहले मेरी पूरी बात सुन ले।” मैंने तुरंत जवाब दिया।

“इसमें बेहतर होने या ना होने की क्या बात है? सिस्टम का नाजायज

फायदा उठाकर और गलत चीजों को अपनाकर, किसी का हक छीन लेना तुझे सही लगता है ?" अरुण ने पूछा।

"क्या छीना सिस्टम से ? कब मजाक उड़ाया सिस्टम का ? और सिस्टम का मजाक उड़ाने की बात तू तो मत ही कर।" मैंने थोड़ा आक्रोशित होकर कहा।

"सभी यही कर रहे हैं मेरे भाई, कौन ऐसा नहीं कर रहा है ?" अरुण ने भी थोड़ा आक्रोशित होकर कहा।

"मैं तो तुम्हें तुम्हारी उस श्रेष्ठता के बारे में बता रहा हूँ जो तुझे खुद ही बाद में पता चला होगा और बाद में एहसास हुआ होगा। और जो तेरा जन्मसिद्ध अधिकार भी है और नाजायज भी।" मैंने कहा।

"चल बता, मैं भी जानूँ कि मेरा जन्मसिद्ध अधिकार क्या है।" अरुण ने गंभीर होकर कहा।

"देश भर में हर जगह तेरी सांस्कृतिक अभिरुचि का भोजन परोसने वाले रेस्टोरेंट मिल जाएँगे। भाई मेरा जिस स्टैंड पर तू जाकर बैठे वह पवित्र हो जाता है। और फिर अगर तेरे पड़ोसी या को-ट्रेवलर को अचानक तेरी जाति का पता चल जाए तो इसकी वजह से वह तुझसे नफरत नहीं करेगा/करेगी या न ही तुझे नीची निगाह से देखेगा/देखेगी। तुझे पता है अधिकारी बनने के बाद भी मैंने इस भेदभाव को झेला है। तूने तो नहीं झेला होगा कभी ?" मैंने अचानक पूछा अरुण से।

"अपने को जाने की क्या लगी थी, जिसका संकट है वो जाने।" अरुण ने मेरी ओर देखते हुए कहा।

"हाँ सही बात है, सही कहा तुमने सिस्टम में गलत तो आरक्षण की वजह से ही हो रहा है। और तुम लोगों ने जो आतंक मचा रखा है वह संविधान है।" मैंने आगे कहा।

"क्यों जलन हो रही है तुझे ? खैरात लेने की आदत हो गई है न तुम लोगों को इसलिए किसी की तरक्की बर्दाश्त नहीं होती।" अरुण ने थोड़ा तेज स्वर में कहा।

"बिलकुल सही कह रहा है मेरे भाई, मैं तो तुम्हें सच्चाई बताने की कोशिश कर रहा हूँ। यार मैं तो अभी जुगाड़ के बारे में तुम्हें बता रहा हूँ। तू मेरा दुश्मन थोड़ी ही है।" मैंने कहा।

"यार तू तो जानता है कि तेरे रैंक के ऑफिसर मुझे सलामी देते हैं लेकिन

देख, मैं खुद तुझसे मिलने यहाँ आया, तुझे मैसेज किया और थोड़ी देर होने की वजह से जब तुमने बुरा मान लिया तो अपना काम छोड़कर मैं तुम्हारे पास चला आया। तू भी जानता है कि हमारे जैसे सीनियर अधिकारियों को यह सब करने की आदत नहीं है। अब अपनी हैसियत से ज्यादा बोलने की कोशिश मत कर।" अरुण ने मुझे धमकाते हुए कहा।

"मैं यहाँ अपने बचपन के दोस्त से मिल रहा हूँ या एक अधिकारी से?" मैंने अरुण की ओर देखते हुए पूछा।

"फिलहाल तो एक दोस्त से ही मिल रहा है तू और जो मैं तुझसे कह रहा हूँ वह दोस्ती के नाते ही कह रहा हूँ।" अरुण ने जवाब दिया।

"तो सुन, अभी बहुत कुछ सुनना है तुम्हें।" मैंने कहा।

"ब्राह्मण होना क्या है इस बात से पता चलता है कि अगर तू ब्राह्मण है तो ब्राह्मण मेट्रिमोनी डॉट कॉम में अपनी या अपनी बेटी या बेटा की प्रोफाइल डालने के बावजूद तुझे जातिवादी नहीं माना जाएगा। ब्राह्मण होना ही बहुत बड़ी बात है यार। और सबसे मजे की बात अगर तू ब्राह्मण है तो इस बात के काफी मौके हैं कि यूनिवर्सिटी में एडमिशन के लिए होने वाले इंटरव्यू बोर्ड में तेरी जाति के लोग जरूर होंगे। भाई मेरे, जैसे ही तुम लोगों को इस बात का पता चलता है तुम लोग ब्राह्मणवाद का जमालगोटा तबीयत से पिलाते हो सबको। तुझे तो वैसे पैसे की भी कोई दिक्कत नहीं थी लेकिन ब्राह्मणवाद की कृपा हमेशा तेरे ऊपर बनी रही। कई इंटरव्यू में इसका तुझे बहुत फायदा हुआ, यह मैं अच्छी तरह से जानता हूँ। तुझे क्या पता, किसी यूनिवर्सिटी की सर्टिफिकेट से ज्यादा बड़ी है ब्राह्मणवाद की सर्टिफिकेट।" मैंने कहा।

"सच कहते हैं लोग, छोटी जात के लोग छोटा ही सोच सकते हैं।" अरुण ने सुलगते हुए कहा।

"परिवारवाद का फायदा उठाओ तुम और बदनाम आरक्षण को करते रहो।" मैंने अब गुस्से को थूकते हुए हँसकर कहा।

"चल कुछ मैं भी बोल लूँ। तुम्हारे शब्दों में यह सबकुछ परिवारवाद हो सकता है लेकिन मेरे शब्दों में यह जुगाड़ है। हाँ यह मैं मानता हूँ कि बिना मेरे परिवारवाद के यानी कि ब्राह्मणवाद के यह जुगाड़ लगा पाना असंभव था। वैसे परिवारवाद पर मेरे अलग विचार हैं। शायद तुम कोई प्रतिक्रिया दे पाओ।"

अरुण ने एक लंबी साँस ली और फिर से बोलना शुरू किया, "देख भाई, मेहनत करने का अपना-अपना तरीका है। और जैसा देश वैसा भेष। राजनीति से बाहर निकलकर बात करते हैं। मुझे बताओ कि देश में परिवारवाद कौन नहीं करता? क्या तुम्हारे बाबू जी ने तुम्हारे अलावा किसी और के कैरियर पर ध्यान दिया? क्या मेरे बाबूजी ने तुम्हारे कैरियर पर ध्यान दिया? बेईमान तो तुम भी कम नहीं थे लेकिन बेईमानी में भी क्या ईमानदारी से तुमने अपने परिवार के लोगों का साथ नहीं दिया? परिवारवाद में कौन शामिल नहीं है मेरे दोस्त? क्या धीरूभाई अंबानी ने मुकेश अंबानी और अनिल अंबानी के अलावा किसी के हाथ में रिलायंस की बागडोर दी? क्या जमशेदजी टाटा ने टाटा परिवार के अलावा किसी को टाटा इंडस्ट्रीज का उत्तराधिकारी बनने का हक दिया? क्या अमिताभ बच्चन ने अभिषेक बच्चन की जगह किसी को बड़ा अभिनेता बनने में सहयोग दिया? क्या सुनील गावस्कर ने अपने बेटे रोहन को भारतीय क्रिकेट में लाने के लिए अपनी शक्ति का इस्तेमाल नहीं किया? हो सकता है कि परिवारवाद को तुमने गाँधी परिवार से जोड़ दिया हो, आज हिंदुस्तान के सभी भक्तों का यही हाल है। लेकिन उनकी आँखों पर जो काली पट्टी चढ़ाई गई है उसे उतारना इतना आसान कहाँ है। चलो यह बताओ पार्टी का ऐसा कौन-सा नेता है जिसने परिवारवाद को नहीं निभाया है? ऐसा कौन-सा नेता है जिसने अपनी ताकत का गलत इस्तेमाल करके अपने बच्चे के भविष्य को सुरक्षित नहीं किया? यह और बात है कि उनके बच्चे राजनीति में नहीं आना चाहते थे लेकिन जो आना चाहता है उसे रोका भी किसने है? ऊपर की राजनीति दिखावे की राजनीति से कहीं बड़ी होती है मेरे दोस्त। मुझे बेहद अफसोस है कि इतना बड़ा मुकाम पाने के बाद भी तुम अभी तक नसीब की राजनीति को समझ नहीं पाए।" अरुण ने कहा।

"वाह, क्या बात है!" मैंने उसके जवाब का मजाक बनाते हुए कहा।

"तुम्हें थोड़ा-थोड़ा गुस्सा आ रहा है।" अरुण ने कहा।

"मुझे कोई गुस्सा नहीं आ रहा है।" मैंने कहा।

"सही है, आएगा भी तो क्या फर्क पड़ता है?" अरुण ने फिर घमंड में कहा।

"मतलब?" मैंने अरुण की ओर देखते हुए पूछा।

"मतलब यह कि तू अपने दोस्त की पिटाई तो करेगा नहीं। और वैसे भी मैं

कौन-सा तुम्हें भी गलत बात बता रहा हूँ। अब आगे सुन।" अरुण ने मुझे जवाब देकर आगे बताना शुरू किया, "अगर मैं ब्राह्मण हूँ और गरीब हूँ तो भी मेरी इज्जत समाज में बनी रहेगी। 'एक गाँव का एक गरीब ब्राह्मण' कहकर कहानियों में ब्राह्मण को हमेशा विद्वान और नीतिवान माना जाता रहा है। ऐसा ही कुछ और बकने वाला है ना तू?"

"गलत है क्या?" मैंने फिर गंभीरता से उसकी आँखों में झाँकते हुए पूछा।

"अगर तू मतलब निकाल सकता है तो बहुत अच्छी बात है और अगर मतलब नहीं निकाल सकता तो समाज को समझने की कोशिश करो, बहुत फायदा होगा तुम्हारा।" अरुण ने कहा और बिना मेरे कुछ कहे ही आगे बोलने लगा।

"फायदा और मुनाफा तो दूर की बात है पहले और सच को सुन तू।" मैंने उसकी बात को काटते हुए आगे कहा, "अगर तू ब्राह्मण है तो तेरे या मेरे बच्चों के सिलेबस में जो कहानियाँ या किताबें पढ़ने को दी जाएँगी, उनमें से ज्यादातर के लेखक तेरी जाति के होंगे। स्पष्ट है कि तुम्हारे बच्चे हों या हमारे बच्चे, उन्हें जानना वही होगा जो तुम उन्हें बताना चाहोगे, और तुम्हें पता है कि आज तक तुमने बच्चों को क्या बताया है। मैंने पढ़ा है।" मैंने कहा।

"सच को जानना कौन चाहता है मेरे यार? सच तबीयत से सुलगाती है सबकी। इस देश को झूठ चाहिए क्योंकि इस देश के डीएनए में हमने झूठ को डाल दिया है। अभी तो कुछ भी नहीं है अभी आगे सुनो। जब भारतीय संस्कृति या हिंदू संस्कृति या सभ्यता की बात होगी तो मुझे मालूम होगा कि इसका निर्माण मेरी जाति के लोगों ने किया है और मेरी जाति ही इसके शिखर पर है।"

"आजादी के बाद से लेकर के आज तक सबको बेवकूफ ही तो बनाया है इस सिस्टम ने।" मैंने कहा।

"यह आजादी से पहले भी था, यही तो आजादी के बाद छिपाया गया और वह भी बहुत शानदार तरीके से।" अरुण ने मेरी बात को सुनकर कहा, "यह देश आईआईटी आईआईएम और जेएनयू से नहीं चलता है। यह देश चलता है व्हॉट्सएप यूनिवर्सिटी से। और वहाँ के चाणक्य हम हैं। देश की जनता वो सच मानती है जो उसे व्हॉट्सएप में दिखाया जाता है। जो उसको टीवी पर हमारे पाले हुए एंकर दिखाते हैं। जिन चैनलों से आप खबरें लेते हैं, वही चैनल अंधविश्वास

फैलाते हैं। ये चैनल वाले हमारे हक में पर्सेप्शन बनाते हैं इसलिए हमको ताकत मिल जाती है। ये देश फेक न्यूज को सच्ची खबर समझता है। क्या मेरिट की बात कर रहा है तू? कौन पूछता है मेरिट वालों को? क्या उखाड़ लिया किसी ने मेरिट से इस देश में? अभी तो तुम्हें कुछ भी नहीं मालूम, तुमसे तो बहुत कुछ छिपाया गया है।"

"छिपाया गया, क्या छुपाया गया?" मैंने फौरन सवाल किया।

"मैं देश के किसी भी तीर्थ स्थान पर जाऊँगा तो वहाँ मेरे ठहरने की व्यवस्था हो जाएगी। अगर मैं विदेश जाऊँ तो वहाँ के भारतीय डायस्पोरा में मेरी जाति के लोग बहुसंख्यक होंगे और उन्हें डायवर्सिटी के सिद्धांत के तहत एशियन कटेगरी में होने का लाभ मिल रहा होगा। अंग्रेजी में इसको कहते हैं स्मार्ट सेविंग और हिंदी में कहते हैं चतुराई से भरी बचत। यानी कि मुनाफा ही मुनाफा।" अरुण ने जवाब दिया।

"अच्छा... और इसे तुम अपना अचीवमेंट मानते हो?" मैंने पूछा।

"सब पिछले जन्म के अच्छे कर्म हैं मेरे दोस्त, वरना ऐसा अचीवमेंट पाने के लिए तुम्हारा भी जन्म ब्राह्मण कुल में हो सकता था।" अरुण ने कहा।

अरुण की इस बात को सुनकर मुझे बहुत गुस्सा आया था। मैं दिल ही दिल में कहना चाह रहा था कि वह अपनी बकवास बंद करे लेकिन कहीं-न-कहीं अरुण अपनी बकवास से मुझसे मेरे छीने गए और मेरे ही जैसे लोगों से उनके छीने गए हक के बारे में बता रहा था। मैंने अपने-आप पर नियंत्रण किया और उसकी बात गौर से सुनने लगा। नतीजा यह हुआ कि गुस्सा करने के बाद भी मेरे चेहरे पर मुस्कान बिखर रही थी।

"चल आगे बता।" मैंने कहा।

"यार देश ही नहीं विदेश में भी अपना जलवा है। कुणाल बाबू, आप दुनिया को सच बताकर कुछ नहीं उखाड़ पाएँगे। बल्कि यह दुनिया ही आपकी माँ-बहन एक कर देगी। हमारे IT सेल के बंदे HARWARD से नहीं पढ़े हैं पर HARDWORK में सबको पेल देते हैं। हमारे आईटी सेल वाले 100 ट्रोल क्या डालेंगे, आपकी इज्जत मिट्टी में मिल जाएगी। इसलिए अपनी औकात में रहिए। बुद्धिजीवी होने का भ्रम मत पालिए। वैसे भी सारे बुद्धिजीवी को हमने अर्बन नक्सल बना दिया है। आपको बर्बाद करने में IT सेल के सिर्फ दो मिनट लगेंगे,

इस देश में जितनी देर में MAGGI बनता है उतनी देर में हमारे IT सेल वाले कपड़े उतार देते हैं।" अरुण ने घमंड में कहा।

"वह कैसे?" मैंने गुस्से को दबाकर हँसते हुए पूछा।

"अमेरिका या यूरोप में डायवर्सिटी प्रोग्राम के कारण काम मिलने के बावजूद मुझे कम टैलेंटेड नहीं माना जाएगा, न ही मैं खुद को कम टैलेंटेड मानूँगा। भारत में डायवर्सिटी और अफरमेटिव एक्शन का मैं विरोध करूँगा और इसके बावजूद मुझे जातिवादी नहीं माना जाएगा।" अरुण ने जवाब दिया।

"यह तो तुम्हारे फायदे की बात है सिर्फ।" मैंने कहा।

"अभी तक तो तुम मुझे यही बता रहे थे तो मैंने सोचा कुछ मैं भी बता दूँ तुम्हें, मैं भी तो अपने ही फायदे की बात बता रहा हूँ तुम्हें।" अरुण ने तुरंत मेरी बात सुनकर कहा।

"यानी कि सब जानकर भी कुछ न जानने का नाटक करते हो तुम लोग?" मैंने पूछा।

"अभी मेरी पूरी बात तो सुन ले फिर आगे जवाब देना।" अरुण ने मेरे सवाल का जवाब दिया और आगे बताने लगा, "भारतीय शास्त्रीय संगीत के नाम पर जो कुछ सुना जा रहा है, उसमें से ज्यादातर मेरी जाति से संबंधित होगा। मुझे मंदिरों में पुजारी होने का शत-प्रतिशत आरक्षण प्राप्त होने के बावजूद मैं आसानी से संवैधानिक आरक्षण का विरोध कर सकता हूँ।"

"तो?" मैंने पूछा।

"यार तू बीच में रोक मत। पहले मेरी बात सुन ले फिर कुछ बोलना।" अरुण ने गंभीरता से मेरी तरफ देखते हुए जवाब दिया और आगे बोलने लगा, "जब मैं बोलूँगा तो लोग मेरे सरनेम के कारण डिफॉल्ट के तौर पर मान लेंगे कि मैं ज्ञान की बात कर रहा हूँ। बेशक उस विषय पर मेरा ज्ञान शून्य होगा।"

"तभी तो इस देश का हाल बेहाल है।" मैंने कहा।

"लेकिन हम तो खुश हैं। सभी अपने लिए जीते हैं। हर कोई तेरे जैसा देशभक्त तो नहीं होता।" अरुण ने कहा।

"यह बात सही है तुम्हारी। चल आगे बोल, मैं भी तो देखूँ कि सिस्टम को अँगूठा दिखाने वाला मेरा जुगाड़ू दोस्त और क्या-क्या सुविधा पा सकता है।" मैंने कहा।

"सुविधा पा लिया मेरे भाई, पा सकता है नहीं।" अरुण ने फिर कहा, "मुझे देश की 85 प्रतिशत बहुजन आबादी के बारे में कुछ भी नहीं पता हो तो भी मुझे पूरे भारतीय समाज का जानकार माना जाएगा और माना जाता है। जनता और संविधान की नजरों में मैं तुमसे बड़ा अधिकारी हूँ और यही सच है। जाओ चीखो चिल्लाओ, कोई नहीं सुनेगा तुम्हारी। हमने संविधान के विपरीत जाकर सवर्ण के लिए आरक्षण लागू कर दिया। क्या उखाड़ लिया आपने? और आपके वह 52 परसेंट ओबीसी ने?"

"और?" मैं भी जारी रहा।

"मेरी देशभक्ति स्वयंसिद्ध है और मेरी जाति के लोगों के विदेश का जासूस होने को मेरी जाति से जोड़कर नहीं देखा जाएगा। प्राइवेट सेक्टर, विशेषकर आईटी सेक्टर में मुझे नौकरी आसानी से मिल जाएगी, क्योंकि मेरी जाति के लोग वहाँ के ज्यादातर शीर्ष पदों पर मौजूद हैं। लेकिन ऐसा होने के बावजूद मैं खुद को जातिवादी नहीं मानूँगा।" अरुण जारी रहा।

"और तू पिछड़ी और दलित जातियों के हक में बोलेगा तो तुझे मानवतावादी और लोकतांत्रिक माना जाएगा। लेकिन यही काम पिछड़ी और दलित जाति का कोई आदमी करे तो उसे जातिवादी करार दिया जाएगा।" मैंने उसका वाक्य पूरा किया।

"सही बात है, ऐसा ही होता है।" अरुण ने मेरी बात से समर्थन जताते हुए और नजरें ऊपर करते हुए कहा।

"मैं जब न्यूज चैनल खोलूँगा तो स्क्रीन पर खबर पढ़ने वाली या वाला और विशेषज्ञों में ज्यादातर लोग तेरी जाति के होंगे। किसी भी विषय पर बहस में ऐसा समय शायद ही कभी होगा, जब स्क्रीन पर तेरी जाति का कोई सदस्य न हो। अखबारों में ज्यादातार लेख तेरी जाति के लोगों द्वारा लिखे हुए होंगे। यूनिवर्सिटी लाइब्रेरी की सेल्फ तेरी जाति के लोगों की लिखी किताबों से भरी होगी।" मैंने आगे बोला।

"हाँ और मैं बेवकूफी भरी हरकत कर सकता/सकती हूँ और इसके लिए मेरी जाति को जिम्मेदार नहीं माना जाएगा। मैं इस बात के लिए खुद को महान मान सकता हूँ कि मैंने दलित के साथ खाना शेयर किया है या मैं किसी दलित की शादी में गया था। इस बात को मैं अपने जातिवादी न होने के प्रमाण के तौर

पर पेश कर सकता हूँ।" अरुण ने फिर बेशर्मी से कहा और मुझसे पूछा, "तुझे कोई फर्क नहीं पड़ रहा?"

मैंने मुस्कुराते हुए उससे कहा, "तू अपनी कब्र खुद खोद रहा है, मैं तो सिर्फ मजा ले रहा हूँ।"

अरुण भी मुस्कुराने लगा और मुस्कुराते हुए मुझसे बोला, "कब्र खोदने का हमारा इतिहास ही नहीं रहा है। अब अगर सच्चाई बोलूँगा तो तुम्हें बहुत बुरा लगेगा।"

"कोई बुरा नहीं लगेगा, हमने कब्र खुद ही खोदी है और लोगों को उसमें दफन भी किया है।" मैंने कहा।

"और इसे तुम अपनी कामयाबी मानते हो। इसी को कहते हैं सोच सोच का फर्क। खैर हम मुद्दे से क्यों भटकें। अभी कुछ बातें और बतानी है तुम्हें, तुम्हें बहुत बातें अभी भी नहीं पता।"

"खुशी से बताओ।" मैंने उसे बोलने को कहा।

"अगर हॉस्टल में मेरा/मेरी रूममेट दलित या ओबीसी है, तो इसे मैं अपने जातिवादी न होने के सबूत के तौर पर पेश कर सकता हूँ। अगर मैं ब्राह्मण हूँ और मैंने कोई अपराध किया है, तो इस बात के चांस हैं कि उच्च न्यायपालिका में मेरा केस मेरी ही जाति का कोई जज सुन रहा होगा।" अरुण ने फिर मेरी तरफ देखा।

मैं अभी भी मुस्कुरा ही रहा था और वह मुझे यह सब बात क्यों बता रहा था वह मैं समझ चुका था लेकिन मैंने वह जाहिर नहीं होने दिया था लेकिन मैंने आगे कहा, "हाँ, अगर तू अपराधी है तो इस वजह से तेरी जाति को अपराधी नहीं कहा जाएगा। न ही तेरे अपराध से तेरी जाति को जोड़कर देखा जाएगा। तू अगर ब्राह्मण है तो ब्राह्मण प्रिविलेज पर लिखी तेरी थीसिस छप जाएगी और उस रिसर्च जर्नल के संपादक बोर्ड में कई सदस्य तेरी जाति के होंगे।" अब मेरी बात खत्म हुई।

"पता है कुणाल, बैकवर्ड इस देश में 52% हैं। अब उनको हिंदू बनाना है। यह 52% लोग हैं इस देश में सबसे बड़े बेवकूफ। वह खुद अपनी बेवकूफी के जिम्मेदार हैं। पता नहीं क्यों उनको हिंदू बनने का बहुत शौक है। जरा-सा पैसा आया नहीं कि फँस गए जाल में। रीति-रिवाज, पूजा-पाठ यह सब हमने ही तो

बनाया है ताकि तुम और तुम्हारे जैसे लोग उसमें उलझे रहें। और इसके लिए औरतों को कंट्रोल किया गया क्योंकि जिस घर की औरत कंट्रोल हो जाए वह घर तो हमारी मुट्ठी में होता है।" अरुण ने आगे मेरा मजाक उड़ाते हुए कहा।

"और कुछ ?" मैंने फिर अपने गुस्से को दबाते हुए पूछा।

"छोड़ दे। जो तू करना चाह रहा है उसे अपने दिमाग से निकाल दे। अगर आप ? वाकई में 52 परसेंट हैं तो दिखाई क्यों नहीं देते हैं ? कुछ उखाड़ क्यों नहीं पाते हैं ? बिहार में तो मुख्यमंत्री भी आपकी जाति का है। आपकी बिरादरी का है। तो उससे कहके कुछ उखाड़ लीजिए। सब गुलाम हैं आप। आज का चाणक्य हमारे साथ है, कल भी था और रहेगा और आपके... अरे सुशासन बाबू तो मूतने भी आका से पूछ के जाते हैं। आपको बदलाव लाना है।" अरुण ने यह कहते हुए पहले तो जमकर मेरा मजाक बनाया, फिर जोर से हँसने लगा। जब उसकी हँसी समाप्त हुई तो उसने फिर मुझसे कहा, "मैं तुम्हें एक खुला ऑफर दे रहा हूँ।"

"क्या छोड़ दूँ और क्या दिमाग से निकाल दूँ?" मैंने पूछा।

"देख सपने देखना कोई गलत बात नहीं है लेकिन सपने में भी सपना देखना बहुत गलत बात है। तू मंत्री बन, राजा की बगल वाली गद्दी तेरी होगी लेकिन तूने राजा बनने का खयाल कब से देखना शुरू कर दिया ? राजनीति तेरे लिए नहीं है। तू खुद ही मानता है न कि ब्राह्मणवाद एक सर्टिफिकेट है टैलेंट का, उससे उलझने की कोशिश क्यों कर रहा है तू? अच्छा नाम बना लिया तूने बिहार में, हो सकता है कि पार्टी की तरफ से तुम्हें चुनाव लड़ने का टिकट भी मिल जाए लेकिन उससे क्या होगा ? ब्यूरोक्रेट बनकर भी क्या पा लिया तुमने ? अगर एक बार मेरे भाई का पैर छू लिया होता तो तू और भी बड़ा अधिकारी होता। लेकिन आज तो तू उन्हीं का पत्ता काटने पर लगा हुआ है।" अरुण ने अपनी बात पूरी की।

"पत्ता काटने पर लगा हूँ ?" मैंने पूछा।

"अगर पोजीशन की बात करूँ तो एक मामूली से एसडीएम से ज्वॉइंट सेक्रेट्री बात कर रहा है। तुझे मैंने दोस्ती का हक दिया यही तेरे लिए काफी है। जिस सीट से तुझे उम्मीदवार बनाने की बात की जा रही है, उस सीट को पाने के लिए भाई साहब ने काफी पैसे और काफी समय खर्च किया है। तुम्हारे जैसा कोई आदमी जिसके बाप ने अपनी पूरी जिंदगी हमारे दरवाजे पर सलामी देते हुए

गुजार दी हो, उसे ले उड़े तो तकलीफ तो होगा ही ना? मैं तुम्हारे सारे इतिहास को जानता हूँ और तुम्हारे साथ क्या हो रहा है वह भी जानता हूँ। तुझे पोजीशन चाहिए ना, तू मुझे बोल ना, तू जो बोलेगा वह मिलेगा तुझे। अपनी कीमत बोल। अपनी कीमत लगाना कोई गलत बात नहीं है। हर कोई अपनी कीमत लगाता है। मैंने भी लगाया था और आज भी लगाता हूँ, लेकिन यार राजा गुलामी नहीं कर सकता। इतना समझना चाहिए तुझे। आखिर तुमने हमारे परिवार का नमक खाया है।" अरुण ने कहा।

अरुण को पहले मैंने काफी गुस्से से देखा और एक बार फिर अपने गुस्से पर नियंत्रण करते हुए मैंने उससे मुस्कुराते हुए कहा, "मैं तो यहाँ अपने दोस्त से मिलने आया था, अपने बचपन के दोस्त से। पता है जब तूने मुझे मिलने के लिए मैसेज किया था तो मैं तुझसे मिलना नहीं चाह रहा था लेकिन फिर मुझे लगा कि तू ऐसा नहीं है जैसा मैं सोचता हूँ। लेकिन मुझे नहीं पता था कि तेरे अंदर नीचता कूट-कूटकर भरी हुई है। वैसे एक बात और मैं तुम्हें बताना चाहता हूँ कि मेरा राजनीति में आने का कोई खास इरादा नहीं था और मुझे राजनीति चाहिए भी नहीं। दलाली और धोखे का एक-एक दाना तुझे और तेरे परिवार को ही मुबारक हो लेकिन चाहे कुछ भी हो जाए तुम्हारे भाई को या तुम्हारे परिवार के किसी भी सदस्य को मैं रोहतास का विधानसभा सीट नहीं जीतने दूँगा। यह मेरा वादा है तुमसे।"

"मिस्टर कुणाल कुमार, मुझसे ऐसे बात करने की औकात नहीं है तुम्हारी। शायद तुम भूल रहे हो कि तुम एक ज्वॉइंट सेक्रेट्री से बात कर रहे हो।" अरुण ने अब मुझे धमकाना चाहा।

"तुम मुझे खरीदने आए थे या दूसरे शब्दों में कहें तो मेरे जज्बात के साथ खेलने आए थे लेकिन असली खेल तो मैं तुम्हारे साथ खेल गया। हमारी सारी बातों को मैंने अपने मोबाइल से रिकॉर्ड कर लिया है। अगर इसे मैंने सोशल नेटवर्क पर डाल दिया तो तुम्हें भी पता है कि तुम्हारी औकात एक बार फिर से उसी कुत्ते की तरह हो जाएगी जो अपनी पूरी जिंदगी सुकून की हड्डी अपने आकाओं के पीछे दुम हिलाते हुए पाता है। और मुझे अच्छे तरीके से पता है कि तुम ऐसा कुछ भी नहीं करोगे जिससे तुम्हें धोबी का कुत्ता बनना पड़े। बहुत जल्दी याद करने वाला हूँ मैं तुम्हें, और मैं तुम्हें भरोसा दिलाता हूँ कि मैं तुम्हारी तरह

तुम्हें बदनाम करने की कोई गिरी हुई हरकत नहीं करूँगा लेकिन तुम्हें तुम्हारी, इतना ही नहीं इस देश की तमाम जनता को भी तुम्हारी सच्चाई जरूर दिखाऊँगा। मिस्टर अरुण वाजपेई, तुमने आज तक मेरी दोस्ती देखी है। मेरे अंदर गद्दारी है ही नहीं। और वो जो तुम नमक की बात करते हो ना उसे वफादारी कहते हैं। तुम्हारी औकात नहीं है वफादारी को समझने की।" मैंने पूरी भड़ास निकाल दी।

"कुणाल?" अरुण मुझ पर चीख पड़ा।

"चीखो मत और यहाँ तमाशा करने की भी कोई जरूरत नहीं है। गनीमत समझो कि मैंने अभी अपने अंदर का इंसानियत नहीं खोया है लेकिन अगर एक मिनट के लिए भी मैंने अपने अंदर के इंसानियत को भुला दिया तो मैं भूल जाऊँगा कि मैं अपने बचपन के दोस्त से बात कर रहा हूँ। यहाँ न तो तुम्हारी ज्वॉइंट सेक्रेट्री की ताकत काम आएगी और ना ही तुम्हारा परिवार। मिस्टर अरुण वाजपेई, स्टे अवे फ्रॉम मी।" आवेश में आकर उसे डाँटते हुए अपनी बात सुनाकर मैं चिड़िया घर से अकेले ही बाहर निकल आया। अरुण की क्या प्रतिक्रिया थी यह जानना मैंने उचित नहीं समझा।

#21#

आज तक मैं भी बिहार को उसी नजर से देख रहा था जिस नजर से मुझे बिहार को दिखलाया गया था। कहते हैं कि जरूरत जीवन का सबसे बड़ा शिक्षक है और मेरी जरूरत ने मुझे मेरे सामने वह बिहार परोसा था जिससे यहाँ के नागरिकों ने नाता ही तोड़ लिया था। क्या करें कुछ ऐसा ही रिश्ता है बिहारियों का बिहार से।

कुछ सवाल लोहे की कील की तरह चुभते हैं। दर्द तो आम बात है, इससे इंफेक्शन का भी खतरा बना रहता है। सही वक्त पर अगर सावधानी नहीं बरती गई तो वह लाइलाज बन जाता है।

हिंदुस्तान में सबसे ज्यादा नागरिकों की जनसंख्या उत्तर प्रदेश के बाद बिहार में ही है। ये बिहारी जो पूरे हिंदुस्तान में दिखाई देते हैं, जो पूरे हिंदुस्तान में मजदूर की तरह मेहनत करते हैं, समझ में नहीं आता है कि उनका अपना ही बिहार इतने मेहनती लोगों के होने के बाद भी, पिछड़ा हुआ क्यों है ? क्यों बिहार का एक-एक आदमी दूसरे राज्य में अपनी महानता का श्रेय लेता फिरता है, और जब बात खुद के बिहार की आती है तो क्यों वही बिहारी बिहार की बदहाली का श्रेय अपने सर पर नहीं लेता है ?

जो सवाल मैं अपने-आप से पूछ रहा था उन सारे सवालों का जवाब मुझे एक-एक करके मिलता भी जा रहा था। मैंने अपनी जिंदगी में ना जाने कितने गलत काम किए हैं लेकिन मैंने सही काम भी किए हैं। मेरा एक फैसला बिलकुल सही था और वह फैसला था किताब लिखने का। जो सवाल मैंने अपने-आप के लिए खड़े किए थे उसका जवाब मैं अंपने आपको और अपने पाठकों को भी देना चाहता था।

हिंदुस्तान में सबसे ज्यादा प्रवासी मजदूर पूर्वांचल उत्तर प्रदेश और समस्त बिहार से हैं। मैं पहले बताऊँ कि बिहार से सारी इंडस्ट्री बाहर क्यों चली गई।

गुजरात, आंध्र प्रदेश, तमिलनाडु, महाराष्ट्र, उड़ीसा आदि किसी भी बड़े शहर में आपको काम करने वाले 80% से ज्यादा प्रवासी मजदूर बिहार और उत्तर प्रदेश से ही मिलेंगे। अकेले बिहार से 60% मजदूर इस पूरे भारतवर्ष में है। मजदूरों के साथ क्या होता है, यह सभी जानते हैं। उन्हीं दैनिक काम करना पड़ता है, दैनिक काम का मतलब है दिहाड़ी काम करना पड़ता है। दिहाड़ी काम और शिक्षा के अभाव की वजह से उन्हें भविष्य की योजना बनाने का समय ही नहीं मिलता।

उनके ठेकेदार उनके लिए जान-बूझकर ऐसा माहौल बनाते हैं कि वो मजदूरी से बाहर निकल ही ना सकें। और इसके लिए सबसे पहले उन्हें नशे की लत लगाई जाती है। मासिक आमदनी ना होने की वजह से मजदूरों को एक सामान्य जीवन जीने का मतलब ही नहीं पता होता।

कभी बिहार में फैक्ट्रियाँ हुआ करती थीं। जिन दिनों बिहार में इंडस्ट्री चरम पर थी उन दिनों बिहार में मजदूर नहीं गुलाम काम किया करते थे। सारी की सारी फैक्ट्रियाँ ब्राह्मण, भूमिहार, राजपूत, श्रीवास्तव आदि जैसे सवर्णों की थी। दबंगई और बाहुबलियों का वर्चस्व था बिहार में। मजदूरी के नाम पर शोषण हुआ करता था। इंसान को इंसान नहीं जानवर से बदतर समझा जाता था। उनके साथ जानवरों जैसा व्यवहार किया जाता था। भारत की जनसंख्या में तो कितनों का नाम भी नहीं था। पता नहीं सरकार को पता भी था या नहीं, बिहार की फैक्ट्री में काम करने वाले लोग इस देश के नागरिक भी थे कि नहीं। कितने बदनसीब तो ऐसे भी थे जिन्होंने गुलामी में जन्म लिया और गुलामी में दम तोड़ दिया। जिस तरीके से अंग्रेज जमींदारों को खरीदकर हिंदुस्तान के किसान पर ही जुल्म किया करते थे ठीक उसी तरीके से ये फैक्ट्री वाले ओबीसी और दलित समाज में कुछ दलालों को खरीदकर उनके द्वारा उनके ही समाज के लोगों पर जुल्म ढाते थे।

यादव की सरकार जब सत्ता में आई तो पहली बार किसी इंसान ने ओबीसी और दलितों को अपने हक की पहचान दिलाई। जिस समाज पर लगातार अत्याचार हुआ हो, वह जब बगावत पर उतरता है तो उसे भी इंसानियत नहीं दिखाई देती। प्रसाद यादव ने अपने शब्दों से, सत्ता की ताकत से दबे और कुचले

हुए लोगों को स्वतंत्र होकर जीना सिखाया। स्वतंत्र होने का मतलब था अपने हक की माँग करना। जिन मजदूरों का फैक्ट्री में शोषण हो रहा था उन्होंने अपने हक के लिए अपनी मेहनत की कमाई की माँग शुरू कर दी। शोषित मजदूरों ने खुद को एकत्रित किया क्योंकि बिहार में पहली बार ऐसी सरकार आई थी जो उनकी फरियाद को सुन रही थी। लेकिन ब्यूरोक्रेसी में अभी भी सवर्णों का ही दबदबा था जो कभी नहीं चाहते थे कि हिंदुस्तान के ओबीसी और दलित समाज उनकी बराबरी तो दूर, अपने हक के लिए भी आवाज उठा सकें। रातों-रात ब्यूरोक्रेसी में उन दिनों इन समाज के लोगों को ला पाना भी आसान नहीं था। परिणामस्वरूप मजबूर होकर प्रसाद यादव को शोषित होने वाली जनता को ही ताकतवर बनाना पड़ा।

जनता के पास जैसे ही ताकत आई, उन्होंने फैक्ट्री में काम करने वाले मजदूरों के लिए पैसे माँगने शुरू कर दिए। मजदूरों के पैसे माँगते ही फैक्ट्री वालों का एकतरफा मुनाफा कम होने लगा लेकिन ब्यूरोक्रेट्स के पास जाने वाली घूस अभी भी कम होने का नाम नहीं ले रहा था। पैसे में कमी होने की वजह से बिहार के ब्यूरोक्रेट्स ने फैक्ट्री पर लगाम लगाना शुरू कर दिया और इधर ताकत आते ही कुछ लोगों में बदले की भावना भी ज्वालामुखी की तरह बाहर निकल आई। बिहार में जितने भी ब्यूरोक्रेट्स थे उन्हें बिहार की बर्बादी से कोई मतलब नहीं बनता था क्योंकि वह जानते थे कि बिहार की जनता बर्बाद हो रही है। उन्होंने भविष्य को देख लिया था क्योंकि बिहार और उत्तर प्रदेश के अलावा कहीं भी मजदूर काफी महँगे थे और मजदूरों की काफी कमी भी थी। बिहार और उत्तर प्रदेश दोनों राज्य की जनसंख्या बेहद ज्यादा थी। ब्यूरोक्रेट्स ने अपनी पूरी ताकत लगा दी कि बिहार की फैक्ट्रियाँ बंद हो जाएँ इसलिए उन्होंने जनता में गुंडे पालने शुरू किए, और उन गुंडों से फैक्ट्रियों मैं आग लगवाकर, मजदूरों को उकसाकर, कई बार लूटपाट मचवाया।

सवर्ण समाज हमेशा से आपस में लड़ता रहा है। ब्यूरोक्रेसी ने इसका भी फायदा उठाया। नतीजा यह हुआ कि बिहार से लोग पैसे लेकर अन्य राज्य में भागने लगे जैसा कि बिहार के ब्यूरोक्रेट्स चाहते थे। अचानक ही बिहार की फैक्ट्रियाँ बंद होने लगीं, लोगों को काम मिलना बंद होने लगा। काम के अभाव में जाहिर-सी बात है कि किसी भी राज्य में गुंडाराज आएगा। मैं यह नहीं कहता

कि सारे सवर्ण खराब थे लेकिन हमेशा गेंहूँ के साथ घुन भी पिसता है।

जब निर्दोष सवर्ण लोग भी गुंडागर्दी का शिकार होने लगे तो उन्होंने भी अपनी सुरक्षा के लिए हथियार उठा लिया। और जब दोनों तरफ से हथियार उठने लगा तो गुंडागर्दी दोनों तरफ से शुरू हो गई। उन दिनों बिहार के ब्यूरोक्रेट्स ने उस लड़ाई का जमकर फायदा उठाया। बिहार को बर्बाद बिहार की ब्यूरोक्रेसी ने किया और इल्जाम प्रसाद यादव पर लगा दिया गया, क्योंकि ब्यूरोक्रेट्स के द्वारा नेताओं को बदनाम करना हमेशा से आसान रहा है। पैसा लेकर बिहार के सवर्ण दूसरे राज्य में जाकर धंधा करने लगे और इसमें उनकी मदद की उन्हीं ब्यूरोक्रेट्स ने जिन्होंने उन्हें बर्बाद किया था।

इधर गुंडागर्दी से बिहार में दोनों ही समाज के लोगों के परिवार का नुकसान होने लगा। दिन-रात दोनों ही समाज में किसी-ना-किसी परिवार में किसी-ना-किसी की मौत जरूर होती थी। अपनों का खोना हर किसी को तकलीफ देता है। दोनों ही समाज के लोग इस तरह के आतंक से बाहर आना चाहते थे और उससे बाहर आने के लिए उनके लिए नौकरी करना बहुत जरूरी था। बिहार में नौकरी बची नहीं थी। जिन लोगों ने बाहर जाकर अपना धंधा शुरू किया उन्होंने मजदूरों को बिहार से बुलावा देना शुरू कर दिया। हाँ यह और बात थी कि मजदूरों का बाहर में बिहार की तरह शोषण नहीं हो पा रहा था। इधर बिहार में सवर्णों के पास विरासत की अच्छी-खासी जमीन थी जिसकी सुरक्षा के लिए भी उन्हें लोग चाहिए थे। यहाँ भी बहुत शानदार खेल खेला गया। बिहार का परिवार हमेशा से बड़ा रहा है। अपनी पैतृक संपत्ति की सुरक्षा के लिए लोगों ने मजदूर के ही परिवार वालों को बिहार में ही नौकरी पर रख लिया। यह वे मजदूर थे जो दूसरों की संपत्ति पर दिन-रात मेहनत किया करते थे और अपनी मेहनत की सारी कमाई अपने मालिक को दे दिया करते थे, सिर्फ इसलिए कि उन्हें दो वक्त की रोटी मिल सके, और उनका गुजर-बसर सही से हो सके। साथ ही उनके परिवार का जो सदस्य बाहर में काम करता है उसकी नौकरी खत्म ना हो। मानसिक गुलामी का ऐसा जाल बनाया गया जो आज तक कायम है। लोगों ने अपना काम भी निकाला और खुद को गरीबों का मसीहा भी साबित कर दिया। अपने राज्य को बदहाल करने के बाद झूठी शान में जीने वाले लोग लगातार अन्य राज्य में अपमानित होते रहे लेकिन उसे नजरअंदाज भी करते रहे क्योंकि नजरअंदाज

करना उनकी मजबूरी बन चुकी थी।

सवाल तो यह भी उठता था कि बिहार में शिक्षा का इतना अभाव क्यों है ?

जवाब सीधा और साफ है कि बिहार में पढ़ाई करने वाले आज के युवा पढ़ाई करने के बाद बिहार में रहना ही नहीं चाहते। 80% से ज्यादा शिक्षित युवा बिहार के बाहर बस जाते हैं जिसकी वजह से उनकी आने वाली पीढ़ी बिहार की नहीं रह जाती। जिस तरीके से देश से प्रतिभा का पलायन होता है ठीक उसी तरीके से बिहार से शिक्षा पूरी तरीके से पलायन कर चुकी है। और जो बिहार में बस जाते हैं उनके पास शिक्षा का नामोनिशान नहीं होता।

एक समय शिक्षा के लिए पूरी दुनिया में अपनी साख बनाने वाला बिहार आज अच्छी यूनिवर्सिटी का मोहताज क्यों है, इसका जवाब नालंदा यूनिवर्सिटी में होने वाली राजनीति ने दे दिया है। बहुत ही गहरी साजिश हुई है बिहार के साथ, लेकिन साजिश करने वाले आज भी पूजनीय हैं और जो साजिश के शिकार हुए उन्हें आज भी नीचा दिखाया जा रहा है।

सबसे बड़ी विडंबना तो यह है कि गौतम बुद्ध, महावीर जैन जिन्हें भगवान तक का दर्जा मिला है और जिन्हें भगवान की तरह कई देश में पूजा जाता है, आज उनके जन्म स्थल बिहार में ही उनके अनुयायियों की कमी है। ऐसा क्या हुआ इन भगवानों को कि अपने जन्म स्थल में ही भक्त नहीं मिले ?

सुबह शाम धर्म की लड़ाई लड़ने वाले हिंदू पता नहीं क्यों बुद्ध मंदिर की देखभाल में लगे रहते हैं ? यह सब मोटी कमाई है। भगवान और अवतार तो आम जनता को धर्म के नाम पर बेवकूफ बनाने के लिए और लूटने के लिए हैं। और जिस राज्य को अपने देश में सबसे अशिक्षित होने का दर्जा मिले उस राज्य में धर्म की राजनीति करना सबसे आसान होता है।

अब तो मैं यह भी जान चुका था कि पूरे विश्व की आँखों में धूल झोंकने वाले बैरिस्टर मोहनदास करमचंद गाँधी उर्फ राष्ट्रपिता महात्मा गाँधी ने चंपारण से गाँधी यात्रा की शुरुआत क्यों की थी। क्या बिहार के लोग, भारतवर्ष में सबसे बेवकूफ लोगों में से हैं ? काफी विस्तार से जिक्र किया है मैंने अपनी किताब में इसका।

इन सब घटनाओं को देखकर मैं यह सोचने पर मजबूर हूँ कि क्या बिहारी एक अच्छे अनुयायी और खराब नेतृत्व कर सकने वाले नेता हैं ? ऐसा क्या है

कि जो राज्य इस देश की राजनीति को तय करता है उसी राज्य से आज तक इस देश को एक भी प्रधानमंत्री नहीं मिला ?

चंद्रगुप्त मौर्य का साम्राज्य, बिंदुसार का साम्राज्य, महान चक्रवर्ती सम्राट अशोक का साम्राज्य बिहार में था तो बिहार को भारत की राजधानी नयी दिल्ली से ज्यादा विकसित होना चाहिए था। लेकिन अफसोस की बात है और अपने-आप से पूछने योग्य सवाल है कि बिहार की राजधानी पटना अन्य राज्य की राजधानियों से विकास में पीछे क्यों है ?

क्यों बिहार में भ्रष्टाचार चरम पर है और इस भ्रष्टाचार से किसी को कोई दिक्कत नहीं है ? क्यों बिहार में सबसे ज्यादा सामंतवाद है ?

सवर्ण युग में गुप्त साम्राज्य बिहार में ही स्थापित था। शेरशाह सूरी ने मुगल सम्राट हुमायूँ को सासाराम में हराकर ग्रैंड ट्रंक रोड का निर्माण किया था जो उन दिनों और आज भी हिंदुस्तान की बेहतरीन रोड मानी जाती है। इतना कुछ होने के बाद बिहार में इतना पिछड़ापन कहाँ से आ गया ?

अगर वित्त शिक्षा की बात करें तो अकबर साम्राज्य में वित्त मंत्री का पद सँभाल रहे टोडरमल बिहार से ही थे। हिंदुस्तान के नागरिक में पहला इंग्लिश उपन्यास भी एक बिहारी ने ही लिखा। इसी बिहार ने स्वतंत्र भारत को देश का प्रथम राष्ट्रपति दिया। बिहार में गिनी-चुनी जगह पर ही जातीय हिंसा का इतिहास रहा है। हिंदुस्तान में सबसे कम धार्मिक या जातीय हिंसा कहीं हुई है तो वह बिहार में हुई है। पूरी दुनिया में अपनी चित्रकला के लिए मशहूर मधुबनी, दुनिया में सबसे ज्यादा बंदूक का निर्माण करने वाला जिला मुंगेर, भारत के प्रमुख राज्यों में से एक जो चावल का उत्पादन करता है, उस बिहार को अचानक से किसकी नजर लग गई। आज भी क्या कमी है बिहार में ? फिर भी बिहारियों को अन्य राज्यों में धक्का क्यों खाना पड़ता है ? क्यों उन्हें बदनामी झेलनी पड़ती है ? आखिर ऐसा क्या है बिहार में जो बिहार को आगे बढ़ने ही नहीं दे रहा ?

बिहारी उप-राष्ट्रवाद का अभाव जो राज्य के लिए कोई प्रवक्ता नहीं होने के कारण भी है। मुझे लगता है कि हमें एक बार बैठकर यह विचार करना चाहिए और याद करना चाहिए कि पिछली बार सत्ता में किसने बिहार और बिहारियों की बात क्यों की थी ? बिहार की आवाज कौन है ? पूरे भारत में बिहारी प्रवासियों को पीटने के बाद कौन विरोध करता है ? संसद में बिहार के लिए कौन खड़ा है ?

मेरे पास आपके बहुत सारे सवालों का जवाब है, मैंने आपके बहुत सारे सवालों का जवाब दे भी दिया है लेकिन अभी भी कुछ सवाल मेरे लिए एक रहस्य बने हुए थे। उन सवालों का जवाब ना मिल पाना मुझे बेचैन कर चुका था। अब एक ही आदमी था जो मुझे मेरे सवालों का जवाब दे सकता था। और वह था प्रकाश किशोर।

प्रकाश किशोर मुझसे मिलना चाहता था क्योंकि अरुण वाजपेई की जिस तरीके से मैंने बेइज्जती की थी यह बात उसके बड़े भाई तक पहुँच चुकी थी। बेचारे का रोहतास से चुनाव लड़ने का सपना, सपना ही रह गया था क्योंकि उसका टिकट किसी और को दे दिया गया था। मुझे बहुत सुकून मिला था। सुकून इसलिए नहीं मिला था कि अरुण मेरा दुश्मन था, सुकून इसलिए मिला था कि कम-से-कम रोहतास में जातिवाद के नाम पर इंसानों से नफरत करने वाले किसी भी इंसान को नेतृत्व करने का मौका नहीं मिलने वाला था। फिलहाल एक खुशखबरी के साथ मैं प्रकाश किशोर से मिलने निकल चला था।

#22#

हँसी भी आ रही था और अफसोस भी हो रहा था। न जाने किन-किन विषम परिस्थितियों का सामना करके बाबासाहेब आंबेडकर ने इस देश का संविधान लिखा था और दुनिया को यह बताने की कोशिश की थी कि हिंदुस्तान के संविधान को हिंदुस्तान की राजनीति चलाती है लेकिन किसी को इस बात की खबर नहीं थी कि इस देश की सबसे बड़ी राजनीति ब्यूरोक्रेसी के हाथ में है। आज की जनता के दिल में अगर नेताओं के लिए सम्मान नहीं है तो एक ब्यूरोक्रेट के लिए बेहद सम्मान है। लेकिन जनता को कौन बताए कि नेताओं से ज्यादा भ्रष्ट तो इस देश के ब्यूरोक्रेट्स हैं।

इंसान जब अपने सवालों से घिर जाता है तो उनके जवाबों को ढूँढ़ने के लिए वह व्याकुल हो जाता है। जितना जानना था, जितना बताना था और जितना लिखना था मैं सब लिख चुका था। हाँ अभी भी मेरी किताब अधूरी थी और इस अधूरी किताब को पूरा करने के लिए मेरा प्रकाश किशोर से मिलना जरूरी था। मैंने प्रकाश किशोर को फोन किया और उससे मिलने की इच्छा जाहिर की। प्रकाश किशोर ने मुझे बिना कोई नखरा दिखाते हुए शाम को ही मिलने का वक्त दिया, साथ-ही-साथ यह प्रस्ताव रखा कि क्यों ना हम आज शाम और रात एक-दूसरे के साथ बिताएँ। हालाँकि मुझे उससे इस प्रस्ताव की उम्मीद नहीं थी लेकिन मैं चाहता था कि वह मुझे यह प्रस्ताव दे। मैंने हामी भर दी।

मैं घर से निकला और रास्ते में शराब की दुकान पर रुका। मैंने दुकान से एक सिंगल माल्ट स्कॉच व्हिस्की ली और पीके के घर के लिए निकल पड़ा।

मैं पीके का सच जानना चाहता था, इसलिए मैंने पहले ही कह दिया था कि आज रात का डिनर मैं पीके के साथ ही करूँगा। मैं जानना चाहता था कि पीके

ने अपना पाला वाकई बदल दिया है या वह सिर्फ एक्टिंग कर रहा है? क्योंकि 2014 से पहले पार्टी की जीत का श्रेय, पीके को ही दिया जाता था। और अभी हाल में ही सुशासन बाबू से संबंध खराब होने पर सुशासन बाबू ने कहा था कि उसका कोई पीके से लेना-देना नहीं है। उसने तो सिर्फ उसके आका के कहने पर अपनी पार्टी में पीके रखा था।

मेरे दिमाग में एक सवाल और भी था कि अगर पीके के आका पीके को इतना ही चाहते थे तो फिर पीके को अपनी पार्टी में क्यों नहीं रखा? सुशासन बाबू की पार्टी में क्यों रखवाया? इतनी छोटी बिहार की पार्टी में क्या रखा है जहाँ एक पार्टी दुनिया के सबसे बड़े लोकतंत्र पर कब्जा जमाए हुए है। यह बात मुझे कुछ हजम नहीं हो रही थी। अगर पीके को कुछ देना ही चाहते थे तो अपनी पार्टी में देते। बिहार की पार्टी से क्यों नाता जुड़वाया?

मैं प्रकाश किशोर के निवास पर पहुँच चुका था। पहले मुझे और फिर मेरे हाथ मेंअपना पसंदीदा ब्रांड देखकर पीके खुश हो गया।

"एक बिहारी ही दूसरे बिहारी को समझ सकता है।" पीके ने मेरा स्वागत करते हुए कहा।"

"मेरे भविष्य की नैया तो आपके समंदर में तैर रही है, अब इसे किनारा आपको ही लगाना है।" मैंने उसकी चापलूसी करने का नाटक करते हुए कहा।

"चाणक्य से राजनीति?" चेहरे पर उभरे सवालिया भाव से प्रकाश किशोर ने मुझसे पूछा।

"जी हाँ चाणक्य की ही राजनीति की भी जाती है और सीखी भी जाती है। वैसे भी राजनीति में मेरे जैसे नौसिखिए के लिए इससे बड़ा भाग्य क्या हो सकता है कि मेरे मार्गदर्शक खुद प्रकाश किशोर हों।" मैंने जवाब दिया।

"लगता है बिना पिए ही नशे में आ गया हूँ मैं। खैर, वक्त के साथ हर इंसान अपनी हदों को समझ जाता है। आइए बैठिए, व्हिस्की की इस बोतल को लाकर आपने तबियत खुश कर दिया।" प्रकाश किशोर ने अपने रेफ्रिजरेटर से कुछ बर्फ और ग्लास लाने के दौरान मुझसे कहा।

टेबल पर ग्लास रखने के बाद मैंने दो पैग तैयार किया। पैग तैयार होने के बाद एक गिलास मैंने प्रकाश किशोर की ओर बढ़ा दिया। प्रकाश के चेहरे पर मुस्कान उभर आई।

"चीयर्स!" एक-दूसरे के गिलास को आपस में टकराने के बाद एक ही गटक में हम दोनों ने अपनी गिलास खाली कर दी।

मैंने दूसरा पैग बनाने में दो मिनट का भी समय नहीं लिया। और फिर हमने दारू पर चर्चा शुरू की। जैसे-जैसे सिंगल माल्ट व्हिस्की अंदर जाती रही, वैसे-वैसे पीके के अंदर से सच निकलता गया।

"पीके साहब, भाई आपने समा बाँध दिया। साला सदियाँ बीत जाती हैं यहाँ किसी को अपनी पहचान बनाते-बनाते। आपने तो एक ही पल में सभी राजनीतिक पार्टियों को और राजनेताओं को अपना गुलाम बना लिया है। आखिर कहाँ से लाते हैं इतना दिमाग आप? इतना दिमाग तो चाणक्य के पास भी नहीं होगा।" मैंने झूमने का नाटक करते हुए पीके से कहा।

उसने मेरी तरफ एक बार गंभीरता से देखा और फिर जोर से हँसने लगा। उसकी हँसी को देखकर मुझे थोड़ा आश्चर्य हुआ।

"क्या हुआ, बहुत हँसी आ रही है आपको?" मैंने गंभीरता से लेकिन मुस्कुराते हुए पूछा।

"यार, किसी को कुछ नहीं पता। सब के सब धृतराष्ट्र हैं यहाँ।" पीके ने पहले मेरे सवाल का जवाब दिया और मेरी तरफ अचानक गंभीरता से देखते हुए बताया, "पता है, धरती पर आज तक चाणक्य पैदा ही नहीं हुआ। चाणक्य के सभी पात्र और घटनाएँ काल्पनिक हैं जिसका वास्तविक जीवन से कोई संबंध नहीं है।"

"मतलब?" मैंने भी गंभीरता से पूछा।

"यार बेवकूफ है साले सब के सब। कल्पना में जीते रहते हैं।" पीके ने मुझे जवाब दिया और कहा, "कौन चाणक्य और कैसा चाणक्य? किसने देखा इस चाणक्य को? किताबों ने? किसकी किताब ने? आजादी के बाद अंग्रेज देश छोड़कर चले गए लेकिन सत्ता एक खास वर्ग के हाथ में आ गई। जाहिर-सी बात है कि आपको यह बताने की जरूरत नहीं है कि वह सत्ता ब्राह्मणों के हाथ में थी। बड़े-बड़े मंत्रिमंडल, अफसरशाही, हर तरह के लाभ के पद और शिक्षा पर हर जगह हमारा राज रहा। 1837 में अशोक स्तंभ पर लिखे गए शब्दों को पढ़ा गया और उसका मतलब भी निकाला गया था, तब हिंदुस्तान पर राज करने वाले हम लोगों को पहली बार पता चला कि चंद्रगुप्त मौर्य नाम का कोई

राजा भी था जिसने अपनी शोहरत दूर-दूर तक फैला रखी थी। उस समय सम्राट अशोक के बारे में हिंदुस्तान की जनता को पता नहीं था। अब हमारे रहते कोई हमारे वर्चस्व पर राज करे यह बर्दाश्त से बाहर की बात थी। शिक्षा पर एकक्षत्र राज होने की वजह से किताब लिखने वाले लेखक भी हमारे ही जैसे ब्राह्मण थे। हमें हमारे लोगों को और हमारे लोगों के साथ आप जैसे लोगों को भी बताना था कि चंद्रगुप्त मौर्य को बनाने वाले भी हमारे जैसे ही ब्राह्मण थे। करना कुछ नहीं था बस एक चरित्र को जन्म देना था। और चरित्र को जन्म देना मुश्किल भी नहीं था। क्योंकि इतिहास गवाह है कि राजाओं के गुरु ब्राह्मण ही हुआ करते थे। इसलिए चाणक्य को चंद्रगुप्त मौर्य का गुरु बनाकर बहुत ही शिद्दत से दुनिया के सामने परोस दिया गया, और दुनिया ने इसे बहुत ही प्यार से अपना भी लिया। चंद्रगुप्त मौर्य के समय जाति व्यवस्था थी ही नहीं लेकिन कागज पर जन्म दिए गए चाणक्य की जाति ढूँढ़ ली गई। हिंदुस्तान की जनता को दिखावा बहुत पसंद है। यहाँ पर नायक बनाना बहुत ही आसान है। बस बन गया चाणक्य। असली उद्देश तो ब्राह्मण बनाना था, ब्राह्मण का वर्चस्व बनाना था। आखिर चंद्रगुप्त मौर्य की कामयाबी का सारा श्रेय चाणक्य को ही तो जाता है। मतलब साफ है कि अगर एक ब्राह्मण ना होता तो चंद्रगुप्त मौर्य कभी महान बन ही नहीं पाता।"

"ऐसा? मतलब इतिहासकारों ने तबीयत से चुटिया काटी है हिंदुस्तान के इतिहास की?" मैंने उसकी बात को सुनकर कहा।

"इतिहास तो राजा लिखता है, लिखवाता है। कहने को तो इस देश में राज सूर्यवंशी, यदुवंशी, चंद्रवंशी और पता नहीं कौन-कौन से वंशी कर रहे थे लेकिन सबको ज्ञान की बंसी में ब्राह्मणों ने ही उलझाया हुआ था। एक राजा बताइए जिसका गुरु ब्राह्मण ना हो। पहले का सिस्टम भी बढ़िया था, ब्राह्मणों को गुस्सा आया तो पानी उठाओ, मंत्र फूँको और किसी को भी श्रापित कर दो। पता नहीं वह वाला सिस्टम अचानक कहाँ गायब हो गया?"

"हाँ, यह तो सही कहा है आपने।" मैंने उसकी बात से सहमति जताते हुए कहा, "लेकिन यह नायक बनाने वाला सिस्टम अभी भी समझ में नहीं आया मुझे।" मैंने उसके जवाब में से एक सवाल को जन्म देते हुए कहा।

"अरे नायक बनाना कुछ भी नहीं है यार। यह तो हमारी बाईं उँगली का खेल है। अपने घर की खेती है, जब चाहो जैसा चाहो फसल उगा लो।" नशे में

बहकते हुए पीके बोलने लगा।

"वह कैसे?" और मैं उसे बहकावे में लाने के लिए अपनी पूरी ताकत लगा चुका था।

"चलो मौजूदा उदाहरण देते हैं आपको। इतिहास में कौन उतना दिमाग लगाए।" पीके ने जवाब दिया और आगे बताया, "पार्टी को यह बात मालूम थी कि 2014 में वह चुनाव जीतने जा रही है। उसके पास एक स्ट्रेटजी थी जो वह चाहती थी कि वह इसका इस्तेमाल उसकी जीत के लिए ही हमेशा हो। मुझे इसीलिए पैदा किया गया, क्योंकि यह दिखाना था कि जीत के पीछे कोई नायक है। नायक पैदा करने से स्ट्रेटजी पीछे चली जाती है और एक तरह से यह पेटेंट हो जाता है कि जीत किसने दिलाई। पार्टी को एक ऐसे आदमी की तलाश थी जिसे नाम से जाना जाता हो और वह पढ़ा-लिखा हो और साथ-ही-साथ वह नागपुर मानसिकता का हो। इसलिए उन्होंने मुझे ढूँढा और नये चाणक्य को पैदा किया, एक नायक के रूप में।

जब सारी मीडिया आप की हो, चाहे अखबार हो या टीवी चैनल किसी को भी अपना बना सकते हैं। यही मेरे साथ भी किया गया। आप लोगों को यह लगता है कि यह स्ट्रैटेजी जरूरी नहीं है, जरूरी है साहब, क्योंकि हिंदुस्तान के आदमी हर चीज में भगवान और नायक ढूँढ़ना चाहते हैं और जिंदगी भर नायक ढूँढ़ते रह जाते हैं। इस नायक का काम था कि वह हमेशा अपने आका के लिए काम करेगा। कभी उसको जिताने के लिए तो कभी विपक्षी को हराने के लिए तो कभी उनके भेद जानने के लिए। आश्चर्य है कि हमारी पॉलीटिकल पार्टीज इतनी बेवकूफ हैं कि वह आज के इस चाणक्य को समझ ही नहीं पातीं। अपना सारा डाटा मुझे दे देती हैं जो मैं आराम से पार्टी को पास कर देता हूँ।"

"नहीं, बात तो सही कह रहे हैं आप लेकिन अच्छा ही तो किया पार्टी ने, अगर उन्होंने आपका समर्थन नहीं किया होता तो आपका भी इतना नाम नहीं होता और उनको भी इतनी बड़ी जीत नहीं मिलती।" मैंने उसकी तारीफ में चार चाँद लगाते हुए कहा।

"हा हा हा!" पीके एक बार फिर मेरी बात सुनकर जोर से हँस पड़ा।"

"मैं कुछ समझा नहीं।" मैंने पूछा।

"अरे साहब, ये पार्टी हो या कोई अन्य पार्टी, जिस पार्टी के माध्यम से

हिंदुस्तान में परिवारवाद से वर्चस्व बनाए हुए परिवार का भला होगा, सरकार उसी की आएगी और यही हिंदुस्तान की ब्यूरोक्रेसी, प्रमुख सेवक संघ, और इंडस्ट्री चाहती है क्योंकि हर जगह उनका ही दबदबा है।" पीके ने जवाब दिया।

"और यह जो सुशासन बाबू..." मेरा सवाल अधूरा ही रह गया क्योंकि पीके नशे में खुद ही बकने लगा था।

"इत्तेफाकन इस कोरोनावायरस ने एक नये जननायक को जन्म देने का सुनहरा मौका दिया है। ट्रोलों द्वारा हमला किए जाने के बाद भी, कोविड -19 के दौरान छेदी सिंह के राहत प्रयासों की पार्टी ने प्रशंसा की, कई मंत्रियों ने उनकी मदद के लिए कहा। कोविड -19 लॉकडाउन के दौरान एक नायक उभरा है, तो यह किसी भी राजनेता, कार्यकर्ता या यहाँ तक कि फरहान अख्तर, शाहरुख खान या स्वरा भास्कर जैसी बॉलीवुड सेलिब्रिटी नहीं है, यह छेदी सिंह है।"

"छेदी सिंह ?" या नाम सुनते ही मैं अचानक गंभीर हो गया।

"जी हाँ साहब, छेदी सिंह।" पीके ने मुझे जवाब दिया और बताया, "सोचने वाली बात यह है कि यह जननायक पार्टी और उसके समर्थकों को परेशान नहीं करता है और ना ही पार्टी के समर्थकों के द्वारा परेशान किया जाता है। लॉकडाउन की शुरुआत के बाद से, दबंग अभिनेता फँसे हुए छात्रों और मजदूरों की मदद करने के लिए सामाजिक कल्याण में सक्रिय रूप से भाग ले रहा है। उसने अप्रैल की शुरुआत में 45,000 से अधिक लोगों को भोजन दिया, और फिर सुनिश्चित किया कि फँसे हुए नागरिकों के पास घर पहुँचने का साधन हो। जब तक वे छेदी सिंह से मदद के लिए अनुरोध कर रहे थे, तब तक किसी को भी घर नहीं जाना था। उनकी टीम ने ऑनलाइन व्यक्त की गई शिकायतों का ध्यान रखा और यहाँ तक कि मदद की जरूरत में श्रमिकों के लिए एक टोल-फ्री टेलीफोन लाइन भी शुरू की। छेदी सिंह के प्रयास हमारी सरकारों को शर्मसार करने के लिए पर्याप्त हैं जो अपना कर्तव्य निभाने में विफल रहे हैं। और फिर भी, छेदी सिंह को केंद्रीय मंत्री जैसे जुमला पार्टी के सदस्यों के बीच प्रशंसक मिले हैं, जिन्होंने अपनी दानशीलता औंर परोपकारिता पर यह दिखाने की कोशिश की है कि महाराष्ट्र में सरकार अपने नागरिकों को कैसे विफल कर रही है।

एक आकस्मिक दर्शक के अनुसार ऐसा लगता है कि संकट के समय केवल छेदी सिंह ही ऊपर उठे हैं और इसलिए वह सभी लोकप्रियता के हकदार

हैं। पूरे भारत में ऐसे नागरिक हैं जिन्होंने हजारों व्यथित लोगों की मदद की जिनके पास कोई भी संसाधन और पैसा नहीं था।

मिशेलिन-स्टार सेलिब्रिटी खन्ना ने लॉकडाउन के बीच भारत के 100 शहरों में 7 मिलियन से अधिक सूखे भोजन और पकाया भोजन वितरित किया है। बॉलीवुड अभिनेता और निर्देशक अख्तर ने निजी सुरक्षा उपकरण (पीपीई) किट दान किए, खान पश्चिम बंगाल में चक्रवात अम्फान के बाद राहत-बचाव कार्य कर रहे हैं, जबकि अभिनेत्री भास्कर ने 1,300 से अधिक मजदूरों को घर तक पहुँचने में मदद की है। व्हॉट्सएप के राइट-विंग की पसंदीदा तर्क रणनीति में लिप्त है, जरा सोचिए, उनके बारे में क्या? उन सैकड़ों लोगों के बारे में क्या है जो छेदी सिंह की तरह अपनी जिंदगी को खतरे में डालकर जमीन पर जबरदस्त काम कर रहे हैं? क्या वे उसी प्रशंसा के योग्य नहीं हैं जो छेदी सिंह पर बरसाई गई हो? क्या महाराष्ट्र के राज्यपाल पत्रकार अय्यूब या भास्कर को भी अपने कार्यालय में आमंत्रित कर के उन्हें बधाई देंगे?

जब छेदी सिंह के राहत प्रयासों से सरकार पर उँगली उठने लगी और छेदी सिंह नायक बनकर उभरने लगा, तो सोशल मीडिया पर आईटी सेल ने उसके खिलाफ एक धब्बा अभियान की आशंका जताई, लेकिन हुआ बिलकुल उल्टा।"

"मतलब यह सब जो हो रहा है सब योजनागत हो रहा है?" मैंने पूछा।

"क्यों आप भी धृतराष्ट्र हैं क्या? आपको भी कुछ दिखाई नहीं देता। कोई बात नहीं इस देश की 99% जनता धृतराष्ट्र ही है। लेकिन आप चिंता मत करिए मैं आपका संजय हूँ। आखिर आपने मेरे साथ अपना कीमती वक्त बिताया है और मुझे यह व्हिस्की पिलाई है।" पीके ने अपना ग्लास मुझे बढ़ाते हुए आगे बताना शुरू किया, "मौजूदा सरकार के लिए छेदी सिंह के प्रयासों को एक तमाचा होना चाहिए, जिसकी अक्षमता और कोविड लॉकडाउन की वजह से संकट को काम करने में असमर्थता के परिणामस्वरूप लोग भूख और गर्मी से सड़कों पर मर रहे थे। जब घरों तक पहुँचने में उनकी मदद के लिए 'विशेष' ट्रेनों की शुरुआत हुई तो स्थिति थोड़ी बदल गई। जब कांग्रेस नेता ने कार्यकर्ताओं को घर पहुँचाने में मदद करने के लिए 1,000 बसों की पेशकश की, तो उन्हें एक राज्य के सरकार द्वारा बसों को चलाने की अनुमति देने से इनकार करने के बाद उन्हें ट्रोल किया गया, उपहास और आलोचना की गई। जबकि कांग्रेस के नेता के द्वारा व्यवस्थित

की गई लगभग 586 बसों को संचालित करने के लिए फिट पाया गया था।

पार्टी के कई मंत्री, जिनका काम यह सुनिश्चित करना है कि महामारी में फँसे लोग घर तक सुरक्षित पहुँचे वो छेदी सिंह से मदद की अपील कर रहे हैं, जबकि इसके विपरीत होना चाहिए था। यह साफ-साफ पार्टी के साथ छेदी सिंह के संबंधों पर सवाल उठाता है, विशेष रूप से पिछले साल कोबरापोस्ट के स्टिंग के संदर्भ में, जिसमें अभिनेता यह स्वीकार करते हुए देखा गया था कि वह 2019 लोकसभा से पहले सोशल मीडिया पर पार्टी का समर्थन करने के लिए धन स्वीकार करने को तैयार होंगे। चुनाव की 'एक ट्वीट के लिए न्यूनतम साढ़े पाँच लाख' अभिनेता को जुमला के ब्रांड एंबेसडर की भूमिका की पेशकश के जवाब में यह कहते हुए सुना जा सकता है।

कोविड-19 संकट के दौरान छेदी सिंह के प्रयासों को कमजोर करने के इरादे के बिना, किसी को यह पूछना था कि जुमला को ऐसी परोपकारी सफलता में क्या लाभ मिलता है? लेकिन पूछे कौन? छेदी सिंह और अन्य लोगों के प्रयासों ने केवल उस उदासीनता को रेखांकित किया है जिसके साथ मौजूदा सरकार ने महामारी, विशेष रूप से बेरोजगार श्रमिकों के संकट से निपटा है। नागरिक-संचालित परियोजनाओं ने साबित कर दिया है कि भले ही पार्टी के पास आधा दिल था, यह कोविड-19 संकट के दौरान भारतीयों को बहुत दर्द और पीड़ा से बचा सकता था। और देखते-ही-देखते भारत को एक नया जननायक मिल गया।"

"इतना बड़ा खेल? मान गए गुरु।" सच जानकर मैं हैरान हो गया था लेकिन अपनी भावनाओं को छुपाते हुए मैंने पीके से और भी राज उगलवाने की कोशिश की।

"यह जो ताकतवर होते हैं ना, यह पूरे समाज में हीरो और विलेन खुद ही बनाते हैं। कौन इनका विरोध करेगा और कौन उनका समर्थन करेगा क्योंकि असली मुद्दा विरोध और समर्थन नहीं है, असली मुद्दा है जनता को झूठ दिखाना।" पीके ने आगे बताया।

"इससे क्या फायदा होता है?" मैंने तुरंत अगला सवाल पूछा।

"अरे हिंदुस्तान की जनता को ऐसा ही नायक तो चाहिए राजनीति में।" पीके ने मुझे तुरंत जवाब दिया।

मैं भी उसे एक और पैग बनाकर दे चुका था।

"बेचारी हिंदुस्तान की जनता समझती है कि हीरो और विलेन अपने-आप बनते हैं। मेरा ही ले लीजिए, मेरे आका ने मुझे बिहार की पार्टी में इसलिए रखा, क्योंकि वह चाहते थे कि यहाँ पर कब्जा बना रहे। सुशासन बाबू तो सिर्फ एक मोहरा हैं।"

"अच्छा?" मैंने अपनी दोनों आँखों को एक ही पल में खोलते हुए उसके चेहरे पर देखते हुए पूछा। मेरे चेहरे के भाव को देखकर पीके फिर मुस्कुराने लगा और मुस्कुराते हुए आगे बताने लगा, "जी हाँ, सुशासन बाबू तो सिर्फ एक मोहरा है जिसकी डोर मेरे आका के हाथ में है। और वह यादव अपने-आप को कैसा होशियार समझता था? कैसा उसे गठबंधन में फँसाया और फिर सरकार बनाकर उसको हटा दिया और फिर से अपनी पार्टी की सरकार बना दी? इसे कहते हैं चाणक्य का दाँव। अब समझे चाणक्य को कुणाल बाबू?"

"लेकिन मैंने टाइम्स नाउ चैनल पर महिला पत्रकार के साथ आपका इंटरव्यू देखा। बहुत अच्छा इंटरव्यू था। उसमें तो आप अपने आका की पार्टी के खिलाफ मोर्चा बनाने की बात कर रहे हैं?" मैंने उसे उसके इंटरव्यू के बारे में बताते हुए पूछा।

पीके जैसे ही मेरे किसी सवाल को सुनता पहले वह अपनी पूरी ताकत लगाकर हँसने लगता और हँसते हुए मुझे जवाब देता।

"सबसे पहले तो वह इंटरव्यू किया नहीं गया था। इंटरव्यू किए नहीं जाते हैं, इंटरव्यू करवाए जाते हैं कुणाल बाबू। पहले स्क्रिप्ट लिखी जाती है कि इंटरव्यू में क्या बोलना है फिर चैनल तय किया जाता है। फिर पत्रकार तय किया जाता है और फिर इंटरव्यू होता है।" पीके ने बताया।

"मतलब यहाँ भी झोल?" मैंने पूछा।

"मकड़ी का जाल है कुणाल बाबू। अरे अपने जाल में उलझकर जब मकड़ी मर जाती है तो आम जनता की औकात ही क्या है?" पीके ने अब मेरी ओर देखते हुए घमंड में जवाब दिया।

"कुणाल बाबू, यहाँ तक कि यह आका ही तय करते हैं कि अगर उनकी पार्टी किसी प्रदेश के चुनाव में नहीं जीत रही है, तो कौन-सी पार्टी जीतेगी, यह भी हमारे आका ही तय करते हैं। और इसी की जिम्मेदारी मेरे पास रहती है। अगर

किसी प्रदेश में आका की पार्टी की जीत निश्चित है तो मेरा काम यह है कि टक्कर में जो पार्टी खड़ी है, उसकी तरफ से बैटिंग करना और उसके राज और स्ट्रेटजी को आका तक पहुँचाना है। कई बार ऐसी स्थिति होती है कि आका की पार्टी जीतने की स्थिति में नहीं होती। ऐसे में यह तय किया जाता है कि कौन-सी पार्टी जीतेगी? बिहार इसका सबसे बड़ा उदाहरण है।" पीके ने मेरी बात सुनकर कहा।

"मतलब खिलाड़ी कोई भी हो, खेलने वाले आपके आका ही हैं। जनता सिर्फ झूठ देखती है।" मैंने पीके से कहा।

"जनता के पास और विकल्प भी क्या है? जनता जो देखती है उसी पर विश्वास करती है। अंग्रेजी में परसेप्शन एक शब्द है जिसका हिंदी में मतलब होता है अनुभूति यानी कि अनुभव कराना। जनता की आँखें कमजोर हो गई हैं कुणाल बाबू अब जनता वही देखती है जो उसे दिखाया जाता है। यहाँ वहीं नायक बनता है जिसे नायक बनाया जाता है।" पीके ने जवाब दिया और पूछा, "आपने मुझसे पूछा था ना कि बिहार गरीब राज्य क्यों है, बिहार अशिक्षित राज्य क्यों है? तो उसका सीधा-सा जवाब है परसेप्शन।"

मैं पहले की ही तरह प्रकाश किशोर की ओर सवालिया निगाहों से देख रहा था। अंदर-ही-अंदर मुझे इस इंसान से चिढ़ होने लगी थी लेकिन अगर उस समय मैंने अपना आपा खो दिया होता तो नुकसान मेरा ही होता। मुझे मेरे नुकसान की भी फिक्र नहीं थी लेकिन मैं अब अपने नुकसान को बिहार के नुकसान से जोड़ने लगा था।

पीके समझ चुका था कि मैं परसेप्शन के खेल को भी समझना चाहता था। इसलिए उसने मुझे बताना शुरू किया। "अगर बिहार के पिछड़ेपन की 4 मुख्य कारण को निकाले जाएँ तो वे हैं- असमान भूमि वितरण, नकली समीकरण नीति, केंद्र के द्वारा राज्य के विकास के लिए दिए जाने वाले फंड और बिहार की पॉलिटिक्स। 1793 में अंग्रेजों ने परमानेंट सेटेलमेंट एक्ट को इस देश में लागू किया था, जिसका मुख्य उद्देश्य था किसानों से लगान वसूलना। लगान वसूल करने के मुख्य कारण थे जमींदारी सिस्टम, रैयतवारी सिस्टम और महलवारी सिस्टम। अब क्योंकि उस समय कृषि सेक्टर से कोई खास लाभ नहीं था तो अंग्रेजों ने हर जमींदार के लिए एक टैक्स फिक्स कर दिया। मतलब साफ था कि किसी भी तरीके की आपदा में अंग्रेजों को टैक्स का तय किया गया पैसा

ही मिलेगा। परिणाम यह हुआ कि कई आपदाओं में गरीब किसान जमींदारों को टैक्स नहीं दे पाते थे, नतीजा जमींदार गरीब किसानों का जमीन हड़प लिया करते थे। आजादी के बाद 1947 में इस जमींदारी सिस्टम को हटा दिया गया था लेकिन इसका उत्तर प्रदेश और बिहार में काफी नकारात्मक प्रभाव पड़ा। कृषि में इन्वेस्टमेंट की कमी की वजह से बिहार की हालत बद से बदतर होती चली गई। बिहार ही नहीं पूरे भारत में यही हाल है कि जमीन जमींदारों के पास ही है लेकिन जो जमीन पर काम करते हैं वे गरीब किसान हैं। गरीबों के पास महँगे मशीन खरीदने का पैसा नहीं होता और जिनके पास पैसा है उनका कृषि मुख्य धंधा नहीं होता। प्राइवेट सेक्टर तो दूर की बात है, पब्लिक सेक्टर भी नहीं है बिहार में जो कृषि पर इन्वेस्ट करे। इसका परिणाम यह हुआ है कि बिहार की आधी जमीन बेकार बनी हुई है। 1980 से बिहार में नहर का इस्तेमाल होने लगा लेकिन इससे भी किसानों को कोई फायदा नहीं हुआ क्योंकि ना तो बिहार में बिजली की पर्याप्त व्यवस्था थी और डीजल और खाद के दाम आसमान छूने लगे थे। जबकि उत्पाद और उपज के दाम बढ़ ही नहीं रहे थे। सब्सिडी की बात की जाए तो बिहार सरकार के पास केंद्र से पैसा ना मिलने की वजह से इतना पैसा ही नहीं होता कि वह किसानों को सब्सिडी दे सके। ट्रांसपोर्ट और स्टोरेज की कीमत इतनी महँगी पड़ती है कि आज भी बिहार के लोग मंडी में अपनी फसल को नहीं बेच पाते हैं। जिस राज्य की अर्थव्यवस्था कृषि पर निर्भर है उस राज्य की कृषि व्यवस्था ही बदहाल है।

बिहार खनिजों का राज था लेकिन केंद्र सरकार के द्वारा पूरे देश में खनिज माल भाड़े का दर एक कर दिया गया था जिसका मतलब साफ था कि बिहार में खनिजों से लाभ उठाने के लिए बाहर की इंडस्ट्री को बिहार में फैक्ट्री लगाने की जरूरत नहीं थी। इस पॉलिसी की वजह से बिहार के इंडस्ट्रियल सेक्टर को जबरदस्त नुकसान हुआ था। 1991 में इस पॉलिसी को खत्म किया गया लेकिन तब तक बिहार पूरी तरीके से बर्बाद हो चुका था। इंडस्ट्रियल सेक्टर ना होने की वजह से यह तय हो चुका था कि बिहार में लोगों के पास कृषि के अलावा किसी अन्य इंडस्ट्री में काम करने का मौका ही नहीं था। कृषि में फायदा बहुत कम है जिसकी वजह से बिहार और यूपी के श्रमिक मजदूरों को अन्य राज्यों में रोजगार की तलाश में जाना पड़ता है। जातिवाद ने तो आग लगा दी थी। सवर्ण ओबीसी

और दलित को आगे बढ़ने ही नहीं देना चाहते थे। जातिवाद ने नयी राजनीति को बिहार में जन्म तो दिया लेकिन 2014 से पहले तक बिहार में किसी भी सरकार के प्रदर्शन को नहीं, उम्मीदवार की जाति देखी जाती थी। 1961 से लेकर 1990 तक बिहार में 20 सरकारें आईं और कोई भी अपना 5 साल का कार्यकाल पूरा नहीं कर पाईं। हर सरकार अपनी कुर्सी बचाने में व्यस्त थी, बिहार के विकास से किसी का कोई रिश्ता नहीं था। बिहार की राजनीति अस्थाई थी जिसकी वजह से यहाँ की सरकार टैक्स ले पाने में असक्षम थी और अस्थाई सरकार को केंद्र के द्वारा बड़ी मदद नहीं मिलती थी। विकास लाने के लिए सरकार तो कुछ भी कर सकती है लेकिन अगर बिहार में विकास हो गया तो बिहार का राजनीतिक समीकरण बदल जाएगा। इसलिए यहाँ विकास लाना सरकार का उद्देश्य ही नहीं है। अब क्योंकि बिहार के लोग बिहार के बाहर काफी अपमान झेल रहे हैं तो बिहार को विकसित करना उनकी मजबूरी हो गई है लेकिन अभी भी कोई भी बिहारी बिहार में आकर बिहार के विकास के बारे में बात नहीं करना चाहता।"

"और कुछ जानना चाहेंगे क्या आप?" सब कुछ बताने के बाद पीके ने मुझसे पूछा।

गुस्से में मुझे मुस्कुराने की अब आदत पड़ चुकी थी क्योंकि मैं वाकई में एक अजीब इंसान बन गया था। मैंने मुस्कुराते हुए ही प्रकाश किशोर से कहा, "देश की भोली-भाली जनता को लूटने के बाद, उन्हें हसीन सपने दिखाने के बाद, आपका और आपकी पार्टी का एक ही नारा है- 'देश बिक जाए पर प्रचार रुक न पाए।"

"लोगों को मूर्ख बनाने का धंधा बना लिया है आप लोगों ने।" मैंने कहा।

"सब-के-सब मूर्ख हैं साहब और सभी यही समझते भी हैं। समाचार चैनल जो चीनी उत्पादों के बहिष्कार का आह्वान करते हैं वो स्वयं चीनी कंपनियों द्वारा प्रायोजित होती हैं, अर्थशास्त्र को अच्छी तरह समझते हैं। वे सिर्फ यह मानते हैं कि उनका दर्शक बेवकूफ है। अगर हमने जनता को बेवकूफ माना तो इसमें गलत क्या है?" पीके ने जवाब देते हुए पूछा।

"सही कह रहे हैं आप। बताइए मुझे क्या करना होगा?" मैंने पूछा।

"अब आपने एक बार फिर जायज सवाल पूछा है। आपको समर्थन करना होगा, उस उम्मीदवार का जिसका भविष्य हम तय करेंगे। आप अपनी कीमत

बताइए।" पीके ने कहा।

"कीमत तो चुकानी पड़ेगी आपको क्योंकि मैं भी अब कोई भी काम मुफ्त में नहीं करता। मुझे भी लगने लगा है कि लोग बेवकूफ हैं और बेवकूफों के बीच में मैं बेवकूफ बनकर नहीं जीना चाहता। मैं आपकी शर्त मानने के लिए तैयार हूँ लेकिन मैं चाहता हूँ क्या आप मेरे किताब के विमोचन में आएँ और उस किताब का विमोचन करें।" मैंने कहा।

"अच्छा तो आप लेखक भी बन गए?" पीके ने हँसते हुए पूछा।

"समय ने कलम पकड़वा दिया है। आप समझ लीजिए यह मेरी शर्त है।" मैंने कहा।

"आपकी शर्त सर आँखों पर। अरे साहब आप चिंता मत करिए, आपकी किताब पर पैसा पानी की तरह बहाया जाएगा। नेशनल ही नहीं इंटरनेशनल बेस्टसेलर बनाएँगे आपकी किताब को। बड़े-से-बड़े प्रकाशन से प्रकाशित होगी आपकी किताब, यह मेरा वादा है। वैसे क्या लिखा है आपने?" पीके ने पूछा।

"वक्त आने पर आपको खुद पता चल जाएगा।" मैंने जवाब दिया।

"चलिए बहुत अच्छी बात है।"

"बिहार में कहावत है 'घर हरावन बाहर जितावन।' अपने देश के विद्यार्थियों, पत्रकारों, विपक्षियों और सामाजिक कार्यकर्ताओं को आँख दिखाते हैं, जेल में डालते हैं और चीन-अमरीका के सामने दुम दबा लेते हैं। जनता फिर भी वाह-वाह करती रहती है। सच कह रहा था पीके, हम सब धृतराष्ट्र बन चुके हैं। हमारी मानसिकता ही अंधी हो चुकी है। यह नये वाले गाँधी का युग है, अगर अब कोई आपके एक गाल पर मारे तो आप कह दें कि ये गाल हमारा है ही नहीं।"

पीके नशे में बड़बड़ाते हुए नींद की आगोश में समा चुका था और एक मैं था कि गहरी नींद से बाहर निकलकर आ चुका था, शायद इस उम्मीद से कि इस देश की जनता को जगाना मेरा राष्ट्रीय धर्म बन चुका है। पीके के गार्ड को अपने जाने की जानकारी देने के बाद मैं अपने घर वापस लौट चुका था। उस रात मैं बहुत नशे में था लेकिन फिर भी लिखने की जो धुन मुझ पर सवार हुई थी उससे मैं बाहर नहीं निकल पाया था। नशे में ही मैं पूरी रात लिखता रहा और सुबह मुझे कब नींद आ गई, कुछ पता ही नहीं चला।

#23#

इत्तेफाक हमेशा धूर्त लोगों के साथ नहीं घटता है, इस बार एक इत्तेफाक मेरे साथ भी हुआ। मुझे उस प्रकाशक का इंतजार था जो मुझे मेरे तरीके का संपादक दे सके। और मुझे वह संपादक चाहिए था जो किसी न किसी तरीके से पार्टी का भक्त नहीं था। किताब लिखने के दौरान मैंने ऐसे संपादक की जाँच पड़ताल की थी, खोजबीन की थी।

प्रकाशक के हाथ में किताब थमाने के बाद मैंने अपने संपादक अनन्या बोस के साथ किताब की मनगढ़ंत पटकथा तैयार की। हमने मिलकर प्रकाशक को और प्रकाश किशोर को बेवकूफ बनाया। किताब की पटकथा कुछ और थी और हमने प्रकाशक और प्रकाश किशोर को किताब की कुछ और ही पटकथा सुनाई। प्रकाश किशोर के चमचों ने भी हमारे द्वारा रची गई बातों को सुनकर किताब की काफी तारीफ की। मैं जानता था प्रकाश किशोर के चमचों को किताब पढ़ने की आदत नहीं थी और मैं यह भी जानता था कि वह सिर्फ दिखावे के लिए किताब को पढ़ने का नाटक करेंगे।

किताब के विमोचन का कार्यक्रम तय किया जा चुका था। हर लेखक जब अपनी जिंदगी में पहली बार अपने शब्दों को कागज के पन्नों पर सजोता है तो उसकी ख्वाहिश होती है कि उसकी किताब को दुनियाभर से पाठक मिले। अपनी उस कामयाबी को वह अपने परिवार के साथ, सेलिब्रेट करना चाहता है लेकिन मैं इतना अभागा था कि मेरी इस कामयाबी में मेरा साथ देने ना तो मेरे बाबूजी आने वाले थे, न ही माता जी आने वाली थी। और जहाँ तक पत्नी और बच्चों का सवाल था तो उनसे तो मेरा रिश्ता ही टूट चुका था। आखिरी देशभक्त होने की कुछ तो कीमत मुझे भी चुकानी थी।

अपना मतलब निकालने के लिए, प्रकाश किशोर ने किताब की मार्केटिंग पर सचमुच में पैसा पानी की तरह बहा दिया था। बाजार में आने से पहले ही किताब की लाखों प्रतियाँ ऑनलाइन बाजार की वजह से बिक चुकी थीं।

मंच सज चुका था। मुख्य अतिथि के रूप में खुद मुख्यमंत्री साहब पधार चुके थे। उनके आने की वजह से और भी बड़े-बड़े दिग्गज नेता एक किताब के विमोचन में शामिल होने पहुँच चुके थे। किताब के विमोचन में मेरे ससुराल के लोग भी आ चुके थे, और आई तो मेरी पत्नी भी थी। हाँ यह और बात थी कि वक्त के साथ बदलने वालों को मैंने पहचानना छोड़ दिया था। और दिल की जगह दिमाग चलने लगा था मेरा। शायद यही कारण था कि मैंने तृषा की तरफ ध्यान भी नहीं दिया। एंकरिंग की कमान एक पीसीएस अधिकारी ने सँभाला था।

"दोस्तों,

मंच पर सभी प्रमुख अतिथियों का, मैं पवन गौतम, तहे दिल से स्वागत करता हूँ। यह किताब..." और फिर अपनी लम्बी कहानी।

दर्शकों का काम है ताली बजाना, दर्शक ताली बजा रहे थे। मंच पर विराजमान सभी महान आत्मा मुस्कुरा रहे थे। यह और बात थी कि अनन्या बोस और मेरी मुस्कान एक-दूसरे की कहानी को बयान कर रही थी।

अरुण, सिन्हा और मुख्यमंत्री तो बोल बोल चुके थे। अब मेरी बारी थी।

"आर्टिकल 320 जब यह साफ-साफ कहता है कि इस देश में पब्लिक सर्विस कमीशन के द्वारा ही होगा तब लैटरल एंट्री के माध्यम से पार्टी लोगों को अधिकारी बनाकर क्या साबित करना चाहती है? कुछ दिन पहले मेरे बचपन के मित्र अरुण वाजपेई मुझे धमकी देने आए थे कि मैं उनके भाई के खिलाफ चुनाव में उतरने का फैसला ना करूँ और आज जैसे ही उन्हें पता चला कि मैं चुनाव की सोच नहीं रहा तो वह मेरे अच्छे दोस्त बनने चले आए। बचपन से ही इनके परिवार ने मेरा इतना साथ दिया कि जब इनके बाबूजी को लगा कि मैं इन पर अपनी प्रतिभा से भारी पड़ रहा हूँ तो इनके बाबूजी ने मुझे थप्पड़ मार दिया और मेरे पिताजी को भी जलील किया। बहुत प्रतिभाशाली थे अरुण वाजपेई, बचपन में अपनी परीक्षा भी पास नहीं कर पाते थे। हमें तो बदनाम किया जाता है कि हम आरक्षण का फायदा उठाते हैं, चलो मान लिया कि हम आरक्षण का फायदा उठाते हैं लेकिन आप यह मानने को तैयार क्यों नहीं होते कि आपने इतिहास से

लेकर भविष्य तक इस तरीके का बनाया हुआ है कि इस देश की 95% आरक्षण आपके लिए बनाया गया है। हमारे सामाज के कितने ब्यूरोक्रेट को ब्यूरोक्रेसी में ज्वॉइंट सेक्रेट्री से आगे बढ़ने का मौका मिला, लैटरल एंट्री के माध्यम से हमारे और आपके समाज के कितने लोगों को अधिकारी बनाया गया? आप कहते हैं कि इस देश का संविधान भीमराव अंबेडकर का लिखा हुआ और इस देश के संविधान को उन्हीं के तरीके से चलाया जाता है लेकिन क्या कभी आपने सोचा है कि जो लिखा हुआ है वह महज काल्पनिक भी हो सकता है? क्योंकि वास्तविकता में इस देश के संविधान को ब्यूरोक्रेट्स चला रहे हैं जिन्होंने अरुण वाजपेई जैसे प्रतिभाशाली लोगों को ब्यूरोक्रेट्स बनाया हुआ है।

समझिए आखिर प्रदेश का संपूर्ण पिछड़ा-दलित वर्ग नेतृत्वविहीन क्यों है?

सवाल यह है कि पिछड़े और दलित वर्ग के नेताओं ने आखिर सड़कों पर उतरना, किसी भी बड़ी घटना में बिना जलील हुए मौके पर जाना, धरना प्रदर्शन, चक्का जाम, आंदोलन, भूख हड़ताल की राजनीति करना बंद क्यों कर दिया है?

जवाब बस एक ही है 'नेता तो महान है पर चमचों से परेशान है'। मुझे साफ शब्दों में एक बात समझ में आती है कि 'अत्यधिक सकारात्मक' समाज केवल गुलामों और नपुंसकों की फौज खड़ी कर सकता है। जब आप किसी वंचित वर्ग के नेता पर सवाल उठाओ तब समझ में आता है कि भक्त तो ऐसे ही बदनाम हैं, ऐसे गुलाम तो कमोबेश सभी नेताओं ने अपने इर्द-गिर्द पाल रखे हैं। जैसे ही आप ने सवाल पूछा आपको किसी पार्टी या जाति का एजेंट बता दिया जाएगा। अगर किसी को लगे कि मैं झूठ बोल रहा हूँ तो वह बेहिचक मुझसे सवाल कर सकता है। मैं कल्पनाओं में जीने वाला इंसान नहीं हूँ, और यह किताब मेरी कल्पना नहीं है। इस किताब का एक-एक शब्द वह सच्चाई है जो आप सभी को जानना चाहिए, नहीं तो आपकी आने वाली पीढ़ी, इतिहास की उस गुलामी को फिर से अपना लेगी जिस गुलामी ने आपको कभी आगे बढ़ने ही नहीं दिया।

अगर नेता आपकी जाति का होगा तो आपको सबसे पहले पत्र वायरल गिरोह कुछ पत्र और ट्विट दिखाएगा। पत्रों को दिखाकर बताया जाएगा कि समाज के असली ठेकेदार तो हमारे वाले नेता जी ही हैं। और प्रकाश किशोर जो अभी बड़ी-बड़ी बातें कर रहे थे वह तो इसके माफिया हैं। प्रकाशक साहब दावा कर रहे थे कि वह किताबों में लेखन ढूँढ़ते हैं लेकिन सच बताऊँ आपसे

तो इनको लेखनी से कोई मतलब ही नहीं होता है। खास करके मेरी किताब में इनको बेपनाह पैसा मिल रहा था। सब पैसे का खेल है और अगर मैंने इन सभी को इस किताब की सच्चाई बता दी होती तो यह किताब आपके बीच आती ही नहीं। मैं तो शुक्रिया अदा करता हूँ अनन्या बोस का जिन्होंने देशभक्ति का परिचय देते हुए मेरी मदद की।

हाँ तो मैं बता रहा था कि इसके बाद आपको जातिवाद का टॉनिक देते हुए समझाने की कोशिश की जाएगी। आप फिर भी सवाल उठाओगे तो आपको जाति विरोधी बताते हुए कहा जाएगा कि यह तो अपनों की ही टाँग खींचता है। इसके बाद अगले ही मिनट आपको किसी अन्य नेता या पार्टी का एजेंट बता दिया जाएगा। अगर नेता आपकी जाति का नहीं होगा तो आपसे कहा जाएगा जाओ पहले अपनी जाति के नेता से सवाल पूछो। फिर आपको कहा जाएगा तुम्हारे समाज ने वोट किसको दिए थे, अब भुगतो? फिर आपको बिना सोचे-समझे संघी या कांग्रेसी दलाल बता दिया जाएगा। इसके बाद एक तथाकथित बौद्धिक तबका जो अपने लाभ-हानि के हिसाब से नेताओं से सटता है वो आपको अपनी जाति या पिछड़े वर्ग के नेताओं के 'सकारात्मक चमचे' बनने की नसीहत देगा। 'सकारात्मक चमचे' समाज में बदलाव लाने के लिए नहीं अपने निजी स्वार्थ और संबंध मेंटेन करने के लिए सकारात्मक बनने का दिखावा करते हैं। अतिसकारात्मक समाज या पत्रकार किसी का चरणसेवक या चाटुकार ही हो सकता उसके अंदर सवाल पूछने की कुव्वत खत्म हो जाती है। ऐसे सकारात्मक चमचे अपने मालिकों की इच्छा के हिसाब से उनके छोटे-छोटे दिखावों पर सकारात्मक और उनके विरोधियों के लिए नकारात्मक बन जाते हैं। सकारात्मकता और चापलूसी एक-दूसरे के पर्याय हैं इस बात का सबसे अच्छा उदाहरण गोदी मीडिया है। वह सत्ता में बैठे अपने मालिकों के लिए तो पूरी तरह सकारात्मक है लेकिन विपक्ष के लिए उतनी ही नकारात्मक। जब तक सवाल उठाने वाले लोग नहीं होंगे तब तक समाज छोटे-छोटे झुनझुनों, ट्विट और पत्रों से संतुष्ट होता रहेगा। एक तरफ पिछड़े और दलित वर्ग के लोग लुटते-पिटते रहेंगे दूसरी तरफ उनके 'सकारात्मक चमचे' उनकी शान में कसीदे गढ़ते रहेंगे। मुझे ऐसे नकारात्मक लोगों की जरूरत है जो नेताओं को धरना-प्रदर्शन, आंदोलन, भूख हड़ताल, चक्का जाम और सड़क की राजनीति करना सिखा सकें।

बहुत कड़वी सच्चाई है हमारे राज्य की। इस किताब को पढ़ने के बाद आप जान पाएँगे कि इस देश में नायक कैसे बनाया जाता है। आपको पता चलेगा कि इस देश का मीडिया कैसे चलता है। आपको पता चलेगा कि पैसा कैसे परिवार को बनाता है और परिवार को बिगाड़ता है। आप जानेंगे कि चाणक्य इतिहास की एक कल्पना मात्र है। आप यह जान पाएँगे कि मैंने अपनी जिंदगी में तब तक पाया जब तक मैं भ्रष्ट था और जैसे ही ईमानदार बना इस देश के सिस्टम ने मेरी ठोक दी। मैं आपको बहुत कुछ नहीं बता सकता लेकिन आपसे एक बात जो कह सकता हूँ कि बाबूजी और माँ ने मुझ पर विश्वास करना छोड़ दिया था और आज आपके सन्नाटे के बीच में, सन्नाटे को चीरती हुई जो दो तालियाँ मेरे लिए बजी हैं, उन तालियों के लिए मैं अपनी जिंदगी कुर्बान कर दूँ। मैं कोई बहुत बड़ा लेखक नहीं बनना चाहता था और ना ही बनना चाहता हूँ, लेकिन मैं चाहता हूँ कि मेरी किताब के माध्यम से आप इस देश की सच्चाई को जानें और अपने-आप को गुलाम होने से बचा लें। नहीं तो सब खत्म हो जाएगा, सबकुछ खत्म हो जाएगा। सब कुछ खोने के बाद भी मैंने सब कुछ पा लिया। बस आखिर में अपने बाबू जी से मंच पर आकर अपने लिए तारीफ के दो शब्द सुनने की भीख माँगता हूँ। मुझे दूसरी जिंदगी मिल जाएगी, मेरा जीवन सफल हो जाएगा। प्लीज बाबूजी आइए।"

मुख्यमंत्री के चेहरे पर खुशी की मुस्कान उभर गई थी। उसके अलावा वहाँ बैठे सभी लोगों के चेहरे से हवाइयाँ उड़ने लगी थी। सच्चाई को जानकर दर्शकों का उत्साह और बढ़ा। नामी-गिरामी समाचार चैनल, समाचार पत्रिका के संपादकों का भी चेहरा देखने लायक था। क्योंकि प्रोग्राम लाइव चल रहा था तो बेचारे प्रोग्राम को बंद भी नहीं कर सकते थे। जिंदगी में एक बार राजनीति की थी और मेरे खेल के जोकर ने बादशाहों को चित कर दिया था।

दिल ही दिल में मैंने देश के गद्दारों को एक बार यह जरूर कहा था- 'गद्दारों देशभक्ति हमसे सीखो।'

बाबूजी मंच पर आ चुके थे।

"सभा में उपस्थित सभी सम्मानित लोगों का मैं स्वागत करता हूँ। ऐसे मंच पर बोलने की मुझे आदत नहीं है और मैं उस दुनिया में जिया ही नहीं जहाँ बनावट हो। आप की दुनिया में शब्दों को पहले तौला जाता है फिर बोला जाता है, माफ करिएगा मैं आपकी दुनिया में पहली बार बोल रहा हूँ। मैं कोशिश करूँगा कि मैं

जो बोलूँ आपको अच्छा लगे।"

बाबूजी दो मिनट के लिए खामोश हो गए। हॉल में एक बार फिर सन्नाटा छा गया था। फिर बाबूजी ने आगे बोलना शुरू किया, "योग्यता क्या है? क्या योग्यता जन्मजात होती है? क्या योग्यता उपलब्ध अवसर पर निर्भर करती है? कुणाल बाबू अधिकारी हैं तो इन्हें देश-विदेश जाने का मौका मिला लेकिन मैंने विदेशों को आप ही लोगों के शब्दों से जाना है। कहते हैं कि अमेरिका और यूरोपियन देश बेहद विकसित हैं। एक गोरे अमेरिकन एलेन बुक्का का कैलिफोर्निया विश्वविद्यालय में मेडिकल में प्रवेश नहीं हो पाया। क्योंकि वहाँ पर काले अमेरिकी को सकारात्मक कार्रवाई के तहत आरक्षण है। एलेन बुक्का को काले अमेरिकी की अपेक्षा अधिक नम्बर मिले थे। काले अमेरिकी का प्रवेश हो गया जबकि एलेन बुक्का का प्रवेश नहीं हुआ। इसी को लेकर एलेन बुक्का ने कैलिफोर्निया के कोर्ट में मुकदमा दायर कर दिया। कैलिफोर्निया के कोर्ट ने यह माना कि एलेन बुक्का सही हैं और इनका प्रवेश होना चाहिए क्योंकि उन्होंने ज्यादा अंक पाया है। चूँकि मामला बड़ा था तो यह मामला अमेरिका के सुप्रीम कोर्ट में गया। वहाँ एलेन बुक्का ने कहा कि चूँकि मैंने ज्यादा अंक पाया है इसीलिए मैं ज्यादा योग्य हूँ और मेरा प्रवेश होना चाहिए। वहाँ के सुप्रीम कोर्ट ने इस बात को जाँचने के लिए कि क्या एलेन बुक्का वास्तव में ज्यादा काबिल है? कोर्ट ने उन सारे विश्वविद्यालय से एलेन बुक्का के अंक की सूची मँगवाई जहाँ जहाँ उन्होंने प्रवेश परीक्षा दी थी।

कोर्ट ने पाया कि कई विश्वविद्यालय में एलेन बुक्का काले अमेरिकी से भी कम अंक प्राप्त किए हैं। इसके बाद सुप्रीम कोर्ट ने कहा कि क्या यह माना जा सकता है कि कोई व्यक्ति एक विश्वविद्यालय में ज्यादा काबिल है और बाकी विश्वविद्यालय में कम काबिल है? कोर्ट ने कहा कि आप एक विश्वविद्यालय में ज्यादा अंक प्राप्त करके यह कैसे साबित कर सकते हैं कि आप ज्यादा काबिल हैं? यह एक लेख में था जो मुझे काफी पसंद आया था और क्योंकि हर इंसान अपने मतलब की बात को ही पढ़ना चाहता है तो मैंने भी इस लेख को पढ़ा और समझने का कोशिश की। क्या योग्यता एक दिन में इतनी बदल जाती है?

कम या ज्यादा अंकों का पाया जाना कई बार इस बात पर भी निर्भर करता है कि जो आपने रात में दस प्रश्न पढ़े थे वही सुबह पेपर में आ गए तो जायज

बात है कि आपके अंक ज्यादा हो जाएँगे। लेकिन इससे यह साबित नहीं होता है कि आप ज्यादा काबिल हैं। यही बात किसी दूसरे छात्र के साथ होने पर उसके अंक भी बढ़ सकते हैं। ये लेख आपने भी पढ़ा होगा।

योग्यता के कई मापदंड हैं। क्या आपको नहीं लगता कि योग्यता सुविधाओं की मोहताज है? अमीर परिवार के बच्चे जिनके पास जन्म लेते हैं, उनके पिता की अपार संपत्ति होती हैऔर वे अच्छे साधन, अच्छी व्यवस्था और विकसित समाज के बीच पढ़ाई-लिखाई करते हैं। अगर मैं सबसे मशहूर उदाहरण दूँ तो गरीब के बच्चे किताबों में पढ़कर गाड़ी बनाने की कल्पना करते हैं और अमीर के बच्चे औजार लेकर गाड़ी बनाना शुरू कर देते हैं। शिक्षा के स्तर का भेद यहीं फर्क डालता है। आज भी दुनिया में ऐसे कई शिक्षित लोग हैं जिन्होंने किताबों से ज्यादा कुशलता को अपनाया। कुणाल बाबू तो मुझे बता रहे थे कि दुनिया में गूगल नाम की एक ऐसी भी कंपनी है जो किताब वालों से ज्यादा कुशलता वालों को अपनाती है। अब सवाल यह उठता है कि हमारे बच्चे कुशल कैसे हों? कहाँ से हम उन्हें गाड़ी खरीद कर दें जिस पर वो किताब में पढ़ी हुई बातों का अनुसरण कर सकें? हमारे देश की स्थिति किससे छुपी हुई है? अरुण बाबू भी हमारे मालिक के ही बच्चे हैं। बहुत खुशी हुई थी इनकी कामयाबी के बारे में जानकर लेकिन बहुत तकलीफ हुई थी इनकी कामयाबी के तरीके को जानकर। हम लोग मनुष्य हैं। कहना आसान है कि हाथी चले बाजार और कुत्ता भूँके हजार लेकिन आप और हम सभी जानते हैं कि मनुष्य हाथी और कुत्ता नहीं होता। साहब, मेहनती लोग जब अपनी मेहनत के परिणाम को किसी और द्वारा छिनते हुए देखते हैं तो बर्दाश्त नहीं कर पाते हैं। और हमारे साथ तो हमेशा यही हुआ, हमारा हक छीना गया। कुणाल बाबू को बचपन में इसलिए पीटा गया क्योंकि वह सक्षम परिवार के बच्चे से ज्यादा प्रतिभाशाली थे। आज लोग डीएम बनने के बाद डीएम की नौकरी छोड़ देते हैं, लेकिन मुझ में हिम्मत ही नहीं थी कि मैं अपने बेटे से कह पाऊँ कि वह सरकारी नौकरी छोड़कर बड़ी नौकरी की तैयारी करे क्योंकि मैं जानता था कि कुणाल बाबू अरुण बाबू नहीं हैं। मैं सच बताऊँ आपको तो मेरे भी मन में यह नहीं था कि मेरा बेटा देश की सेवा करेगा लेकिन मेरे मन में यह जरूर था कि मेरा बेटा मेरे समाज के लिए एक मिसाल बनेगा और मेरे समाज से जो हक आज तक छीना गया है, जो अभाव हिंदुस्तान के सबसे बड़े

समाज ने देखा है, वह समाज उससे बाहर निकलकर आएगा। मैं आप लोगों से पूछता हूँ कि आप लोगों में से कितनों को पता है कि अधिकारी परीक्षा दिए बिना भी बना जा सकता है ? मंच पर बैठे बुद्धिजीवियों के अलावा शायद ही लोगों को पता होगा। बड़ी-बड़ी घोषणा ही की जाती है, कभी डिजिटल इंडिया, कभी स्टार्टअप इंडिया तो पता नहीं क्या-क्या, मैं पढ़ा-लिखा होता तो और भी नाम जानता लेकिन आप तो जानते होंगे ना ? इतना कुछ होने के बाद भी क्यों हमारा समाज पिछड़ा हुआ है, क्यों हमारा देश आज भी धर्म और जाति की आग में जल रहा है ? और कितने बेशर्म हो गए हैं ये IAS अधिकारी कि बिहार के मजदूरों को वापस बिहार लाने के लिए पुरस्कार ले रहे हैं। बस एक बार IIT कानपुर में पढ़ लो फिर जिंदगी भर कोई काम नहीं करना है। जुगाड़ करके मुख्यमंत्री कार्यालय में पोस्टिंग करा लो। बेशर्म हैं वो लोग जो पुरस्कार दे रहे हैं। और इस पर ये अदा कि IIT अलम्नाई के पेज पर इनके इस घटिया पुरस्कार की तारीफ कर रहे हैं। हद है बेशर्मी की और जनता के प्रति जवाबदेही की। ये आज के सरकारी सेवक हैं ? इनसे अच्छे तो मजदूर हैं, कम-से-कम इज्जत से दो रोटी तो खाते हैं। आप लोग इन सवालों के जवाब ढूँढ़िए। हमने तो अपनी जिंदगी जी ली, कुणाल बाबू ने भी जो खोना या पाना था, खो भी लिया और पा भी लिया, लेकिन यह लड़ाई आपकी है। अगर मैंने कुछ गलत बोला तो मुझे माफ कर दीजिएगा लेकिन मैं आप लोगों से एक बात जरूर कहना चाहूँगा कि मैंने पिछले जन्म में बहुत पुण्य किया था कि मुझे कुणाल जैसा बेटा मिला। दुनिया के हर बाप का सपना होता है कि उसे उसके बेटे के नाम से जाना जाए। आज मुझे बहुत गौरव हो रहा है कि मुझे इस देश में मेरे बेटे के नाम से जाना जाएगा।

धन्यवाद !"

बाबूजी के कदमों में गिरना चाहता था मैं लेकिन उन्होंने मुझे गले लगा लिया। माँ की आँखों के आँसू थमने का नाम नहीं ले रहे थे। दर्शक सच्चाई के लिए ताली बजा रहे थे। अनन्या बोस की आँखों में भी आँसू थे। और जिनकी हमसे जली थी, उनके चेहरे को दर्शक अपने मोबाइल कैमरे का गुलाम बना रहे थे। मेरे दिल को बहुत सुकून मिला। मेरा जीवन सफल हो चुका था।